GILBERT SCHLOGEL

DOCTEUR HELLEN

Les Princes du sang

roman

FAYARD

À la mémoire de mon maître Raoul Palmer.

PREMIÈRE PARTIE

CHAPITRE PREMIER

L'interne commença à suturer la plaie de la main. La blessée était une femme d'une trentaine d'années, victime d'un accident sans gravité. Quelques points étaient nécessaires. Elle sursauta :

— Vous me faites mal !

— Mais non, madame, vous avez eu une anesthésie locale. Vous ne pouvez pas avoir mal.

Elle protesta, en criant cette fois :

— Arrêtez immédiatement ! Je vous dis que vous me faites mal. C'est insupportable. Vous n'avez qu'à m'endormir.

— Ne soyez pas aussi douillette. On ne va pas faire une anesthésie générale pour si peu.

— Si peu ! Je voudrais bien vous y voir.

L'infirmière chef s'approcha de l'interne.

— Voulez-vous venir un instant, je vous prie. Puis, s'adressant à la patiente : Excusez-moi, madame. Je suis obligée de vous enlever votre chirurgien. Détendez-vous, il va revenir dans un instant.

La blessée, plus désapprobatrice encore, s'insurgea :

— C'est ça, maintenant on m'abandonne. Détendez-vous... Vous en avez de bonnes. La prochaine fois, j'irai à la clinique.

L'infirmière s'éloigna vers son bureau en tenant l'interne par le bras. Il était jeune, avec des cheveux courts qui accentuaient encore son air enfantin. Elle avait un visage rond et des yeux très doux. Son calme et sa connaissance du métier lui conféraient une autorité qu'elle exerçait toujours avec une nuance maternelle, surtout envers les nouveaux venus.

— Vous vous précipitez trop, lui reprocha-t-elle à voix basse. L'action de l'anesthésique n'est complète qu'en une dizaine de minutes. Prenez votre temps, et tout ira beaucoup mieux.

Il prit un air penaud.

— C'est que je regardais un film en salle de garde, et j'aurais bien voulu...

Elle rit.

— En chirurgie, vous savez, vous en raterez souvent, des films.

À ce moment, le grésillement de la radio VHF se fit entendre : « Ici, véhicule de secours SMUR 77. Grave accident sur nationale 29. Deux blessés légers, un blessé grave. Enfant sept ans. Arrivée prévue dans dix minutes. »

L'infirmière ne fit aucun commentaire. Elle donna ses ordres au personnel qui l'entourait :

— Janine, préviens l'infirmière panseuse. Victor, il me faut trois brancards à la porte. Elle décrocha son téléphone : Allô, le standard ? Merci d'appeler l'équipe de garde tout de suite, radiologue, anesthésiste, instrumentiste... Et, se tournant enfin vers l'interne : Vous, vous téléphonez au patron.

— Le patron ?

— Oui. Il est de garde ce soir. Vous le trouverez chez lui. La ligne est directe.

— Pourquoi moi ?

— Parce qu'ici, l'habitude veut que ce soit l'interne qui appelle le patron. Entre chirurgiens, c'est plus convenable. Ensuite, vous irez finir votre suture. Pendant ce temps-là, l'anesthésique sera devenu efficace. Maintenant, dépêchez-vous.

Dix minutes plus tard, les girophares éclairaient la cour d'entrée de leur intermittence bleue, et l'ambulance virait devant la porte du service des urgences. Elle était suivie d'une voiture légère, celle du médecin.

Les pompiers, aidés du brancardier de l'hôpital, sortirent de leur véhicule l'enfant immobilisé dans un matelas-coquille et enveloppé dans une couverture de survie métallisée. Les parents descendirent derrière lui. On leur avait sommairement enveloppé la tête de bandages.

La jeune femme suturée par l'interne était sur le point de

partir. Debout près de la porte, affolée par cette scène impressionnante, elle se sauva, comme si elle avait honte de s'être plainte.

Très vite, l'infirmière-chef examina le petit blessé. Elle fut rejointe par l'anesthésiste qui habitait à deux pas. C'était une petite femme sèche aux gestes rapides. Sans prendre le temps de passer une blouse, elle préleva un échantillon sanguin et, en quelques instants, posa une perfusion.

— Vous pouvez l'emmener à la radio, je vous y rejoins. Le patron s'y rendra directement.

En ce début de l'année 1985, le patron du service de chirurgie de l'hôpital de Saint-Yé était le professeur Guillaume de La Verle. Il avait alors cinquante-cinq ans, mais en paraissait vingt de plus, tant il était marqué par la maladie contre laquelle il luttait depuis plusieurs années. Son visage amaigri évoquait cette sérénité qu'on devine sur les statuettes représentant de vieux Chinois philosophes. Sans jamais faire preuve d'autorité, il obtenait tout de ses collaborateurs qui l'adoraient. Craignant de lui déplaire, personne n'aurait osé lui désobéir.

Dès son arrivée, le radiologue lui montra les premiers clichés. Pas de fractures. En revanche, l'image échographique était plus préoccupante.

— À mon avis, c'est une rupture de rate.

Ils regardèrent ensemble l'écran fluorescent et Guillaume confirma le diagnostic. Il ne s'attarda pas.

— Il faut l'opérer immédiatement. Vous voulez bien le faire monter ? Je vous remercie.

La salle d'opération faisait penser à la passerelle de commandement d'un bateau avant l'appareillage. Les infirmières allaient d'un pas pressé, chacune préparant son matériel, repassant en silence des procédures mémorisées de longue date.

En quelques instants, toute l'équipe s'était réunie et les acteurs se préparaient à jouer leur rôle dans la représentation mille fois répétée qui allait commencer. Chez les Anglo-Saxons, le bloc opératoire s'appelle *the theatre*. Hellen, pourtant habituée à l'urgence, pensait que jamais expression n'avait été aussi bien adaptée à sa fonction.

Elle entra dans le vestiaire où Guillaume finissait de se préparer. Il jeta vers la jeune femme un regard chargé de tendresse. Elle avait vingt-six ans. Grande, blonde, belle, avec des yeux bleus pâle qu'elle plissait en riant, c'était sa fille Hellen. Elle était chirurgien et il ne la connaissait que depuis une semaine.

— Prépare ta machinerie. Je vais annoncer à l'anesthésiste que nous allons l'essayer. Ce ne sera pas facile de lui faire changer ses habitudes. Nous verrons bien...

Françoise Gallier n'avait pas d'âge. Son visage lisse, à peine ridé, concentré sur son travail, restait impassible. Formée à l'anesthésie comme Guillaume à la chirurgie dans les années d'après-guerre, douée d'une adresse admirable et d'un sens clinique jamais en défaut, elle vivait son métier en symbiose absolue avec son patient. Elle percevait comme lui les agressions de l'acte opératoire et dosait les drogues qu'elle devait injecter comme si elle en avait eu physiquement besoin elle-même. Jamais il n'avait été possible de lui adjoindre une assistante. Elle était incapable d'enseigner son art. Vivant une opération complètement repliée sur elle-même, elle était en dialogue permanent avec la vie de celui auquel elle se consacrait. Elle n'aurait jamais pu travailler comme le faisaient bon nombre de ses collègues parisiens, dans trois salles d'opération en même temps, courant toute la journée d'une clinique à une autre.

Elle avait choisi ce poste hospitalier, malgré la modicité de la rémunération, pour le seul bénéfice d'y imposer sa loi. La salle de réveil, rendue obligatoire par la législation, manquait encore dans de nombreux établissements chirurgicaux. C'était le cas à l'hôpital de Saint-Yé. Françoise Gallier accompagnait ses opérés jusqu'à leur lit, ne retournant au bloc qu'après s'être assurée de leur parfait réveil, et quand elle jugeait qu'ils étaient définitivement hors de danger. Alors seulement elle passait au suivant.

Autrefois, Guillaume ne l'aurait pas supportée. Depuis qu'il exerçait à Saint-Yé, il s'était adapté au rythme que cette femme imprimait au programme opératoire, et il devait reconnaître qu'un tel souci de sécurité lui paraissait maintenant bénéfique et apaisant.

— Aux États-Unis, avait précisé sa fille, un anesthésiste ne laisse jamais son malade seul. Il est même, le plus souvent, physiquement attaché à lui par un stéthoscope fixé à son oreille et dont l'autre extrémité est collée sur la poitrine de l'opéré, ou introduite dans son œsophage, au plus près du cœur.

Guillaume pénétra dans la salle des panseuses. Françoise Gallier était assise devant une paillasse et contrôlait le groupe sanguin de l'enfant, tandis que les infirmières préparaient la table d'opération.

— Comment est-il ? demanda le chirurgien en s'approchant du brancard.

Il releva le drap et considéra le garçonnet au visage délicat, déjà à moitié endormi par la prémédication qui venait de lui être injectée. Il présentait des plaies superficielles multiples comme s'il avait été traîné sur le sol. De nombreuses ecchymoses marquaient le thorax et l'abdomen.

— Il est choqué, sans que son état soit très inquiétant. Il a une petite tension mais...

Guillaume ne lui laissa pas le temps de terminer sa phrase.

— Nous allons essayer de ne pas le transfuser. Je voudrais utiliser un appareil américain que ma fille a apporté et qui permet de récupérer les globules rouges du saignement opératoire. Ils l'appellent un *cell-saver.* Je crois que c'est très efficace.

La petite femme se redressa.

— Il est A positif. Je lui pose tout de même un flacon ?

— Non ! Vous le gardez en réserve, au cas où ce serait nécessaire. Pour le moment, vous ne lui passez que du sérum ou ce que vous voudrez. Mais pas de sang.

Cette pratique était contraire à tout ce qu'elle avait appris et pratiqué depuis plus de trente ans.

— Monsieur, vous ne pensez pas que nous prenons des risques inutiles ? Une transfusion ne lui fera aucun mal et cela n'empêchera pas votre appareil de fonctionner.

Guillaume hésita à lui parler du sida. Il faudrait reprendre cette conversation plus tard, à tête reposée. Peut-être aurait-il dû s'y prendre autrement. Il avait tout de même le droit d'utiliser une technique nouvelle sans en référer à son anesthésiste. Il la regarda droit dans les yeux et eut pleinement conscience, à cet instant précis, de la faute humaine qu'il commettait sous prétexte de progrès médical.

Il posa sa main sur l'avant-bras de sa collaboratrice et la pria de l'excuser.

— J'aurais dû vous en parler plus tôt, pardonnez-moi, Françoise. Gardez votre transfusion à portée de main. J'espère que tout ira bien. Je vous promets que nous reprendrons cette conversation tranquillement, en tête à tête.

La panseuse considérait la scène avec un air réprobateur. L'anesthésiste ne se trouva pas apaisée pour autant. Elle n'avait pas l'habitude de céder sur ses principes, et ce n'était pas une promesse de conversation qui pouvait la faire changer d'avis. Soucieuse, cependant, de préserver la paix en salle d'opération, et de ne pas s'opposer de front à un homme qu'elle respectait profondément, elle ne posa pas la transfusion préparée. Elle la mit en attente et commença à endormir l'enfant. Le regard que Guillaume croisa en pénétrant dans la salle lui confirma son erreur psychologique. « Pourvu que ma fille ne se soit pas trompée, et que son appareil marche », pensa-t-il en silence.

Hellen entrait par l'autre porte avec son matériel. De loin, elle avait compris que son père soutenait sa démonstration, mais que l'équipe l'admettait mal. Il était trop tard pour reculer. Elle fit ses branchements en expliquant à l'infirmière revêche comment il fallait utiliser l'aspirateur qui allait récupérer le sang épanché dans la cavité abdominale pour le recycler dans sa tubulure.

L'intervention commença dans un silence hostile. Tout ce que Guillaume détestait. Lui qui n'était même pas convaincu de la contagiosité de cette nouvelle maladie se demandait pour quelle raison il semait ainsi la zizanie dans son équipe. Certes, les articles américains que sa fille lui avait fait lire ces derniers jours étaient alarmants, mais il avait aussi appris à se méfier des pessimismes scientifiques abusifs.

À ce moment, le biologiste de l'hôpital se glissa dans la salle.

— Excusez-moi, monsieur, j'ai entendu parler de cet accident par mon frère, qui est un ami des parents. Ils m'ont demandé de venir aux nouvelles. Vous permettez que je me mette dans un petit coin ?

Guillaume pensa que le sort ne lui était pas favorable. Il n'avait vraiment pas besoin de spectateur un jour pareil.

— Vous êtes le bienvenu, mentit-il poliment. Les parents n'ont rien de grave, mais l'enfant présente une contusion abdominale sévère et l'échographie évoque une rupture de rate qui saigne. Ma fille Hellen a mis en route une machine destinée à récupérer le sang épanché. Vous aurez la primeur de cette nouveauté. Mettez-vous à côté de l'anesthésiste, c'est le meilleur poste d'observation.

Le biologiste inclina la tête vers Hellen et tenta de se faire tout petit.

— Merci, ne vous dérangez pas pour moi.

Françoise Gallier lui lança un regard en biais sans aménité. Elle s'écarta à peine pour lui faire un peu de place. Elle surveillait Guillaume qui allait inciser. Celui-ci se tourna vers elle :

— Je peux y aller ?

Elle le fixa d'abord sans répondre. Hellen, de l'autre côté de la table, appréciait en connaisseur l'intensité des regards qui s'échangeaient à cet instant. Dans cet univers masqué seuls les yeux apparaissent, plus éloquents que la parole.

— C'est vous qui décidez, monsieur, articula-t-elle enfin d'une voix blanche.

Guillaume cligna les yeux pour lui faire comprendre qu'il saisissait l'allusion, puis revint au rectangle de peau nue où son bistouri allait tracer une ligne sanglante. Il vérifia une dernière fois ses repères et incisa. L'interne, qui faisait office d'aide opératoire, était jeune et d'un naturel plutôt jovial. Ce soir-là, conscient sans doute de l'atmosphère inhabituellement tendue, il se taisait, surveillant du coin de l'œil cette jeune femme inconnue qui venait d'enrichir l'arsenal déjà impressionnant de la chirurgie moderne.

En quelques instants, la paroi abdominale s'ouvrit et l'hémorragie apparut, massive. L'aspirateur avalait goulûment des vagues sanglantes et l'appareil d'Hellen commença son œuvre. Le précieux liquide filtré, rénové, débarrassé de ses caillots, se préparait à retourner vers les veines du blessé. L'anesthésiste ne pouvait s'empêcher d'avoir un regard intrigué pour cette machine nouvelle, même si une nuance d'agacement se mêlait à l'admiration qu'elle était trop honnête pour cacher.

Le chirurgien, la main profondément enfoncée dans le ventre de l'enfant, faisait, à tâtons, le bilan des dégâts. Le sang continuait de s'évacuer en quantité impressionnante et Françoise Gallier surveillait avec angoisse les indications affichées par l'écran de l'ordinateur. Guillaume aussi, de loin, apercevait les chiffres tensionnels dont la chute s'accentuait. Hellen, qui comprenait leur inquiétude, tenta de les rassurer :

— Il y a un petit décalage entre le moment où le sang entre dans le système de filtration et celui où il ressort, mais la compensation va se faire dans un instant. Elle ajouta, à l'intention de l'anesthésiste : La chute de tension est due aussi à la simple ouverture abdominale. Elle devrait se stabiliser.

Pour toute réponse, elle n'eut droit qu'à un regard assassin.

— Vous enlevez la rate ? demanda le biologiste sans avoir le moins du monde conscience du drame qui se jouait.

Le chirurgien tarda à répondre.

— Non. Je ne pense pas que ce soit indispensable. Elle est fendue sur toute sa hauteur, mais le pédicule est intact. On va l'enfermer dans un filet résorbable.

— Elle pourra cicatriser ?

— Je l'espère.

Il attira doucement l'organe vers l'ouverture, et chacun put voir sa surface brillante largement fendue.

L'infirmière panseuse avait le sachet à la main. Elle l'ouvrit et fit tomber le mince réseau de fil sur la table d'instruments. L'interne s'en saisit rapidement et le passa à l'opérateur qui entreprit de le mettre en place.

Hellen surveillait sa machine, qui débitait maintenant du sang en quantité suffisante. Les chiffres tensionnels remontaient. Le biologiste, fasciné par l'intervention, se taisait. Les yeux, au-dessus des masques, suivaient le travail agile des mains gantées enveloppant la glande d'un mince filet gris. Pendant ce temps, le goutte-à-goutte pressé véhiculait dans les veines de l'enfant ses espoirs de survie.

Autrefois, la rupture de la rate entraînait, sans discussion, l'ablation de l'organe. Ces dernières années, des études faites sur des jeunes « splénectomisés » montraient l'apparition tardive de troubles sanguins inconnus jusque-là. Il était désormais recommandé aux chirurgiens d'essayer, autant que possible, de conserver la rate. Les nouveaux matériaux résorbables pouvaient en faciliter la réparation.

L'anesthésiste se détendit quand l'opérateur remit la rate en place, posa un drainage et commença à suturer la paroi. La tension artérielle n'était pas très haute mais, au moins, elle était stable. Dans la salle, l'ambiance se réchauffait. Une ultime aspiration avait évacué les derniers caillots, et Hellen, les mains gantées, pressait au-dessus de son filtre les compresses ensanglantées que lui passait l'interne. La curiosité avait remplacé l'angoisse, et l'efficacité de la méthode paraissait évidente.

Le biologiste, enchanté d'avoir été là, vint féliciter la fille du chirurgien sans remarquer le regard de l'anesthésiste. Celle-ci ne fit aucun commentaire jusqu'à ce que Guillaume s'écarte de la table et enlève ses gants, laissant l'interne poser les agrafes sur la peau.

— Je pense qu'il faudra tout de même le transfuser en postopératoire, insista-t-elle d'une voix blanche.

Le chirurgien s'approcha du visage de l'enfant et tira sa paupière vers le bas pour apprécier la couleur de la conjonctive.

— Évidemment, si les examens montrent qu'il ne corrige pas son anémie.

Il avait répondu d'un ton très doux, comme s'il ne s'agissait pas, en fait, de refuser la proposition de l'anesthésiste. Celle-ci ne s'y trompa pas et, une fois de plus, se renfrogna.

— Voulez-vous que je le contrôle tout de suite ? demanda le biologiste.

— Qu'en pensez-vous, madame Gallier ?

La voix de Guillaume était toujours aussi suave, alors que son interlocutrice frisait l'apoplexie. Elle prit sur elle pour répondre calmement :

— Dans l'immédiat, ce n'est pas la peine. C'est la tension qui importe. Je crains tout de même que nous soyons mal à l'aise si elle chute brutalement. Nous avons un indiscutable retard.

— Vous le transfuserez s'il le faut, n'ayez aucune crainte. Sur un ton plus docte, il ajouta : Nous devons désormais essayer de limiter nos transfusions au strict nécessaire. Les risques de contamination par le virus de cette maladie nouvelle, qu'ils appellent sida, vont se développer, et il vaut mieux se préparer dès maintenant à ce qui sera, selon toute vraisemblance, notre combat de demain.

Il eut un coup d'œil rapide vers Hellen et fut payé de ses efforts par le sourire que la jeune fille lui adressa. Il y avait, dans ses yeux, une immense admiration et un amour filial que le vieil homme n'avait jamais connu. Il se dit que cela valait la peine d'affronter la mauvaise humeur de l'anesthésiste. Celle-ci l'examinait avec un étonnement toujours aussi agacé et qui n'était pas feint. Cette histoire de virus ne l'avait manifestement pas convaincue.

— Je le contrôlerai dès demain matin, conclut le biologiste, tandis que les chirurgiens se dirigeaient vers le vestiaire.

Dans le hall, les parents de l'enfant attendaient avec un couple d'amis. Le père, la tête enveloppée d'un pansement, se leva le premier et s'avança. Son visage était crispé, autant de douleur que d'angoisse. Hellen s'écarta, laissant Guillaume les rassurer. Elle s'apprêtait à sortir quand elle buta sur une silhouette qui sortait de l'ombre.

C'était un homme d'une quarantaine d'années, grand, les cheveux noirs en bataille, le regard sombre dans un visage carré, l'air solide, vêtu d'un costume de velours marron sur un pull à col roulé. Il s'approcha d'elle en souriant.

— Mademoiselle de La Verle, je suppose.

Hellen acquiesça.

— Je m'appelle Charles Morand et je suis journaliste. Excusez-moi de vous déranger à une heure pareille, mais j'habite Saint-Yé, j'ai entendu parler de cet accident et tout le monde, ici, connaît les victimes. Puis-je vous demander si vous pensez que le gosse s'en tirera ?

— Je l'espère. Tout devrait aller pour le mieux maintenant.

Hellen se sentait mal à l'aise. Elle n'avait guère l'habitude des contacts avec les familles des opérés, encore moins avec la presse. Jusqu'à présent, elle avait eu des patrons qui se chargeaient de cette tâche souvent difficile. De plus, elle ne savait pas quelle était la législation française à ce sujet. Elle n'eut pas à s'en préoccuper longtemps car l'homme n'insista pas.

— J'en suis heureux. La perte de cet enfant aurait été un grand malheur. Vous permettez que je vous pose une autre question ?

Elle le regarda sans répondre.

— J'ai entendu dire que vous aviez expérimenté, ce soir, une machine américaine nouvelle en France. Elle permettrait de récupérer le sang perdu par le blessé. Vous pourriez m'en dire davantage ?

Hellen se détendit. Il ne s'agissait donc que d'une simple curiosité de journaliste. Qui l'avait mis au courant ? « Comme les informations circulent vite dans une petite ville... », pensa-t-elle.

— Expérimenter est un bien grand mot. La récupération du sang au cours d'une intervention n'est pas une technique nouvelle. C'est un Français, Gérard Adhoute, qui, vers 1974, a mis au point les premiers appareils de ce type pour la chirurgie vasculaire. Au cours de ces dix dernières années, de nombreux progrès ont été faits. Les derniers modèles placés sur le marché américain sont équipés d'un système de tubulures à usage unique qui rend la méthode plus fiable. Les globules sont filtrés et nettoyés, ce qui est un énorme avantage.

— C'est donc l'amélioration d'une technique ancienne.

— L'idée d'économiser le sang du patient est ancienne. La réalisation technique a demandé du temps.

Ils échangèrent encore quelques banalités et l'homme prit congé.

— Je ne veux pas vous retenir plus. Il est tard. Votre père arrive et il ne souhaitera pas attendre. Peut-être accepteriez-vous que nous reprenions cette conversation. Par exemple, en déjeunant. Seriez-vous libre demain ?

Elle accepta sans hésiter, plus émue qu'elle n'aurait dû l'être.

Le lendemain, le journaliste l'emmena à Amiens, dans un restaurant du quartier Saint-Leu où il avait manifestement ses habitudes. La conversation débuta sur l'appareil à autotransfusion et bifurqua rapidement vers le sida. Au grand étonnement de la jeune femme, il fit preuve d'une excellente connaissance du sujet. Comme la plupart des gens, à cette époque, il croyait à une spécificité des victimes. La formule « Ne fait pas une telle maladie qui veut » résumait l'opinion générale. Hellen lui affirma que certains cas avaient été décelés chez des individus qui n'étaient ni drogués ni homosexuels, ce qui prouvait que d'autres modes de contagion existaient. Il ne parut pas convaincu. L'information, en France, était vraiment déficiente.

Intéressé par la jeune femme, le journaliste lui posa mille questions, et elle répondit sans réticence, bizarrement mise en confiance, sans trop savoir pourquoi.

Après le repas, ils marchèrent un moment dans les petites rues du quartier parfaitement restauré par une municipalité intelligente. Ils retrouvèrent la voiture près de la cathédrale.

Hellen passa le reste de l'après-midi à Saint-Yé. Elle monta jusqu'aux ruines du château et resta là, rêveuse. Aucun homme, depuis bien longtemps, ne l'avait autant émue. Était-ce le climat de la France qui la rendait si sensible ?

Elle ne se trouvait pas jolie et s'en moquait. Lorsqu'un homme lui manifestait de l'intérêt, elle attribuait son succès à ce métier de chirurgien, dont elle était légitimement fière, et pas à son physique. Elle jugeait ses yeux trop petits, ses lèvres trop minces et son front trop bombé. Jamais, elle ne s'était rendu compte du charme qui émanait de son visage. Quand un soupirant lui chuchotait des phrases tendres en évoquant son regard bleu et rieur ou son sourire malicieux, elle pensait que les mots de la séduction sont, par nature, mensongers.

Sa personnalité était marquée par un contraste évident entre l'extrême maturité intellectuelle que lui avait apportée sa formation professionnelle et la candeur de ses sentiments. Toutes ces années consacrées au travail hospitalier la laissaient, pour une fille de son âge, dans un état de fraîcheur affective rare à notre époque. Sans se poser de questions sentimentales, elle se mouvait dans la vie avec une plaisante sensation d'équilibre qui se ressentait dans l'élégance de sa démarche et l'allure de sa silhouette.

Son histoire n'était pas banale. Isabelle Osby, sa mère, de nationalité américaine, était médecin. En 1958, alors qu'elle participait à une commission d'enquête sur la guerre d'Algérie, elle avait rencontré un jeune chirurgien français qui y faisait son service militaire. Vite séduite, elle avait eu avec lui une brève mais violente histoire d'amour qu'elle avait voulue sans lendemain. Elle était rentrée à San Francisco en évitant toute cérémonie d'adieu.

Un mois plus tard, elle sut qu'elle était enceinte. Décidée à agir en femme libre, selon les principes du mouvement *women's lib* qui prospérait à cette époque, elle résolut de taire cette future naissance. Puis, soucieuse de ne pas ternir la réputation de sa famille, elle émigra au Kenya où résidait un ancien ami de ses parents, devenu guide de chasse.

Hellen avait donc grandi dans un monde paradisiaque, élevée par une mère célibataire et moderne, passionnante mais un rien dominatrice. Lorsqu'il s'était agi de faire ses études de médecine, la jeune fille avait choisi tout naturellement d'aller aux États-Unis où l'enseignement était meilleur qu'au Kenya. Plus étonnante avait été sa décision de faire une spécialisation chirurgicale, sans même savoir, à l'époque, que son propre père exerçait ce métier en France.

Elle avait récemment découvert la personnalité de son père grâce à un projet de livre qui devait être publié en France et qui racontait l'histoire de sa famille. Une partie du manuscrit, qui relatait l'aventure algérienne de Guillaume de La Verle, faisait référence à Isabelle Osby, et il avait été envoyé à l'intéressée par l'éditeur français pour lui demander l'autorisation de publication. Hellen l'avait lu après sa mère et elle s'était émue d'apprendre, par une lettre jointe, que l'auteur était atteint d'une douloureuse maladie dont, sans doute, il mourrait bientôt.

La jeune fille avait alors ressenti le besoin impérieux de faire la connaissance de cet homme dont elle savait si peu de choses, mais qui lui avait transmis, au fond de son patrimoine génétique, sa passion chirurgicale. N'avaient-ils pas d'autres traits communs ? Ne se reprocherait-elle pas sa vie entière de ne pas avoir fait l'effort de le connaître si elle tardait trop ?

À Nairobi, Isabelle Osby n'avait manifesté aucun étonnement quand sa fille lui avait confié ses projets. Elle avait même encouragé Hellen à partir pour la France, en dissimulant mal son envie de l'accompagner.

Hellen ignorait — et ignorerait toujours — que les informations reçues par sa mère émanaient d'un personnage singulier, le docteur Francis Barbier, ancien assistant de son père.

Guillaume de La Verle s'était confié à lui quand il avait appris la récidive de son cancer. Il lui avait dit sa fatigue d'une vie de lutte solitaire, et son refus de toute thérapeutique.

Avant de partir, il lui avait légué son appartement parisien en échange d'un engagement de sa part : publier l'histoire de la famille de La Verle d'après la masse de documents collationnés durant deux siècles et demi par cinq générations de chirurgiens.

Le bénéficiaire de ce legs fabuleux avait outrepassé ses engagements en démontrant à son patron combien ses conseils lui seraient utiles pour la tâche historique qui lui avait été confiée, le poussant ainsi, presque malgré lui, à se soumettre au traitement palliatif de son cancer. Parallèlement, il inventoriait les documents qu'il s'était engagé à publier.

C'est alors qu'il fit une étrange découverte dans l'un des cahiers rédigés par Guillaume au temps de la guerre d'Algérie, en 1958. Il y était question d'une brève aventure avec une Américaine de passage dont le nom était cité : Isabelle Osby. Or ce nom, Francis Barbier le connaissait déjà. Fervent lecteur de revues américaines, le chirurgien avait apprécié, quelques semaines auparavant, un article consacré à l'œuvre médicale d'une association humanitaire installée au Kenya, les fameux Flying Doctors. Une photo montrait deux personnages étonnants : Anne Spoerry et Isabelle Osby, toutes deux médecins et pilotes. La première, française originaire de Mulhouse, plutôt râblée, au visage intelligent et volontaire avec des yeux bleus rieurs sous une casquette de joueur de base-ball, la seconde, californienne, longue et athlétique, au sourire carnassier surmonté d'un chapeau de brousse cabossé. Toutes deux posaient devant un petit avion monomoteur orné d'une croix rouge avec lequel — disait l'article — « elles partaient alternativement pour des missions médicales dans les zones les plus reculées du pays ». Une autre photo, en noir et blanc celle-là, montrait l'Américaine dans les années soixante, avec sa petite fille et un archaïque biplan sur lequel elle avait fait ses premières armes.

Francis Barbier, d'après les dates données par le journaliste, n'avait pas été long à penser que la conception de cette petite chose blonde pouvait bien remonter à une certaine période algérienne. Un de ses collègues, conseiller médical au Quai d'Orsay, avait fait préciser ces informations par l'ambassade de France au Kenya. L'hypothèse était alors devenue une quasi-certitude. Restait à faire rencontrer le père et la fille. D'où l'histoire de la lettre envoyée à Nairobi par l'éditeur mis dans la confidence et ravi de ce nouvel épisode.

En se livrant à cette enquête insolite, le légataire de Guillaume de La Verle ne succombait pas à un goût malsain pour le sensationnel. Il s'était dit qu'en faisant vibrer la corde paternelle de son vénéré patron, il raviverait peut-être un appétit de vie, pour l'heure, bien atténué. C'est dire avec quelle impatience il attendait de voir s'il avait eu raison de se livrer à ces manœuvres clandestines. Il allait être comblé.

Guillaume revivait. Dès le premier dimanche, il invita ses amis parisiens pour déjeuner à Saint-Yé et leur présenter sa fille. Aucun ne refusa. Ils accoururent pour découvrir la nouvelle venue avec une curiosité qu'ils ne songèrent même pas à dissimuler. Roland Mange, son ancien anesthésiste et sa femme Cécile, Gérard Merlot, le médecin généraliste de Neuilly et son épouse Simone, leur fille Mathilde et son mari, médecin généraliste également, ils étaient tous là, mémoire vivante d'une amitié de toujours. Francis Barbier, le *deus ex-machina* de cette fête, arriva le dernier, les bras chargés de fleurs, accompagné d'Agnès Lemercier, plus émue qu'elle n'aurait pu le dire. Le disciple joua les étonnés devant son patron dont le bonheur était sa récompense. L'ancienne maîtresse de Guillaume, élégante et toujours jolie, se disait qu'elle aurait souhaité avoir, elle aussi, une fille avec cet homme tant aimé.

Hellen les sollicita un par un pour se faire raconter leurs souvenirs, et chacun dut y aller de son anecdote. Les études, l'Algérie, Mai 68, les années de galère dans les soubresauts de la grande réforme Debré, tout y passa.

Il était fort tard quand ils reprirent le chemin de la capitale.

Hellen monta dans sa chambre un peu étourdie, désireuse de passer la soirée en paix pour essayer d'assembler les morceaux du puzzle. Elle écrivit une longue lettre à sa mère, en évitant toutefois de lui dire tout le bien qu'elle pensait de Guillaume, pour ne pas lui donner de regrets...

CHAPITRE II

Guillaume n'avait jamais regretté son départ de Paris. Son installation à Saint-Yé lui évitait la compassion de ses amis parisiens. Il profitait des joies de la campagne auprès des gens simples qui le connaissaient depuis toujours, l'aimaient comme on aime un enfant du pays et lui manifestaient leur admiration.

Il pensait souvent à un de ses anciens patients sauvé autrefois d'une tentative de suicide. Séduisant marchand de voitures, il avait transgressé les règles de la vie en société au point de se retrouver, un beau jour, simultanément aux prises avec le fisc, son épouse légitime délaissée, quelques maîtresses abusées et une escouade de créanciers voraces. La balle qu'il s'était tirée en plein cœur ne l'avait pas tué sur le coup. Grâce à la rapide intervention de Guillaume, miraculeusement disponible au moment où le blessé était arrivé à l'hôpital, il s'en était sorti. Après un mois d'hospitalisation, l'homme n'était plus le même. Apaisé, assagi et conscient d'avoir vécu jusque-là dans un tourbillon de vaine agitation, il s'était calmé et menait désormais une existence fataliste, loin de ses agresseurs effrayés par les conséquences de leur harcèlement.

Depuis qu'il s'était réfugié en Picardie, Guillaume n'était pas loin de raisonner de la même manière. Il était heureux d'exercer ses fonctions dans cet hôpital Aubin qui portait le nom de son célèbre ancêtre assassiné en 1789. Sans grand effort, il avait donné un nouvel élan au vieil établissement.

Parfois, avec une amertume fugace, il songeait à tous les combats qu'il avait dû mener durant ses années parisiennes.

Que d'énergie perdue en luttes stériles ! Depuis son retour à Saint-Yé, il ne s'était jamais ennuyé une seconde. Il avait travaillé au manuscrit de son livre, réorganisé le service de chirurgie, rajeuni sa maison et fait rénover le parc.

Régulièrement soumis aux contrôles prescrits par l'Institut Gustave-Roussy, il suivait avec intérêt les progrès de ce que chacun appelait « sa guérison », sachant que son avenir pouvait être encore houleux. Il s'efforçait de ne pas s'en soucier, de suivre son dossier comme il l'aurait fait pour l'un quelconque de ses patients, et il pensait le plus possible à autre chose.

Hellen vint bouleverser cette ambiance résignée. Guillaume était un homme trop bien élevé pour trahir ses sentiments. Il l'avait accueillie avec la plus grande amabilité — comment en aurait-il pu être autrement, tant il la trouvait jolie — et écouta avec attention son histoire. Au fur et à mesure qu'elle parlait, il voyait, avec stupeur, resurgir du tréfonds de sa mémoire des souvenirs qu'il avait crus oubliés.

Si fou que pouvait paraître le récit de la jeune fille, il était authentifié par deux arguments évidents. Elle était née en février 1959, soit neuf mois après la folie algérienne du 13 mai 1958, et elle était le portrait de la jeune Américaine qui avait débarqué dans sa vie par hasard pour enquêter avec une commission de l'ONU.

En écoutant celle qui se disait être sa fille, Guillaume retrouvait les cheveux blonds bouclés, les yeux bleu pâle qui semblaient toujours prêts à rire, des lèvres finement dessinées qui découvraient des dents petites et régulières, une longue silhouette sportive aux gestes élégants de danseuse, tout ce qui l'avait séduit vingt-sept ans plus tôt. Il se revoyait, jeune médecin lieutenant de l'armée française, échappé de l'hôpital Maillot pour une semaine de permission exceptionnelle. La tragicomédie que les communautés musulmanes et européennes s'étaient jouée alors, sur cette place du Gouvernement-Général que le monde entier appelait le « Forum », lui, il l'avait vécue dans l'euphorie d'un amour appelé à être sans lendemain.

Quelle erreur ! Le fruit de ses amours était là, devant ses

yeux. Quand il se leva pour prendre la jeune femme dans ses bras, la tête lui tournait un peu, et il ne savait plus très bien qui elle était, ni à quelle époque il vivait. Il redescendit vite sur terre, impatient de connaître tout ce dont il avait été privé par le destin... et la volonté d'une femme.

Hellen essaya d'expliquer plus que de défendre sa mère. À cette époque, l'homme avait, dans le domaine sexuel comme dans les autres, une prééminence que les Américaines contestaient férocement. En 1958, la pilule n'était pas encore officialisée sur le marché, mais les chercheurs approchaient du succès. Isabelle était de celles qui expérimentaient les nouveaux produits. Elle appréciait à sa juste valeur cette liberté inespérée et le sentiment de puissance qu'elle conférait. Elle était bien décidée à en profiter.

Sans doute le procédé n'était-il pas encore parfaitement fiable, puisqu'elle s'était retrouvée enceinte après l'escapade algérienne. Pour affirmer cette égalité tant réclamée et le droit au choix, ne devait-elle pas prétendre que cette grossesse était désirée et qu'elle avait l'intention d'en assumer seule les conséquences ?

Guillaume sourit au souvenir de la jeune femme autoritaire et déterminée qui lui avait fait passer des nuits de rêve sous les plafonds pseudo-mauresques de l'hôtel Saint-Georges, à Alger.

Hellen lui parla de son enfance dans une grande maison africaine au toit couvert de feuilles de bananiers, avec le compagnon de sa mère, Cyprien, le guide de chasse, qui racontait ses aventures dans la jungle africaine. Elle était allée à l'école dans une de ces institutions religieuses de Nairobi où les classes sociales sont masquées sous un uniforme pimpant et coloré. Dans ce pays de culture anglaise, on l'appelait la « frenchie », bien qu'elle parlât l'anglais et le swahili aussi couramment que les autres.

— Mais, ta mère, que fait-elle là-bas ? interrompit Guillaume.

Isabelle était arrivée au Kenya avec son gros ventre, et un manuel de médecine tropicale sous le bras. Durant sa grossesse, elle avait étudié la pathologie spécifique du pays. Après la naissance, une servante bantoue, qui n'attendait que ce moment, s'était emparée du bébé, libérant la mère de ses obligations. Celle-ci avait enfin pu mettre le cap sur l'hôpital général de la ville pour y proposer ses services. En même temps, sur les conseils de Cyprien, elle apprenait à piloter. « Dans ce pays, avait-il affirmé, si tu veux être indépendante, il faut voler. Les routes seront toujours impraticables pendant la saison des pluies et les distances sont infinies. »

Lui-même l'emmenait souvent visiter de vieux amis qui exploitaient des fermes en Tanzanie. Là, elle fit la connaissance d'un chirurgien anglais séduit par le Kenya, Michael Wood, qui lui expliqua combien il était difficile de soigner des populations perdues aux quatre coins de ce pays sauvage. Il confirma que l'avion allait devenir le seul moyen d'agir avec efficacité, soit pour traiter les gens sur place, soit pour les évacuer vers les hôpitaux des grandes villes.

Ainsi était née cette organisation des Flying Doctors devenue célèbre dans le monde entier. Depuis cette époque, Isabelle Osby, avec une poignée d'hurluberlus de son acabit, allait quotidiennement injecter des vaccins et distribuer de la quinine aux populations nomades ou sédentaires, du Kilimandjaro jusqu'au lac Turkana.

— Pourquoi as-tu choisi la chirurgie ? demanda Guillaume.

Hellen hésita un instant avant de répondre. Avec ce sourire malicieux qui lui plissait le visage, elle murmura :

— Sans doute parce que les gènes de La Verle s'agitaient dans mes chromosomes sans que je le sache. Elle reprit un ton plus sérieux pour essayer de s'expliquer : Tout d'abord, j'ai voulu être médecin « comme maman », et devenir, plus tard, moi aussi, un « docteur volant ». Je me suis aperçue que, dans ce pays, la chirurgie jouait un rôle primordial, tant il y a d'accidents graves dont la table d'opération est souvent le seul et dernier recours. Cette notion de sauvetage ultime a été déterminante pour moi. D'autant que le fait d'être chirurgien n'empêche pas de distribuer aussi des antibiotiques et des antipaludéens. Je crois que ma mère a toujours été frustrée de n'être pas capable d'opérer. Elle a été fière que je fasse ce choix.

— Et tu travailles avec elle ?

— Non. J'ai fait ma spécialisation à Stanford, et, après le cursus normal de chirurgie générale, j'ai découvert l'univers de la recherche. C'est vraiment dans cette direction que je voudrais continuer. En me partageant entre le laboratoire et les malades.

— Quel type de recherche ?

— Durant cette dernière année, j'ai travaillé dans l'équipe Harrisson, à San Francisco, sur la chirurgie du fœtus.

Guillaume secoua la tête, comme pour dire : « Que vont-ils chercher maintenant ? » Hellen sourit de sa surprise et continua :

— Avant, j'avais étudié la microchirurgie en gynécologie et expérimenté l'usage du laser en cœlioscopie.

Il sourit.

— Quand j'étais interne à l'hôpital Broca, j'ai bien connu Raoul Palmer, le précurseur de toutes ces techniques. Tu étais à peine née.

— Palmer ! Son nom est dans toutes les bibliographies.

— C'est vrai qu'il a ouvert la route dans ce domaine. Il n'était reconnu que par les étrangers. En France, on méprisait un peu ce chirurgien qui passait son temps avec une optique à la main pour regarder dans le ventre de ses patientes au lieu de les ouvrir comme tout le monde. Tu as rencontré Agnès Lemercier. Elle a été également son élève ; elle t'en parlera mieux que moi.

Le vieil homme garda un moment le silence et reprit :

— Tu as raison d'avoir choisi la vie du laboratoire. J'ai toujours pensé que le métier de chirurgien n'était pas fait pour les femmes.

— Pourquoi ?

— À cause de la dépendance qu'il impose. Comment concilier un métier d'épouse et de mère avec les obligations de la contre-visite et des urgences. Entre ton gosse qui a quarante de fièvre et ton opéré qui saigne, lequel choisirais-tu ?

— Présenté ainsi, le choix est difficile.

— Une femme n'a-t-elle pas déjà un vrai métier dans sa maison ? Si tu as un enfant...

— Si j'ai un enfant, j'aurai aussi un mari. C'est lui qui prendra le relais. Dans les couples modernes, aux États-Unis, ils s'y mettent tous les deux.

Guillaume leva les yeux au ciel.

— Aux États-Unis...

Elle changea de ton pour reprendre :

— La chirurgie à haut risque n'est concevable qu'en équipe. Pour avoir une efficacité parfaite vingt-quatre heures sur vingt-quatre, il faut être plusieurs. Et être soutenu par une armée de réanimateurs qui font aussi les trois-huit.

— Mais qui est le « responsable » de l'opération ?

Elle sourit sans répondre, et Guillaume la trouva fort belle. Il la regardait avec un mélange d'étonnement et d'admiration. À peine avait-il découvert les joies de la paternité, qu'il succombait déjà aux excès de la fierté paternelle. « Je brûle les étapes », pensa-t-il, en retrouvant ce fond d'humour qui est celui de la sagesse. Changeant de sujet, il prit un air amusé pour demander :

— Dis-moi, pourquoi écris-tu Hellen avec deux « l » et pas de « e » à la fin.

Elle plissa ses yeux et répondit en riant.

— C'est le résultat des ambiguïtés de maman. En anglais, Ellen s'écrit sans « h » et avec deux « l ». Quand elle m'a déclarée aux autorités de Nairobi, elle a mélangé les deux orthographes.

— Sciemment ?

— Je ne l'ai jamais su. Mais j'ai respecté son choix. Un jour, je lui ai posé la question. Elle s'est mise à rire, mais n'a pas répondu.

Guillaume de La Verle était enchanté par la présence de sa fille. Durant trois jours, il l'emmena visiter cette terre de ses ancêtres qu'elle brûlait de connaître. Il se sentait rajeunir. Le poids des années de maladie s'allégeait. Face à la ravissante jeune femme qui venait de faire irruption dans sa vie, il percevait dans son corps meurtri la montée d'une sève nouvelle. Il devait, parfois, se reprendre pour se rappeler qu'il s'agissait de sa propre fille. Sa taille mince, ses longues jambes fuselées, et cette allure inimitable des étudiantes sportives qu'on croise par dizaines sur le campus des universités américaines le remplissaient d'admiration.

Plusieurs femmes avaient traversé la vie de Guillaume sans qu'il les laisse s'y attarder, comme s'il ne s'était jamais complètement remis d'avoir perdu l'épouse qu'il aimait dans un stupide accident de voiture, bien des années auparavant. Pendant ses longues soirées solitaires, il prenait plaisir à se souvenir de telle ou telle, sans jamais regretter de n'en avoir gardé aucune auprès de lui. Sauf, peut-être, Agnès Lemercier, la petite fille qu'il avait opérée jadis, devenue ensuite son interne, son élève préférée, puis sa maîtresse. Malheureusement, elle avait un mari qui refusait de divorcer, et un fils jaloux accroché à ses jupons. À l'hôpital, elle suivait une carrière brillante qui lui laissait peu de temps pour vivre. Elle venait souvent à Saint-Yé voir celui qu'elle appelait son « grand homme », par opposition au petit homme qu'elle conduisait chaque jour à l'école. Les anciens amants étaient devenus les meilleurs amis du monde. Rien de plus.

À Hellen, Guillaume racontait sa vie par bribes qu'il mêlait à des souvenirs familiaux plus anciens. Il avait de réels talents de conteur et il aimait voir s'éveiller l'intérêt dans le regard de sa fille quand il lui montrait les ruines du château de Malmort, où leur ancêtre Aubin avait été conçu, avant d'être abandonné sur les bords de cette rivière dont il portait le nom. La Verle, au pied de la colline où la ville de Saint-Yé s'était développée, coulait en bordure des prairies fertiles, puis allait se perdre dans les marécages infinis qui entourent la Somme.

Ils firent la promenade traditionnelle dans les hortillonnages, à bord d'une longue « barque à cornet » dont le nez est traditionnellement relevé pour s'appuyer, sans les abîmer, contre les berges fragiles de ces jardins aquatiques entretenus avec patience, depuis la civilisation romaine, par les paysans picards.

Cette omniprésence du passé fascinait Hellen. Débarquant d'un pays où les antiquités ont à peine deux siècles, et où les villas des gros industriels de la Belle Époque se visitent comme des musées, elle parvenait mal à imaginer que la cathédrale d'Amiens ait été édifiée dans les années 1200. La plus grande église du monde ! Si on lui avait posé la question avant son voyage en Europe, elle aurait répondu que seuls les États-Unis étaient capables de construire un édifice d'une telle taille. Les merveilles architecturales qu'elle découvrait en Picardie avaient été bâties alors qu'il faudrait attendre trois siècles encore pour que naisse Christophe Colomb.

Elle se sentit plus à son aise en arrivant à Saint-Valéry. Elle retrouva des préoccupations qui lui étaient familières dans le musée écologique où sont décrites les mesures locales pour la protection de la flore et de la faune. De retour à Amiens, ils visitèrent la maison de Jules Verne et le musée de Picardie. Enfin, ils allèrent une journée entière se recueillir sur les champs de bataille où plusieurs de leurs ancêtres s'étaient illustrés, au cœur de cette plaine truffée, aujourd'hui, de monuments aux morts de toutes les nationalités. Sans cesse revenaient, dans le discours de Guillaume, les noms de Benoît, Damien, Florian, ces chirurgiens qui avaient exercé leur art sous la mitraille et su inscrire le nom des La Verle au palmarès des héros.

Hellen était heureuse de découvrir qu'elle appartenait à une telle lignée ; et elle souriait en imaginant, à Nairobi, la tête de sa mère quand elle lui raconterait ces histoires.

Un autre guide proposait à la jeune fille de lui faire visiter le pays, Charles Morand. Il l'appelait tous les deux ou trois jours. Guillaume se comportait comme s'il n'était pas au courant. Hellen, de son côté, ne faisait aucun commentaire.

Elle s'aperçut bientôt qu'elle pensait à ce garçon plus qu'elle n'aurait dû. Sans cesse, elle y revenait, se rappelant telle ou telle phrase qu'il lui avait dite, ou telle réaction qu'il avait eue.

Charles l'invita de nouveau à déjeuner.

— Il faut vous faire apprécier mieux le pays de vos ancêtres, expliqua-t-il, l'œil rieur.

Ils se rendirent ainsi au parc de Samara et au château d'Ary, empruntant des petites routes pittoresques et quasi désertes. Ses commentaires révélaient une étonnante érudition, qu'il cherchait parfois à cacher comme s'il redoutait qu'elle le prît pour un pédant. S'inquiétait-il du jugement qu'elle porterait sur lui ?

Un dimanche, alors qu'ils se connaissaient depuis un mois environ, il l'emmena découvrir, en baie de Somme, une auberge de chasseurs perdue au pied des dunes. D'une voix plus sérieuse que d'habitude, il lui parla du fleuve qui se dilue dans la mer sans frontière nette, de l'immensité des rivages qui changent au gré des marées, des rives sablonneuses qui ne savent jamais très bien où elles en sont et des oiseaux de mille espèces différentes qui viennent là célébrer leurs amours dans l'anonymat d'une lumière mouillée.

Après le déjeuner, ils allèrent marcher dans le sable qui s'enfonçait parfois sous leurs pieds et les faisait trébucher. Elle se raccrochait à lui. Il riait de ses frayeurs. À un moment, elle faillit tomber. Il la prit dans ses bras sans se demander si cette chute était feinte. Il la retint contre lui un moment, puis l'embrassa, longuement. Elle se laissa aller, comme si cette issue était prévue depuis toujours.

Pourquoi se comportait-elle ainsi ? Jusque-là, elle n'avait eu qu'une aventure, une seule. Durable, sérieuse, douloureuse. À Stanford, elle avait été séduite par un étudiant d'une grande beauté que toutes les filles désiraient. C'était un sportif conforme au modèle dont rêvent les jeunes Américaines. Elle, qui ne se croyait pas désirable, avait mis son point d'honneur à le séduire. La première de classe avait prouvé qu'elle pouvait également être la première dans le cœur d'un homme. Et puis, elle s'était vite lassée d'un compagnon qui n'aimait vraiment que les terrains de sport et ne lui apportait rien.

Depuis cette époque, elle s'était contentée de flirts sans importance, faisant passer ses études avant tout le reste. Et voilà qu'elle avait rencontré Charles. Soudain son cœur avait battu plus vite. Elle ne s'était pas demandée s'il était libre, si elle lui plairait, s'il était raisonnable d'y penser si souvent. Non. Elle s'était dit : « C'est avec un homme comme celui-là que je voudrais vivre. » Un mois plus tard, ils s'aimaient dans la chambre d'un hôtel perdu au creux des brumes et des sables.

Elle ne craignit pas un instant de passer pour une femme facile et elle ne s'interrogea pas. Elle ne lui dit même pas qu'elle l'aimait, tant c'était à la fois évident et ridicule. Est-ce qu'on peut aimer quelqu'un qu'on connaît si peu ? Dans son for intérieur, elle n'hésitait pas à répondre par l'affirmative.

Hellen aimait tout en lui : son allure, cette façon qu'il avait de parler avec, sur les lèvres, un demi-sourire ironique et moqueur. Elle avait découvert qu'il était proche de la nature, des gens, de la vie et, surtout, de ce pays dont il semblait connaître l'histoire intime depuis la création du monde. Enfin, elle avait aimé la façon dont il l'avait prise dans ses bras, puis menée dans cette chambre aux rideaux de dentelle blanche pour lui faire l'amour avec autorité et tendresse. Avec une certaine pudeur aussi, et sans parler.

Elle ne lui avait posé aucune question. Ils s'étaient enlacés cent fois, comme si leur vie dépendait de ces étreintes ; et ils avaient laissé leurs corps faire connaissance.

Les confidences sur la vie de ce garçon étaient venues plus tard, quand ils avaient décidé de passer la nuit ensemble, la première. Ils s'étaient retrouvés en fin d'après-midi, dans cette auberge où ils avaient vite pris leurs habitudes. Ils avaient dîné tard, repus de plaisir et brisés de fatigue. L'hôtesse les avait laissés devant le feu de bois, avec une réserve de bûches et une bouteille de vieux calvados. Alors, seulement, Hellen avait su.

Il était le fils de Pierre Morand de Marteuil, le chirurgien de la clinique, descendant honteux des châtelains de Malmort, déshonoré par la conduite de sa mère, Marie-Geneviève, maîtresse d'un officier de l'armée d'occupation et morte sous les bombes alliées, en fuyant avec les Allemands à l'été 1945. Personne, à Saint-Yé, ne connaissait cette filiation qu'il lui avouait sans trop savoir pourquoi.

— Tu vois comme c'est drôle. Nous avons un ancêtre en commun : Aymeric de Malmort qui vivait ici au début du XVIIIe siècle.

— Alors, nous sommes un peu cousins.

Cette idée le fit rire.

Il était devenu journaliste pour rompre avec la tradition chirurgicale de la famille. Chez les La Verle, la ténacité génétique était plus forte, sans doute, que chez les Malmort, mais peut-être avait-il été rebuté par ce que son père croyait être l'évidence du destin. Combien de fois avait-il entendu des phrases qui commençaient par : « Quand tu reprendras la clinique... » ou : « Quand tu seras chirurgien... » Alors, après deux années de médecine, il avait fui la maison et ce métier qui lui déplaisait tant, pour s'inscrire en lettres classiques et faire une école de journalisme à Paris.

À partir de là, alors qu'il rêvait d'aller courir autour du monde, sa vie avait pris une tournure imprévue. Au Panthéon-Sorbonne, il avait rencontré une étudiante originaire d'Amiens qui lui avait fait tourner la tête. Elle était belle, séduisante et fille de riches pharmaciens. Sous ses allures de jeune affranchie, elle cachait une ambition bourgeoise typiquement provinciale. Elle avait deux objectifs : bien se marier et devenir un jour la directrice de l'institut Saint-Elme où elle avait fait ses études.

Elle était revenue dans son école comme professeur de français. Ses parents y avaient investi pas mal d'argent, et, maintenant, elle attendait que la directrice en titre prenne sa retraite pour lui succéder.

Ils avaient deux garçons de quinze et seize ans, une belle villa, deux voitures, un chien, un chat, et un appartement à Courchevel. Bref, la réussite sociale traditionnelle. L'aventurier s'était embourgeoisé par mégarde.

— Un bâton de maréchal et un enterrement de première classe à quarante ans, termina-t-il avec une grimace.

Ce n'était pas tout à fait exact. Par modestie, il n'avait pas dit qu'il travaillait en *free-lance* pour des magazines américains dont il était le correspondant français. Il était devenu ainsi l'un des premiers spécialistes mondiaux de politique européenne, et il enseignait à Paris.

S'il dirigeait l'agence du Courrier Picard à Saint-Yé, c'était surtout parce que son père y habitait.

— Tu comprends, expliqua-t-il, il commence à être âgé, il a des problèmes de santé, et il vit seul. Bien que nous soyons en froid, il faut que je reste à proximité. On ne sait jamais ce qui peut arriver.

Les propositions, pourtant, ne lui manquaient pas. L'agence France-Presse l'avait encore sollicité ces dernières semaines. Pour ne pas entrer en conflit avec son épouse, il avait renoncé à ses rêves de grand reporter.

Hellen l'écoutait raconter son histoire comme s'il ne s'agissait ni de lui ni d'elle. Elle ne parvenait pas à penser que cet environnement allait lui empoisonner la vie. Son amant n'était pas un homme libre. Il était enchaîné à un réseau de conventions et d'obligations aux solides rigidités. Elle s'en moquait. Elle était amoureuse et rien d'autre ne comptait.

Durant un mois, ils respectèrent une stricte discrétion. Il prétextait des reportages. Elle racontait à son père ses visites de la région ou ses rendez-vous à Paris. Mais cette situation ne pouvait s'éterniser.

Les deux amants avaient besoin de quitter l'auberge devenue à la fois nid et prison. Ils avaient envie de marcher en pleine lumière dans les rues d'une ville, d'aller au cinéma comme tout le monde, au bistrot, chez des copains, et vivre leur passion au grand jour. Pour un peu, Hellen lui aurait demandé de quitter sa famille et de rester définitivement avec elle.

Charles n'aurait pas demandé mieux. Il était passionnément amoureux de cette femme avec laquelle il se sentait en parfaite harmonie. Chaque soirée passée avec elle l'éloignait un peu plus d'une épouse dont les préoccupations conventionnelles étaient étrangères à son mode de pensée, et pour qui les choses de l'amour avaient perdu, depuis longtemps, tout intérêt réel.

Sans se l'avouer, il refusait d'aller aussi loin. Il ne voulait pas provoquer de scandale à Amiens et entrer en conflit ouvert avec une femme à laquelle il n'avait, en fait, rien à reprocher. Leurs enfants étaient trop jeunes encore pour qu'il prenne le risque d'être complètement séparé d'eux.

Il adopta une position un peu lâche. Il expliqua à sa famille qu'il ne pouvait pas refuser plus longtemps le poste de grand reporter que lui proposait l'AFP sans risquer de nuire à sa crédibilité professionnelle. Il prendrait une chambre à Paris, et reviendrait passer les week-ends en famille chaque fois que ce serait possible. Son épouse ne pouvait s'y opposer. Elle s'inclina de mauvaise grâce devant les impératifs d'une carrière journalistique dont cette nouvelle étape constituait une véritable promotion.

Avec son père, Hellen joua franc jeu. Le vieux chirurgien tomba des nues et partit d'un grand éclat de rire devant les facéties du destin. Qu'une La Verle succombe dans les bras du dernier descendant des Malmort lui paraissait de la plus grande drôlerie. Il ne porta aucun jugement moral, souhaitant seulement, comme Charles, que les apparences fussent sauves. Il voulait préserver ses bonnes relations avec le docteur Morand, son collègue de la clinique, qui aurait mal supporté un scandale public.

— Il l'apprendra un jour ou l'autre, continua Guillaume. Aujourd'hui, l'important est d'éviter de faire des vagues. Les relations entre le père et le fils ne sont déjà pas très bonnes depuis que le jeune Charles a lâché ses études de médecine. N'aggravons pas la situation. Si on savait qu'il abandonne femme et enfants, nous n'aurions pas fini d'en entendre parler ! J'aimerais autant ne pas être mêlé à ce conflit... Il eut un petit sourire ironique pour ajouter : Morand apprécierait peut-être ce changement de belle-fille, puisque tu es chirurgien. Il aurait tant aimé transmettre sa clinique à sa descendance. Tu raviverais ces espoirs. Il est trop tôt pour en parler. Partez pour Paris. C'est une bonne idée. Vous y préserverez votre anonymat mieux que partout ailleurs. Allez-y, mais reviens me voir souvent. Maintenant, tu me manquerais.

CHAPITRE III

Hellen était arrivée d'Amérique sans aucune arrière-pensée concernant son avenir. Elle venait faire la connaissance de son père et visiter la France. Rien de plus. En quelques mois, tout avait changé. Séduite par le pays de ses ancêtres, fière de son père et amoureuse, elle n'imaginait plus vivre ailleurs. Du moins, pour le moment. Comme tous les étudiants américains, elle savait que la stabilité n'est plus une valeur moderne et qu'un choix n'est jamais définitif. Raison de plus pour se fixer là où les circonstances sont favorables.

Paris lui semblait la ville idéale où s'installer. Elle n'hésita pas un instant. Durant des heures, elle arpenta ces célèbres avenues qu'elle avait toujours rêvé de découvrir. Seule ou avec Charles, le meilleur des guides, elle explora les vieux quartiers, de Montmartre au Marais, parcourant les rives de la Seine. Grâce à ses relations, Charles dénicha, rue des Saints-Pères, à deux pas de la faculté de médecine, un studio mansardé mais lumineux, qui donnait sur une marqueterie de toits et de cheminées.

Hellen décora leur cachette comme le font les étudiants. Quelques meubles disparates et sympathiques venus du marché aux puces de Vanves, des tissus colorés et des posters aux murs entourèrent bientôt le grand lit blanc où ils se retrouvaient chaque fois que Charles n'était pas en mission. Toute leur vie, ils se souviendraient avec émotion de ces quelques mètres carrés de bonheur.

À peine eut-il signé son contrat avec l'AFP, qu'il dut partir pour la Nouvelle-Calédonie où Canaques et Caldoches s'affrontaient furieusement. Malgré l'état d'urgence, les anti-indépendantistes organisaient une grande manifestation à Nouméa qui risquait de tourner à l'émeute. Il se devait d'y être. C'était leur première vraie séparation. Hellen l'accompagna à l'aéroport, avec la sensation d'avoir enfin gagné la première place dans la vie de cet homme qu'elle chérissait.

Le lendemain, elle prit ses fonctions à l'hôpital Sainte-Marthe dans le service d'Agnès Lemercier. Francis Barbier, qui trouvait habituellement normal que ses collègues du conseil de l'ordre fussent réticents quand il s'agissait de donner la qualification chirurgicale à des étrangers, comprenait mal qu'il en fût de même pour sa protégée. Elle allait acquérir la nationalité française, puisque Guillaume de La Verle l'avait reconnue, et ses diplômes américains étaient officiels. Rien n'aurait dû s'opposer à une décision positive. En attendant les résultats des délibérations, il avait obtenu qu'Hellen puisse faire de la recherche avec Agnès Lemercier.

À trente-neuf ans, celle-ci était à la tête du service de gynécologie de l'hôpital Sainte-Marthe et elle avait acquis une renommée certaine dans sa spécialité. Très attachée à celui qu'elle avait aimé et qui avait fait sa carrière, elle aimait retrouver Guillaume dans sa retraite picarde. Hellen l'avait séduite. Elle lui avait immédiatement proposé une place dans son unité de l'INSERM. La jeune fille, enthousiasmée, devait accomplir les formalités qui l'autoriseraient à prendre officiellement ce poste. En même temps, elle faisait la démonstration de son appareil d'autotransfusion à des chirurgiens auxquels Agnès l'avait recommandée.

Entre les deux femmes, l'entente fut immédiate. Par chance, Agnès avait, de longue date, une passion pour la cœlioscopie. Elle avait raconté à sa jeune disciple sa rencontre avec Raoul Palmer, à l'hôpital Broca, dans les années soixante.

— C'était un homme extraordinaire. D'une gentillesse exquise, il enseignait, avec une patience rare, une méthode dont il était pratiquement l'inventeur. En effet, depuis 1943, il examinait le bas-ventre de ses patientes avec un système d'optique qu'il avait bricolé lui-même. Et sous anesthésie locale !

Enthousiaste de nature, Hellen était fascinée par l'histoire d'un de ces personnages extraordinaires qui ont généré, seuls contre tous, les progrès les plus marquants de la grande aventure chirurgicale. À cette époque, Palmer savait que les accidents anesthésiques étaient fréquents, et il ne supportait pas l'idée qu'une femme puisse mourir à cause d'un simple examen. Refusant de prendre ce risque, il leur expliquait patiemment l'origine des douleurs qu'elles ressentiraient, et faisait en sorte d'en diminuer le plus possible les conséquences.

Plus tard, vers 1951, il se décida à utiliser la narcose. Les médecins qui assistaient à ses séances opératoires étaient frappés par la douceur de ses gestes et les précautions qu'il prenait pour éviter de traumatiser des patientes qui, pourtant, ne sentaient rien.

— Plus vous êtes prudents et doux, disait-il, plus les suites seront simples.

L'anesthésie générale était devenue nécessaire parce qu'il voulait aller au-delà de la simple exploration. Il put ainsi commencer à pratiquer des prélèvements biopsiques et des libérations d'adhérences. À partir de 1958, il inaugura la technique des ligatures de trompes, et les Américains, enfin, découvrirent sa méthode.

En 1959, il mit au point un système qui permettait, pour la première fois, de faire des photos intra-abdominales au flash. Il projeta ses clichés dans les congrès à la stupéfaction des participants. Puis, il fit transformer son système d'éclairage et put enfin tourner des films. Non seulement il avait exploré tous les chapitres de la pathologie pelvienne féminine, mais il pouvait désormais transmettre un enseignement qui allait révolutionner la conception même de la gynécologie.

— À partir de son exemple, nous sommes allés de plus en plus loin, continuait Agnès avec fierté. Nous abordons aujourd'hui la cœlioscopie opératoire, et le champ de nos interventions à ventre fermé ne cessera de se développer. Voilà à quoi nous allons travailler ensemble.

Elle raconta qu'elle rentrait d'un voyage en Allemagne. Elle était allée à Kiel, dans le service de Kurt Semm, un autre gynécologue passionné par cette méthode.

— C'est un disciple de Palmer, il a particulièrement étudié le matériel pour ce qu'il appelle la pelviscopie opératoire. La rigueur germanique est là-bas à son comble, et les perfectionnements que Semm a apportés, tant sur le plan de l'efficacité que sur celui de la sécurité, sont inégalés à ce jour. Du moins à mon avis. Agnès avait gardé le meilleur pour la fin : Pour ses étudiants, il a mis au point un simulateur d'entraînement, un *pelvi-trainer*, dont j'ai rapporté un exemplaire. Nous allons travailler ensemble sur ce modèle, l'améliorer probablement, mais, surtout, pouvoir former les cœlioscopistes de demain, autrement que dans le ventre de nos patientes.

Hellen jubilait. C'était exactement ce qu'elle aimait faire.

— On pourra s'entraîner aussi à la chirurgie fœtale.

— Exactement. C'est une étape de préparation à la chirurgie sur l'animal. Nous apprendrons plus vite et à un moindre coût.

— Et la procréation médicalement assistée ?

— Là encore, Palmer a été le premier à prélever un ovocyte sur un ovaire en 1961. Pour nous, le traitement de la stérilité sort un peu du laboratoire de chirurgie expérimentale. Pour améliorer nos résultats, nous avons besoin que les biologistes progressent parallèlement à nous. Mais tu as raison, s'il le faut, le simulateur pourra nous aider.

Charles découvrit le bonheur de vivre avec une compagne enthousiaste, fantaisiste et, comme lui, si habitée par son métier. Qu'il lui paraissait loin, le temps où il devait se contenter de l'existence étriquée d'un plumitif provincial !

Quand elle avait passé sa journée dans son laboratoire, Hellen débordait de joie. Elle lui sautait au cou, lui racontait ses succès, ses projets, les améliorations qu'elle essaierait le lendemain. Il l'emmenait dans quelque bistrot à la mode pour lui changer les idées, et, à son tour, il cherchait à la captiver par le récit de ses rencontres. Il lui parlait de la stratégie politique internationale et des négociations sur le désarmement.

Avec lui, elle oubliait tout. Pourtant, la nuit, elle se réveillait parfois en sursaut, tout en s'excusant, notait sur un carnet l'idée qui venait de lui traverser l'esprit.

Ensemble, et grâce à Francis Barbier, ils s'initièrent aussi à la vie parisienne. L'ex-assistant de Guillaume avait toujours eu une vie très conviviale et il s'empressa d'inviter Charles et Hellen. Il les reçut, pour la première fois, le jour où il présentait à l'ensemble de ses amis celle qui était devenue sa femme. Le célibataire endurci officialisait une liaison ancienne qui serait restée secrète si les caprices du hasard (et les facéties d'un stérilet) n'avaient rendu l'heureuse élue subrepticement enceinte.

Valérie Darbois avait la quarantaine sévère et l'habillement austère. Elle n'aurait jamais cru devoir se mettre à pouponner sur le tard et l'avouait sans gêne. Divorcée d'un magistrat et sans enfant, elle consacrait l'essentiel de son temps à son métier d'avocat. Elle s'imaginait mal en mère de famille, mais, disait-elle, la grossesse allait lui donner le temps de réfléchir à ce futur changement.

La présentation de la nouvelle mariée eut lieu dans le superbe appartement « de La Verle » où Francis habitait depuis que Guillaume s'était installé à Saint-Yé. Situé à l'angle de la rue de l'Entrepôt et du quai des Grands-Augustins, il donnait sur la façade illuminée du Louvre, et la vue, au-delà des marronniers, faisait l'admiration des invités.

Francis et Valérie avaient convié beaucoup de monde à leur fête. Un petit groupe se forma bientôt dans la bibliothèque autour de Guillaume, suivi d'Agnès. Il y avait là Bob et July, un couple américain qu'accompagnait une femme journaliste répondant au doux nom de Capucine, et nos deux amoureux venus en voisins pour leur première sortie officielle. De nombreuses personnalités parisiennes firent de brèves apparitions pour féliciter les jeunes mariés.

Ce soir-là, Hellen trouva une nouvelle raison d'admirer son compagnon. Il connaissait la plupart des invités et faisait preuve d'une culture politique qu'elle ignorait. Ses prises de position étaient très écoutées.

C'est ainsi que Bob et July se passionnèrent pour ses analyses de la politique française, dont les finesses leur échappaient. Lui était avocat international, *partner* du cabinet où Valérie travaillait ; et sa compagne, artiste peintre. Ils faisaient, à Paris, un séjour à la fois professionnel et touristique, envisageant de s'y fixer pour un temps.

Dans une longue jupe de lin écru surmontée d'un caraco de soie noire, Hellen était ravissante. Elle attira l'attention, à son tour, quand il fut question du sida. Cette maladie, dont on ne parlait encore qu'à mots couverts en France, fascinait les esprits curieux à cause de l'odeur de soufre que la rumeur lui attachait. Outre-Atlantique, elle était entrée dans le vif de la vie sociale depuis trois ans déjà, et les deux Américains confirmaient avec gravité les propos alarmistes de la jeune femme. Par déformation professionnelle, ils mettaient en avant les nombreuses conséquences juridiques des différents modes de contamination et insistaient sur les risques transfusionnels qui commençaient à se faire jour. Hellen manifestait une maîtrise du sujet qui impressionna l'auditoire.

Charles et Guillaume admiraient la jeune femme. Francis Barbier était fier d'être l'artisan de sa venue. Personne, à part Agnès, ne savait le rôle qu'il avait joué. Le chirurgien savourait son succès en esthète, silencieusement. Raconterait-il cet épisode à sa jeune épouse ? Il ne s'était pas encore posé la question.

Valérie était grande, brune, et d'une élégance rigoureuse. Elle cachait, sous des traits souriants, une agressivité que ses clients appréciaient. Son regard sombre, derrière d'épaisses lunettes de myope, exprimait une fragilité angoissée que sa voix un peu métallique refusait de laisser transparaître.

Elle brilla, ce soir-là, en analysant, avec une rigueur glacée, les mécanismes judiciaires des poursuites possibles contre les médecins s'il y avait vraiment contamination de malades.

Le sida entrait à pas feutrés dans la bonne société parisienne.

Quand Charles était absent, Hellen allait parfois retrouver son père à Saint-Yé. Ils passaient de longues heures ensemble à bavarder de la vie et de leur métier. Elle lui vantait les mérites de telle ou telle nouveauté, et Guillaume s'inquiétait de voir se développer ces techniques de chirurgie assistée par un matériel sans cesse plus sophistiqué qui risquaient, à terme, de faire perdre aux chirurgiens la pratique des méthodes éprouvées.

Un soir, il lui montra un catalogue qu'il venait de recevoir du musée Max-Nitze de Stuttgart, consacré à l'endoscopie à travers l'histoire de la médecine. Hellen fut fascinée par ces appareillages nés au XIXe siècle, et qui témoignaient de la fantastique imagination déployée par ces praticiens soucieux d'examiner mieux les entrailles de leurs patients. Jamais elle n'aurait pensé que les chirurgiens de cette époque avaient été capables de concevoir des instruments qui leur permettaient de regarder dans la gorge ou la vessie, avec, pour tout éclairage, une bougie centrée dans un jeu de miroirs. L'avènement de l'électricité avait évidemment transformé la qualité des images obtenues, mais la marche du progrès, bien mise en évidence par les illustrations du livre, était stupéfiante.

— Vous voyez, conclut-elle, nous sommes dans la droite ligne de ces recherches. Après l'électricité, sont venues les fibres optiques. Bientôt, des caméras miniaturisées nous permettront de surveiller notre travail sur des écrans de télévision. Elle réfléchit une seconde et ajouta : Je pourrai transmettre le résultat d'un examen à l'un de mes patrons de San Francisco qui me donnera son opinion en direct. C'est merveilleux.

Guillaume sourit. Rien n'arrêtait l'imagination de sa fille. Et il sentait bien qu'elle avait raison. Cependant, son expérience l'incitait à revenir toujours à un raisonnement qui lui paraissait essentiel, quitte à paraître un tantinet radoteur :

— Ce qui me panique, vois-tu, c'est que les praticiens vont perdre l'habitude de regarder dans les vessies avec un simple appareil d'optique. Plus le matériel va se sophistiquer, et plus la maintenance sera difficile. Que fera le chirurgien perdu au fin fond de l'Afrique, quand sa caméra vidéo sera en panne ? Il attendra l'arrivée du technicien qu'il faudra faire venir de Tōkyō.

La jeune femme l'écoutait en silence, sans lui dire combien elle trouvait son combat dépassé. Certes, il avait raison sur le principe, mais elle sentait que les solutions viendraient d'elles-mêmes.

— Prenez les voitures. On aurait pu penser que la sophistication électronique des modèles récents les rendraient inutilisables dans certains pays. Que s'est-il passé ? Les constructeurs ont mis au point une nouvelle race de véhicules tout-terrain spécialement conçus pour cet usage. Ils sont increvables et personne ne regarde jamais sous le capot.

Un autre sujet angoissait Guillaume. Il changea de conversation et demanda des nouvelles de Charles qu'il aimait beaucoup sans le dire. Il s'inquiétait de la double vie qu'il était obligé de mener.

— Le fait d'avoir peur de tout est un symptôme de vieillissement, tu sais, s'excusa-t-il. Il ne faut pas m'en vouloir, j'ai un peu tendance, ces temps-ci, à ne plus voir que le mauvais côté des choses...

— Ce mauvais côté-là, vous n'êtes pas seul à vous y intéresser, répondit Hellen en faisant la moue. Au début, je me refusais à penser aux inconvénients de la vie que nous menions. Je me disais que je n'avais pas forcé Charles à me suivre à Paris, et que rien ne l'avait obligé à faire ce choix. Il m'arrivait même de penser que cette rupture avec son contexte social était bénéfique pour sa vie sentimentale et professionnelle. Je n'imaginais pas à quel point il me serait pénible de vivre autant séparée de lui. Il est déjà rarement en France, mais qu'il doive, à chaque retour, se partager entre Paris et Amiens commence à devenir intolérable.

La réalité était plus grave encore. Hellen était déchirée. Guettant les appels, elle passait des heures à côté du téléphone. Certains soirs de solitude, elle commençait à se dire qu'elle s'était engagée dans une impasse.

Charles ne parlait jamais de l'avenir. Les premiers temps, il avait déploré que ses enfants fussent trop jeunes pour être abandonnés. Ce qui semblait sous-entendre que, plus tard, lorsqu'ils seraient majeurs, il divorcerait. Maintenant, il n'en parlait plus. Il semblait s'installer dans cette situation fausse mais, somme toute, confortable.

— Il a deux femmes qu'il aime pour des raisons différentes, concluait Hellen, et aucune ne lui pèse, puisqu'il mène, la plupart du temps, une exaltante vie de célibataire aux quatre coins du globe. Il a deux Pénélope qui l'attendent. Chacune dans son coin tisse sa tristesse en rêvant du même héros voyageur. Elle eut un petit rictus amer pour ajouter : Des femmes, il peut même en avoir quelques-unes en plus, ici ou là. Rien ne l'en empêcherait. L'homme n'est-il pas spontanément polygame ?

En fait, ce qu'elle ne savait pas, c'est que Charles souffrait autant qu'elle de cette situation ambiguë. Le double jeu n'était pas son fort, et il aurait bien voulu simplifier sa vie. Il ne pouvait se résoudre à briser cette apparence de cellule familiale à laquelle ses enfants étaient naturellement attachés, ni laisser une épouse parce qu'elle était une petite provinciale plus intéressée par sa réussite sociale que par le bonheur de son mari.

Il ne se doutait pas que, pour « Madame le professeur », la rupture aurait été moins grave qu'il l'imaginait, tant elle s'était adaptée à la situation. Elle accomplissait son rêve à l'institut Saint-Elme, où elle remplaçait, désormais, la directrice malade, et jouait le rôle de chef de famille à la maison, avec la satisfaction cachée d'être plainte par ses amies. « La pauvre, encore toute seule. Quel courage ! Ce ne doit pas être drôle tous les jours », murmurait-on dans les belles maisons amenoises.

Personne ne savait que le nouveau professeur de mathématiques trouvait la future directrice à son goût, et qu'il le lui faisait clairement percevoir. Elle se contentait alors d'être flattée, sans oser franchir le pas, mais l'hommage muet de cet homme jeune ravivait en elle des émotions oubliées.

Hellen ne se plaignait jamais devant son amant. Les moments passés avec Charles lui apportaient un tel bien-être qu'elle souhaitait en silence que, faute de mieux, ils puissent continuer à vivre ainsi. Entre les joies de son métier et leurs soirées d'amour, elle était consciente de vivre, tout compte fait, plus de bonheur que bien des couples rangés. Quand il était absent, elle travaillait plus et prenait de l'avance en attendant son retour. Elle voyait aussi ses amies, et apprenait à connaître mieux ce monde de femmes responsables qui l'entouraient.

Elle avait sympathisé avec celle qui s'appelait désormais Valérie Barbier. Malgré la quinzaine d'années qui les séparait, elles avaient de nombreux points communs. Toutes deux anciennes fortes en thème, elles exerçaient un métier qui, jusqu'aux décennies précédentes, était réservé aux hommes. Elles racontaient, en s'amusant, les anecdotes qui illustraient le machisme des collègues et même du public. Combien de fois avaient-elles été interpellées par des clients qui les avaient prises pour une secrétaire ou une infirmière !

Valérie avait longtemps vécu seule et, même mariée, conservait son jardin secret. Elle n'entendait pas sacrifier sa carrière professionnelle aux exigences de tâches ménagères qu'elle jugeait subalternes.

— Quand ton bébé sera là, comment feras-tu ? demanda Hellen.

— C'est une question d'organisation. Mais je suis sûre que je ne me laisserai jamais accaparer. Un enfant doit prendre sa juste place dans la vie de ses parents. Pas plus.

Ces affirmations péremptoires laissaient Hellen songeuse. Agnès l'étonnait aussi quand elle philosophait sur la difficile existence des femmes célibataires.

— Je me suis toujours refusée à me cantonner aux lits à une place, affirmait-elle avec humour se référant à l'ouvrage célèbre de Françoise Dorin, mais j'avoue que ma solitude me plaît assez.

Un soir, elle se laissa aller à raconter certaines de ses aventures. Puis, elle revint à un sujet qui était toujours resté douloureux :

— J'ai longtemps conservé pour ton père un attachement profond. Au moment où il a cru que sa fin était proche, il a voulu rompre toutes les amarres sentimentales qui le retenaient à la vie, et rien n'a plus jamais été pareil entre nous. L'affection demeure avec les souvenirs. Le grand amour n'est plus et il me manque. Dieu sait pourtant que nous nous sommes aimés !

Souvent, les trois femmes déjeunaient ensemble, riant de tout et se moquant d'elles-mêmes avec esprit. Hellen s'amusait du comportement de ses aînées, mais, au fond de son cœur, elle ne pouvait imaginer que sa vie continuerait ainsi durablement.

À la vérité, elle n'avait pas vraiment le temps de se morfondre, tant sa vie professionnelle l'accaparait. Elle prit même soudain une importance imprévue, quand survint le drame de Valérie Barbier.

CHAPITRE IV

Quand une femme inaugure sa vie obstétricale à quarante ans, on doit toujours craindre que ne surviennent des complications inhabituelles, même si, à notre époque, on sait de mieux en mieux mener de telles aventures à leur terme.

Valérie fut donc spécialement suivie par un accoucheur de Sainte-Marthe et les bulletins de santé arrivèrent sur le bureau d'Agnès. Durant les premiers mois, ils furent rassurants. On se félicitait de ces résultats, et se prenait à croire que la partie était gagnée, quand les premières difficultés apparurent.

Ce fut d'abord une simple élévation tensionnelle. Rien de grave. Les mesures thérapeutiques se montrèrent d'emblée efficaces. La surveillance redoubla, mais, au fur et à mesure que l'image échographique du fœtus se précisait, le spécialiste commença à avoir des doutes. Quelque chose n'allait pas.

Agnès vint avec Hellen étudier de plus près l'anomalie décelée. Ce n'était presque rien encore, juste un soupçon. Il parut sage de mettre la future mère en observation dans le service. Les examens furent répétés de jour en jour et les avis se multiplièrent. L'image se confirmait, il devenait évident que la cage thoracique de l'enfant n'avait décidément pas la clarté habituelle.

En quelques jours, le diagnostic se précisa : le diaphragme gauche du fœtus était pratiquement inexistant. Le tube digestif se développait dans le thorax en comprimant les poumons, et le cœur commençait à présenter des signes de souffrance. Le pronostic devint bientôt d'une cruelle évidence : l'enfant n'irait pas à terme, à moins d'une intervention réparatrice faite avant la naissance, et dont personne n'avait réellement la pratique. C'était sa seule chance. Encore était-elle faible.

Hellen connaissait bien cette pathologie pour avoir participé aux premières interventions mondiales de ce type faites aux États-Unis par son maître Harrisson. Le dimanche suivant, Guillaume eut droit à la primeur de ses explications. Agnès était venue déjeuner à Saint-Yé, et tous trois restèrent longtemps à discuter lorsque Philomène leur eut servi le café.

— Vous voyez, expliquait la jeune femme à son père, voilà ce que nous appelons un « enfant précieux ». Valérie et Francis veulent ce bébé, et rien ne prouve que, s'il meurt avant la naissance, ils auront le courage — ou la possibilité — de tenter à nouveau l'expérience. Cette grossesse est sans doute leur dernière chance d'être parents.

Le chirurgien secouait la tête d'un air désolé. Il se tourna vers Agnès :

— Tu crois aussi qu'il va falloir l'opérer ?

— Comment faire autrement ?

— Tu vas laisser faire Hellen ?

Guillaume avait vite pris ce défaut des pères qui n'imaginent pas leurs enfants capables de réaliser ce qu'eux-mêmes ne savent pas faire. Agnès, qui avait deviné, sourit :

— Nous allons opérer ensemble. Parmi nos collègues chirurgiens de Sainte-Marthe, Hellen est la seule à maîtriser cette technique. Nous en avons longuement débattu avec nos pédiatres et ceux de l'hôpital des Enfants-Malades. L'agrégée du service, sans doute la première spécialiste en France, est venue examiner Valérie. Elle a travaillé aussi avec Harrisson et confirme que l'opération est la seule solution. Même si les espoirs de réussite sont minimes. Le bébé, aujourd'hui, est condamné. De cela, nous sommes certains. Sa seule chance, s'il en a une, c'est que nous puissions intervenir maintenant. Qu'en penses-tu, Hellen ?

— Les vraies difficultés ne sont pas opératoires. Le danger réside au niveau de l'utérus, après l'intervention. Le plus souvent, des contractions surviennent qui aboutissent à l'avortement.

Guillaume suivait attentivement les explications de sa fille. Elle continua :

— Ce n'est pas une technique très difficile. Il suffit d'avoir l'outillage qui convient, et j'ai téléphoné au fabricant à San Francisco. Il attend ma confirmation pour m'envoyer ce qu'il faut en urgence, avec un technicien. Ce serait une excellente opération publicitaire pour eux.

— Il ne reste donc plus qu'une question : quand ?

— Nous avons rendez-vous ce soir avec Francis, dans la chambre de sa femme. Nous prendrons la décision ensemble.

Guillaume resta songeur.

La salle d'opération gynécologique de l'hôpital Sainte-Marthe présentait une physionomie inhabituelle. Avec l'arrivée des pédiatres, l'équipe chirurgicale paraissait deux fois plus nombreuse que d'habitude. Il y avait foule pour cette grande première. Guillaume, évidemment, avait voulu être là et il s'étonnait qu'Agnès eût même pensé à faire filmer l'opération.

— Tu as demandé l'autorisation de Valérie ?

— Évidemment. Elle est bien consciente qu'il s'agit, pour nous, d'une étape scientifique considérable. C'est une intervention que nous devons conserver en archives. Elle ajouta à mi-voix : C'est même important sur le plan médico-légal.

Guillaume leva les sourcils d'un air étonné. « Quelle époque ! » pensait-il.

— Ne t'inquiète pas, avait-elle assuré, les techniciens ont des caméras télécommandées et ils ne seront pas dans nos jambes. Ils vont s'installer dans un coin de la salle, devant leurs écrans de contrôle, et ne gêneront personne. Ils ont l'habitude.

Un jeune médecin américain, arrivé dans la nuit avec le matériel, expliquait à la chef panseuse dans quel ordre les instruments seraient servis à l'équipe. Il parlait français d'une manière presque risible, mais chacun comprenait son discours.

Hellen s'approcha de Francis Barbier, mort d'angoisse, dont le teint verdâtre était mis en valeur par le bleu éclatant de son masque chirurgical. Il regardait le nouveau venu et son outillage avec une inquiétude mal dissimulée.

— Ce type est remarquable, lui chuchota-t-elle à l'oreille. D'origine chilienne, il est arrivé aux USA à l'âge de dix-huit ans, avec une bourse de l'ambassade américaine. À cette époque, il ne parlait qu'un peu l'anglais, comme on l'enseigne au lycée. Durant ses études universitaires, il a évidemment progressé dans la langue de Shakespeare, mais, en même temps, il a appris le français. Ensuite, il a gagné son argent de poche en donnant des cours d'espagnol et de français aux étudiants américains. C'est par ce moyen qu'il a pu devenir médecin. Et ingénieur. Maintenant, il est l'un des premiers spécialistes mondiaux de ce type de matériel.

Pendant qu'elle parlait, Guillaume considérait avec un étonnement non moins évident ce gros garçon adipeux au sourcil charbonneux, les yeux rougis par l'absence de sommeil, qui expliquait aux infirmières le déroulement de l'intervention.

— Tout commence comme une césarienne. Quand elle ouvrira l'utérus, elle va devoir pomper le liquide amniotique pour ne pas le perdre. C'est très important. Il montrait le récipient où serait conservé le précieux milieu aquatique auquel le fœtus était habitué : S'il en manque à la fin, j'en ai un flacon de fabrication synthétique, mais c'est moins bon. Ensuite, elle sortira le fœtus. Pas complètement. Plus il restera dans l'utérus, mieux ce sera. Elle lui posera immédiatement les électrodes, qui permettront de suivre son activité cardiaque. Si le cordon était comprimé, la circulation serait perturbée et il suffirait d'un rien pour que la situation se gâte rapidement.

Malgré son drôle d'accent, ce garçon maniait les expressions de la langue avec une aisance stupéfiante.

— Elle sortira le fœtus juste assez pour pouvoir faire son incision. À partir de là, tout ira vite. Elle fera redescendre l'estomac dans le ventre pour mettre en évidence la hernie du diaphragme qu'elle ne pourra pas suturer. Il faudra remplacer le muscle par une prothèse. Voilà la pièce de tissu synthétique qui est prévue. Elle la fixera aux parois du thorax avec cette mini-agrafeuse.

Tout en parlant, il rangeait, dans le bon ordre, les emballages qu'on n'ouvrirait qu'au dernier moment.

— Quand elle devra fermer la paroi abdominale du bébé, ce sera un autre problème. Comprenez bien : une fois qu'elle aura redescendu l'estomac, le foie et l'intestin à leur vraie place, le ventre sera devenu trop petit. Elle ne pourra pas obturer la plaie. La paroi musculaire n'est pas assez élastique. Alors, elle agrafera cette autre prothèse.

La panseuse paraissait fascinée. L'autre continuait :

— Ensuite, elle réintégrera le fœtus et refermera la paroi de l'œuf et de l'utérus, avant de réinjecter le liquide, sans en perdre.

Tandis qu'il parlait à voix basse, l'anesthésiste, de son côté, préparait ses drogues et son appareillage, aidé par un réanimateur pédiatre.

Valérie aurait préféré une péridurale, mais c'était impossible. Le bébé, lui, n'aurait pas été anesthésié.

L'anesthésiste parlait à voix base.

— On lui injecte même des calmants dans le cordon pendant l'intervention pour être sûr qu'il ne souffre pas. Quant à l'utérus, il faut faire en sorte aussi qu'il réagisse le moins possible.

— Il me semble que, réveillée, je l'aurais mieux contrôlé cet organe capricieux. Il m'appartient, non ?

— Vous savez, s'il décide de se débarrasser de son contenu, vous n'y pourrez pas grand-chose ! La fausse-couche risque d'être inévitable.

— Eh bien, c'est ce que nous verrons ! Je suis convaincue que la volonté peut être efficace, même dans ces cas-là. J'ai fait beaucoup de yoga et je sais me contrôler.

Francis, réduit au rang de simple mari, s'était glissé entre les appareils électroniques de surveillance et les perfusions. Il assistait à la conversation derrière le champ opératoire, accroupi à la tête de sa femme. Pendant que l'anesthésique pénétrait dans la tubulure, il lui parla à l'oreille jusqu'à ce qu'elle dorme. Il avait besoin de lui dire tout son amour, jamais encore si impudiquement avoué.

Une fois commencée, l'intervention se déroula très vite. Hellen était assistée d'Agnès et d'une chef de clinique aux Enfants-Malades. Les trois femmes, qui avaient répété l'intervention au laboratoire, étaient parfaitement coordonnées. Les gestes paraissaient étonnamment rapides tant ils étaient précis, et Hellen maniait les instruments miniaturisés avec une aisance que seule une longue pratique expérimentale peut donner.

Dans la salle, malgré l'abondance des spectateurs, le silence était total. Depuis l'avènement des anesthésies régionales, les infirmières s'étaient habituées à ne plus faire aucun bruit et à ne prononcer aucune parole susceptible d'inquiéter les patients. Elles savaient ce qu'elles avaient à faire, et un simple coup d'œil suffisait pour qu'elles répondent instantanément à la demande des opérateurs. Ce jour-là, le caractère exceptionnel de l'intervention contribuait encore à concentrer leur attention.

Même Guillaume, si endurci qu'il fût, ne put s'empêcher de retenir son souffle quand le minuscule corps du fœtus émergea à moitié de la cavité abdominale. Dans la main d'Hellen, il n'était guère plus gros qu'un lapereau, mais on le sentait palpiter d'une vie à la fois tenace et fragile.

Le minuscule ventre fut ouvert, et l'index ganté libéra délicatement le thorax des organes qui l'avaient indûment envahi. Le poumon, comprimé jusque-là, se déplissa lentement laissant apparaître le cœur, symbole vivace du sauvetage en cours, à peine gros comme un œuf de pigeon. La mince pièce de tissu prothétique, retaillée aux bonnes dimensions, disparut dans les profondeurs de la plaie opératoire et l'agrafeuse, maniée à distance, en réalisa la fixation en quelques secondes. Les organes abdominaux reprirent enfin la place qui devait être la leur. Il ne restait plus qu'à fermer la paroi abdominale par l'agrafage de la seconde prothèse.

Le fœtus regagna bientôt la cavité amniotique, l'utérus fut suturé, le liquide réinjecté et l'abdomen maternel refermé. C'était terminé. Personne n'avait senti le temps passer. L'électrocardiogramme fœtal était resté parfait.

Hellen recula, arracha ses gants et tira sur son masque, laissant apparaître un visage marqué par la fatigue. Elle ferma les yeux et respira profondément. Ses traits étaient comme affaissés autour du sillon profond laissé sur ses joues par les cordons du masque. Elle croisa le regard de Francis qui essayait de sourire. Ce n'était pas un chirurgien qu'elle avait en face d'elle, mais un pauvre homme aux yeux embués de larmes, anéanti par l'épreuve qu'il venait de subir, et qui ne parvenait pas à articuler un mot.

Le Chilio-Américain se précipita vers Hellen. Il s'arrêta en face d'elle, et d'un même geste, ils levèrent la main droite et se frappèrent la paume, comme on le voit faire aux joueurs de basket après un beau coup. Alors ils éclatèrent de rire.

Au soir de cette journée d'exception, Hellen se retrouva seule dans l'appartement de la rue des Saints-Pères, plus désemparée encore qu'épuisée. Elle prit un disque au milieu de la pile. C'était *La Création* de Haydn. Elle sourit à cette facétie du hasard, mit la chaîne hi-fi en marche et se laissa tomber dans un fauteuil. Comme elle aurait aimé tout raconter à Charles et découvrir dans son regard cet éclat de fierté qu'elle aimait tant ! Il était parti l'avant-veille pour Beyrouth, où un Boeing de la TWA venait d'être détourné par des pirates qui réclamaient la libération de 735 prisonniers en Israël. En échange, d'après la radio, il était question qu'en plus des otages de l'avion, Jean-Paul Kauffmann et Michel Seurat, enlevés un mois plus tôt, fussent également libérés. Les pourparlers promettaient de durer longtemps.

Quand Charles rentrerait-il ? Et combien de temps resterait-il avec elle ? Allait-il immédiatement filer vers Amiens ? « Il faut bien que je rassure aussi mes enfants », avait-il coutume de plaider dans ces cas-là.

Pourquoi ne disait-il pas : « ma femme et mes enfants » ? Elle ne pouvait s'empêcher de l'imaginer arriver chez lui et prendre son épouse dans ses bras. Sans doute même faisaient-ils l'amour. Il prétendait le contraire. « De ce côté-là, tout est fini depuis longtemps », affirmait-il. Disait-il la vérité ? De toute façon, elle n'exigeait rien de lui et ne lui demandait pas de comptes. Jamais elle ne lui posait de questions. Un étrange silence régnait entre eux sur ces sujets pourtant essentiels. Autant de non-dits qui devenaient chaque jour plus pesants.

Heureusement, dès qu'il revenait, la joie de vivre reprenait le dessus. Il en fut ainsi au petit matin, alors qu'elle dormait encore. Il était rentré avec un avion militaire qui s'était posé à Villacoublay. Sur le chemin du retour, il avait demandé au chauffeur du taxi de s'arrêter par deux fois, un instant afin de déposer son « papier » à l'AFP puis, près de la maison, pour acheter des croissants chez Poilâne. Il avait grimpé l'escalier quatre à quatre. Maintenant, encore essoufflé, il se glissait en silence contre le corps tout chaud qui n'avait pas bougé.

Hellen crut rêver quand elle sentit sur sa peau la caresse de cette autre peau qui lui manquait tant. Elle passa du sommeil au plaisir sans avoir dit un mot. Ses angoisses et ses amertumes étaient balayées, et il ne restait plus, soudain, que ce bonheur intense qui justifiait tout le reste.

Assoupie de nouveau, elle se réveilla en sursaut. Il était huit heures ! Elle se précipita au téléphone pour demander des nouvelles de Valérie. L'Américain n'avait pas fermé l'œil. Dans quel état devait-il être... Il la rassura. Tout allait bien. Apaisée, elle raccrocha.

— Que s'est-il passé ? demanda Charles d'une voix ensommeillée.

— Viens déjeuner, je te raconterai.

Ils restèrent ainsi plus d'une heure, installés face à face, devant la petite table poussée contre la fenêtre. Dehors, le soleil de juin jouait avec le feuillage épanoui des platanes du boulevard Saint-Germain et Paris prenait un air de fête. Elle lui fit le récit des heures épiques de la veille, passées à tenter de sauver la vie de cet enfant à naître. Elle évoqua l'ambiance tendue à craquer ; le sérieux de l'Américain avec son outillage miniaturisé ; le réanimateur, qui surveillait l'utérus agressé ; Francis Barbier, malade de peur et refusant de regarder la plaie opératoire ; Guillaume, assis dans un angle de la salle, qui guettait sur le visage de sa fille les expressions de l'échec ou de la victoire ; le temps comme suspendu pour rendre un peu d'énergie à ce souffle encore embryonnaire qui hésitait à vivre.

Le journaliste, pourtant rompu aux faits d'exception, était fasciné. Comment cette jolie femme au regard clair, aux mains si douces, et au corps brûlant qui venait de s'abandonner, pouvait-elle faire un tel métier de rigueur et de sang ? Comment un personnage aussi plein de vie pouvait-il à tout moment côtoyer la mort des autres sans trembler ?

— Tu n'as donc pas peur ?

— Peur ? Jamais en opérant. Juste avant, oui, c'est terrible. Dans les heures qui précèdent, j'essaie d'imaginer toutes les catastrophes possibles et je me laisse aller à la panique la plus complète. Il m'arrive souvent d'être prête à renoncer, tant ma terreur est grande. Quand je mets mes gants, c'est fini. J'ai épuisé mon capital d'angoisse. J'ai l'impression de n'avoir plus qu'un morceau de glace au fond de la poitrine. Mon esprit est limpide comme le ciel après un grand vent.

— Et la fatigue ?

— Je ne l'ai jamais ressentie non plus devant la table. C'est après qu'elle s'abat sur mes épaules. J'ai les jambes molles, la tête vide, je crains parfois de tomber. Puis, ça passe. Elle lui prit la main : Maintenant, parle-moi de toi.

À son tour, il raconta le grand Boeing immobilisé au bout de la piste, dans un décor vide, sous un soleil impitoyable. Les conversations téléphoniques en arabe étaient incompréhensibles pour les équipes de journalistes étrangers, parqués à bonne distance, derrière des barrières de sécurité, avec leurs téléobjectifs braqués sur l'avion. D'interminables palabres n'apportaient que des informations floues et laissaient libre cours aux plus folles suppositions.

— Je suis certain qu'ils en ont pour des jours et des jours. Personne ne sait qui s'inclinera. Les Israéliens sont des négociateurs hors pair, qui refusent à l'avance de céder à tout chantage. Ils ont l'éternité devant eux. Les Arabes aussi. Les Occidentaux comme nous ne comprennent rien à ce cérémonial. Les voir ainsi marchander les vies humaines donne une idée de l'enfer.

Il passa la main dans ses cheveux ébouriffés, un geste qu'elle adorait. Il reprit sur un ton de profonde amertume :

— Pendant que vous vous épuisez, ici, à sauver un petit être même pas né, là-bas on joue des dizaines de vies adultes à pile ou face, sans un remords. Il y a, dans l'avion, deux chiites libanais armés de grenades, et ils feront tout sauter s'ils en reçoivent l'ordre. Eux avec. Il ferma les yeux pour continuer, avec une grimace, comme si les mots lui faisaient mal : Et moi, je suis le spectateur, le voyeur impuissant, le témoin indispensable sans lequel rien n'arriverait. S'il n'y avait pas de journalistes pour en parler, il n'y aurait ni détournements d'avion ni prises d'otages. Quand aurons-nous le courage de refuser ces spectacles d'horreur et de laisser seuls ces fous qui se réclament de Dieu en tuant ses créatures ? Les journaux vont disserter sur cette abomination à longueur de colonnes, alors que personne ne saura ce que tu as fait dans le silence d'un bloc opératoire ignoré du monde. Quelle démesure !

— Heureusement que nous n'avions pas l'œil des médias braqué sur nous, sourit la jeune femme. J'ai l'impression que nous y aurions perdu un peu de notre liberté. Elle baissa d'un ton pour ajouter : Tous nos collègues ne pensent pas ainsi. La plupart rêvent de passer sur ce petit écran qui fait les célébrités.

Ils restèrent un moment à se regarder sans rien dire. Satisfaits d'être ensemble à l'écart de tout ce bruit qui écrase la vie des autres. Combien de temps pourraient-ils jouir de ce bonheur ?

— Il va falloir que j'aille à l'hôpital, murmura Hellen. Seras-tu encore là à mon retour ?

— Non, il faut que je passe à l'agence. Puis, j'irai faire un saut à Amiens ; les gosses sont malades. Tous les deux. Si, comme je le pense, leur état n'est pas trop inquiétant, je repartirai immédiatement pour ce merdier libanais. Il ne faut pas manquer la fin...

— Tu es revenu parce que tes enfants étaient malades ?

— Non ! Je suis revenu pour toi. Parce qu'une occasion imprévisible s'est présentée. Un copain militaire qui devait faire un aller et retour pour chercher du matériel. Il repart ce soir. Quand je l'ai su, j'ai pensé que j'allais pouvoir passer une heure avec toi et je n'ai pas résisté. Les otages ne seront pas libérés avant un moment, et, là-bas, je ne manque à personne. Après l'atterrissage, j'ai téléphoné à Amiens et j'ai appris ce qu'il en était pour les gosses. A priori, je n'avais pas l'intention d'y aller.

— Pourquoi ?

Il la regarda sans répondre, se leva et passa dans la salle de bain.

Le soir, il l'appela de Villacoublay où il devait passer la nuit car l'avion ne décollerait qu'au petit jour. Il était déçu.

— Et tes enfants ? demanda Hellen.

— Intoxication alimentaire au lycée. Rien de grave. Certains de leurs camarades ont tout de même dû être hospitalisés. Je pense qu'ils seront sur pied dans quelques jours. Ils commenceront leurs vacances un peu plus tôt que les autres.

Hellen aimait l'entendre parler de ses enfants. Pourtant, elle le savait, ils étaient l'obstacle qui empêcherait toujours Charles de la rejoindre. Ce sens de la responsabilité paternelle allait bien avec le personnage auquel elle s'était attachée.

Ce soir-là, elle ne parvenait pas à s'endormir. Dans sa tête, il y avait comme un tohu-bohu d'idées confuses impossibles à mettre en ordre. Quand elle avait décidé de devenir chirurgien, elle imaginait un avenir clair, une carrière au Kenya, dans ce pays passionnant où elle avait laissé tant de merveilleux souvenirs. Les circonstances l'avaient fait changer de direction, sans qu'elle fasse jamais un vrai choix. Maintenant, elle se demandait comment elle en était arrivée à pratiquer la chirurgie fœtale dans cet hôpital parisien dont elle ne connaissait pas l'existence quelques mois auparavant ; et pourquoi elle s'était mise à vivre avec un homme météore qu'elle devait partager avec une autre femme et des enfants légitimes, sans avoir le courage de le lui reprocher.

Elle se retourna dans le lit pour la centième fois. Comme elle aurait aimé passer ses bras autour de son cou et poser ses lèvres sur les siennes ! Pensait-il à elle ?

La grossesse de Valérie inspira quelques inquiétudes dans les heures qui suivirent l'intervention, puis tout sembla se stabiliser. Le Chilio-Américain repartit pour les États-Unis et la chambre de la future accouchée devint le dernier endroit où il fallait faire salon. Les amis du couple Barbier se relayaient pour venir lui tenir compagnie et entretenaient une joyeuse et permanente animation autour d'elle.

La plupart de ces gens étaient si impliqués dans l'actualité que l'hospitalisée se trouvait aux premières loges pour suivre les événements du moment. Les discussions étaient d'autant plus passionnantes qu'elles avaient souvent un caractère hautement contradictoire. Par exemple, lorsque Laurent Fabius, alors premier ministre, annonça, le 19 juin, à l'Assemblée nationale, que désormais le dépistage du sida serait obligatoire pour les donneurs de sang, les commentaires allèrent bon train.

— Est-ce vraiment utile ? disaient certains.

— Pourquoi si tard, et seulement à partir du 1er août ?, s'écria Bob, l'avocat américain.

— C'est vrai, renchérit Hellen, le virus a été isolé au début de 1983, c'est-à-dire il y a deux ans. La question de savoir si c'est Montagnier, le Français, ou Gallo, l'Américain qui a été le premier, est tout à fait secondaire sur le plan pratique. Ce qui importe, c'est que les tests de dépistage existant depuis octobre 1983, ne l'oublions pas, soient fabriqués à l'échelon industriel et utilisés pour dépister les donneurs de sang contaminés.

Capucine, la journaliste, intervint de sa voix de crécelle que les téléspectateurs connaissaient bien.

— L'autorisation administrative de ces tests n'est même pas encore donnée.

— Évidemment, rétorqua Bob, les Français ne veulent pas laisser se développer le test américain des laboratoires Abbot pour ne pas faire de l'ombre à celui de l'institut Pasteur, lequel n'est pas encore prêt.

— Ce n'est pas possible. Quelle honte ! minauda July, sur ce ton inimitable de ces femmes américaines qui portent des jugements de valeur sur tout, même quand elles ne connaissent rien au sujet.

En l'occurrence, elle avait peut-être raison de s'insurger. Si les tergiversations de l'administration n'étaient motivées que par des arguments purement mercantiles, il y avait de quoi être scandalisé, pensait Francis Barbier, qui écoutait en silence. Face à ces vitupérations, il hésitait à s'exprimer. En France, l'opinion avait moins de raisons d'être inquiète qu'en Amérique. Nulle part il n'y avait, comme en Californie, cette concentration d'homosexuels et de drogués. Hellen, sans le savoir, répondit à ses pensées en précisant :

— Le congrès d'Atlanta, qui a eu lieu sur ce sujet au mois d'avril dernier, et dont les comptes rendus ont été publiés partout, aboutit à des conclusions formelles qu'il ne faudrait tout de même pas oublier : déterminer les donneurs à risque pour ne plus les utiliser, ce n'est pas très compliqué.

— En France, protesta le chirurgien, le don est gratuit et les donneurs ne font guère partie de ce que vous appelez les fameux « groupes à risque ».

— C'est vrai, reconnut l'avocat américain. Votre système est, sur ce point, d'une qualité exceptionnelle, mais, incontestablement, le danger existe.

— Les transfusions resteront dangereuses, même quand les tests seront faits systématiquement, précisa Hellen, à cause de ce doute sur la période où le donneur peut être contaminé sans être encore positif. Il en est de même pour les produits dérivés du sang, comme ceux qui sont destinés aux hémophiles.

— À mon avis, conclut Valérie de sa voix calme et posée, nous entrons dans une période médicale nouvelle. Ces risques de contamination vont imposer des règles rigoureuses auxquelles nous ne sommes pas encore préparés. Et pourtant...

— Allons, intervint Francis, restons réalistes. Cette maladie est rare. Les milieux où elle se développe sont bien connus et faciles à surveiller. Et, d'après ce que nous savons, le sujet infecté a un maximum de chances de rester toute sa vie un porteur sain.

Valérie leva la main pour l'interrompre :

— Qui le sait ? Excuse-moi, Francis, mais le problème ne se pose pas ainsi. Certains malades, si faible qu'en soit le pourcentage, seront contaminés par un de ces gestes thérapeutiques. Ils développeront la maladie et en mourront. Pour ceux-là, le risque aura été de cent pour cent. Quand les familles viendront me voir pour que j'attaque les responsables de leur malheur devant les tribunaux, crois-moi, je serai féroce si les mesures normales de prudence n'ont pas été respectées. En particulier par les médecins. Excuse-moi, mais c'est un domaine où l'optimisme est interdit.

Francis ne répondit pas. Par moments, il la regardait avec un sourire béat et semblait ne plus rien écouter. Il pensait à son fils et admirait le courage de cette femme clouée au lit, qui tenait à deux mains le ventre de leurs espoirs.

L'avortement eut lieu au milieu de la nuit suivante. Brutalement, les contractions se déclenchèrent et rien n'y fit. Les réanimateurs assistèrent, impuissants, à l'échec de leur traitement.

Valérie rentra chez elle, le visage dur, le chagrin muet. Elle refusa toute visite.

Les otages de l'avion restèrent prisonniers deux semaines, jusqu'au 28 juin, au terme de négociations secrètes, sans qu'on sache ce que le monde civilisé avait dû réellement payer en contrepartie, ni combien d'assassins avaient recouvré ainsi leur faculté de recommencer à tuer. Contrairement aux engagements, Jean-Paul Kauffmann, le journaliste, et Michel Seurat, le chercheur du CNRS, ne firent pas partie du lot des otages libérés.

Charles revint du Liban avec l'amertume au cœur. Allait-il devoir désormais exercer son métier sous escorte ? C'était la négation d'une mission d'information qui exigeait avant tout la liberté de mouvement. « Où va donc notre pauvre monde ? » répétait-il souvent.

À Paris, ce début d'été fut splendide. Aux terrasses des cafés, les citadins en foule saluaient le retour du soleil en clignant des yeux comme s'ils sortaient de l'obscurité. Dans les petites rues autour de Saint-Germain-des-Prés, les restaurants installaient leurs tables sur le trottoir, et les robes claires y faisaient de jolies taches de couleur, les Parisiens adorant déjeuner dehors, malgré les pots d'échappement qui empuantissent l'atmosphère.

Pour les deux amoureux, ce fut une période idyllique. Presque un voyage de noces. Par moments, Hellen parvenait même à oublier le drame de Valérie, qui leur refusait sa porte.

Le début des vacances scolaires avait déporté vers les campagnes et les plages les femmes et les enfants, si bien que la ville regorgeait de célibataires libérés et joyeux. C'était l'époque des fêtes mondaines, des cocktails à Bagatelle ou au Pré-Catelan, et Charles y entraînait une Hellen ravissante, éblouie par la présence de tous ces gens qui les saluaient, alors qu'elle ne les voyait habituellement que sur le petit écran. Ils finissaient leurs soirées chez Castel et rentraient, quelque peu éméchés, au petit jour.

À l'aube du 15 juillet, Charles s'envola pour la Nouvelle-Zélande où le *Rainbow-Warrior*, un cargo affrété par l'organisation pacifiste *Greenpeace*, venait d'être coulé par une bombe placée à bord. Les autorités d'Auckland accusaient la France d'avoir une certaine responsabilité dans cet attentat dirigé contre les opposants aux expériences atomiques de Mururoa. Le gouvernement de Laurent Fabius soutenait énergiquement qu'il s'agissait là d'affirmations mensongères, mais les journaux envoyaient déjà leurs enquêteurs sur place. Charles était du lot et Hellen, une fois de plus, se retrouva seule. Valérie et Francis avaient quitté Paris, sans doute pour le Midi.

July, l'artiste américaine, se sentait investie d'une responsabilité féministe à l'égard de sa jeune amie. Dès le premier soir, elle vint la chercher pour la conduire à un vernissage privé des œuvres d'Andy Warhol dans un appartement du boulevard Richard-Lenoir.

— La Bastille, tu verras, c'est le nouveau centre mondial de l'art contemporain. New York, bientôt, on n'en parlera plus. L'appartement de mes amis est sous les toits, c'est géant !

Elles y arrivèrent tard, comme il convient, après avoir dîné tête à tête chez Bofinger, la brasserie à la mode nichée dans une petite rue à deux pas du lieu où elles étaient attendues.

La maîtresse de maison était une richissime vietnamienne dont la famille exploitait plusieurs restaurants dans le XIIIe arrondissement. Elle vivait fastueusement avec un noir américain, élève des Beaux-Arts, ami de l'artiste qui lui avait prêté ses œuvres : des grands formats représentant le « S » barré du dollar dessiné en noir sur un fond monocolore. Il y en avait des rouges, des jaunes, des bleus... Le côté répétitif du thème avait de quoi surprendre.

— Si je comprends bien, murmura Hellen à l'oreille de son amie, c'est toujours le même dessin reproduit sur des papiers de différentes couleurs...

July ne l'écoutait pas.

— Il a un talent fou, n'est-ce pas ? clama-t-elle en embrassant un vieil homme aux cheveux blancs retenus par un catogan de velours.

— Ma chérie, pourquoi n'es-tu pas venue plus tôt, minauda-t-il avec des airs de gamin effarouché, Andy est déjà reparti avec Tamplon, et moi, je suis forcé de m'en aller aussi. Un ami m'attend. On se téléphone et tu me diras ce que tu penses de tout ça. Moi, je trouve que c'est génial !

Il fit un geste théâtral en montrant les tableaux, malheureusement identiques, qui couvraient les murs, et s'en fut dans un grand mouvement de cape.

Hellen, peu sensible aux excès d'une expression qu'elle avait du mal à qualifier d'artistique, se retenait pour ne pas pouffer de rire. Les deux femmes traversèrent l'appartement tapissé de dollars d'une haute valeur symbolique, et arrivèrent dans une pièce où les invités s'étaient regroupés.

Ils formaient cercle autour d'un homme qui parlait d'une

voix étrangement basse et voilée. Hellen s'approcha et découvrit un visage d'une beauté singulière. Il avait un profil aux traits aigus, marqué par un nez busqué qui le faisait ressembler un peu à un oiseau de proie, avec de grands yeux sombres et une abondante chevelure noire et bouclée dont une mèche lui barrait le front. Tout à son discours, il ne fit aucunement attention à elle.

CHAPITRE V

David Robin avait une quarantaine d'années. Assis nonchalamment sur l'angle d'un bureau, vêtu d'une veste d'un gris indéfinissable comme celles dont les Anglais raffolent, avec une chemise polo bleu pâle du même ton que son jean, il avait belle allure. Hellen, intriguée, s'approcha avec son amie.

— C'est un médecin un peu fêlé, précisa July en tournant son index sur sa tempe pour préciser la haute opinion qu'elle avait sur les facultés mentales de l'orateur.

Manifestement, il plaisait aux femmes qui l'entouraient. Leur sourire, leurs yeux un peu fixes et cette façon de le couver du regard en disaient long sur ce qu'elles pensaient de lui. « On les dirait fascinées, pensa Hellen. Qui est donc ce type ? »

Elle prêta l'oreille. Ce qu'elle entendit concernait la guerre d'Afghanistan et les horreurs qui s'y perpétraient. Une femme de l'assistance, plutôt petite avec des cheveux blonds courts et des lunettes rondes, interrompit David Robin avec autorité. Elle prétendit que la présence soviétique dans ce pays arriéré tendait à soutenir un régime socialiste rénovateur qui, notamment, allait libérer la femme afghane d'une intolérable emprise machiste de type médiéval.

— Quelle utopie ! s'exclama-t-il. S'il en était ainsi, pourquoi la population des villages subirait-elle une véritable extermination organisée avec des moyens que les nazis n'auraient pas reniés ?

Le visage de son interlocutrice vira brutalement au rouge foncé.

— Nous voilà repartis dans la propagande anticommuniste primaire !

Pour lui répondre, la voix de David baissa encore d'un ton, si bien que l'assistance dut faire silence pour arriver à l'entendre.

— Selon un rapport officiel commandé par le Tribunal Russel, il s'avère qu'une destruction systématique des villages voisins de la frontière pakistanaise a été organisée. La population de l'une de ces bourgades paysannes, — cent cinq personnes au total, hommes, femmes et enfants qui s'étaient réfugiés et cachés dans un canal d'irrigation souterrain —, y a été enfermée par les soldats de l'Armée rouge, puis tous furent brûlés vifs avec une technique à l'évidence mise au point pour cet usage.

La dame blonde se leva, quitta la pièce sans commentaire. À la maîtresse de maison qui s'était précipitée, elle bredouilla des mots d'excuse que sa colère rendait inintelligibles, puis elle s'en fut.

— Mais comment les Russes en sont-ils arrivés là ? demanda Hellen. Il doit bien y avoir une explication.

David la regarda longuement avant de répondre.

— Je ne veux pas monopoliser la soirée...

Des protestations s'élevèrent et le silence se fit de nouveau.

— Vous l'aurez voulu. En 1978, le minuscule parti communiste afghan, bien manipulé par Moscou, a renversé la royauté. Les nouveaux dirigeants ont tenté, sans succès, d'établir un régime totalitaire. Devant cet échec, les divisions blindées de l'Armée rouge sont venues, en 1979, au secours du « parti frère », et ils ont envahi le pays. Ils avaient sous-estimé la résistance de ce peuple guerrier. Il leur a fallu mettre sur pied une vraie stratégie de guerre totale qui dure depuis six ans.

Il expliqua que ce pays est constitué essentiellement d'un massif montagneux cerné par une couronne routière. Incapables d'atteindre les rebelles retranchés dans les montagnes, les troupes communistes ont décidé de vider de leurs populations les villes et villages périphériques, pour empêcher les moudjahidin d'y trouver le soutien logistique dont ils ont besoin et bloquer leur approvisionnement par le Pakistan.

Il eut un sourire triste pour ajouter :

— L'Occident répugne à se battre pour sauver ces peuplades musulmanes arriérées. Le risque stratégique ne paraît pas suffisamment évident. L'Amérique ne veut pas risquer de s'enliser dans un nouveau Vietnam. Elle sort d'en prendre.

— Et vous, cher David, demanda la maîtresse de maison, que faites-vous là-bas ? Vous en revenez, n'est-ce pas ?

— Oui, j'y étais encore la semaine dernière. Je participe à une œuvre humanitaire qui consiste à essayer de soigner ces pauvres gens : depuis des années, ils n'ont ni médecins ni médicaments. Je fais partie de ceux qui ne peuvent se résoudre à voir disparaître tout un peuple, toute une culture. J'y avais fait un stage autrefois, quand j'étudiais le persan. Que voulez-vous, j'aime ces gens et leur civilisation.

Il se leva, pour faire comprendre qu'il n'en dirait pas plus, et il se serait sans doute dirigé vers Hellen s'il n'avait été happé par la maîtresse de maison qui l'entraîna vers le buffet.

July n'avait écouté que d'une oreille distraite, beaucoup plus intéressée par les commentaires de l'étudiant des Beaux-Arts sur la visite d'Andy Warhol, qu'elle était furieuse d'avoir manqué. Au bout d'un moment, elle jugea qu'il ne se passerait plus rien, et elle proposa à Hellen de la ramener en voiture. Celle-ci déclina l'invitation. Elle avait envie, avant de partir, de bavarder un moment avec ce David qui l'intriguait, et elle laissa son amie s'en aller seule.

Elle resta à distance du petit groupe où le héros de la soirée, pressé par un trio de jolies femmes passionnées, continuait à raconter des horreurs. Puis, lassée d'attendre, elle décida d'abandonner le terrain. Elle remercia la belle dame aux yeux bridés pour cette intéressante soirée, et se retira.

La nuit était claire, les Parisiens flânaient encore aux terrasses des bistrots, sur la grande place mutilée par le chantier du futur Opéra-Bastille dont on disait qu'il ne sortirait jamais de terre.

Elle s'était éloignée depuis quelques minutes à peine, quand elle aperçut David qui sortait de la maison et marchait dans la même direction qu'elle.

Elle l'attendit ostensiblement.

— Quelle chance de ne pas vous avoir manquée, s'exclama-t-il, un peu essoufflé. On m'a dit que vous êtes chirurgien et à moitié américaine. C'est beaucoup pour une aussi jolie femme.

Elle s'inclina en rougissant un peu, et ils s'engagèrent en

bavardant le long de la rue de Rivoli. À pas de promeneurs, ils traversèrent la Seine et l'Ile de la Cité, saluèrent, au passage, Notre-Dame endormie et arrivèrent boulevard Saint-Germain.

David parlait de ce qu'il considérait comme son nouveau métier avec une foi émouvante. Il évoquait les centaines d'amis médecins qu'il avait rencontrés au gré des missions humanitaires dans ce pays martyrisé. Leur courage et leur abnégation, les difficultés d'approvisionnement, l'accueil des populations, la reconnaissance des blessés opérés parfois sous une tente, en pleine montagne. Hellen avait l'impression qu'elle aurait pu l'écouter la nuit entière.

Ils remontèrent jusqu'aux Deux-Magots dont la terrasse venait de fermer. Il lui proposa de boire le dernier verre au Drugstore, mais elle n'en pouvait plus. Il la raccompagna rue des Saints-Pères, et ils prirent rendez-vous pour dîner le lendemain.

Elle était troublée, plus qu'elle n'aurait osé l'avouer, par ce garçon hors du commun. Lui aussi l'avait fait parler de son métier, des progrès récents de la chirurgie et de la déshumanisation d'une profession littéralement intoxiquée par les scientifiques.

David savait beaucoup de choses sur l'évolution de la profession chirurgicale, mais il était vite revenu à son sujet de prédilection, en évoquant ces « organisations non gouvernementales » présentes aux quatre coins d'un monde plongé dans le drame des guerres larvées.

En se couchant, Hellen entendait encore les phrases amères et désabusées de cet homme de terrain. Contrairement aux philosophes de salon, aux redresseurs de torts et aux hommes politiques qui pérorent le verre en main, il témoignait de ce qu'il avait vu. De sa part, ce n'était pas des discours mais des récits. Non des idées mais des faits, avec leur cortège d'horreurs vécues.

Elle frissonna et sombra dans un sommeil peuplé de sauvages terrifiants dominés par un preux chevalier qui ressemblait fort à un David triomphant. Que dirait Charles de cette rencontre ?

Charles n'eut rien à en dire car Hellen ne lui en parla pas. Il rentra de Nouvelle-Zélande très excité par cette histoire de bateau coulé. La police néo-zélandaise avait arrêté un faux couple, les époux Turenge, qui s'étaient avérés de très officiels agents français. La presse internationale était sur les dents.

Revenus de vacances, les Barbier avaient ouvert à nouveau leur maison. Les amis se retrouvèrent quai des Grands-Augustins, où Valérie se remettait difficilement de sa douloureuse expérience. Pâle malgré les vacances au soleil, amaigrie et le regard terne, elle paraissait presque muette. Elle éludait toute question sur sa santé ou son moral et semblait s'abrutir de travail. Elle appréciait, cependant, la présence de ses proches et ne manquait jamais, au moment du départ, de les remercier d'être venus la distraire.

Charles joua les vedettes en racontant, détails à l'appui, les résultats de sa propre enquête sur l'histoire du *Rainbow Warrior.* Maintenant, il posait des questions : Hernu, le ministre, allait-il devoir démissionner ? Une commission d'enquête serait-elle nommée ? On sentait le journaliste fort impliqué dans cette histoire qu'il traitait comme une aventure personnelle.

Hellen avait dîné plusieurs fois avec David avant que Charles revienne. Elle s'amusait à comparer les deux hommes. Ils brûlaient d'une même passion mais tout les opposait. Torturé, angoissé, David cherchait le pourquoi de tout, revenant sans cesse sur des problèmes jamais résolus ; Charles était pragmatique, efficace et simplificateur. S'ils semblaient, l'un comme l'autre, intolérants et volontiers scandalisés, le premier dissertait sans fin sur les tenants et les aboutissants des questions posées, alors que l'autre, prêt à bousculer tous les ordres établis, allait droit au but, cherchait la solution avec une obstination sans faiblesse.

« David est une fine lame, se dit-elle un soir, et Charles un bulldozer. Ces deux-là ne sont vraiment pas faits pour s'entendre. » Elle les rangea chacun dans un compartiment de sa vie, sans jamais parler de l'un à l'autre. David l'intriguait. Elle aimait Charles.

L'été prit fin. La rentrée scolaire approchant, la famille Morand revint à Amiens. Charles retrouva ses fils avec fierté. Il ne put s'empêcher de dire à Hellen combien il les trouvait beaux. L'essentiel de leurs vacances s'était passé dans un club hippique, et ils racontaient leurs chevauchées avec lyrisme.

La jeune femme ne fit pas de commentaires. Elle se sentait de plus en plus figée dans sa fonction de maîtresse en titre, et commençait à penser qu'elle était peut-être condamnée à jouer la traditionnelle pièce à trois personnages qui, depuis les origines, fait les succès du théâtre. Charles, de son côté, paraissait s'adapter assez bien à cette situation.

En réalité, comme toujours en pareille circonstance, aucun des trois acteurs n'était heureux dans son rôle. Mais le silence était la règle du jeu, et chacun attendait implicitement qu'il arrive quelque chose de nouveau pour bouleverser l'ordre établi. Pour le moment, les événements quotidiens allaient trop vite, et ils étaient trop occupés pour changer quoi que ce fût à leur manière de vivre.

Mme Morand prit officiellement, dès le début octobre, la direction de l'Institut Saint-Elme. Avait-elle cédé aux avances du professeur de mathématiques ?

Charles continua à courir le monde, de la Guadeloupe à la Nouvelle-Calédonie, où les troubles sociaux continuaient d'angoisser les hommes politiques, du Mexique, où la terre tremblait, jusqu'en Colombie, l'éruption d'un volcan mettant à la une de l'actualité la mort insoutenable d'une petite fille enlisée.

Francis Barbier, serein et triste, semblait vivre dans son hôpital, passant plus de temps, avouait-il, à régler des problèmes de personnel qu'à soigner ses malades. Valérie instruisait des dossiers d'hémophiles contaminés par le sida et ne manquait jamais l'occasion de dire ce qu'elle pensait du corps médical…

Hellen se préparait à entrer dans l'équipe qu'Agnès constituait pour le futur département de procréation assistée à Sainte-Marthe. Elle y partagerait son temps avec le laboratoire de cœlioscopie.

À Saint-Yé, Guillaume de La Verle goûtait les plaisirs d'une santé apparemment recouvrée. Quand, le dimanche, sa fille arrivait, il manifestait une joie d'enfant. Il lui racontait les anecdotes du passé familial, exhumées des archives sur lesquelles il continuait à travailler avec Francis. Par son ancien assistant, il était au courant de la vie privée d'Hellen à Paris, mais il se gardait bien d'intervenir. Qu'aurait-il pu dire ?

La disparition de l'acteur américain Rock Hudson, mort du sida en octobre, fit l'effet d'une bombe. La communauté médicale française prenait soudain conscience de la gravité de cette maladie. Certes, les victimes connues faisaient partie, pour la plupart, du monde homosexuel, mais des échos plus inquiétants se faisaient jour. Valérie, de plus en plus agressive, en parlait souvent en public, et Hellen n'osait lui répondre, tant elle se sentait mal à l'aise en présence de cette femme qui avait vécu, à cause d'elle, un rêve impossible.

En plus de ses activités hospitalières, elle continuait à prospecter, sans beaucoup de succès, pour diffuser son appareil de récupération sanguine.

— Les chirurgiens, se plaignit-elle un jour à Valérie, ne croient pas encore aux dangers de la transfusion. Même mon père, je le sens bien, m'écoute avec plus d'amour que de conviction. En revanche, son anesthésiste, qui avait été si choquée quand j'avais essayé mon appareil pour la première fois, m'a parue convaincue. Depuis cette soirée mémorable, cette femme sérieuse s'est documentée. Elle a trouvé, dans les revues américaines, des articles bien plus inquiétants que ceux que publie la presse française.

— Tu as raison de le faire remarquer, renchérit l'avocate, moi je commence à être effrayée par les problèmes juridiques auxquels il va falloir faire face si nos confrères américains ont raison. D'après eux, tous les gens qui, pour une raison ou pour une autre, consomment ou ont consommé ces dernières années des produits dérivés du sang risquent d'être contaminés. Tu te rends compte ?

— Que de procès à venir !

— Oui. Le corps médical vit ses derniers jours de paix.

Francis, qui assistait à la conversation, se crut autorisé à faire de l'humour.

— Tu vois comme les choses évoluent bien, ma chérie. Moi, sans transfusions, je ne pourrai bientôt plus opérer. Toi, en revanche, tu vas plaider de plus en plus. L'important, dans une famille, c'est de maintenir le niveau des revenus.

Elle lui jeta un regard glacé. Le malheureux avortement avait eu pour conséquence psychologique fâcheuse l'apparition d'une haine incontrôlée à l'égard des médecins. Ni Francis, ni Hellen n'échappaient à sa vindicte.

— Ma vie privée est rythmée par les vacances scolaires, expliqua à son père une Hellen en veine de confidences. Pour moi qui n'ai pas d'enfant, c'est un comble. L'été dernier a été idyllique. Cette fois, je passerai les fêtes de Noël et du Jour de l'An toute seule.

— Non ! Tu seras avec moi.

— Bien sûr, mon cher père, répondit-elle sur un ton comique. Oserais-je vous faire remarquer que, pour une femme, les hommes ne sont pas interchangeables, si attachée qu'elle soit à chacun d'eux.

Ils rirent ensemble de bon cœur.

Mme Morand avait exigé, d'un ton sans réplique, que son mari vienne passer les vacances dans l'appartement refait à neuf de Courchevel. Les enfants avaient fait chorus, et Charles s'était senti obligé de céder. En était-il aussi navré qu'il le prétendait ? se demandait Hellen.

— L'été dernier, j'avais des raisons officielles de ne pas m'arrêter, protesta-t-il, mais maintenant, personne ne croirait que l'agence me refuse quinze jours de vacances.

— Quinze jours ?

Hellen n'avait pas pu s'empêcher de manifester sa surprise. Cette fois, la notion de partage était bien malmenée. Elle persifla :

— Pâques sera pour moi, j'imagine.

Charles ne répondit rien. Sa force de silence était inégalable.

David voyait souvent Hellen, et ne l'interrogeait jamais sur sa vie privée. Pas plus, d'ailleurs, qu'il ne donnait d'information sur la sienne. Il parlait de mille choses, critiquant tout avec pertinence mais sans méchanceté. Sa préoccupation principale demeurait l'aide humanitaire, et il s'y consacrait avec une étonnante énergie. Il faisait partie d'un groupe de médecins qui dirigeaient une association appelée Médecine et Liberté. C'était l'une des multiples organisations non gouvernementales — ONG — engagées dans les conflits du moment, et il s'y occupait spécialement de l'Afghanistan.

Un jour qu'il devait emmener Hellen déjeuner, il s'excusa d'être obligé de repasser à son bureau où une lettre importante venait d'arriver. La jeune femme était ravie de voir fonctionner de plus près un organisme dont elle entendait si souvent parler.

Elle découvrit le spectacle étonnant de ces missionnaires laïcs des temps modernes. Ils avaient loué, au voisinage du marché aux puces de Saint-Ouen, une sorte de hangar où s'entassaient les caisses de médicaments et de vivres en attente d'expédition. La partie administrative était tenue par trois femmes qui travaillaient dans une atmosphère survoltée, entre les ordinateurs, les télécopieurs et les téléphones. Fumant et buvant du café sans arrêt, elles s'interpellaient, criaient, tempêtaient et semblaient lutter contre d'innombrables ennemis invisibles.

Sur un grand tableau où tous les conflits du monde étaient répertoriés, s'inscrivaient les missions, les stocks, les commandes, des colonnes de chiffres qui représentaient, sans doute, le seul espoir de vie pour des millions d'hommes et de femmes en détresse dans tous les coins du monde.

Hellen était impressionnée. Son éducation américaine lui avait donné un esprit boy-scout dont elle était la première à se moquer. Elle se sentait coupable dès qu'elle voyait les autres s'occuper d'une bonne œuvre. Elle sourit. Comment aurait-elle pu se consacrer à une tâche de plus ? Elle avait déjà tant à faire à Sainte-Marthe avec le laboratoire d'expérimentation, les opérations, la surveillance des malades, la formation des stagiaires français ou étrangers qui se pressaient pour s'instruire dans ce service de pointe. Sans compter la préparation du département de procréation assistée dont l'ouverture était prévue pour le début 1986, dans à peine quelques semaines.

Cette fin d'année obligeait Médecine et Liberté à prévoir des envois supplémentaires pour toutes les équipes sur le terrain, afin qu'elles ne se sentent pas oubliées au moment des fêtes de Noël. Il paraissait incongru de parler de champagne au milieu des problèmes de riz, de farine et de lait concentré.

Soudain, la voix d'une téléphoniste surnagea au-dessus du brouhaha général.

— Il y a un type qui propose quinze mètres cubes de médicaments non périmés. Qu'est-ce qu'on lui répond ?

David qui revenait avec des papiers à la main s'arrêta devant la secrétaire. Surpris par la question, il fit une moue d'incompréhension et éclata de rire.

— Prends son adresse et son téléphone, je le rappelle dans un moment. Tu vois, continua-t-il à l'intention d'Hellen, dès que j'arrive ici, je ne sais plus où donner de la tête. L'humanitaire en France souffre d'une immense désorganisation. On ne peut pas s'intéresser à un problème sérieux et difficile sans être submergé par des questions imprévues. Il prit, sur le bureau de la secrétaire, les coordonnées du correspondant pharmacien : C'est le résultat d'une collecte autour de l'étang de Berre. Les gens sont formidables ! Mais où va-t-on entreposer quinze mètres cubes de médicaments ?

Hellen passa Noël à Saint-Yé avec son père, puis le Premier de l'An à Paris où elle était de garde au laboratoire. Ce fut l'occasion, de revoir David à plusieurs reprises. Il était soucieux et préparait un nouveau départ pour l'Afghanistan.

— La pression militaire s'intensifie sur les villages frontaliers et même, maintenant, vers le nord, jusqu'ici à peu près épargné. Il faut aider les populations en migration vers le Pakistan dont les besoins médicaux augmentent. C'est l'un des plus grands génocides de tous les temps.

— L'Occident se tait !

— Pas complètement. L'ONU a prononcé des condamnations sévères à l'encontre de l'URSS. Les États-Unis arment la rébellion à partir du Pakistan et d'autres pays participent à ce véritable effort de guerre, mais c'est insuffisant.

— Que faudrait-il en plus ?

— Je ne sais pas. À notre niveau, la seule possibilité c'est l'aide médicale, l'alimentation, les vêtements, etc. C'est peu, mais que faire d'autre ?

— Témoigner aussi.

Pendant un moment, David resta songeur, puis il continua :

— Lorsque Médecins sans frontières a été créé en 1971, son action était destinée à compléter celle de la Croix-Rouge internationale qui n'intervenait jamais sans l'autorisation des gouvernements concernés. MSF se donnait pour mission de secourir les populations civiles en péril sans tenir compte des problèmes politiques.

— Et sans demander d'accord préalable ?

— Exactement. Et sans l'appui d'aucun autre gouvernement non plus. En 1979, la défaite américaine au Vietnam a provoqué l'envahissement du Sud par les armées libératrices de Hanoi qui se sont livrées à des exactions en masse. Le fantastique exode des boat-people a commencé.

Hellen était passionnée. David, un rien cabotin, continua.

— Dès lors, une scission s'est produite chez nos pionniers de l'humanitaire. Pour aider ces pauvres gens qui mouraient comme des mouches en mer de Chine, Bernard Kouchner a monté l'opération « un bateau pour le Vietnam », contre l'avis de ceux qui trouvaient cette action trop médiatique.

— Et ce fut la guerre des chefs.

— Si tu veux. C'est à partir de là qu'est né Médecins du monde avec les dissidents de MSF.

— Les deux associations sont à couteaux tirés ?

— Pas du tout. Nous les rencontrons souvent sur le terrain, et l'on s'entraide. Les divergences entre les dirigeants se sont atténuées, et s'ils ne sont toujours pas d'accord sur les rapports des ONG avec les gouvernements, dans l'ensemble, tout le monde marche du même pas. Surtout quand il s'agit d'être efficace à la base. Depuis, des tas d'autres organisations sont nées. Il y a du travail pour tous.

Charles réapparut dans les premiers jours de janvier (c'était un samedi) avec une brassée de cadeaux pour Hellen. Ils partagèrent un dîner aux chandelles pour se souhaiter une bonne année, mais il y avait, dans la voix du journaliste, une tonalité inhabituelle. La jeune femme n'y prit pas garde, tout à l'émotion des retrouvailles. Il était beau, bronzé, avec deux ou trois kilos de plus, qui lui allaient bien.

Plus amoureux que jamais, ils passèrent la nuit sous l'énorme couette qu'Hellen, frileuse, s'était offerte pour ses étrennes, et ils se retrouvèrent, le dimanche matin, devant une montagne de croissants que Charles était allé chercher dès son réveil.

C'est alors que, soudain, Hellen eut une impression de malaise. Comme si un malentendu s'installait entre eux.

— Que se passe-t-il ? demanda-t-elle. Je te trouve tout chose.

Il la regarda une seconde sans répondre, puis il baissa les yeux et, le nez dans son assiette, se lança dans un discours embarrassé dont le sens apparut bientôt. L'amour qu'il éprouvait pour elle était tel qu'il lui semblait impossible de continuer à vivre de cette façon. Il ne supportait plus de la savoir seule, dilapidant sa jeunesse à l'attendre, alors qu'elle méritait une vie au grand jour, avec un mari et des enfants. Il l'aimait trop pour lui gâcher la vie, sachant qu'il ne parviendrait pas à se dépêtrer de ses entraves conjugales avant des années.

— Je n'ai rien à reprocher à ma femme, et ce n'est pas de sa faute si nous n'avons plus rien à nous dire. D'autant qu'honnêtement, cela n'a pas toujours été ainsi. Les enfants ont encore besoin de moi, et si, parfois, ils ne voient en moi qu'un carnet de chèques, je suppose qu'il en est de même pour tous les pères. Je ne dois pas faire exception. De toute manière, ce n'est pas une raison pour que je les laisse tomber.

Hellen avait la gorge serrée. Elle reposa le croissant qu'elle avait commencé à grignoter, elle lui trouvait soudain un goût de fiel.

— Si je comprends bien, parvint-elle à articuler, tu es en train de m'expliquer que tu m'aimes tellement que tu vas me laisser tomber.

— Ne te fâche pas, c'est difficile d'exprimer des sentiments aussi complexes.

— Console-toi, ce n'est pas facile à entendre non plus.

La stupeur de la jeune femme était en train de laisser place à la colère. Une colère froide et silencieuse. Elle finit par se ressaisir et, d'une voix soudain presque joyeuse, reprit l'initiative.

— Tu as bien fait de me dire la vérité. De mon côté, je n'osais pas te parler et j'avais tort. Je souffrais, moi aussi, de te voir déchiré entre tes deux maisons. J'hésitais à prendre un engagement qui aurait pu te faire de la peine. Mais tu me facilites les choses et je vais t'avouer que j'ai pris, en ton absence, une décision : je quitte Paris.

La surprise figea les traits de son interlocuteur.

— Voilà, je pars la semaine prochaine en Afghanistan.

— Ce n'est pas vrai ! Pour combien de temps ?

— Six mois, un an, je ne sais pas. Je participerai à une expédition humanitaire. Nous irons d'abord au Pakistan où ils manquent de médecins, puis nous franchirons la frontière.

Elle inventait son texte au fur et à mesure, inspirée par l'étonnement de Charles dont le visage se défaisait à vue d'œil.

Lui aussi parvint à se reprendre :

— Tu as raison. Voilà une bonne décision. Vraiment je t'admire. Bravo !

— Tu vois, conclut la jeune femme, d'une voix faussement guillerette, tout s'arrange.

Charles partit le jour même retrouver la caravane du Paris-Dakar où Thierry Sabine, l'organisateur, venait d'avoir un accident d'hélicoptère. Dans l'avion pour Alger, il eut tout loisir de se répéter les termes de cette stupéfiante conversation. Pourquoi s'était-il lancé dans ce discours de rupture ? Certes, il était sincère. Depuis longtemps déjà, il trouvait injuste d'entraîner cette femme merveilleuse dans une voie sans issue. Les vacances de Noël en famille l'avaient confirmé dans l'inanité d'une situation où il jouait un rôle qui ne lui ressemblait pas. Mais il n'y avait pas urgence. Ils auraient pu survivre ainsi, des mois encore.

Ce projet d'Hellen pour le Pakistan, c'était sûrement une blague. Une façon de l'inquiéter. Il ne pouvait y croire.

Il avait tort. Quand il revint de Dakar, après y avoir accueilli les vainqueurs du rallye endeuillé, il trouva, sur son bureau de l'AFP, une carte postale de Karāchi. Hellen était bel et bien partie.

CHAPITRE VI

Hellen continuait à marcher pour la seule raison qu'elle n'avait aucune possibilité de faire autrement. Voilà trois nuits, qu'elle marchait. Les yeux rivés sur les talons du moudjahid qui la précédait, son unique préoccupation était de garder l'équilibre sur des sentiers pierreux, des pentes rocailleuses, des lits de torrents asséchés et des crêtes vertigineuses. Elle avançait, la peur au ventre, muscles douloureux, pieds en feu et tête vide.

Après avoir contourné les postes frontières pakistanais, ils avaient franchi la frontière afghane sans avoir eu le temps de séjourner à Peshāwar comme il était prévu. Cette mission présentait un tel caractère d'urgence que David s'était engagé à la mener à bien dans les délais les plus rapides. Depuis qu'il avait annoncé son arrivée avec Hellen, un groupe les attendait, prêt à partir. Ils n'avaient eu que le temps de se procurer les équipements indispensables pour camoufler leurs vêtements occidentaux, et ils s'étaient mis en route. En camion, de Peshāwar à la frontière qu'ils avaient franchie à cheval ; puis, à pied, quand il fallut abandonner les chevaux qui ne pouvaient plus grimper.

La mission était claire. Un village du Logar, province située au sud de Kaboul, avait été bombardé par l'armée soviéto-afghane avec des explosifs au phosphore et sa population décimée. La résistance avait décidé d'évacuer les survivants, mais, parmi eux, un grand nombre de femmes et d'enfants étaient brûlés, ou blessés, incapables de voyager. Il fallait qu'un médecin puisse les soigner et tente de remettre tout le monde en état de prendre le chemin des montagnes. Comme il s'agissait surtout de femmes, un homme ne pouvait pas remplir cette mission.

Hellen allait avec un sac à dos rempli de pansements, de tulle gras, d'antibiotiques, de vitamines et d'instruments. Quand on lui avait dit qu'il faudrait marcher et que ce serait dur, elle avait souri. Durant ses études américaines, n'avait-elle pas fait du trekking dans les Rocheuses ? N'allait-elle pas courir chaque dimanche dans le Golden Gate Park ? Elle avait abordé l'aventure afghane sans appréhension aucune. Bien chaussée, protégée d'une parka de duvet, elle se sentait capable de se rendre au bout du monde. Elle n'imaginait pas ce qu'était ce pays, ni comment on y vivait.

De l'Afghanistan elle savait ce qu'en disait Joseph Kessel : « ... la paix ombreuse de jardins enchantés ». Elle n'avait découvert que des montagnes balayées par un vent glacé, qui ressemblaient à des amoncellements de pierres sous un ciel noir et hostile. Parfois, dans un clair de lune angoissant, elle avait vu surgir des sommets enneigés d'une somptueuse beauté. Ailleurs, elle avait aperçu des vallées verdoyantes, mais qu'il fallait à tout prix éviter.

Elle se remémorait sans cesse ses derniers moments à Paris, la conversation orageuse avec Charles et le départ de Roissy dans l'avion des Pakistan International Airlines pour Karāchi. Comme d'habitude, Agnès avait été merveilleuse. Voir son amie partir pour une mission humanitaire avait enchanté celle qui, pourtant, lui avait donné une place de choix dans son service.

— Ne t'inquiète pas, tu reprendras tes fonctions et ton travail. Si je pouvais, je viendrais avec toi.

Francis Barbier était resté muet de surprise et Valérie, indifférente. Guillaume reçut la nouvelle comme un choc. Perdre sa fille lui sembla insupportable. Il ne laissa rien deviner de sa peine et se borna à murmurer :

— Si tu crois qu'il le faut...

Il hésita à ajouter : « Fais attention à toi. » Il se tut, de peur de paraître ridicule. Il n'osa pas lui dire non plus qu'il craignait de n'être plus là à son retour. Il se permit tout de même de lui exprimer, presque à voix basse, son souhait le plus cher :

— Reviens vite !

Pourquoi était-elle partie si vite, abandonnant ceux qu'elle aimait ?

Son pied dérapa sur une pierre et elle faillit tomber. Heureusement la main secourable de David, qui la suivait, accrocha sa parka et rétablit son équilibre.

Elle ne le remercia pas. Elle le haïssait. Quand ils en étaient ainsi à la septième heure de marche, elle sentait des bouffées de hargne lui monter à la gorge. Comme elle aurait aimé s'arrêter, se retourner et lui déverser un chapelet d'injures ! Elle se répétait en silence les propos féroces qu'elle lui assènerait quand ils seraient enfin seuls.

Sa colère tombait dès l'arrivée à l'étape, et elle était alors trop heureuse de le remercier de toutes les attentions qu'il avait pour elle à ce moment-là. Il la faisait asseoir à l'écart, allait lui chercher du lait de brebis, de la galette, des dattes, et lui préparait de quoi s'allonger dans un coin abrité des regards. Il poussait même la sollicitude jusqu'à repérer l'endroit où elle pourrait s'isoler.

Elle n'avait aucune raison de l'agresser et le savait. Partie de son plein gré, avertie des difficultés qu'ils rencontreraient, de quoi se plaignait-elle ? Elle ne pouvait rien lui reprocher. Seulement, il lui apparaissait comme le responsable de ce départ vers ce pays d'horreur. Même si la décision de partir ne lui incombait pas, sans lui elle serait encore dans la quiétude confortable de son laboratoire bien chauffé à manier ses instruments sophistiqués.

Ces montées de haine la soutenaient. Pendant qu'elle l'agonissait d'injures silencieuses, elle oubliait ses pieds enflés, ses ampoules à vif. Elle se savait injuste à son égard et s'en moquait. Pourquoi était-il si respectueux, si distant, si fraternel ? Pourquoi ne l'avait-il jamais prise dans ses bras pour l'embrasser comme l'aurait fait Charles depuis belle lurette ?

Charles, comme elle lui en voulait ! Aurait-il eu une attitude différente qu'elle ne se serait pas engagée dans cette galère. Elle ne ressentirait pas ce vide vertigineux qui occupait son cœur. Pourquoi s'était-elle fâchée ? Pourquoi n'avait-elle pas demandé à cet homme qu'elle aimait de ne rien changer à leur existence, de continuer à être dans son ombre ? Elle aurait dû lui jurer qu'elle était heureuse ainsi et qu'il n'avait aucune raison de la laisser, penser que le temps change la vie et que, un jour ou l'autre, il allait s'apercevoir qu'elle lui était plus indispensable que ses propres enfants. Les enfants, eux, ne restent pas éternellement dans le giron familial. Ils s'en vont, ils se marient, ils les abandonnent, leurs parents. Elle aurait attendu. Elle aurait su patienter en silence.

Et ce David de malheur qui était venu lui faire miroiter la gloire de l'action humanitaire et du don de soi ! Il lui avait donné envie de proclamer : « Moi aussi, j'y suis allée ! Moi, j'ai eu ce courage ! »

En fait, elle n'osait se dire qu'elle avait surtout voulu montrer à Charles qu'il n'était pas tout pour elle. Elle était certaine qu'il regrettait d'avoir été la cause de ce départ ; qu'il l'admirait et avait peur pour elle.

Elle avait même eu une pensée diabolique. Et si elle disparaissait ? Quelle honte il éprouverait ! Quelle punition ce serait pour lui ! Elle se souvenait qu'il lui avait dit que, dans sa jeunesse, il avait été hanté par la crainte qu'une fille délaissée se donne la mort. Ce voyage, n'était-ce pas une sorte de suicide ? Conservant une once d'humour, elle corrigea : « Malchanceuse comme je suis, je vais me rater, c'est sûr. Les gens ne sauront jamais ce que j'ai pu en baver ici. »

Derrière eux, de l'autre côté de la vallée, le ciel semblait s'éclaircir. Depuis le début, ils marchaient vers l'ouest. Était-ce bien le jour qui annonçait sa naissance prochaine ? Elle se méfiait de ses sens, car elle attendait l'aube avec une telle impatience qu'il lui était arrivé plusieurs fois, durant les deux nuits précédentes, de se retourner pour voir si la lumière qu'elle croyait voir surgir au loin n'était pas déjà l'annonce de l'aurore. Cette fois, c'était vrai, le soleil allait bientôt illuminer le paysage et leur donner le signal du repos.

Elle n'était pas seule à avoir décelé cette luminosité. Elle entendit des voix derrière elle. David vint la prévenir :

— On va accélérer le train car on est encore un peu loin du village et il faut absolument l'atteindre avant le lever du jour.

Elle se tut. Que peut-on dire quand on vous apprend que le calvaire n'est pas fini, qu'il va falloir souffrir un peu plus encore ? Elle n'avait même plus la force de réagir ni de penser.

C'est presque au pas de course qu'ils parvinrent au petit amas de maisons appelé village, situé, par bonheur, en contrebas d'une pente qu'il suffisait de dévaler. Le soleil émergeait déjà derrière les cimes et accentuait les silhouettes, immenses ombres mouvantes sculptées sur les rochers et qui semblaient les précéder.

À peine arrivés, ils perçurent le premier bourdonnement d'un avion de reconnaissance. Ils n'eurent que le temps de disparaître sous l'abri d'un toit miraculeusement intact, qui dominait les ruines des maisons où avait logé une population désormais anéantie.

Elle se laissa tomber contre un pan de mur et resta immobile, les jambes repliées, la tête sur les genoux, hors de souffle, incapable de faire un pas de plus. Elle n'était pas croyante, mais il lui arrivait de prier, comme elle avait appris à le faire enfant. « Vierge Marie, murmura-t-elle, aidez-moi. Sortez-moi de cet enfer. Vous êtes bénie entre toutes les femmes, et vous ne pouvez pas m'abandonner au milieu de ces mécréants. Sainte Marie pleine de grâces, donnez-moi la force de survivre... »

Elle releva son visage. Les hommes étaient tous à l'abri, et David parlementait avec le chef. Il parlait couramment le persan et palabrait durant des heures, accroupi devant quelques braises où chauffait l'eau du thé. Avec sa barbe noire qu'il laissait pousser et ses vêtements afghans, il leur ressemblait. Il avait ce même profil aigu au nez busqué et de hautes pommettes saillantes. Ses interlocuteurs étaient plus sereins. Jamais on ne voyait leurs traits déformés par la peur, la colère ou l'impatience. En toutes circonstances, ils restaient impassibles.

— On se demande s'ils ressentent quoi que ce soit, grommelait-il parfois.

Hellen savait qu'ils n'étaient pas aussi insensibles qu'il y paraissait et elle décelait par instants des regards éloquents dans sa direction. Elle avait eu beau masquer, autant qu'il était possible, les attributs de sa féminité, elle surprenait, dans leurs yeux, des éclairs inquiétants et envieux. Juste avant de partir, elle avait rencontré une infirmière belge de retour d'une expédition analogue à la sienne qui lui avait donné de sages conseils. C'est ainsi qu'elle s'était fait couper les cheveux très courts et qu'elle se cachait, le plus souvent, sous la capuche de sa parka portée le col levé au plus haut. Par-dessus, elle était drapée dans un « patou », sorte de long châle à franges de couleur brune. De loin, elle n'avait plus rien de féminin.

Elle évitait de croiser le regard des hommes, et marchait les yeux vers le sol à proximité de David qui, pour les Afghans, jouait le rôle du mari. D'ailleurs, dès l'arrivée à l'étape, ceux-ci restaient toujours à bonne distance. Un seul des moudjahidin s'était aventuré plus près d'elle. Il était très jeune, presque un enfant, et s'appelait Abdul. Parfois, il lui apportait une tasse de thé, ou un fruit. Son visage était d'une grande beauté, mais l'absence des deux incisives supérieures lui donnait un sourire crénelé du plus mauvais effet. Lors de l'expédition, il avait été son seul contact avec les autochtones.

Il faut dire qu'ils n'avaient encore rencontré que peu de monde. Comme ils voyageaient la nuit pour se prémunir du tir meurtrier des avions de reconnaissance et des hélicoptères, ils passaient leurs journées dans des abris de pierres isolés ou des grottes désertes. Elle se tenait alors à l'écart du groupe des hommes.

Elle les voyait faire leur prière, tournés vers l'orient, avec une ferveur si émouvante qu'elle avait un peu honte de n'être pas plus religieuse.

David vint s'enquérir de son état.

— Je reprends mon souffle, répondit-elle avec un sourire. Je pense que ça va aller.

— Les femmes et les enfants que nous devons rapatrier sont un peu plus loin. Quand tu seras prête, je t'y mènerai. À moins que tu ne préfères te reposer encore.

— Non. Allons-y.

Elle avait hâte de connaître ceux qui justifiaient cette mission. Ils s'enfoncèrent dans un dédale de ruelles qui avait dû ressembler à un village où quelques maisons seulement tenaient encore debout, abritant une vie clandestine insoupçonnable. Une grange à moitié enfouie dans la montagne avait été transformée en une sorte d'hôpital où se tenaient les femmes et les enfants dont elle devrait s'occuper. La lumière du jour pénétrait avec parcimonie dans la pièce, et, après un instant d'hésitation, elle se dirigea vers une table de bois placée à proximité d'une fenêtre.

Lentement, pour donner une impression de sérénité, elle

renversa sur la table son sac à dos. Elle mit de côté ses objets de toilette qui lui avaient si peu servi jusque-là, puis rangea par catégories ses médicaments et son matériel à pansements. Elle y ajouta le contenu d'un autre sac de réserve que David avait déposé. Enfin, elle enleva sa parka et se retourna vers les femmes qui la regardaient sans parler. Elles étaient une vingtaine, enveloppées de leur châle ou couvertes d'une espèce de voile coloré avec une petite ouverture qui ne laissait voir que les yeux ombrés de khôl. Toutes respectaient un silence religieux et intrigué.

Elle tendit les mains vers un enfant que l'une d'elles portait dans les bras. La femme eut un moment d'hésitation, puis une autre, qui devait être la plus âgée, lui dit quelque chose qui devait ressembler à :

— N'aie pas peur, donne-le-lui.

Immédiatement, le silence fut rompu et la conversation devint générale, d'autant que l'enfant qu'elle essayait de poser sur la table se mit à hurler en s'accrochant à sa mère, déclenchant un flot de paroles incompréhensibles.

Passée cette première étape difficile, le travail commença comme dans n'importe quel dispensaire, avec un barrage linguistique qu'elle n'essaya même pas de franchir. Le rite fut rapidement pris : elle déshabillait les enfants avec l'aide de la mère et de celle des femmes qui semblait avoir un semblant d'autorité et confectionnait des pansements après avoir désinfecté les plaies. Elle se souvenait avoir lu, à Paris, un article humoristique de Raymond Vilain, spécialiste des brûlures, qui énumérait les moyens inventés par les traditions populaires pour traiter ce genre de lésion. Le beurre et l'huile avaient la vedette sous nos climats, mais on trouvait aussi de l'encre, violette de préférence, et des décoctions végétales diverses. En Afrique du Nord, la bouse de chameau avait une certaine vogue et, plus au sud, la feuille de bananier prévalait. L'article se concluait par une formule choc : « Heureusement, les brûlures guérissent malgré tous les traitements ! »

Hellen dut décoller des espèces de croûtes crayeuses dont l'origine ne lui parut pas évidente. Les suppurations sous-jacentes étaient impressionnantes, et la jeune femme sentit monter une nausée qu'elle réprima. Certains enfants présentaient déjà des signes manifestes d'infection généralisée.L'issue fatale ne se ferait pas attendre si une thérapeutique moderne et efficace n'était rapidement mise en application.

Elle assuma sa tâche sans faiblir ni montrer son dégoût. Elle n'était pas très familiarisée avec ce genre de pathologie, mais elle avait suffisamment vu travailler les infirmières pour trouver les bons gestes. Elle débarrassait les surfaces brûlées de leur revêtement et les nettoyait avec du Dakin préparé à partir de comprimés concentrés dilués dans de l'eau. Elle étalait des compresses grasses dont elle avait emporté plusieurs variétés, appliquait du coton hydrophile et fixait le tout par une sorte de solide filet élastique. Elle terminait par une injection d'antibiotiques.

Une douzaine d'enfants de tous âges durent subir ce traitement dans un concert de hurlements et de pleurs qui lui rappelait les consultations pédiatriques de ses débuts. Ce sont d'ailleurs ces bruits familiers qui avaient détendu l'atmosphère, et, à défaut de conversations, elle avait pu échanger avec ces mères mises en confiance des sourires qui valaient bien des discours.

Certaines femmes aussi étaient brûlées. Surtout au dos, aux mains, aux jambes. Les réflexes pudiques avaient préservé la plupart des visages. Hellen était surprise de la beauté de ces Afghanes, tatouées de bleu, la plupart très jeunes, et de leur gentillesse. Franchi le barrage de la timidité, elles s'étaient regroupées autour d'elle et l'aidaient à tenir les enfants, à ouvrir les paquets de compresses. Certaines s'étaient même enhardies à la toucher, à palper son sweetshirt de coton, ou ses pantalons de duvet. Elle leur avait fait cadeau de certains instruments qu'elle avait en trop : des ciseaux, des boîtes métalliques qui les intriguaient.

Elle avait compris que, dans un tel contexte religieux et culturel, ce genre de soins ne pouvaient être réalisés convenablement que par une femme, médecin ou infirmière. Il aurait été impensable qu'un homme parvienne à un même degré d'intimité.

Les pansements terminés, elle partagea leur repas. Accroupies sur le sol, elles mangèrent une sorte de semoule qu'elles roulaient en boule dans le creux de la main. Il y avait un peu de viande aussi, du mouton probablement, mais si cuite qu'il était difficile de lui donner un nom. Elles terminèrent par le traditionnel thé noir, âcre et fort. Deux jeunes femmes donnèrent le sein à leur bébé, sans aucune pudeur, avec la simplicité de ce geste universel.

Pendant le repas, elles tentèrent, sans succès, de se faire comprendre en articulant certains mots. Elles se mirent à rire comme des enfants, semblant avoir oublié, pour un moment, ce drame qu'était leur vie. Puis elles donnèrent les noms des objets usuels dans leur langue, aussi rocailleuse que les pentes de leurs montagnes. Hellen voulut les imiter. Elle comprit un mot et le répéta correctement : *tchaï*, le thé. Elles applaudirent, ravies. L'une d'elles s'approcha et, pointant l'index vers Hellen, dit :

— Doctor Hellen

La scène ressemblait tant à l'anthologique « Toi Jane, moi Tarzan » qu'Hellen éclata de rire, suivie de toute l'assistance qui se mit à répéter, avec un accent pittoresque :

— Doctor Hellen, doctor Hellen...

Elle se souvint que David l'appelait parfois ainsi et qu'il lui avait donné ce nom, un moment auparavant, en lui apportant son sac de médicaments. Elle fut surprise que ces femmes aux allures si primitives aient eu un tel sens de l'observation.

Tout en continuant à rire et à se dire des choses qui avaient l'air drôles, elles se mirent à ranger les vestiges du repas. De son côté, Hellen, soucieuse de les aider, sentit tout à coup la fatigue lui peser sur les épaules. Elle avait marché la nuit entière, et l'après-midi devait être avancé. Elle avait cassé sa montre en la cognant contre un rocher, et elle évaluait l'heure en fonction de la hauteur du soleil. Épuisée, elle se laissa choir contre un mur, et les femmes comprirent qu'elle voulait dormir. Elles lui apportèrent une sorte de paillasse, et elle s'allongea plus confortablement qu'elle ne l'avait fait jusque-là. Peu après, elle sombra dans le sommeil.

Quand elle se réveilla, il faisait nuit noire. Une femme la secouait doucement en prononçant des paroles toujours aussi incompréhensibles. Elle comprit qu'elle devait se lever, sans doute parce que David la réclamait. Dehors, elle retrouva son compagnon, qui commençait à se poser des questions. Elle lui raconta les soins et ils convinrent que le voyage de retour pourrait avoir lieu dans trois jours : le temps de changer une dernière fois les pansements et de déterminer les enfants qu'il faudrait porter.

— Bravo, docteur Hellen ! conclut-il en souriant. Tu les as charmées.

David était impressionné par l'autorité dont sa compagne faisait preuve. Comme elle ne lui avait jamais fait part de ses états d'âme au cours du voyage, il lui attribuait une force de caractère plus grande encore que celle qu'elle avait en réalité. Heureusement qu'il n'avait pu deviner ses pensées !

Sans le dire, apparemment sûre d'elle, la jeune femme s'inquiétait du trajet de retour vers le Pakistan. Comment allaient voyager ces femmes et ces enfants en si mauvais état de santé ? Elle se doutait bien que, pour ces pauvres gosses, les vitamines ne suffiraient pas à compenser une malnutrition aussi évoluée. Quant aux femmes, elles ne semblaient pas non plus équipées pour une randonnée qui n'aurait rien d'une partie de plaisir. Leur vie rude avait dû les rendre résistantes mais, dans l'état où elles étaient, comment feraient-elles ?

Elle finit par mettre David au courant de ses angoisses. Celui-ci alla en discuter avec le chef des moudjahidin, qui consulta ses compagnons. Comme d'habitude, ils s'installèrent autour de quelques braises et palabrèrent longtemps. Elle les laissa faire et retourna vers ce qu'elle appelait son infirmerie. Elle s'y allongea et s'endormit de nouveau, comme si elle avait eu des centaines d'heures de sommeil en retard.

Le lendemain, les soins reprirent. Hellen était satisfaite des résultats obtenus. Les plaies étaient plus propres, et certains enfants avaient retrouvé une mine meilleure. Il fallut pourtant qu'elle excise une plaque escarrifiée qui retenait un flot de pus. Jamais elle n'avait réalisé une telle intervention à vif. Le garçonnet tenait sa jambe à deux mains, et il ne manifestait sa douleur que par une horrible grimace, sans pousser un seul cri. Quand elle eut fini le pansement, elle caressa la tête crépue de l'enfant et le félicita. Il parut comprendre le sens des paroles du médecin et remercia d'un merveilleux sourire. En clopinant, il s'éloigna, fier comme un homme au milieu des femmes admiratives.

Hellen croyait en avoir terminé avec les horreurs de sa guerre, quand arriva un groupe de trois femmes qu'elle n'avait encore jamais vues. Les deux plus âgées soutenaient une gamine au visage enfantin crispé de douleurs. Elle se tenait le ventre à deux mains. « Sainte Vierge, pria Hellen, faites qu'il ne s'agisse pas d'une péritonite. Je ne vais pas me mettre à opérer par terre. »

Les vieilles firent asseoir leur protégée sur le banc, contre la paroi, et, gesticulantes, se lancèrent dans de bruyantes explications. Au bout d'un moment, Hellen crut déceler qu'il s'agissait d'un problème situé vers l'entrejambe de la patiente. Elle s'approcha et s'agenouilla devant elle pour montrer qu'elle avait compris.

Une vieille souleva brusquement les jupons de la gamine qui esquissa un mouvement de pudeur, puis se résigna, le visage caché par son voile. Hellen s'approcha et faillit défaillir. Entre les cuisses ensanglantées pendait la jambe d'un fœtus.

Il lui fallut un moment pour réagir. Autour d'elle, le silence était total. Les femmes en cercle regardaient ce spectacle insolite et bouleversant. Il fallait bouger, faire quelque chose. Hellen était paralysée. Après cet instant de stupeur qui lui parut durer une éternité, les forces lui revinrent enfin. Elle se souvint alors qu'elle avait emporté des doigtiers, rangés dans une poche de son sac.

Elle se releva, fit signe aux femmes d'attendre et alla chercher son matériel. Ce déplacement lui fit du bien. Elle reprit ses esprits et raisonna vite. À l'évidence, il s'agissait d'une fausse couche. Ce n'était pas étonnant chez une fille aussi jeune et dans de pareilles circonstances. Vu la taille du fœtus, le col devait être bien dilaté, et, avec un peu de chance, le placenta suivrait spontanément. De toute façon, il n'était pas question de faire un curetage dans ces conditions.

Au fond de son sac, elle trouva aussi un « haricot ». Ce rassurant symbole de la médecine européenne lui remonta le moral. Elle s'en saisit et retourna vers la parturiente. Au moins le fœtus ne tomberait pas dans cette poussière. Elle aurait bien fait allonger la jeune mère, mais elle ne voyait pas comment s'y prendre, et, apparemment, les femmes s'attendaient à ce qu'elle œuvre dans cette position. Elle s'accroupit de nouveau et, les doigts protégés, entreprit d'explorer le vagin. Elle pénétra facilement et fit le tour du fœtus, qu'elle fit glisser vers l'extérieur. De l'autre main, elle approcha le haricot, qui reçut le minuscule petit être humain rose et mouillé. Le cordon ombilical le retenait au placenta encore en place.

« J'aurais dû y penser, se reprocha-t-elle. Comment faire maintenant ? » Elle confia le récipient à la femme la plus rapprochée et se releva pour aller chercher de quoi couper le cordon. Elle revenait quand un événement stupéfiant la figea sur place. Le fœtus criait.

D'abord, elle n'y crut pas. Elle se rapprocha et se baissa. Les autres femmes, surprises comme elle, fixaient aussi le récipient de plastique blanc où gisait le modèle réduit d'homme. Et là, toutes virent distinctement l'enfant bouger les membres et répéter son minuscule vagissement.

Ce fut alors le brouhaha. Elles parlaient toutes en même temps, gesticulaient, riaient et interpellaient celle qui venait d'accoucher. Écartant ses voiles, la mère pencha son visage au-dessus de ses jambes écartées et se mit à rire de bonheur devant le petit être qui venait de naître.

Hellen n'en revenait pas. Ce gamin ne pesait pas une livre. Il n'était pas viable. Pourtant, il vivait.

« Me voilà en train de faire un accouchement. Ce n'est pas possible. » Elle retourna vers son sac. C'est de fil qu'elle avait besoin maintenant. Elle trouva une bobine de nylon stérile et l'ouvrit. Elle revint vers ce qu'elle était bien obligée d'appeler un nouveau-né, et coupa le cordon entre deux ligatures. La femme qui tenait le haricot se releva comme si elle portait le saint sacrement. Laissant l'accouchée, les spectatrices se regroupèrent autour de la table où elles avaient posé le bébé. L'une d'elles apporta un pot d'eau et entreprit de faire une toilette. Hellen l'interrompit. Il n'avait pas besoin d'un traumatisme supplémentaire. Pourquoi lui enlever ses sécrétions protectrices ?

Soudain, Hellen eut une idée bizarre. Elle se souvenait d'une scène presque identique vécue autrefois, quand elle était jeune étudiante, dans une salle d'accouchement de San Francisco. Elle répéta les gestes de l'infirmière mexicaine qui lui revenaient à la mémoire. Elle prit quelques gouttes d'eau et les déposa sur le front du nouveau-né en murmurant :

— Je te baptise le saint du jour, au nom du Père, du Fils et du Saint-Esprit.

Devant cette assistance musulmane, elle n'osa pas faire le signe de croix, mais jugea que le Seigneur, s'il la voyait, ne lui en voudrait pas d'avoir commis cette entorse au règlement. Elle eut une sorte de rire intérieur en pensant qu'elle n'avait pas mis les pieds dans une église depuis près de dix ans. Pourtant, devant un bébé menacé de perdre la vie, son premier réflexe avait été de le baptiser. « L'inconscient a tout de même de curieux mécanismes », pensa-t-elle.

Au même instant, son cerveau se remit à fonctionner comme celui d'un médecin. Une boîte en carton qui avait emballé des antibiotiques servit de berceau. Avec du coton hydrophile en guise de matelas, le bébé fut placé confortablement. Hellen put retourner auprès de la mère, dont les femmes ne se souciaient plus. Elle était toujours assise, laissant alterner sur son visage grimaces de douleur et sourires de contentement. Se rendait-elle compte que son enfant n'avait aucune chance de survivre ? Sans doute pas. Et peut-être était-ce mieux ainsi.

Hellen reprit un doigtier et sortit sans difficulté le placenta en voie d'expulsion. Elle soupira d'aise en constatant qu'elle n'aurait pas à faire de curage utérin. Avec l'aide du Ciel, la mère s'en tirerait. Par mesure de sécurité, après les manœuvres qu'elle avait dû subir, elle lui fit une injection d'antibiotiques et essaya de la faire allonger. Il n'en fut pas question. La jeune accouchée se mit debout, fit retomber ses jupes et vint se mêler aux autres femmes pour voir où en était sa progéniture. Avec des gestes d'une extrême douceur, elle prit la boîte en carton, prononça à l'intention d'Hellen des paroles qui devaient être de gratitude, et partit, suivie de la presque totalité des femmes.

Épuisée, Hellen s'assit. La plus vieille de celles qui étaient restées vint lui tenir un discours dont elle comprit le sens au travers des moues de tristesse qui se dessinaient sur le visage fripé. Elle acquiesça, témoignant que deux femmes peuvent se comprendre sans un seul mot de vocabulaire commun.

Le lendemain, une femme rapporta la boîte en carton vide. Hellen ne revit jamais la jeune accouchée. Elle était retournée se fondre dans le lot des silhouettes anonymes et voilées, condamnée à marcher comme elles, durant les prochaines étapes vers l'horreur.

Ils progressaient avec peine depuis trois nuits, quand le drame survint. Comme prévu, la troupe ne pouvait soutenir le train qui avait été le leur à l'aller. Les hommes portaient des enfants sur des brancards de fortune, faits de branches et de cordages entrelacés. Le passage par les sentiers de montagne n'en était pas facilité. Ce jour-là, le soleil les surprit à distance de toute habitation sans qu'ils aient même la possibilité de s'abriter dans l'ombre de la montagne. Ils étaient en terrain découvert, probablement visibles d'avion à des kilomètres de distance.

Ils n'entendirent pas celui qui les repéra et signala leur position. Il faisait jour depuis à peine une heure quand le bourdonnement angoissant des hélicoptères surgit soudain presque en même temps que le crépitement des mitrailleuses. Les fugitifs s'éparpillèrent, s'aplatirent sur le sol, recouverts par leur « patou » couleur terre, et personne ne bougea plus. Les rafales labourèrent la rocaille, soulevant opportunément des nuages de poussière qui masquaient les détails du sol.

Hellen, à plat ventre le long d'un léger dénivelé de terrain, était glacée de peur. Elle se répétait sans cesse, comme une litanie : « Que suis-je venue faire dans cet enfer ? Pourquoi moi ? J'étais si bien à Paris ! Quelle folie m'a poussée jusqu'ici ? »

Le martèlement et le sifflement incessant des balles qui ricochaient sur les rochers ne tardèrent pas à lui faire penser qu'elle ne s'en tirerait pas indemne. Peut-être même allait-elle laisser sa vie là, dans ce pays si inhospitalier, au milieu de ces gens dont elle ne comprenait pas la langue. Bizarrement, elle se mit à penser à Charles. Où était-il ? Ne supportait-il pas, lui aussi, ce genre d'agression ? Ne risquait-il pas aussi sa vie pour faire son métier ? Cette pensée anodine se transforma vite en rage. Il pouvait bien faire ce qu'il voulait. Pourquoi se trouvait-elle dans cette situation stupide ? N'était-ce pas sa faute à lui ? Pourquoi s'était-il lancé dans ce discours de rupture ? Pourquoi avait-elle attaché tant d'importance aux liens qu'il était en train de rompre ?

Une rafale passa si près qu'elle fut couverte de fragments de rocher qui lui firent mal. Et si elle était touchée ? Ils ne pourraient jamais la ramener jusqu'au Pakistan à dos d'homme. Allait-elle mourir ici, seule, dans cet univers de cailloux ? En fait, elle avait moins peur de périr d'un coup que d'être blessée. Morte, son calvaire serait terminé. Quant à Charles et David, ces hommes sans pitié, ils en seraient quittes pour des années de remords. Cette pensée lui apporta une bouffée de plaisir. Elle souhaita en finir vite. Elle n'aurait plus à marcher, à souffrir et à se plaindre.

Le feu s'arrêta enfin, mais personne n'osait bouger. Tous redoutaient que leurs mouvements fussent repérés et que l'enfer se déchaînât de nouveau. Ils ne pouvaient rester là une journée entière. Ils devaient au moins nourrir les enfants. Le chef des moudjahidin donna le signal de la reprise des mouvements et vint établir le bilan des dégâts. Ils étaient lourds. Deux femmes étaient mortes ainsi qu'un enfant et un accompagnant, le jeune Abdul. Les pleurs et les malédictions succédèrent au silence. Ils cachèrent les corps sous un amoncellement de cailloux. Hellen, les larmes aux yeux, fit deux pansements à des femmes qui avaient reçu des éclats de pierre. Au signal, on se remit en route.

Après quelques minutes, Hellen constata l'absence de David resté loin en arrière contrairement à son habitude. Il boîtait, s'appuyait sur un morceau de branche avec, visiblement, beaucoup de mal à poser sa jambe. Elle vint jusqu'à lui pour savoir ce qu'il en était.

— Ce n'est rien, répondit-il avec agacement, un choc sur le mollet. C'est douloureux, mais pas grave. Retourne avec ton troupeau, elles ont besoin de toi.

Il détourna le regard et continua à avancer, soutenu bientôt par un Afghan. Tous avaient compris qu'il fallait se dépêcher car les hélicoptères étaient sans doute repartis faire le plein de munitions et de carburant. Ils n'allaient pas tarder à revenir. Heureusement, le hameau où ils se cacheraient pour la journée n'était plus loin, et les soins aux blessés pourraient être renouvelés.

Ils arrivèrent en paix jusqu'à l'étape et s'écroulèrent, hors d'haleine, sous l'abri bienfaisant des toits encore intacts. Ces murs de pisé étaient devenus des havres de paix inestimables.

Hellen s'occupa de son petit monde avec ce qui lui restait de pansements. Elle ne pourrait plus rien faire de sérieux avant le Pakistan. Il ne lui restait encore que quelques boîtes d'antibiotiques. Quand elle eut fini, elle chercha David. Il était affalé contre un mur, à l'écart du groupe, et son teint pâle en disait long sur son état. De loin, elle vit sa jambe de pantalon couverte de sang frais. La plaie devait saigner encore.

— Montre-moi ce mollet, demanda-t-elle.

— Laisse-moi, veux-tu. On ne peut rien y faire pour le moment. Nous verrons demain.

— Mais tu saignes ! s'exclama-t-elle. Il faut faire un pansement compressif. Tu ne peux pas rester ainsi.

Il prit un air exaspéré.

— Je t'en prie, ne joue pas les nounous, ce n'est rien de grave, je te l'ai dit. Je sais de quoi je parle !

Il fallut qu'elle insiste pour qu'il accepte de prendre des comprimés d'antibiotiques. Elle mentit en lui affirmant qu'elle en avait bien assez pour la fin du voyage. En fait, elle lui réserva la plus grande partie de son stock, certaine qu'elle avait raison de privilégier ce garçon dont tous avaient le plus grand besoin.

Dans la journée, ils entendirent à nouveau les hélicoptères tourner dans la région. Les pilotes devaient savoir qu'ils se cachaient, et ils fouillaient la montagne dans ses moindres recoins. Par principe, ils arrosèrent les ruines de quelques obus, mais sans conviction, et ne parvinrent qu'à faire pleurer les enfants.

À la nuit tombante, il fallut repartir. Hellen redoutait ce dernier jour. Pour elle d'abord, car elle ne s'était pas encore vraiment remise de ses fatigues. Et pour tous ses blessés, dont elle craignait que certains n'eussent pas la force d'aller jusqu'au bout. Les abandonner si près du but lui paraissait inimaginable. Elle distribua ses ultimes pilules de vitamines, injecta ou fit avaler ses derniers antibiotiques, et chacun se remit en route.

La longue file ressemblait à ces images d'exode banalisées par le cinéma. Jusqu'où arriveraient-ils ? David marchait le dernier, plus mal encore que la veille, et il évitait de regarder son amie.

— David, je pourrais te changer ton pansement si tu voulais.

Il lui lança un coup d'œil mauvais.

— Vas-tu me laisser en paix ! C'est déjà assez pénible sans que tu viennes me harceler. J'irai jusqu'à la frontière, sois rassurée. Après, nous aurons des chevaux et tout se passera bien.

À peine avaient-ils marché une heure qu'ils distinguèrent dans la nuit une troupe qui venait à leur rencontre. D'abord inquiète, Hellen comprit, aux réactions de leurs compagnons, qu'il s'agissait d'amis. Une dizaine d'hommes bien armés et reposés prirent en charge les brancards et les boiteux. La bande d'éclopés ainsi renforcée se remit en route. Le temps pressait. La frontière était loin encore. Éreinté, David s'appuyait sur deux moudjahidin.

Une fois de plus, le jour les surprit à distance de tout abri. Les rochers étaient plus importants que la veille, et les zones d'ombre plus étendues, mais tous sentaient que le danger était proche. Ils ne furent pas surpris d'entendre le bourdonnement des hélicoptères, et chacun se plaqua au sol. Mais la colonne avait été repérée. Il était évident que les pilotes se doutaient qu'ils les retrouveraient dans ce secteur. Le feu reprit, comme la veille. Dès la première rafale, la voisine d'Hellen, la plus âgée des femmes du groupe, eut un soubresaut mortel. Une tache de sang s'étala sur son châle et elle ne bougea plus. Hellen, impuissante, se mit à pleurer en silence. Cette vieille femme courageuse l'avait si bien aidée. Elle ne pouvait même pas lui porter secours, tant le feu de l'enfer était intense.

C'est alors qu'un spectacle insolite se déroula devant ses yeux ébahis. Trois hommes, qui semblaient se jouer du danger, se dressèrent autour d'un des nouveaux venus et se regroupèrent en tenant une sorte de tuyau qu'elle avait remarqué sans savoir son utilité. Elle vit braquer cette espèce de canon vers le ciel, et une explosion se produisit, suivie d'une courte flamme, d'un sifflement et, quelques fractions de secondes plus tard, d'une énorme déflagration. L'hélicoptère le plus proche avait volé en éclats. Les moudjahidin hurlèrent de joie.

Un autre appareil approchait, crachant le feu. Méprisant le

danger, les hommes restèrent en position de tir. Une autre flamme jaillit, bientôt suivie de l'explosion du second monstre en plein vol. Les vociférations joyeuses reprirent de plus belle, quand on vit le troisième hélicoptère prendre de la hauteur et s'éloigner.

Hellen courut vers David. Il était adossé à un rocher, dans une zone d'ombre, et son visage était décomposé par la fièvre.

— Tu viens d'assister à un événement historique, murmura-t-il dans un souffle. La première utilisation, ici, d'un missile sol-air de fabrication américaine. Il fit un effort pour continuer : L'équation est simple, un Stinger lancé veut dire un hélico abattu ! C'est fabuleux. Nous allons maintenant continuer à marche forcée, même en plein jour. Nous avons de quoi accueillir ces salauds. Qu'ils viennent !

Son visage amaigri et défait par la douleur venait d'ébaucher un sourire mauvais. « Sainte Marie, faites qu'il s'en sorte », pria Hellen.

D'autres renforts arrivèrent, puis, à l'orée d'un bois, ils aperçurent un groupe de chevaux qui leur étaient destinés. C'était la fin du cauchemar. Ils étaient sauvés.

— Nous nous en sommes tirés, ma belle, grinça David, dans un dernier sursaut d'énergie. Ce soir, tu prendras un bain chaud et tu dormiras dans des draps blancs. Il baissa d'un ton pour ajouter : Moi aussi, probablement, mais je serai à l'hôpital, et j'espère que le confrère de service me gardera ma jambe.

CHAPITRE VII

Hellen se réveilla vers dix heures. Elle avait dormi comme une souche. Elle s'assit sur son lit et regarda cette chambre de style colonial anglais, témoin d'une époque où les officiers britanniques de l'armée des Indes régnaient en seigneurs sur ce pays. L'hôtel *Pearl Continental* était un établissement de qualité internationale, et jamais elle n'avait été aussi heureuse de retrouver un tel luxe.

La dernière étape de l'expédition afghane avait duré vingt-quatre heures et s'était terminée dans les camions de l'armée régulière pakistanaise, qui les avaient pris en charge jusqu'au camp de regroupement destiné aux civils afghans. Puis une Jeep les avait transportés à Peshāwar, David à l'hôpital de la Croix-Rouge et Hellen à l'hôtel. Elle s'était affalée sur son lit et avait dormi douze heures d'affilée. Au réveil, elle appela l'hôpital. David était en salle d'opération.

Rassurée, elle prit un bain, dévora un copieux petit déjeuner, consacra un long moment à ses ongles, ses cheveux et sa peau pour réparer tant bien que mal les dégâts causés par ce voyage insolite. Dans le grand miroir de la chambre, elle évalua enfin avec satisfaction le résultat obtenu. Il était temps, maintenant, d'aller voir à l'hôpital ce qu'il était advenu de son ami.

Revêtue des attributs normaux d'une femme occidentale, elle descendit vers la réception pour commander un taxi. Arrivée dans le hall, elle eut le choc de sa vie. À quelques mètres d'elle, accoudé au bar, au milieu d'un groupe de journalistes, se trouvait Charles.

Elle s'arrêta net, persuadée de ne plus jamais pouvoir faire un pas. Qu'il était beau l'homme de son cœur, avec son blouson de cuir « aviateur » au col de fourrure, son pantalon de velours brun sur des rangers sombres et cette grande écharpe couleur poil de chameau qu'elle lui avait offerte à Noël. Ses cheveux noirs en bataille lui retombaient sur le front, et il les redressait du même geste machinal.

Il tourna la tête à son tour et la découvrit. Sans étonnement. Il salua ses amis et se dirigea vers elle. Manifestement, il l'attendait. Peut-être même était-il venu uniquement pour la retrouver. Ou avec l'espoir de la ramener. Elle se ressaisit. Il importait surtout de ne pas avoir l'air émue.

— Charles ! Quelle bonne surprise !

— Hellen ? Déjà levée ?

— Ah ! je t'en prie, ne commence pas à te moquer. J'ai tellement fait la fête, hier, qu'il me fallait une grasse matinée pour me remettre. Comment vas-tu ?

Il l'entraîna vers un angle de la salle et commanda des cafés.

— Deux expresso avec un petit pot de lait froid.

Ce rappel de leurs habitudes parisiennes la fit sourire.

— Tu vas voir, précisa-t-il, le café est bien meilleur ici qu'aux Deux-Magots. Puis, il enchaîna : Alors, tu as réchappé de cette folie.

— En parfait état, à part quelques ampoules aux pieds.

Il se pencha vers elle comme s'il allait lui faire une tendre confidence et lui murmura :

— Raconte-moi cette histoire de missiles. Comment ça s'est passé ?

Avec un pincement au cœur, elle ressentit sa première déception. C'était donc la seule raison de sa présence. Les missiles... Comme elle était naïve ! Sans rien laisser paraître de ses états d'âme, elle lui raconta la divine surprise qu'avait été, pour elle et ses compagnons, l'efficacité redoutable de ces engins. Il lui expliqua que, d'après ses renseignements, il en existait deux modèles : l'américain, le Stinger ; et l'anglais, le Blowpipe.

— J'ai cru comprendre que c'était une arme américaine, mais ils la portaient enroulée dans une sorte de housse, et je n'ai pas eu le loisir de m'intéresser à la marque.

Il lui expliqua que, jusqu'ici, les Américains s'étaient contentés de fournir à la rébellion des armes légères et du matériel banal, persuadés que l'ogre soviétique ne ferait qu'une bouchée du petit peuple afghan. Devant l'échec de l'entreprise communiste, le camp occidental avait repris espoir. Appuyés par l'Arabie saoudite, les gouvernements anglais et américain avaient décidé de mettre aux mains des rebelles ces armes imparables.

— Le succès des Soviétiques était lié à la maîtrise du ciel, puisqu'ils interdisaient les mouvements rebelles en plein jour. Ils pouvaient tout à loisir détruire les villages et décimer les colonnes de réfugiés. Si l'apport anglo-américain se confirme, les avions et les hélicoptères de l'armée soviéto-afghane vont subir de telles pertes qu'ils seront dans l'obligation de voler uniquement de nuit. Le rapport des forces va être inversé. Le cours de la guerre peut en être changé.

Hellen l'écoutait d'une oreille distraite. Elle était tout à son bonheur de le revoir, d'entendre sa voix, de retrouver cette forte personnalité qui l'avait toujours fait rêver, quelque peu dépitée, toutefois, que la conversation reste sur le thème des finesses stratégiques. N'allait-il pas parler d'autre chose ?

— Dans quels coins êtes-vous passés ?

— Je n'en ai pas la moindre idée. Dans le Logar, je crois, mais je serais incapable de le situer sur une carte.

— Tu sais que c'est dans cette région que Philippe Augoyard a été pris en janvier 1983 ?

— Qui est-ce ?

— C'est vrai, j'avais oublié que tu arrivais d'Amérique. C'est un jeune médecin français qui participait à une mission de formation pour mettre en place un corps d'infirmiers locaux.

— Et alors ?

— Il est tombé dans une embuscade et s'est retrouvé en prison. Durant quatre mois, il a vécu un enfer.

— Tu dis cela pour me rassurer, je suppose.

— Tu ne vas pas te mettre à avoir peur, maintenant que tu en es revenue. Et j'espère que tu n'as pas envie d'y retourner. Revenant à son sujet, il précisa : Tu as dû traverser, sans le savoir, les mêmes régions que lui.

— Je n'ai pas retenu un seul nom des endroits où nous passions. Cette langue est incompréhensible. Nous marchions la nuit, et, le jour, j'étais trop épuisée pour demander autre chose que la paix. David Robin, le médecin qui m'accompagnait, parle leur satané dialecte, et il semblait être au courant de tout. Mais, c'est vrai, je ne lui ai pas demandé de m'expliquer où nous étions. Nous n'avions même pas de carte.

Charles sourit.

— David Robin. Comment va-t-il, ce fou ?

— Il est à l'hôpital, et il faut justement que j'aille le voir. Il a été blessé à la jambe et, à mon avis, ce doit être sérieux. Il n'a pas voulu que je lui fasse ses pansements.

— Toujours le même. Farouche et sauvage.

— Comment le connais-tu ?

— Il était aux Langues O quand j'étais à la Sorbonne. Nous nous rencontrions souvent dans les bistrots du Quartier latin. Il nous amusait par ses positions engagées. Nous l'avions même surnommé « le révolutionnaire » ! Quand il a décidé de s'inscrire en médecine, je l'ai perdu de vue. J'ai su, il y a peu de temps, qu'il s'était reconverti dans l'humanitaire. Le refuge des gauchistes déçus.

Hellen n'aima pas le ton qu'employait Charles.

— Déçu ou pas, il fait un sacré travail. Et on ne trouve pas beaucoup d'anticommunistes primaires dans les rangs de ceux qui aident les populations afghanes. Elles ont pourtant besoin de toutes les bonnes volontés...

— Ne te fâche pas. Il faut de tout pour faire un monde. Il eut un petit sourire narquois pour ajouter : À Paris, ces temps-ci, on disait qu'il avait viré sa cuti. Qu'en penses-tu ?

Hellen n'était pas familiarisée avec ces expressions estudiantines françaises.

— Viré quoi ?

Charles éclata de rire.

— Les gens pensent que, parmi les multiples motivations de ton David bien-aimé, il y a aussi — je dis bien « aussi » — le fait que les jeunes gens de ce pays afghan sont les plus beaux du monde. Tu n'as rien remarqué ?

Hellen comprit brutalement toute la perfidie de ces allusions. Jamais elle n'avait vu David manifester le moindre intérêt suspect pour les hommes qui les avaient accompagnés. Elle revit le visage édenté du jeune Abdul qui dormait maintenant sous une pauvre couche de pierres dans le Logar, et elle eut honte de cette suspicion. Choquée, elle se cabra.

— Je trouve ces propos indignes de toi. La calomnie est l'arme des pauvres types jaloux du succès des autres.

Devant cet assaut, Charles éclata de rire et envoya sa dernière flèche :

— Toi, tu as sans doute de bonnes raisons de savoir que c'est de la calomnie.

Elle reçut cette phrase comme une gifle.

— Et pourquoi pas, s'exclama-t-elle avec un air de défi. Tu pourras rassurer tes amis parisiens. Ils auront ainsi une raison supplémentaire de l'envier. Et ils inventeront une autre baliverne. Lancée dans sa colère, elle se leva d'un bond : Et toi ? Toujours spectateur sans engagement ? Ta petite femme, tes charmants bambins, ta petite auto, ta petite maison, tes petits articles et tes billets d'Air France... Ta petite vie continue comme avant, je suppose. Je suis contente pour toi. Elle s'écarta de la table, et, avant de partir, laissa tomber avec un rictus de mépris : Ce qu'il y a de rassurant, vois-tu, c'est que tu n'as même plus honte. Alors continue, et bon vent !

Cette fois, elle lui tourna le dos et sortit en faisant tourner violemment le tambour de la porte d'entrée. Charles, cloué sur sa banquette, ne trouva rien à rétorquer. Pouvait-il lui avouer qu'effectivement il crevait de jalousie, qu'il avait honte, et qu'il l'enviait ?

La rue principale était encombrée d'une foule bigarrée, et les voitures, engluées dans une masse compacte de camionnettes, de charrettes et de *rikshaw* ne parvenaient à avancer que dans un concert d'avertisseurs. Un autobus peinturluré passa devant l'hôtel, transportant au ralenti une grappe humaine impressionnante noyée dans un nuage de gaz d'échappement malodorants.

Il n'y avait pas de taxi. Un portier habillé en général d'opérette surveillait l'entrée. Il baragouinait un peu d'anglais et lui expliqua que l'hôpital n'était pas loin. Elle pouvait s'y rendre à pied, à moins qu'elle ne préfère un taxi-scooter. Elle refusa ce moyen de transport dangereux et s'enfonça gaillardement dans la cohue, ravie, au fond, d'avoir ce répit pour reprendre ses esprits. Charles l'avait exaspérée. Pourquoi s'en était-il pris à ce pauvre David ?

Comme elle s'insurgeait contre ces insinuations perfides, le doute s'insinuait dans son esprit. Cette rumeur d'homosexualité n'était-elle pas fondée ? Ainsi s'expliquerait l'attitude de son compagnon de voyage, toujours si réservé à son égard. Car, même si la promiscuité dans laquelle ils avaient vécu pendant cette dizaine de jours ne prêtait guère à l'idylle, les occasions n'avaient pas manqué où le garçon aurait pu manifester quelque intérêt pour elle. Il était toujours resté de glace. Adorable, serviable, attentionné, mais sans aucun de ces élans masculins que les femmes savent si bien déceler.

Elle s'en voulait de prêter attention aux ragots parisiens, mais n'étaient-ils pas justifiés ?

L'hôpital de la Croix-Rouge à Peshāwar était réservé aux blessés de la guerre afghane. C'était un établissement de style colonial, avec un bâtiment central pour l'administration et des constructions annexes, remaniées au cours des dernières années. La chirurgie était l'un des secteurs les plus modernes, et elle se fit indiquer sans difficulté la chambre de David. Elle était vide. Une ravissante petite infirmière pakistanaise la renseigna dans un anglais chantant, plein de charme : il était encore en salle d'opération. Elle ajouta, sur un ton un peu dégoûté :

— Sa jambe, elle n'était pas bien belle...

Hellen retourna dans le hall et s'assit sur une banquette d'où elle pouvait surveiller le retour de son ami. Autour d'elle, des hommes attendaient et la regardaient avec curiosité. Elle était la seule femme.

L'arrivée d'un brancard poussé par deux superbes infirmiers enturbannés fit cesser le brouhaha. C'était David. Hellen se leva et, s'approchant de la chambre, aperçut le chirurgien qui l'avait sans doute opéré. Grand, mince, la cinquantaine, il enleva, tout en marchant, son masque et sa calotte, découvrant un long visage surmonté d'une élégante calvitie bordée de cheveux gris et frisés. Il avait, derrière des lunettes cerclées d'or, de gros yeux de myope qui lui donnaient un regard velouté. Il vint à sa rencontre.

— Vous êtes Hellen, sans doute, demanda-t-il en français.

— Oui.

— Je m'appelle Lucien Laville et je viens d'opérer votre ami. Je suis ici le seul chirurgien français.

— Comment s'est passée l'intervention ?

— Très bien.

— Vous lui avez conservé sa jambe ?

— Je crois avoir fait ce qu'il fallait dans ce but. Avec un sourire séducteur, il continua : Je pensais bien vous trouver là, car il s'est endormi en prononçant votre nom à plusieurs reprises. Il eut de nouveau un regard plein de galanterie pour ajouter : Je comprends qu'il ait voulu garder votre image en mémoire avant de perdre conscience.

Hellen fut agacée par cette réflexion qu'elle jugea déplacée. Elle avait des informations plus importantes à apprendre. Il fallait qu'elle le lui fasse comprendre. Elle se renfrogna et prit un ton docte.

— Pouvez-vous m'expliquer ce qu'il en était de ses lésions ? Il n'a pas voulu que je m'en occupe durant le voyage de retour, mais j'imagine que les dégâts musculaires, et peut-être même vasculo-nerveux, étaient importants...

Le chirurgien fronça les sourcils.

— Vous faisiez partie de l'expédition ? Mais à quel titre ? Vous êtes infirmière ?

Hellen marqua une seconde d'hésitation. Elle se trouvait dans une position habituelle et elle savait déjà tout ce qui allait être dit dans les répliques suivantes. Elle s'y résigna.

— Je suis chirurgien.

— Chirurgien ? Le ton de surprise n'était pas feint : Excusez-moi, vous êtes si jeune et si... Je n'aurais jamais cru... Enfin, je voulais dire...

Elle écourta ce bafouillage, et reposa la question technique qui, normalement, devait sauver son interlocuteur.

— Vous comprenez mieux, maintenant, pourquoi j'aimerais savoir ce que vous avez trouvé et ce qu'il vous a été possible de faire.

Il saisit la bouée tendue et décrivit son intervention. Les muscles du mollet avaient été effectivement détruits par un éclat d'obus, et l'infection s'était étendue à toute la jambe.

— Si vous ne l'aviez pas bourré d'antibiotiques, la gangrène s'y serait mise très certainement. Il aurait fallu l'amputer, peut-être même au-dessus du genou.

Il insista, avec un luxe de détails, sur la description de la plaie souillée de débris textiles et de terre. Après nettoyage, il avait découvert que l'artère principale était prise dans la suppuration et thrombosée. Il était obligatoire de rétablir le courant sanguin, sinon l'amputation aurait été inéluctable. Avec une veine de voisinage miraculeusement intacte, et qui avait servi de greffon, il avait réalisé un pontage entre le creux du genou et la cheville.

— C'est une technique peu courante mais, sous ces climats, je n'aurais pas osé mettre une prothèse. En fin d'intervention, le sang passait parfaitement. Mais pour combien de temps ?

La physionomie d'Hellen devint admirative.

— Félicitations ! C'est superbe. Quelle chance pour David d'être tombé entre vos mains !

— Oh ! la partie n'est pas gagnée, corrigea-t-il avec modestie, et, de toute façon, il y aura des séquelles. Mais tout vaut mieux qu'une jambe de bois.

La jeune femme grimaça. Elle fit quelques commentaires techniques pour montrer que sa qualification était authentique, et c'est un Lucien Laville admiratif à son tour qui, en attendant que David se réveille, l'invita à boire un café.

Il lui raconta qu'il était arrivé là, un an auparavant, pour une mission d'un mois, et qu'il n'était jamais reparti. La découverte d'une situation chirurgicale dramatique, le besoin d'opérateurs qualifiés et les côtés fascinants de ce pays l'avaient convaincu de rester.

L'homme se révélait charmant. Il parlait lentement, avec calme, en choisissant ses mots, et sa modestie n'était pas feinte. Il aurait pu être fier du travail accompli.

— Vous ne pensez pas que David doit être réveillé maintenant ? Si nous allions le voir ?

Ils traversèrent de nouveau la salle d'attente qui fit silence sur leur passage. David reprenait tout juste conscience. Hellen, plus émue qu'elle ne l'aurait cru, se précipita et l'embrassa sur les deux joues. Jamais elle n'avait eu un tel élan vers lui. Il en rougit et se tourna vers Laville.

— Alors, confrère, racontez-moi tout. D'abord, merci de m'avoir conservé ma guibolle. Elle m'aurait manqué.

Il avait encore la langue un peu pâteuse, mais l'esprit clair. Les trois médecins se lancèrent dans une longue conversation technique sur l'avenir de ce pontage artériel inhabituel. Hellen confirma que la méthode utilisée avait été la meilleure possible. Écartant le drap, le chirurgien examina les orteils qui sortaient du pansement. Ils étaient roses et chauds, donc vascularisés.

— Pour le moment, le sang passe. Il n'y a plus qu'à prier. Et à prendre patience. Parce que, si tout va bien, il faudra encore greffer la perte de substance musculaire et cutanée. L'infection était telle qu'il a fallu exciser largement... Dans les jours qui viennent, on vous mettra une attelle plâtrée pour éviter des rétractions tendineuses, et vous vous baladerez avec des béquilles. En attendant mieux. Il s'excusa de devoir les laisser : C'est mon dernier jour ici. Demain, je partirai pour l'hôpital de Dar-Badja que les Américains viennent de monter. C'est près d'un camp de regroupement, et il y a plusieurs centaines de milliers de réfugiés à soigner.

— Combien avez-vous dit ?

Il expliqua que trois millions d'Afghans avaient trouvé asile dans cette région frontalière du Pakistan. Ils ne survivaient que grâce à l'aide étrangère, notamment américaine.

Laville s'en fut et David commença à poser de nouvelles questions sur l'intervention. Hellen lui répéta ce qu'il en était, en essayant de ne pas l'inquiéter. Elle insista sur la remarquable qualité du chirurgien et engagea son ami à se reposer.

— Tu ne vas pas me veiller comme un nourrisson ! protesta-t-il mollement, la paupière lourde.

— Tais-toi et reste tranquille. Je n'ai rien d'autre à faire.

Le blessé, ravi sans oser l'avouer, ferma les yeux et ne tarda pas à s'endormir. Hellen ne lui avait pas parlé de la présence de Charles, mais elle ne cessait d'y penser. Il n'était pas question qu'elle retourne à l'hôtel où il devait l'attendre. Elle refusait de reprendre avec lui la discussion brusquement interrompue. Que lui importait l'homosexualité de David ? Ce problème ne concernait que lui. Elle n'avait rien à y voir. Ni Charles. Pourquoi avait-il été si odieux ?

Elle se complaisait dans sa rage, mais ne pouvait empêcher ses pensées de dériver vers des souvenirs plus heureux. À chaque instant, il lui revenait à la mémoire tel ou tel moment de leur bonheur passé, et sa colère reprenait de plus belle. Pourquoi avait-il fallu qu'il la pousse ainsi à la rupture ?

La porte s'entrouvrit et Lucien Laville passa la tête.

— Vous venez déjeuner ? chuchota-t-il. Il n'a pas besoin de vous pour le moment. Nous avons de très bonnes infirmières. Je leur ai dit de veiller sur lui.

Elle se leva sans bruit et sortit de la chambre.

— Je vais vous emmener dans un excellent restaurant chinois. À partir de demain, je serai obligé de prendre mes repas avec les Américains. Pour un Français, on ne peut imaginer perspective moins réjouissante.

Ils partirent en riant. Elle lui expliqua qu'elle avait fait ses études à Stanford, puis à l'Université de Californie de San Francisco et qu'elle ne s'était jamais habituée, elle non plus, à cette alimentation plastifiée.

Au bout d'une heure, dans la salle bruyante et à moitié ouverte sur la rue, ils furent obligés de constater qu'en bons Français, ils mangeaient en parlant cuisine...

— Si je comprends bien, conclut-il, vous n'avez jamais vécu en France avant l'année dernière.

— C'est vrai, mais ma grand-mère était française, et ma mère a toujours préservé avec soin ce particularisme culturel... et culinaire. En conservant tout de même quelques recettes de la cuisine américaine traditionnelle, qui sont succulentes. Elle eut un petit sourire narquois pour ajouter : Sa fidélité aux racines européennes l'a conduite également à me choisir un père français, ce dont je lui suis fort reconnaissante.

Elle raconta ses retrouvailles avec Guillaume de La Verle, mais sans préciser les raisons de son départ.

— Et maintenant, qu'allez-vous faire ? demanda Laville, le nez dans une petite marmite de bois où des raviolis cuits à la vapeur répandaient un parfum mystérieux.

— Rentrer en France, sans doute. Que voulez-vous que je fasse ici ?

— De la chirurgie. Vous avez accompli une mission brillante mais frustrante. Pourquoi ne pas prolonger un peu l'expérience ?

De sa voix douce, il continua à raconter combien il leur manquait d'être aidés par des professionnelles compétentes. Ce qu'elle avait vu durant sa mission était la règle au quotidien. Pour approcher, examiner et traiter les femmes convenablement, il fallait bousculer tout un monde de traditions d'un obscurantisme hallucinant.

— Ce matin, après vous avoir quittée, j'ai rencontré des Afghans qui parlaient de « Doctor Hellen ». Vous avez fait forte impression sur la population, et je suis sûr qu'un séjour de quelques semaines supplémentaires au milieu de ces gens serait gratifiant pour vous... et bénéfique pour eux.

Hellen commença à fondre devant le tableau terrible de ces familles qui semblaient n'attendre qu'elle pour être sauvées. Elle était consciente de l'aspect puéril de son attitude, mais elle savait qu'elle n'y pouvait rien. Et puis, n'était-ce pas une façon de tenir tête à l'homme qui l'attendait sans doute à l'hôtel pour la ramener en France ? D'une voix timide, elle demanda :

— Quand partez-vous ?

— Demain matin.

— Je vais réfléchir et en parler avec David. Quand faut-il que je vous donne une réponse ?

— Soyez à l'hôpital vers huit heures, je n'ai pas besoin de le savoir plus tôt. Si vous êtes là, je vous emmènerai.

Elle passa l'après-midi au chevet de David, qui se sentait beaucoup mieux. Il s'inquiétait pour la vitalité de son greffon, malgré les anticoagulants en perfusion qui passaient goutte à goutte dans ses veines. Longuement, ils parlèrent de la proposition de Laville, et David encouragea la jeune femme à accepter.

— Tu as subi une épreuve dramatique, c'est vrai, mais tu as compris que seule une femme pouvait obtenir un tel résultat. Les attaques d'hélicoptères et l'épisode des missiles n'étaient pas prévus au programme, et j'ai regretté de t'avoir entraînée dans cette galère, tu l'imagines. Maintenant que nous en sommes sortis, il faut reconnaître que ce sera un joli souvenir à raconter à tes petits-enfants.

Ils rirent ensemble. À la vérité, Hellen était fière d'avoir vécu cette aventure. Combien de femmes en étaient-elles capables ? Elle eut une pensée pour les pionnières des Médecins volants du Kenya, comme sa mère ou Anne Spoerry. Elle se sentait enfin digne d'elles.

— Je ne peux tout de même pas t'abandonner.

Il sourit tristement.

— Ce sera moins agréable, c'est sûr, mais ne sois pas inquiète, je ne vais pas moisir ici. Dès que je pourrai faire supprimer la perfusion, je demanderai un rapatriement pour Paris. Il va falloir que des plasticiens me prennent en main.

La jolie infirmière pakistanaise entra dans la chambre pour changer la perfusion. Hellen se leva.

— Je vais rentrer à l'hôtel, et, de toute façon, je passerai demain matin pour te dire quelle est ma décision. Il faut aussi que j'essaie de téléphoner à mon père pour savoir comment il va et lui parler de ce projet.

Dans sa case, un message l'attendait : « Quand tu en auras assez de jouer les héroïnes de bandes dessinées, souviens-toi que des tâches plus à ta mesure t'attendent à Paris. Appelle-moi à l'agence dès ton retour. Je t'embrasse. Charles. »

Il était donc parti.

En proie à des sentiments contradictoires, elle lut et relut cent fois ce message laconique et vexant. Certes, il y avait l'invitation à le rejoindre qui lui réchauffait le cœur, elle ne pouvait le nier. Mais le ton paternel et un peu méprisant de l'aîné moralisateur lui paraissait insupportable. « Héroïne de bandes dessinées. » Ce qualificatif, surtout, la blessait. De quel droit rabaissait-il son action ?

Plus elle relisait le message, et plus sa décision se confirmait. Elle était sûre, maintenant, de ne pas rentrer à Paris. Elle n'était pas de celles qu'on siffle et qui viennent en courant. Si Charles avait envie de l'avoir à ses côtés, ce n'était pas ainsi qu'il devrait s'y prendre. Elle se leva pour ranger ses affaires et se mit à pleurer. Elle avait fait son choix et commençait presque à le regretter. Peut-être ne reverrait-elle jamais cet homme qu'elle n'était pas certaine de ne plus aimer.

CHAPITRE VIII

Toute la matinée, ils roulèrent dans un convoi ralenti par de multiples contrôles militaires sur la route de Khyber, voie d'accès traditionnelle vers l'Afghanistan. Lucien Laville s'était fait attribuer une Jeep Toyota et il était ravi de parader au volant de son véhicule flambant neuf. La présence d'Hellen à ses côtés contribuait à sa fierté, et il appréciait le regard envieux des Européens qu'ils croisaient. En revanche, il ne pouvait lire qu'étonnement et réprobation dans les yeux des soldats pakistanais, qui n'appréciaient guère la présence incongrue de sa compagne.

Hellen était consciente du malaise qu'elle suscitait et se gardait bien de lever les yeux vers ces hommes farouches qui la regardaient sans aménité. David avait insisté sur l'importance de ce comportement durant leur expédition commune, et la tâche lui avait été rendue plus naturelle par le climat rude des montagnes et les vêtements d'hiver où elle était engoncée. Ici, la température était plus clémente, l'habillement normal, et elle avait tendance à considérer cet environnement pittoresque avec une curiosité toute naturelle. À plusieurs reprises, ils croisèrent des groupes de chameaux aux harnachements colorés qui auraient mérité quelques photos souvenirs et elle avait du mal à réprimer ses attitudes de touriste étonnée.

Ils entrèrent enfin en zone interdite, un de ces *no man's land* qui entourent les camps de regroupement où les étrangers n'ont pas accès. Après avoir franchi plusieurs contrôles, ils dépassèrent une ligne de collines et arrivèrent en vue du nouvel hôpital. Construit sur un mamelon parsemé d'arbres, il était reconnaissable de loin par son parfait ordonnancement.

— C'est un mélange de tentes et de bâtiments en dur, commenta Laville, mais les équipements y sont excellents. Ils étaient prévus pour le Vietnam et ils n'ont jamais servi.

Le convoi pénétra dans l'enclos où les tentes étaient rangées autour d'une esplanade cimentée, qui pouvait servir de piste d'atterrissage aux hélicoptères. Partout, des Jeeps et des camions transportaient des conteneurs de taille et d'aspect les plus divers, des fûts d'essence, des moteurs, toute une infrastructure mobile mêlée à quelques ânes chargés de marchandises plus traditionnelles. Ils furent accueillis par un Américain en civil qui se présenta comme un fonctionnaire des Nations unies. Il avait présidé à la mise sur pied de l'hôpital et se préparait à partir, après en avoir remis la direction à une équipe de Canadiens arrivés la veille. Déjà, les consultations avaient commencé et des files d'attente s'étaient formées devant un bâtiment marqué OPD (Out Patients Department).

Tandis que Laville et Hellen prenaient possession de leurs logements de toile, la Jeep avait été laissée aux mains des mécaniciens qui devaient installer un appareil de radio VHF. Si bien qu'après le déjeuner, quand ils ressortirent de l'hôpital pour aller visiter le camp de regroupement, une immense antenne flottait au-dessus de la Toyota avec les fanions des USA, de l'ONU, de la Croix-Rouge et de la France.

— Ce cocktail d'étendards correspond assez bien à notre réalité, plaisanta Hellen.

Ils pénétrèrent dans le camp de regroupement par une immense porte gardée par des soldats pakistanais et découvrirent avec stupeur qu'il s'agissait d'une véritable ville afghane, avec ses boutiques, ses ateliers d'artisanat, ses mosquées et ses ruelles pittoresques où la foule se bousculait. Par endroits, on voyait bien qu'il s'était agi, à l'origine, d'un village de toile progressivement transformé par les coutumes de l'habitat musulman. Les murs de pisé avaient masqué les tentes bientôt recouvertes de tôles, et des clôtures sans fenêtres délimitaient désormais le territoire de chaque famille. Les moudjahidin qu'ils croisaient étaient armés jusqu'aux dents. Des dizaines d'enfants en guenilles jouaient dans les rues poussiéreuses où passaient des femmes voilées.

Ils s'arrêtèrent devant une sorte d'entrepôt où des hommes roulaient des tapis de fabrication locale. Hellen montra à Laville que les dessins traditionnels avaient été remplacés par des hélicoptères à étoile rouge qui explosaient dans le ciel.

— Ils ne perdent pas de temps ! s'exclama le chirurgien. Dans ce pays, la décoration des tapis a toujours constitué une excellente chronique historique.

En fin d'après-midi, ils revinrent à l'hôpital. Comme leur activité chirurgicale devait commencer le lendemain matin, ils avaient tout loisir de ranger leurs affaires et de prendre possession de leur nouveau domaine. Hellen avait envie d'être un peu seule pour mettre également de l'ordre dans ses idées.

Sa tente de toile verte était sommaire mais parfaitement équipée, avec un lit de campagne confortable, une armoire de toile avec des fermetures à glissière, un lavabo branché sur des canalisations souples, et un climatiseur. Une table et une chaise pliantes complétaient l'ameublement. Au centre du village, un bâtiment sanitaire abritait une installation de douches chaudes.

Elle s'assit et entreprit d'écrire à son père.

Le personnel de l'hôpital s'avérait cosmopolite. En chirurgie, l'infirmière principale était une immense Hollandaise aux yeux de porcelaine et son équipe représentait un excellent panachage des différentes nationalités européennes mêlées à des Pakistanais, eux-mêmes d'origines diverses.

— Dans cette région, les Pathans représentent l'ethnie dominante et l'urdu est la langue officielle, expliqua Laville, mais il existe de nombreux autres dialectes. En pratique, tout le monde baragouine un anglais simplifié très commode. Tu n'auras aucune difficulté à te faire comprendre.

La première fois qu'il l'avait tutoyée, elle avait été choquée. C'était l'habitude dans le milieu chirurgical, et, passées les premières conversations de présentation, Laville avait vite pris, pour parler du métier, le ton familier des salles d'opération. Elle avait eu plus de mal à tutoyer un homme qui avait presque le double de son âge.

Il lui expliqua qu'il avait accepté, en attendant des renforts médicaux, la responsabilité du service de chirurgie. Elle prendrait en main la salle des femmes, étant entendu qu'ils se concerteraient quand un problème difficile se poserait.

— Nous avons des connaissances qui ne sont pas forcément du même type, avait-il conclu, et l'expérience de chacun servira à l'autre.

Hellen ne répondit rien. Elle se demandait, depuis un moment déjà, à quoi lui serait utile son savoir en chirurgie fœtale et en endoscopie gynécologique. Elle n'allait pas tarder à le découvrir...

Les patients qui se présentaient à l'hôpital étaient reçus d'abord à l'OPD où une sorte de consultation multidisciplinaire était assurée par une majorité de médecins pakistanais diplômés en Angleterre et d'infirmiers de formation locale. La plupart des cas étaient réglés sur-le-champ par distribution de médicaments, nettoyage de plaies et traitement des affections les plus banales. En revanche, quand une maladie grave était détectée, le patient était hospitalisé en médecine ou en chirurgie et les responsables le prenaient en charge.

C'est ainsi que, le matin même de leur arrivée, l'infirmière principale conduisit Laville vers une entrante en état critique. C'était une femme d'un âge incertain, dont le visage au teint terreux, tatoué de bleu, exprimait une douleur intense. Le chirurgien passa la main sous ses hardes pour lui palper le ventre et il fit la grimace.

— C'est une péritonite évidente. On va l'opérer tout de suite.

— Il y a aussi plusieurs fractures à plâtrer, intervint la grande Hollandaise d'un ton sans réplique, et on ne sait plus où les mettre.

Laville se tourna vers Hellen :

— Tu préfères commencer par le ventre ou les fractures ?

La jeune femme n'avait pas imaginé devoir débuter si vite.

— On va opérer cette femme tout de suite ? Sans faire d'examens ?

— Écoute, Hellen, tu vas rapidement comprendre que les réflexes acquis durant ta vie hospitalière dans les pays, disons civilisés, n'ont pas cours ici. Ce qui caractérise la pathologie que nous allons rencontrer, c'est la venue toujours tardive des malades. Cette péritonite date de plusieurs jours. Si on ne fait rien, elle sera morte demain ou après-demain. Les radios et les examens de laboratoire ne nous en diront pas plus. L'indication opératoire est formelle. Il faut l'opérer, c'est tout. Ce qui n'empêchera pas de lui faire aussi un bilan sanguin qui orientera la réanimation. Mais, le seul geste efficace et urgent, c'est de lui nettoyer le ventre.

— Quelle est l'origine de cette péritonite, à ton avis ?

— Je n'en ai pas la moindre idée, et cela n'a aucune importance. Le traitement est le même dans tous les cas. Il faut ouvrir, nettoyer et drainer.

Hellen ne trouva rien à répliquer. Elle avait l'impression d'être ramenée au Moyen Âge de la chirurgie. Jamais elle n'avait opéré un patient qui n'ait eu droit, auparavant, à un scanner, une échographie, un bilan biologique, une enquête étiologique précise, etc.

— Voilà ce que je te propose, continua Laville, tu la mets en route pendant que je vais voir les fractures. Quand tu auras ouvert, si tu as besoin de moi, je m'habillerai. D'accord ?

La jeune femme n'avait jamais osé imaginer ce qu'allait être son travail dans ce monde bouleversé. Elle s'était dit que sa formation chirurgicale devait lui permettre de faire face à toute situation, pourvu qu'elle eût un peu de temps pour se former à une spécialité nouvelle, quelle qu'elle fût. Elle ne pensait pas être mise si vite en face d'un problème où la vie d'une femme serait immédiatement en jeu.

Laville, sans discuter plus longtemps, donna des ordres pour que la patiente fût transportée au bloc à l'instant même.

— J'aurais aimé que nous ayons un peu plus de temps pour faire connaissance avec notre nouvel outil de travail, s'excusa-t-il, mais rien ne vaut la mise en pratique. À tout à l'heure.

Et il s'en fut derrière la grande Hollandaise qui commençait à s'impatienter.

Hellen pénétra dans la tente qui servait de bloc opératoire. Elle était vaste, tendue de toile grise, et le matériel habituel se trouvait là, dans une version portative assez sophistiquée. L'anesthésiste était un ancien médecin militaire américain, vétéran du Vietnam, rompu aux techniques expéditives de la chirurgie de guerre. Rondouillard mais costaud, des lunettes en demi-lune posées sur le bout du nez, son regard semblait protégé par des sourcils broussailleux qui formaient une énorme barre sombre au-dessus d'un nez camard d'ancien boxeur. Il s'avança, la main tendue, en se présentant :

— Eddy.

— Hellen.

— *Welcome. Let's go.*

C'est à peu près tout ce qu'elle entendit dire à cet homme qui faisait son métier avec une efficacité étonnante, sans commentaire, dans un mutisme complet.

Elle se lava les mains à un robinet d'eau stérilisée aux rayons ultraviolets au-dessus d'un lavabo de toile. Derrière la cloison de bâche, on entendait ronronner le groupe électrogène. Par la fenêtre aux vitres de plastique transparent, elle aperçut un véritable champ de jerrycans et de fûts qui devait représenter la réserve de gazole.

Les brosses disposables, préimprégnées de savon, étaient les mêmes que celles qu'elle utilisait à Paris et à San Francisco.

Sans qu'elle ait donné la moindre indication, la malade avait été installée sur la table, endormie, badigeonnée, et, quand elle pénétra dans la salle d'opération proprement dite, elle fut saluée par des « Hello ! » de la plus grande banalité, comme si elle avait travaillé là depuis toujours.

Un infirmier noir américain lui demanda si l'installation lui convenait et, sans attendre la réponse, lui tendit sa casaque stérile. La seule autre question qu'il lui posa concernait la taille des gants qu'elle désirait. Elle eut l'impression que ces gens avaient l'habitude de travailler ensemble sur ce matériel et que la personnalité du chirurgien n'avait pas grande importance pour eux. C'était effectivement, pour la plupart, des infirmiers militaires qui étaient passés directement de la guerre du Vietnam au combat humanitaire. Ils avaient une expérience inégalable de ce type de chirurgie. Peut-être même, pensa Hellen, auraient-ils été capables d'opérer sans elle. Et pas plus mal.

Cette dernière réflexion exprimait l'angoisse qui commençait à serrer la gorge de la jeune femme. Il n'y a pas de spectateurs plus avertis que les infirmiers d'un bloc opératoire. En quelques instants, ils sont capables de juger la qualité technique de n'importe quel opérateur. Et rien ne peut leur camoufler la vérité. Hellen se souvenait qu'Agnès lui avait dit un jour : « Quand je veux savoir comment opèrent mes internes, je demande toujours d'abord au chef de bloc. Il ne se trompe jamais. »

Agnès ! Comme Hellen aurait aimé l'avoir à côté d'elle pour la rassurer !

Elle installa ses champs opératoires avec un autre infirmier dont les yeux gris, au-dessus du masque, étaient d'une parfaite indifférence. Lui aussi semblait d'une docilité absolue, et, à le voir travailler, on comprenait qu'il avait l'habitude d'aider des chirurgiens qui se pliaient à ses habitudes et non l'inverse.

Hellen était au pied du mur. Il fallait ouvrir. Un coup d'œil sur le bistouri électrique dont l'infirmier s'apprêtait à régler l'intensité, un coup de pédale sur l'aspirateur, qui fit son chuintement rassurant : le sort en était jeté.

La lame de bistouri traça sa longue incision, et la pointe électrique prit le relais, brûlant pas à pas les petits vaisseaux musculaires. Le péritoine, mince membrane qui délimite la cavité abdominale proprement dite, s'ouvrit enfin sur un spectacle d'horreur fétide. Les anses intestinales baignaient dans un liquide purulent jaunâtre d'une odeur stercorale prononcée. C'était la première fois qu'Hellen était confrontée à un tel tableau. Avec une longue pince à disséquer, elle essaya de mobiliser l'intestin sans y parvenir. Tout semblait collé en un magma visqueux qui masquait l'origine du pus.

Laville passa la tête dans l'embrasure de la porte.

— Tout va bien ?

Hellen lui lança un regard désespéré.

— C'est l'horreur. Tout est collé. Le seul fait de poser ma pince sur l'intestin fait déjà saigner. Je n'ai pas la moindre idée de ce qu'il y a derrière.

— Tu veux que je vienne te donner un coup de main ?

— J'aimerais bien.

— J'arrive.

Cet aveu de défaite coûtait à la jeune femme. Elle sentit peser sur son dos le regard de toute l'équipe à laquelle elle venait de donner la preuve tangible de son incompétence. Laville prit la place d'Hellen qui s'installa en face. En mettant ses gants, il regardait ce ventre ouvert avec un air de défi.

Tout se passa très vite. Sans instrument, il enfonça la main dans la cavité purulente en se faisant suivre par la canule de l'aspirateur qui vidait les poches de liquide au fur et à mesure de sa progression. Petit à petit, avec une sûreté étonnante, ses index contournaient les anses intestinales, les décollant les unes des autres, libérant les adhérences sans aucun saignement, ni blesser les tissus fragiles. Cette dissection au doigt était un modèle du genre. En quelques instants, il fut possible d'installer un écarteur puissant et de nettoyer, dans des flots de sérum physiologique, les moindres recoins de la cavité péritonéale. La cause de la péritonite apparut enfin dans une dernière vague purulente.

— Voilà : c'est un abcès sigmoïdien rompu. L'alimentation de ces pays favorise la pathologie colique. La maladie diverticulaire est fréquente.

— Tu vas pouvoir réséquer l'anse perforée ?

— Tu n'y penses pas ! On extériorise la perforation, on draine et on s'en va. Rien de plus. Un maximum d'antibiotiques dans le ventre, une réanimation efficace et, avec la protection d'Allah, tout ira bien.

— Il faudra la réopérer.

— Un jour. Nous ou d'autres.

— Dans ce pays, un anus artificiel ne doit pas être facile à supporter.

— Ils endurent pire encore.

Avec une vélocité stupéfiante, il mettait ses pensées en application. L'intestin perforé sortait maintenant par une contre-incision latérale, des lames de drainage plongeaient dans les zones les plus profondes du ventre et l'intestin bien nettoyé baignait dans un lac d'antibiotiques.

À grands points, Laville sutura la paroi abdominale et conclut :

— On laisse la peau ouverte. La cicatrisation se fera en une dizaine de jours sans abcès. Sinon, tout suppure. On ne suture que le strict nécessaire. Il se recula, jeta ses gants et abandonna la patiente aux infirmiers pour le pansement : J'ai laissé mes plâtres en plan. Échange de bons procédés, tu viens m'aider.

La leçon de chirurgie continua ainsi la journée entière. Sans jamais un mouvement d'humeur, Laville allait d'un patient à l'autre avec un calme et une efficacité qui témoignaient d'une longue pratique. D'une voix posée, il expliquait à sa jeune collègue les raisons de tel ou tel choix, la meilleure façon de se tirer des situations difficiles et le bon geste à trouver en toute circonstance. Passant d'une fracture à un problème urinaire, d'une occlusion intestinale à une plaie de main, d'une fausse couche à une trachéotomie, il savait tout faire.

Le soir, quand ils eurent épuisé leur stock de patients, ils se dirigèrent enfin vers la cafétéria, déserte à cette heure. Ils grignotèrent sans faim un hamburger surgelé sorti du four à micro-ondes et burent un Pepsi-Cola, boisson nationale.

— Dommage qu'on n'ait pas droit à la bière ! se plaignit Laville. Nous ne sommes même pas autorisés à fumer une pipe dans les lieux publics. Islam oblige. Tu te rends compte. On vient leur sauver la peau et si l'on nous surprenait à boire de l'alcool ailleurs que dans notre chambre, ils nous mettraient à la porte. Quel pays ! Qu'est-ce qu'on fait ici ma pauv'dame !

Ils rirent ensemble. Mais Hellen avait un air crispé.

— Tu sais, jamais je ne me suis sentie aussi nulle dans une salle d'opération, avoua-t-elle d'une voix sourde.

— Nulle ? Non, mal à l'aise, mal adaptée, c'est vrai. Mais tu es douée, dans quelques jours, tu seras la meilleure.

— Monsieur est trop bon.

— Personne ne peut te critiquer, Hellen. Je sais que tu n'étais pas vraiment volontaire pour venir travailler dans cet hôpital. Je t'ai un peu forcé la main, en sachant que tu ne connais pas ce type de chirurgie archaïque. Qui peut te le reprocher ? Je vais te faire un aveu. Moi, je ne me suis encore jamais servi d'une de ces agrafeuses à suture digestive que tu dois manier en virtuose. Je suis certain qu'en d'autres circonstances tu aurais beaucoup à m'apprendre.

Hellen baissa les yeux. Il pouvait dire ce qu'il voulait, avec sa bonne éducation inaltérable, elle avait bien vu, dans le regard des gens qui les entouraient, en salle d'opération, la déception un peu méprisante que personne n'aurait osé exprimer à haute voix.

Comme pour répondre, il continua :

— Tout le monde sait que tu as un haut niveau de compétence.

Elle prit un air étonné qu'il remarqua.

— Tout se sait ici. Les gens parlent beaucoup. Il y a si peu de choses à raconter. Et ceux qui sont du métier savent reconnaître les opérateurs qualifiés, même s'ils se débrouillent mal au début. Il laissa passer un temps et reprit : Dans les jours qui viennent, nous travaillerons ensemble. Suivant les cas, tu m'aideras ou je t'aiderai, et j'essaierai de te montrer comment on se sort des situations difficiles. Je te l'ai déjà dit, ce qui caractérise la chirurgie, dans ces pays, c'est le délai toujours tardif des consultations et la médiocrité des soins postopératoires. Tout suppure. On doit le savoir à l'avance et adapter la technique à cette contrainte. Ainsi, tu ne me verras jamais visser une fracture. Au mieux, on pose un fixateur externe facile à retirer en cas de pépin. Souvent, on n'a pas d'autre solution que l'amputation.

Elle fit une grimace à laquelle il répondit par un sourire.

— Il y a quelques mois, nous avions un Afghan dont le tibia suppurait horriblement malgré le fixateur. J'ai été obligé de lui expliquer qu'il fallait lui couper la jambe. Il a refusé et s'est lancé dans un flot d'explications incompréhensibles. J'ai fait venir un traducteur qui m'a expliqué ce qu'il en était. Si je l'amputais, il guérirait rapidement et quitterait l'hôpital. Pour faire quoi ? Il ne lui resterait que la mendicité. Il préférait conserver sa jambe pourrie et rester hospitalisé. Il gardait le gîte et le couvert.

Hellen l'écoutait avec stupeur.

— Tu vas vite t'apercevoir qu'ici les méthodes les plus simples sont les meilleures et que les conséquences sociales de nos actes ne correspondent pas à nos raisonnements habituels. Seulement, ces gestes élémentaires, personne ne te les a appris. Ce que tu sais faire, toi, c'est sûrement plus compliqué.

Elle lui sut gré de tenter ainsi de lui remonter le moral, et lui jeta un bref regard de reconnaissance. À bout de forces, elle le remercia encore de tout ce qu'il lui avait appris et rentra se coucher.

À peine enfermée sous sa tente, elle s'affala sur le lit de fer qui grinça horriblement et s'endormit aussitôt.

Durant toute la semaine, elle eut l'impression de réapprendre son métier à partir de zéro. Laville lui montrait les premiers gestes de la chirurgie traditionnelle. Mieux que personne ne l'avait fait jusque-là, il lui positionnait les instruments dans la main, jetait devant elle le fil de suture, lui enseignait la meilleure manière de poser un écarteur, d'ajouter une valve pour remplacer l'aide qu'on n'a pas, de placer un drain, ou de faire un pansement.

L'épisode de la luxation de l'épaule fut significatif. Le diagnostic, elle le fit au premier coup d'œil. C'est ensuite que la situation évolua d'un manière imprévue.

— J'ai un type qui a une épaule à réduire, annonça-t-elle à l'anesthésiste. Quand pourrez-vous me l'endormir ?

L'homme au nez écrasé ne lui répondit pas. Il se tourna vers Laville en levant ses gros sourcils d'un air interrogateur. Le chirurgien lui renvoya un clin d'œil.

— Où est-il, ton malade ? demanda le chirurgien à Hellen, très étonnée.

— Je l'ai fait hospitaliser, il doit être dans tes lits.

— Allons-y, il n'est peut-être pas indispensable de lui faire une anesthésie générale.

La jeune femme trouva que là, il exagérait un peu. Des luxations, elle en avait vues, et la doctrine qui lui avait été enseignée était claire : la réduction devait se faire sous AG.

Du pas lourd d'un homme qui travaillait sans relâche depuis l'aube, Laville se dirigea vers la tente où le patient avait dû être couché. C'était un garçon d'une vingtaine d'années, à moitié assis sur son lit, qui tenait son bras désaxé avec une grimace de douleur. Le chirurgien s'approcha calmement et lui prit le bras en prononçant, en urdu, des phrases rassurantes.

— Tu vois, expliqua-t-il à l'intention d'Hellen, il faut être d'une extrême douceur pour qu'il se détende et n'ait pas peur. L'épaule reprendra sa place sans difficulté s'il relâche cette contracture musculaire qui est le principal obstacle à la réduction.

Le jeune homme était allongé maintenant, le bras dans les mains de celui auquel, a priori, il faisait toute confiance. Un infirmier pakistanais traduisait les indications que lui donnait Laville, parvenu au bout de ses connaissances linguistiques.

La scène dura quelques minutes. Laville parlait, l'infirmier répétait. Lentement, le chirurgien faisait tourner le bras et gagnait du terrain, centimètre par centimètre. Soudain, on entendit un claquement. Le jeune homme sursauta et se dressa sur le lit avec un immense sourire. Son épaule était en place.

Laville se remit debout.

— On sait que l'os est en place quand on entend un bruit qui fait « cloc », déclama-t-il, l'index levé. C'est ce que disait Ambroise Paré au XVIe siècle. Dommage que tant de chirurgiens modernes aient oublié ses méthodes.

Jamais elle n'avait vu réduire une luxation de l'épaule aussi simplement, avec délicatesse et sans mouvement brusque, mais elle avait l'impression d'avoir déjà entendu cette citation. Alors, la mémoire lui revint.

— Je sais où j'ai lu cette phrase sur le bruit qui fait « cloc », dans les archives d'un de mes ancêtres chirurgiens. Mon père travaille depuis des années sur l'histoire de sa famille et il a mis au propre des Mémoires qui datent de plusieurs siècles. Il me les a fait lire. Ce sont des textes passionnants. J'imaginais des méthodes brutales et barbares. Je ne savais pas qu'une luxation pouvait être réduite ainsi, en douceur, sans qu'une anesthésie fût nécessaire.

— Tu sais, il s'agit d'une technique ancienne, et qui n'a rien de secret. Les jeunes comme toi, qui sont très savants, ne l'ont jamais apprise. C'est tout. Son visage se marqua soudain d'une intense tristesse : Il y a quelques années, j'ai laissé ma place à un jeune chirurgien orthopédiste qui me considérait avec un certain mépris. Je n'étais plus à la mode, et il prenait le contre-pied de toutes mes décisions. Je suis parti. Je sais qu'il n'a jamais voulu apprendre à réduire une luxation de l'épaule comme je le faisais. Depuis mon départ, les pauvres luxés doivent attendre, en souffrant atrocement, que leur estomac soit vide et l'anesthésiste disponible pour être, enfin, soulagés. C'est un scandale de l'incompétence pour des gens qui se considèrent comme des spécialistes et font, c'est vrai, avec succès, des interventions compliquées. Les gestes de base, ils ne les savent pas et ne veulent même pas les apprendre. C'est à croire qu'ils n'ont plus aucune compassion pour leurs malades.

Hellen se le tint pour dit. Ce discours, elle l'avait bien compris, s'adressait autant à elle qu'à ceux de sa génération qui méprisaient un peu les vieilles méthodes jugées obsolètes. Ici, seules ces vieilles méthodes étaient de mise.

CHAPITRE IX

Le samedi arriva sans qu'ils y prennent garde. Comme à l'accoutumée, ils avaient fini de travailler tard ; et la grande infirmière hollandaise qui, comme eux, ne ménageait pas sa peine, vint les retrouver dans le réfectoire désert où ils buvaient un dernier café. Elle alla, elle aussi, jusqu'au distributeur et revint avec son gobelet fumant.

— Vous permettez ?, demanda-t-elle en s'asseyant.

— Miss Van Hous, vous êtes la bienvenue, répondit Laville, toujours urbain.

— Demain, c'est dimanche, clama-t-elle, sur le ton qu'elle aurait pris pour annoncer une éclipse ou une déclaration de guerre.

— Merci de cette bonne nouvelle.

Elle baissa les yeux en souriant.

— Ne vous moquez pas, docteur, je sais qu'il ne s'agit pas d'une information extraordinaire, mais ce que vous ne savez peut-être pas, c'est qu'une équipe nouvelle est arrivée ce soir, et que, pour nous les anciens, demain sera une journée de congé.

Laville se mit à rire.

— Moi, je n'aurai sûrement pas le temps de profiter de cette aubaine. J'ai une tonne de comptes rendus en retard.

— Vous, peut-être pas, reprit la Hollandaise, mais notre petite « doctor Hellen », ça lui ferait sans doute plaisir d'aller passer la journée à Peshāwar, de prendre un bain et d'oublier, pour un moment, notre vie confinée dans ce camp.

Hellen n'en croyait pas ses oreilles.

Laville se tourna vers elle.

— Elle est libre. Et je serais ravi qu'elle aille se distraire un peu. Il y a si longtemps que je n'ai pas pris un jour de congé que je ne saurais quoi en faire.

La grande femme se tourna vers Hellen, et, sans plus de commentaires, conclut :

— Docteur, à huit heures, demain matin, je vous emmène, j'ai une voiture.

Hellen acquiesça sans un mot. C'était trop beau. Un jour de repos, elle n'osait y penser dix minutes auparavant.

Ingrid, c'est ainsi qu'elle se prénommait, n'avait pas menti. À huit heures, elle était, au volant d'un vieux quatre-quatre Mitsubishi rouge vif. Elle portait une tenue de toile beige qui lui allait beaucoup mieux que son éternelle blouse blanche.

— En avant pour l'aventure, fit-elle joyeusement quand Hellen fut installée.

La voiture, comme par miracle, franchit tous les barrages sans s'arrêter et elles arrivèrent en un temps record sur la route de Peshāwar.

— Je suis dans ce pays depuis le début de l'invasion russe en Afghanistan, expliqua-t-elle, et tout le monde nous connaît, ma voiture et moi. Je suis arrivée avec les premières équipes de l'Armée du Salut, très influentes en Angleterre où j'habitais alors. Il y a eu tout de suite une mission dans le Logar. J'ai été volontaire. Je te passe les détails. Depuis, j'ai été partout. Il y a plus de quarante ONG à Peshāwar, je les ai toutes vues. Elle s'interrompit : Tu permets que je te tutoie ?

— Bien sûr, répondit Hellen étonnée. Tu parles très bien le français.

— J'ai passé une grande partie de ma jeunesse à Paris. Mon père était diplomate et nous avons souvent changé de pays. C'est ma langue préférée. Cet anglais des Afghans me fatigue. J'en ai assez de tous ces gens-là.

— Alors, pourquoi restes-tu ?

— L'habitude. La médecine humanitaire, c'est devenu mon métier. Ici, je suis considérée. Je n'ai plus envie de rentrer en Hollande. Je m'ennuierais.

La route serpentait sous les grands arbres qui annoncent la proximité de la ville. Elles croisaient de plus en plus de chameaux et de mulets chargés de ballots plus gros qu'eux. Des Jeeps, aussi, où des moudjahidin se pavanaient, bardés de cartouchières et de mitraillettes.

— Ce pays a toujours été un centre international de trafic d'armes, expliqua-t-elle. Dans la région de Darra, où nous irons si ça t'amuse, ils sont capables d'imiter n'importe quel fusil, revolver ou canon. On dit que cette activité ancestrale fut encouragée par les Anglais à la fin du siècle dernier, parce qu'ils préféraient que les indigènes se fabriquent leurs propres pétoires plutôt que de voler les leurs.

« Cette femme, pensa Hellen, n'est plus la même. » Sortie de son milieu professionnel, où elle excellait avec sévérité, Ingrid était une compagne bavarde, joyeuse et charmante.

— Tu vas voir, continua la Hollandaise, je loue à l'année, pour quelques roupies, un studio dans une maison du quartier universitaire. C'est merveilleux de pouvoir se plonger de temps en temps dans la vie civilisée. Les propriétaires sont des marchands de tissus qui ont perdu leur seul fils dans les troubles de 1970, et, chaque fois, ils sont ravis de me revoir. Je leur apporte quelques médicaments : ils se croient sauvés de tous leurs maux.

Elles firent halte dans ce quartier élégant des universités, devant une charmante maison à un étage. Un domestique les accueillit, précédant une vieille dame enveloppée dans des voiles brodés d'or.

— *Welcome, miss Ingrid, welcome.*

Le sourire de la Pakistanaise confirmait la sincérité de ses paroles. Ingrid se précipita pour l'embrasser et lui expliqua, en urdu, qu'Hellen était un chirurgien de l'hôpital et qu'elles venaient, toutes les deux, passer la journée en ville. Le visage épanoui de l'hôtesse était le symbole de l'hospitalité.

Elles montèrent au premier étage et Ingrid ouvrit la porte d'une vaste pièce d'un style colonial modernisé et accueillant. Elle jeta son sac sur un canapé d'osier et se dirigea vers un bar, où des bouteilles d'alcool en évidence semblaient braver les interdictions rigoureuses de la loi pakistanaise.

— Que c'est bon, dans ce pays, d'être étranger ! s'exclama-t-elle en servant deux whiskies. Tiens, célébrons notre liberté.

Hellen, qui ne buvait guère d'alcool, participa à ce véritable cérémonial initiatique en sirotant, avec un plaisir qu'elle n'aurait jamais imaginé, le délicieux liquide écossais.

— Maintenant, un bain, s'exclama l'hôtesse, et on part en balade.

Elle disparut derrière une porte à claire-voie, et le sympathique bruit de l'eau vint compléter l'euphorie dans laquelle Hellen se laissait aller à plaisir. Étendue dans un vaste fauteuil à bascule, elle oubliait lâchement le reste du monde. Pourtant, l'image de David lui revint en mémoire un bref instant. Elle irait lui rendre visite dans la journée.

— Que c'est bon la civilisation, murmura-t-elle en fermant les yeux.

Elle se serait endormie si Ingrid n'était arrivée, à moitié enveloppée d'une serviette de bain.

— À toi ! s'exclama-t-elle. Je t'ai posé une serviette sur le lavabo. L'eau est bien chaude.

Elle s'essuyait les cheveux, laissant apparaître des formes pleines et un corps opulent, jusque-là insoupçonné, de statue grecque.

Un peu gênée, Hellen passa, à son tour, derrière la porte à claire-voie et se déshabilla. L'eau était chaude à souhait. « Les gens qui ont cette possibilité tous les jours, ne se rendent pas compte de leur chance », pensa-t-elle, en se savonnant comme si elle se débarrassait de toutes les impuretés accumulées ces derniers jours.

Quand elle réapparut, enveloppée également d'une grande serviette, elle trouva Ingrid allongée sur l'immense lit qui occupait le fond de la pièce.

— Viens te relaxer un moment, c'est le bonheur absolu. Je vais même t'offrir un peu de musique. Elle se pencha vers un électrophone et mit un disque de Billy Holliday : Celle-là, je l'adore, murmura-t-elle, sur un ton extasié.

Hellen s'étendit, ferma les yeux, et, de nouveau, se laissa aller à la féerie du moment. « Qui aurait cru, hier, se dit-elle, que je profiterais aujourd'hui d'un tel confort ? » La voix de la célèbre chanteuse la berçait, et elle se serait endormie si sa voisine n'avait bougé.

Elle ouvrit les yeux et vit Ingrid penchée sur elle, les lèvres gourmandes.

— Que tu es belle, détendue comme ça.

Embarrassée par ce compliment, Hellen ne sut que répondre. Ingrid s'allongea de nouveau. Dans le mouvement qu'elle fit, sa serviette se dénoua et elle apparut nue, sans aucune gêne. Les yeux rivés au plafond, les mains derrière la nuque, elle se mit à parler à voix basse, comme en confidence.

— J'aime être là, avec toi. Ce pays, à la longue, est terrible pour les femmes, tu sais. Il faut sans cesse baisser les yeux pour paraître soumise devant ces hommes qui sont si fiers de leur virilité, et craignent avant tout que leurs femmes se libèrent... Je les méprise !

Hellen était interdite. Cette déclaration haineuse était si imprévue. Elle se redressa pour considérer sa voisine avec curiosité. Elles étaient maintenant face à face, et il y eut un long moment de silence. Puis, Ingrid leva la main et, d'un geste doux, la passa sur la joue d'Hellen. La jeune femme, choquée, ressentit comme une brûlure. Par politesse, elle ne réagit pas, intriguée, mais soudain sur ses gardes.

Ingrid baissa les yeux vers les cuisses de sa voisine, largement découvertes par l'entrebâillement de la serviette, puis elle demanda, d'une voix altérée et basse :

— Tu as déjà fait l'amour avec une femme ?

— Bien sûr que non !

— Pourquoi ?

Ingrid la contemplait, son regard bleu pâle devenu presque transparent. Hellen ne savait que répondre. Elle prit son courage à deux mains.

— Tu sais, Ingrid, j'aime les hommes. J'ai eu plusieurs aventures dans ma vie, dont une, juste avant de partir pour l'Afghanistan. Les femmes, ce n'est pas mon truc.

— Tu as essayé ?

— Non.

— Alors, pourquoi dis-tu que ce n'est pas ton truc ? Moi aussi, j'aime les hommes, les vrais, mais un moment passé avec une femme aussi belle que toi, c'est divin. C'est un autre plaisir, plus pur, plus sensible.

Tout en parlant, elle avait de nouveau baissé les yeux, et sa main s'était posée entre les cuisses d'Hellen, à quelques centimètres de son pubis. Elle ne bougeait plus. Son regard revint vers le visage de la jeune femme. La couleur de ses yeux semblait avoir foncé d'un ton, tant elle la fixait intensément. Sa main se déplaça lentement vers le haut.

Hellen était pétrifiée. Ce contact la révulsait. Elle aimait faire l'amour, mais un corps féminin ne lui avait jamais provoqué la moindre émotion. Soudain, là, ses sens se brouillèrent.

La main d'Ingrid continuait à monter. D'un geste brusque, Hellen lui saisit le poignet. Derrière ses paupières closes, elle cherchait à rejeter cette sensation ambiguë qui l'excitait et la révoltait, à la fois. La main qu'elle retenait mal reprit son lent glissement. Hellen sentit qu'invinciblement son ventre allait venir au-devant d'un contact qu'elle commençait à souhaiter. Elle ouvrit les yeux et croisa le regard d'Ingrid, transformé, presque bestial.

Un sentiment de peur panique la saisit. Ce visage lui fit horreur. C'est alors que la main qu'elle ne parvenait plus à contenir viola son intimité et provoqua un brutal recul de ses reins. Le charme maléfique était rompu. Elle bondit en arrière, s'assit au bord du lit, le dos tourné. L'autre se rapprocha, posa sur l'épaule d'Hellen une main, descendant vite vers la poitrine de la jeune femme qui, n'y tenant plus, se redressa d'un bond et lui fit face.

— Excuse-moi, Ingrid, je ne peux pas.

— Pourquoi ? Laisse-moi seulement te caresser, tu vas voir comme c'est agréable, de simples caresses.

Elle avait un air suppliant, lamentable. Tout l'érotisme qu'elle essayait d'inspirer quelques minutes auparavant avait disparu.

Son regard croisa celui d'Hellen, et le sentiment de dégoût qu'elle put y lire brisa son élan. Elle se mit à genoux sur le lit, sa forte poitrine frémissant, et se cacha le visage des deux mains. Puis, comme si on avait coupé la source d'énergie qui la dressait ainsi, elle s'écroula en pleurs.

Par tempérament, Hellen aurait eu envie de la consoler, de la prendre dans ses bras pour la rassurer et lui témoigner sa pitié. Elle eut peur que son geste fût mal interprété. Elle se précipita dans la salle de bain pour se rhabiller. Elle se coiffa longuement, laissant à Ingrid tout loisir de se reprendre et d'effacer les traces de ce fâcheux moment.

Elle avait eu raison. Quand elle revint dans la pièce, la Hollandaise était debout, bien enveloppée dans sa serviette, buvant un grand verre d'eau.

— Excuse-moi, chuchota-t-elle, je ne sais pas ce qui m'a pris. Trop d'isolement m'a troublé l'esprit.

Elle s'éclipsa à son tour et revint un moment plus tard, habillée, coiffée et discrètement maquillée.

— Oublie tout ça, s'il te plaît. Ce moment de folie ne se renouvellera pas. Viens, je vais te faire visiter Peshāwar. Tu vas voir, c'est une ville superbe.

Rassurée, Hellen rit et lui prit le bras pour bien lui montrer qu'elle était sans rancune. Elles partirent aussitôt en promenade.

Ingrid connaissait tout de cette ville ; elle en parlait avec chaleur, humour et une certaine distance, prouvant ainsi qu'elle n'était pas dupe de ses mirages. Elle lui parla de Marco Polo et de Lawrence d'Arabie qui avaient marchandé des armes et des bijoux dans ces mêmes lieux. Elles franchirent la porte d'Anda Shehr et pénétrèrent dans une ruelle sombre, grouillante de monde. Ingrid pria Hellen de rajuster le voile mousseux sur ses cheveux. Fascinée par le spectacle de la rue, celle-ci avait tendance à oublier les règles de la pudeur vestimentaire. Les deux femmes déambulèrent dans ce marché en plein air où des monceaux d'or étalés sur le sol attiraient le regard.

— Si tu aimes les pierres précieuses, je connais un joaillier qui t'en fera voir des milliers. Il t'offrira le thé, mais je te préviens, il te fera un charme tel que tu te sentiras obligée de lui acheter quelque chose.

— Non, une autre fois, laisse-moi d'abord repérer. Je ne suis pas assez familiarisée avec cet art étonnant pour acheter quoi que ce soit aujourd'hui. Et elle ajouta : On reviendra un autre jour, non ?

Rien ne pouvait faire plus plaisir à la grande Hollandaise dont le visage s'éclaira d'un immense sourire.

— Oh ! oui, nous reviendrons, gloussa-t-elle comme une enfant.

Elle reprit sa compagne par le bras pour lui faire éviter une mare d'eau qui occupait le milieu de la ruelle et se mit à lui expliquer les différents aspects de ce pittoresque artisanat local. Elles arrivèrent sur une grande place où des orateurs installés en plein air, juchés sur des chaises, haranguaient la foule comme dans les parcs de Londres.

— Tu vois, l'influence anglaise n'a pas de limites.

Plus loin, ce fut le marché aux légumes avec ses effluves entêtants dans un décor haut en couleur, puis le Meena Bazaar, où la clientèle parut soudain exclusivement féminine. Cette foule bigarrée et bruissante s'écoulait lentement dans un univers de rubans, de dentelles, de broderies d'or et de bimbeloterie.

— Pour des femmes qui ne doivent rien montrer de leur corps, plaisanta Hellen, elles apprécient la parure !

— Entre elles, à la maison, elles n'aiment que l'épate et le scintillant. C'est aussi le moyen d'étaler la réussite de leur mari.

Épuisées, elles achevèrent leur promenade dans un restaurant où le patron salua Ingrid avec déférence.

— Dans ce pays, expliqua-t-elle, il faut éviter les bistrots à bon marché, car la médiocrité de la cuisine y est masquée par une surabondance d'épices qui emportent la bouche. Ici, au contraire, je vais te faire goûter la cuisine moghole, la seule qui soit vraiment pakistanaise.

Avec aisance, Ingrid commanda une série de plats qui se révélèrent exquis. Habituée à l'insipide cuisine américaine gorgée de ketchup, Hellen avait du mal à s'y retrouver dans la féerie des parfums subtils, mais elle appréciait l'exotisme de ces mets inconnus. Elle découvrit aussi la finesse du yaourt glacé, agrémenté de fruits rares.

— J'avais oublié que nous sommes dans une gastronomie sans alcool.

Elle était grisée.

Après leur déjeuner, elles se rendirent à l'hôpital où David les attendait avec impatience. Hellen l'avait prévenu de leur visite, et il avait hâte de savoir comment se passait la vie au camp de regroupement. Les retrouvailles furent aussi émouvantes que s'ils avaient été séparés depuis des mois. Surprise, Ingrid les laissa ensemble et s'en fut faire un tour dans les services où elle avait plusieurs amis.

— Comment va ta jambe ?

— De mieux en mieux. Il semble que la greffe veineuse de Laville ait tenu, et il ne restera plus, dans les semaines à venir, que la perte de substance à réparer. Je vais partir pour Paris dans la semaine. Tu viendras bientôt m'y retrouver, j'espère.

Hellen fit une réponse qui l'étonna :

— Non, pas tout de suite. Je suis en train d'apprendre un nouveau métier qui me passionne. Elle posa la main sur l'avant-bras du blessé : Tu sais, David, j'ai toujours adoré mon travail. Depuis que je suis ici, j'ai enfin l'impression d'être vraiment utile, et, en même temps, je m'instruis. Je prends goût à cette chirurgie de sauvetage qui obéit à des règles que je ne connaissais pas. Laville est un éducateur de grande qualité, et je vais rapidement pouvoir voler de mes propres ailes. Ces femmes brimées par la tradition ne se libèrent que devant moi. Elles se révèlent attachantes à un point que tu n'imagines pas. J'ai l'impression d'être leur seul recours. Sans moi, elles mourraient.

Elle était si enthousiaste qu'il ne put s'empêcher de rire.

— Ne ris pas. Je suis la seule femme médecin, dans cet hôpital. Si je n'étais pas là, elles ne viendraient pas. Il y a tant à leur apprendre...

David fronça les sourcils.

— Ne leur en apprends pas trop, sinon tu vas te mettre les hommes à dos. L'Afghanistan est un pays en pleine crise mais, avant tout, profondément musulman. Si l'envahisseur russe est un impie satanique, nous, les Occidentaux ne valons pas mieux à leurs yeux. Tous les non-musulmans sont à mettre dans le même panier. Cette guerre va avoir des conséquences sociologiques étonnantes. Au lieu de nous remercier pour l'aide humanitaire que nous leur apportons, ils vont rapidement nous reprocher d'introduire, dans leur civilisation, les ferments d'un modernisme qu'ils réprouvent. Les hommes d'ici vivent un islamisme rigoureux qui ne fera que s'accentuer sous l'influence iranienne.

Hellen était surprise par ce discours imprévu. David n'était-il pas le chantre de l'aide humanitaire ?

— Selon moi, continua-t-il, le gouvernement soviétique finira par renoncer à s'installer durablement dans ce pays. Ce qu'il lui en coûterait pour maintenir son autorité serait trop lourd, en comparaison des avantages qu'il pourrait en tirer. À moins d'envahir également le Pakistan, ce que l'Amérique ne permettrait pas. Les Russes le savent.

— Et la guerre terminée, les ONG partiront aussi ?

— Très probablement. Alors, ne t'attache pas trop à tes patientes.

Ingrid entrouvrit la porte et passa la tête. Hellen se leva. Elle quittait David à regret. Cet homme si intelligent et secret lui était devenu cher, et le mystère de sa sexualité ajoutait encore à l'attirance qu'elle ressentait. Ils promirent de s'écrire et de se retrouver bientôt à Paris.

« Décidément, pensa Hellen en quittant l'hôpital, je suis vouée à l'homosexualité, en ce moment. » L'espace d'un éclair, elle revit les yeux sombres de Charles et une émotion soudaine lui serra la gorge. Tandis qu'elles descendaient les marches du perron, Ingrid la prit par le bras pour lui parler. Elle sursauta en se dégageant brutalement, comme si elle avait eu mal. La Hollandaise la lâcha sans aucun commentaire.

Elles revinrent à pas lents vers le quartier universitaire. Il faisait nuit quand elles regagnèrent le studio.

Hellen craignait un peu ce retour. Mais elle ne s'attendait pas à ce qui allait se passer. À peine étaient-elles rentrées que la Hollandaise but un grand verre de whisky sec et éclata en sanglots. Le visage défait par les larmes, elle raconta sa jeunesse sans amour, avec des parents toujours en représentation et un frère brillant, diplomate aujourd'hui, qui monopolisait tout l'intérêt de la famille. De verre en verre, elle décrivait une vie qui semblait n'avoir été qu'une succession d'échecs et de désespoirs, de liaisons ratées et de solitudes imposées.

Elles finirent par s'allonger côte à côte sur le grand lit où la Hollandaise, complètement ivre, s'enfonça dans un véritable coma éthylique. Hellen parvint à s'endormir, épuisée et vaguement écœurée par l'haleine de sa voisine.

Au matin, Ingrid était remise à neuf, sans aucune trace des libations de la veille. Elle n'y fit même pas allusion. Sanglée de nouveau dans sa tenue de toile, elle avait repris toute sa superbe.

Au retour comme à l'aller, elle fut souriante et diserte, racontant avec force détails pittoresques l'histoire de la célèbre Kyber Pass, cette route qui relie Peshāwar à Kaboul et dont Hellen avait emprunté les premiers kilomètres, sans le savoir, la nuit où elle avait pénétré en Afghanistan.

C'est un couple d'amies qui rentra à l'hôpital de Dar-Badja, ce lundi matin de mai, par un soleil rayonnant et pas encore trop chaud.

Hellen retrouva Lucien Laville au bloc opératoire où il pataugeait depuis l'aube dans un ventre hémorragique. Elle proposa de l'aider, mais il lui demanda d'aller plutôt s'occuper des urgences qui ne cessaient d'arriver.

Elle le laissa et courut vers la salle de consultation de l'OPD avec, pour la première fois de sa vie, la sensation de faire enfin le métier dont elle avait toujours rêvé.

CHAPITRE X

Hellen était bien décidée à oublier l'épisode scabreux avec la belle Hollandaise. « Tout le monde peut avoir une faiblesse, pensa-t-elle. À vivre ainsi, isolée au fond d'un monde archaïque, il y a de quoi perdre l'esprit. »

Elle n'allait pas tarder à découvrir que ce qu'elle considérait comme une déstabilisation mentale était plus grave encore.

Dès son retour, la jeune femme se plongea dans une activité chirurgicale qui la passionnait de plus en plus. Lucien Laville la conseillait volontiers, et il ne manquait pas de l'appeler en salle d'opération lorsqu'il était en présence d'un cas particulier et instructif. Elle découvrait une pathologie quotidienne qui n'avait place qu'au chapitre « historique » des livres où elle avait appris son métier. Des tuberculoses vertébrales évoluées, d'énormes kystes hépatiques, des suppurations monstrueuses, des parasitoses caricaturales chez des enfants dénutris, rachitiques, aux yeux dévorés de trachome, tels étaient les lamentables échantillons d'humanité qui peuplaient les salles d'hospitalisation.

La personnalité des malades, également, était différente de celle qu'elle connaissait. Ils semblaient résignés, sereins devant la maladie, n'attendant du médecin qu'un peu de soulagement, persuadés qu'en ce qui concerne la vie et la mort, seul Allah est en mesure de décider. Ils considéraient les médicaments comme une aide susceptible de leur apporter quelque bien-être, mais pas la guérison dont la notion même leur était étrangère. Hellen entendait ses collègues chargés de la consultation générale dire qu'ils étaient sollicités sans cesse par d'innombrables patients venus se plaindre de maux vagues ou de troubles imaginaires. Ils les renvoyaient avec quelques comprimés, dont on ne savait même pas quel usage en serait fait.

Laville travaillait plus, à lui seul, que tous les autres réunis. Il se plaignait obstinément de ces jeunes spécialistes frais émoulus des universités du monde entier, qui ne venaient passer là que trois ou quatre semaines. À peine familiarisés avec ce mode de pratique, ils repartaient vite, enchantés d'avoir à raconter leur expérience humanitaire à des collègues plus timorés, un peu admiratifs et tout à fait envieux.

Hellen fit bientôt figure d'ancienne. Après son aventure afghane et son séjour à Peshāwar, elle avait acquis, grâce au soutien de Laville, une expérience que beaucoup jalousaient déjà. Elle bénéficiait aussi du soutien inconditionnel de l'infirmière principale, ce qui impressionnait les nouveaux arrivés. Malheureusement, cette relation privilégiée allait bientôt devenir insupportable.

Dès le lendemain de leur escapade, Ingrid se manifesta par sa permanente présence auprès d'Hellen. Veillant à la qualité du personnel, à l'approvisionnement en matériel, à la tenue des locaux, elle devint omniprésente. La jeune femme fit mine de ne pas s'en apercevoir et remercia distraitement, continuant son travail comme si de rien n'était. Mais l'infirmière se fit si insistante que le reste du personnel commença de s'en amuser. On ricanait, on se lançait des regards complices, et Hellen devint bientôt un sujet de moquerie générale. À l'évidence, elle était, aux yeux de tous, l'élue de l'infirmière principale.

Le dimanche suivant, Hellen était de garde et Ingrid resta également à l'hôpital, ostensiblement présente auprès de celle qui semblait avoir pris une place prédominante dans sa vie. À l'heure du déjeuner, selon son habitude, l'infirmière se trouva là, comme par hasard, pour accompagner son idole. Agacée, Hellen s'enfuit discrètement pour aller retrouver Laville, lequel éclata de rire quand la jeune femme lui raconta ses malheurs.

— Tu n'es pas sa première cible, s'exclama-t-il gaiement. Toutes les jolies infirmières ont été sollicitées avant toi, avec plus ou moins de succès. Tu comprends, une femme chirurgien aussi belle, elle ne pouvait pas manquer d'essayer. Te mettre à son tableau de chasse aurait été un véritable titre de gloire.

Hellen ne riait pas.

— Je ne te trouve pas drôle du tout. Tu aurais pu me prévenir quand elle m'a invitée à passer le dimanche avec elle à Peshāwar.

Laville prit un air penaud.

— C'est vrai. Mais, à la vérité, je n'y ai pas pensé. Je n'aurais pas cru qu'elle chercherait à te séduire si vite. Il baissa les yeux : Avoue aussi que c'est un sujet périlleux. Imagine que je t'aie mise en garde et qu'il ne se soit rien passé. De quoi aurais-je eu l'air ?

Ils partirent déjeuner ensemble. Depuis que le temps le permettait, la grande tente de la cafétéria était ouverte sur trois côtés. La nourriture, importée des États-Unis, était servie par de jeunes civils pakistanais fort stylés. On n'y buvait que des jus de fruit ou de l'eau en boîte et personne n'avait le droit de fumer. L'endroit était désert le dimanche, et les deux chirurgiens purent bavarder en toute tranquillité.

— Pour moi, c'est une situation tout à fait pénible, grinça Hellen. L'infirmière principale joue un rôle essentiel dans cet hôpital, d'autant qu'elle est la seule à s'exprimer couramment à la fois en urdu et en anglais. Si je me fâche, ma situation risque de devenir intenable.

Il y eut un long silence. Pensif, Laville mâchonnait sa pipe éteinte et considérait sa blague à tabac avec une attention soutenue. Tout aussi songeuse, Hellen finissait de manger une crème glacée insipide quand elle entendit son vis-à-vis dire d'une voix étrange :

— Je ne vois qu'une solution...

Il laissa sa phrase en suspens. Hellen était intriguée.

— Quelle solution ?

— Il faudrait...

La suite ne venait pas.

— Il faudrait ? répéta Hellen.

— Il faudrait... te marier.

Elle éclata de rire.

— Mon Dieu ! Voilà une excellente idée, mais avec qui ?

Il releva les yeux.

— Avec moi, par exemple.

La jeune femme le regarda, incrédule. Il avait vingt ans de plus qu'elle. Elle ignorait sa vie antérieure, et il ne savait rien d'elle. Elle essaya de rire à nouveau, sans y parvenir vraiment. Elle répondit tout de même, comme si elle venait d'entendre une excellente plaisanterie.

— Es-tu certain que ce changement d'état civil calmerait les élans de notre folle ? À mon avis, ce n'est pas évident. Peut-être même serait-elle stimulée par cette difficulté supplémentaire. Dommage de ne pas pouvoir faire semblant, juste pour voir sa tête...

Laville eut un drôle de sourire crispé.

Hellen ne crut pas un instant au moindre atome de sérieux dans la proposition de son ami. Pourtant, quand elle se retrouva seule, enfermée dans son abri de toile verte, la phrase lui revint en mémoire.

Or, c'est à Charles qu'elle se mit à songer. Comme elle aurait aimé que ce fût lui qui prononçât ces mots magiques. Elle en avait rêvé si souvent quand ils habitaient ensemble à Saint-Germain-des-Prés. Plus le temps passait, et moins elle l'oubliait. Elle était persuadée qu'il était l'homme de sa vie. Ou, du moins, qu'il aurait pu l'être. Alors que Lucien Laville ne représentait rien pour elle.

Cette affirmation spontanée était-elle aussi justifiée qu'elle le croyait ? À y regarder de plus près, le chirurgien de Dar-Badja ne méritait peut-être pas un tel mépris. Il était plutôt bel homme. Grand, mince, avec un long visage que venait éclairer un sourire charmeur, il avait fière allure, malgré sa calvitie. Son regard, derrière ses fines lunettes, pouvait être émouvant. Somme toute, il ne manquait pas de séduction.

Pourquoi, alors, avait-elle été si choquée par l'idée qu'il puisse l'épouser ? Par comparaison avec Charles ? Bien sûr, le journaliste, lui, avait tout ce qu'elle aimait. Il était débordant de vie, toujours prêt à courir par monts et par vaux à la recherche de l'exceptionnel. Mais Laville aussi, était allé au bout du monde, et son action était autrement utile. Elle s'endormit, perplexe, sans avoir trouvé de réponse à ses questions.

Les jours suivants, Ingrid redoubla de prévenance et de

sollicitude. Plus Hellen semblait agacée, et plus l'autre la regardait avec des yeux de chien battu. Elle faisait peine à voir, et Hellen ne savait plus quelle attitude prendre. La situation devenait intenable.

Ce mini drame n'aurait dû avoir aucune importance tant il y avait de travail. De nombreux convois d'Afghans arrivaient chaque jour au camp, apportant leur lot de malheureux. Il y avait des blessés exsangues d'avoir marché des jours durant, des accouchées qui tremblaient de fièvre, des vieillards squelettiques, des enfants affamés aux yeux immenses et vides. Tout un monde qu'il fallait secourir d'urgence en ne pensant à rien d'autre.

Hellen s'épuisait dans ces tâches quotidiennes et passait ses journées en salle d'opération à parer au plus pressé. Comme les autres chirurgiens, elle avait perdu le sens du métier qu'elle faisait autrefois. Ici, elle se bornait à sauver une vie par-ci, une jambe par-là, en se dépêchant à cause de ceux qui attendaient leur tour. Dans ce contexte, Ingrid lui apparaissait comme une collaboratrice de premier plan. Professionnelle, elle faisait des miracles pour organiser, hospitaliser, approvisionner, mettre en perfusion, trouver le médicament indispensable ou le flacon de sang qui apporterait le dernier espoir. Parfois, Hellen se disait que toutes ces qualités valaient bien qu'elle supportât l'attitude possessive de l'infirmière.

À d'autres moments, elle était exaspérée. Certes, elle finissait par faire comme si cette situation ridicule n'existait pas, en se moquant du qu'en dira-t-on, mais elle vivait avec une sensation de malaise permanent.

C'est ainsi qu'elle voyait venir avec angoisse le dimanche de liberté, qu'en d'autres circonstances elle aurait attendu avec impatience. Laville, compatissant, et contrairement à ses habitudes, lui proposa de l'accompagner en ville. Elle accepta avec joie, espérant qu'Ingrid comprendrait enfin qu'il n'y avait aucune possibilité de liaison entre elles. L'infirmière, qui mettait tous ses espoirs dans ce jour, apprit la nouvelle avec dépit. Le dimanche matin, plantée devant sa tente, le visage marqué d'un sourire crispé, elle regarda partir les deux chirurgiens dans la Jeep Toyota décorée de sa grande antenne.

Laville se révéla un compagnon plein de ressources. Il proposa d'aller visiter les ruines du royaume de Gāndhāra, site archéologique célèbre, témoin de la grande époque bouddhiste, quand la région était un véritable carrefour culturel et commercial entre les civilisations de l'Inde, de la Méditerranée et de la Chine. Ravie, Hellen se laissa aller avec bonheur aux charmes de cette évocation historique qui lui fit quelque peu oublier les dures réalités du quotidien. Comme il était bon d'entendre parler de la sérénité d'une religion qui ne prêchait que la paix, et d'imaginer, au milieu des ruines, cette ville qui s'était appelée la Cité des Lotus.

Ils s'arrêtèrent pour manger des mangues achetées à un enfant, et restèrent un temps, songeurs, assis sur un rocher au-dessus du confluent verdoyant de la Swat et de la Kabul, les deux rivières qui irriguent cette campagne privilégiée.

Le soir, il emmena Hellen au Dean's, un charmant restaurant typiquement pakistanais, installé dans un jardin exotique et caché derrière un décor d'arcades en bois polychrome. Pour la jeune femme, c'était la fête. Laville semblait transformé. L'espace d'une soirée, il avait quitté son masque de bonne éducation souriante et bougonne. Il n'était plus le vieux chirurgien pédagogue mais un homme séduisant, disert, qui voulait briller aux yeux d'une jolie femme. Et il y parvenait à merveille.

Après le dîner, ils allèrent boire un verre au Pearl Continental, un de ces rares endroits où l'alcool était autorisé pour les étrangers. Un verre de scotch dans une main, sa pipe dans l'autre, les yeux mi-clos, Laville devint bavard. Grisée par le whisky dont elle n'avait pas l'habitude, Hellen le laissa parler, consciente de vivre un moment privilégié, celui où un homme se raconte à une femme pour la première fois.

Il avait fait ses études de médecine à Paris. Il habitait alors en banlieue avec sa mère, veuve depuis vingt ans, et décédée aujourd'hui. Elle rêvait qu'il devienne professeur. Peu attiré par une carrière universitaire, et déjà chargé de famille, Laville avait préféré s'installer en privé dans une clinique de cette banlieue parisienne alors en plein essor démographique.

L'établissement appartenait à un personnage séduisant et bonhomme qui se révéla vite un méprisable escroc. Il ne voyait dans la chirurgie qu'une source de profits malhonnêtes. Reversements d'honoraires non déclarés, dessous de table avec les fournisseurs, manœuvres et combines en tout genre représentaient la pratique quotidienne et la seule préoccupation de cet homme qui méprisait la médecine et les malades. Il n'aimait que l'argent. Pour lui, tout était marchandise, et la santé se négociait comme n'importe quelle autre matière première.

Écœuré, Laville s'était rebellé contre ces pratiques. Il était alors entré dans une longue période de conflits qui s'était soldée par son départ. Il prit sa revanche devant la cour d'appel de Versailles, mais le droit d'entrée payé par son successeur était supérieur à l'indemnité d'éviction allouée par les juges. Indemnité qui lui fut payée au terme d'une autre longue bataille juridique, coûteuse en avocats. Si bien que, tout compte fait, le condamné était gagnant. Ainsi la roublardise et une bonne connaissance des lourdeurs judiciaires rapportaient plus que le bon droit !

Laville quitta la région parisienne sans regrets pour la Vendée, où l'un de ses anciens condisciples lui offrait une place dans la clinique familiale. Enfin, il se trouvait dans une ambiance saine, avec des collègues amicaux qui lui proposèrent spontanément de partager avec eux la propriété de leur outil de travail. En échange d'un lot d'actions, Laville investit la totalité de son indemnité et y ajouta un emprunt bancaire. Il reprenait goût à la vie, et, grâce à lui, le bloc opératoire se modernisait.

Hélas ! la clinique avait vu trop grand. Un hôpital public neuf et bien équipé vint lui faire une concurrence imprévue. Les déficits s'accumulèrent et il fallut bientôt choisir entre le dépôt de bilan ou la vente à un groupe financier. Un jour, au retour de la messe, les bons amis vendirent discrètement leur majorité et se retirèrent des affaires. Laville se découvrit minoritaire, face à l'ogre financier. Il résista encore quelques mois, jusqu'au jour où, par un tour de passe-passe qu'on dit d'une grande banalité, les actions anciennes furent annulées, en échange d'une augmentation de capital réservée à ceux qui étaient capables de suivre....

C'est ainsi que Laville vit disparaître, le temps d'une assemblée, l'intégralité de ses investissements. Son banquier et le fisc lui envoyèrent leurs condoléances sur papier bleu. Sa femme jugea le moment opportun pour demander le divorce et une pension alimentaire coquette fondée sur des honoraires qu'il ne touchait plus.

Hellen était scandalisée.

— Elle t'a laissé tomber à ce moment-là !

— Sans hésitation. Elle a épousé aussitôt son amant, un industriel canadien, et ils habitent à Vancouver avec ma fille.

— Et les anciens propriétaires de la clinique ?

— Ils vivent de leurs rentes.

— C'est immonde...

— Tous ces gens ont pignon sur rue, s'occupent des pauvres et apportent leur obole aux *charity-show*.

— Personne n'a pu t'aider ?

— Tous mes bons copains m'ont proposé un coup de main, bien sûr, mais la situation était trop grave.

— Alors ?

— Alors, j'ai vendu tout ce que je possédais pour calmer les huissiers, et je suis parti au Biafra avec Médecins sans frontières. L'humanitaire ne sauve pas que les populations opprimées. Depuis cette époque, je survis sans tristesse, dans des camps comme celui-ci où je côtoie des gens beaucoup plus malheureux que moi.

Il parlait d'une voix calme, sans acrimonie, avec dignité. Hellen aurait aimé le consoler. Il s'en fallut de peu, d'ailleurs, qu'elle fût mise au pied du mur car Laville, fatigué, proposa de coucher sur place et de ne rentrer que le lendemain matin. Il demanda deux chambres et ils dormirent chacun chez soi.

Quand la Jeep, le lundi matin, rentra à l'hôpital, Ingrid était là, statufiée.

— Que va-t-il m'arriver ? soupira Hellen.

Laville sourit.

— Que veux-tu qu'elle fasse ? Elle va simplement chercher une autre victime.

Il se trompait. La Hollandaise changea de stratégie et décida de se venger en adoptant la tactique inverse de celle qui ne lui avait pas réussi. Elle abandonna le service de celle qu'elle adulait jusque-là et pratiqua la politique de la terre brûlée. De ce jour, Hellen vit disparaître ses bonnes infirmières, affectées en d'autres lieux. Les médicaments dont elle avait besoin se mirent à manquer. La pharmacie était sans cesse en rupture de stock. Les salles d'opération se trouvèrent occupées chaque fois que la jeune femme avait une urgence. Elle devait attendre, pour intervenir, que les autres eussent fini.

Son travail devint surhumain. Plus personne n'était capable de lui servir d'interprète. Ses prescriptions n'étaient plus exécutées. On lui affecta un infirmier afghan, incompétent et particulièrement méprisant à l'égard des femmes. Il la toisait avec dégoût chaque fois qu'elle lui donnait un ordre, et lui tournait le dos, prétendant ne rien comprendre.

La situation devint invivable. Elle alla s'en plaindre à Laville, mais qu'y pouvait-il ? Lui-même n'était guère mieux traité. Son autorité masculine et sa connaissance de la langue lui permettaient de minimiser les conséquences du blocus, mais l'exercice professionnel s'avérait, pour lui également, de plus en plus périlleux.

— Mon contrat se termine dans deux mois, annonça-t-il un soir à Hellen. J'ai bien envie de me retirer de ce guêpier.

— Je suis désolée, je crains fort d'être la cause de tous tes problèmes.

— Tu sais, dans notre métier, il y a souvent une brebis galeuse qui sème la perturbation. Je me souviens, quand j'étais interne, avoir surpris un jour mon patron en train de lutiner son anesthésiste. Ma vie dans le service est alors devenue un enfer. Il avait promis de me garder comme assistant. Elle n'a eu de cesse de me faire partir.

— Dans ces cas-là, il vaut mieux ne pas résister.

— Exactement. Notre métier est trop difficile en lui-même pour qu'on accepte de travailler dans une ambiance conflictuelle. Certains de nos collègues s'en accommodent. Pas moi. Il en est même qui s'en réjouissent. Tant mieux pour eux. Personnellement, je préfère m'en aller.

Hellen prit la même décision. Il lui sembla plus convenable de ne pas abandonner celui qui lui avait tant appris, et elle choisit de partir en même temps que lui. Ils prévinrent l'administration du camp.

La vie leur parut soudain plus légère. L'agressivité de l'infirmière s'émoussa comme par enchantement. La nouvelle du départ prochain de « doctor Hellen » fut vite connue et déplorée. Ingrid en subit les conséquences. Tout le monde lui en voulait.

— C'est justice, clama Laville, ravi de voir à quel point sa protégée était appréciée.

Hellen, flattée, n'était pas mécontente de tout ce remue-ménage fait autour d'elle. On allait la regretter. Tant mieux ! Tous ces gens, qui avaient ri, auraient bien pu se mobiliser pour la défendre quand il en était encore temps. De son côté, la belle Hollandaise fit face avec panache aux critiques dont elle fut l'objet. Elle redoubla d'activité, allant même jusqu'à s'occuper un peu du service d'Hellen, et cultiva son image de rouage indispensable. Tout ce qu'elle aimait.

Quant à Laville, il paraissait soulagé.

— J'aurais pu rester enterré ici durant des années, si les événements n'en avaient pas décidé autrement, disait-il en souriant.

Il alla même jusqu'à fumer la pipe au réfectoire, bravant le regard courroucé du jeune Pakistanais qui les servait.

— Inconsciemment, dit-il, je cherchais un prétexte pour en finir avec cette vie artificielle. Je suis sincèrement heureux que ta présence ici ait été, finalement, le facteur déclenchant. Je rentre au pays grâce à toi, et avec toi. Que demander de plus ?

Hellen, troublée, le regarda sans répondre.

Elle envoya une longue lettre à Charles, lui décrivant son existence au camp, et, de façon anodine, les trésors touristiques de Peshāwar. Elle ne fit aucune allusion à ses projets de retour. Il lui répondit vite. Une grande épître, également, où il racontait sa vie des derniers mois. Il avait été au Mexique voir la finale de la coupe du monde de football entre l'Argentine et la RFA. Il avait assisté à la rencontre entre Hassan II, le roi du Maroc et Shimon Peres, le premier ministre israélien. Suivaient des commentaires sur le conflit palestinien et le terrorisme international. Il était scandalisé par les enlèvements au Liban et la passivité des gouvernements... Il terminait par une gentille phrase anodine sur son travail à elle, et il l'embrassait « très affectueusement ».

Rien sur eux deux. Rien sur l'avenir. Seul son travail semblait l'intéresser.

Elle rangea la lettre et, le soir même, fit l'amour avec Lucien Laville.

Ils étaient restés tard à la cafétéria, profitant d'une nuit merveilleusement étoilée. Puis, il l'avait raccompagnée jusqu'à sa tente.

— Tu veux boire un dernier verre ?

Surpris de cette proposition insolite, il était entré.

— Que me proposes-tu ?

— Moi, avait-elle répondu en se plantant devant lui et en le regardant droit dans les yeux.

Il attendait ce moment depuis si longtemps. À partir de ce jour, les choses allèrent très vite. Tout de suite, ils parlèrent mariage. Comme s'ils n'avaient plus de temps à perdre. Elle envoya un télégramme à son père, un autre à sa mère pour leur annoncer la bonne nouvelle. Guillaume répondit par retour en lui disant qu'il les attendait. Isabelle Osby fit de même, en exigeant que le mariage ait lieu à Nairobi.

— Pourquoi pas ? dit Laville. N'est-ce pas le pays idéal pour un voyage de noces ? Si je ne me trompe, ils sont en paix là-bas.

— Tu vas faire connaissance avec les Flying Doctors, les précurseurs de la médecine humanitaire. Et qui sait, ils auront peut-être du travail pour nous.

Emportée par son enthousiasme, elle lui décrivit une vie professionnelle idyllique, avec des missions exaltantes dans des paysages sauvages et des décors grandioses.

Laville ne dit pas non. Il aurait accepté d'aller s'installer avec elle dans la lune, tant il était grisé par la beauté et le charme de sa future épouse.

Hellen était heureuse de cette conclusion. Toute sa vie, elle avait rêvé d'un père. Celui qu'elle avait découvert à Saint-Yé, sur le tard, était un amour d'homme, mais il se savait malade, et n'était plus capable d'assumer son rôle protecteur. Lucien Laville, au contraire, avait cette qualité-là. Il l'avait démontré durant le séjour pakistanais. Sa personnalité autoritaire était atténuée par une immense douceur, et ses qualités professionnelles manifestes excluaient tout pédantisme. « Oui, se disait-elle, je fais un bon choix. »

Elle ne put s'empêcher d'écrire à Charles pour lui annoncer ses projets matrimoniaux. La lettre partit quelques jours avant leur envol pour Nairobi ; elle lui donnait l'adresse de sa mère, au cas où il aurait voulu répondre.

En montant dans le Boeing 747 qui l'éloignait du pays de

toutes ses frayeurs, l'Afghanistan, elle ne savait pas que la réponse de Charles l'attendait déjà sur la table de sa chambre sous la forme d'un télégramme laconique : « Félicitations. Stop. Te souhaite tout le bonheur du monde. Stop. Bien affectueusement. Stop. Charles. »

CHAPITRE XI

La fête dura trois jours. Isabelle Osby était si fière de marier sa fille qu'elle avait voulu faire de cette noce l'événement mondain de la saison. La cérémonie officielle eut lieu le vendredi à l'ambassade de France de Nairobi. Elle fut suivie d'un grand déjeuner dans la maison de Cyprien, l'ancien guide de chasse dont Isabelle partageait la vie. Les invités s'envolèrent ensuite pour Lamu, charmante petite île de l'océan Indien, où ils jouèrent les prolongations durant tout le week-end.

Lucien Laville était étourdi par ces présentations, ces repas pantagruéliques et ces nuits où l'on dansait sans interruption. Avec une impatience mal dissimulée, il attendait le moment de partir pour le safari que sa belle-mère leur avait organisé.

Après plusieurs années de chirurgie humanitaire dans les bas-fonds du tiers-monde, ces mondanités le saoulaient. Il souriait, recevant les félicitations et les vœux d'innombrables inconnus avec un air béat de doux demeuré.

Hellen, en revanche, était à son affaire. Habituée à ce genre de festivités, elle considérait l'hébétude de son mari avec amusement. La communauté française de Nairobi était importante, fort soudée face à l'hégémonie britannique, et ne manquait pas une occasion de se manifester.

Les Anglais, quant à eux, conscients de leur supériorité numérique et historique se pressaient à chacune de ces manifestations dont la qualité était légendaire. Ils avaient tenu, l'un après l'autre, à venir secouer la main du nouveau marié, avec une énergie en rapport avec les quantités impressionnantes de spiritueux ingurgitées.

C'est donc avec un soulagement infini que, le lundi soir, les nouveaux mariés se retrouvèrent à l'Amboseli Serena Lodge, un hôtel de rêve au cœur de l'un de l'un des plus beaux parcs nationaux du monde. En fin d'après-midi, ils prirent l'apéritif sur une terrasse ombragée et silencieuse, face à un décor de création du monde, avec, à quelques dizaines de mètres seulement, un plan d'eau sombre où un troupeau de gazelles était venu s'abreuver. Anonymes au sein d'une assistance de touristes cosmopolites, ils étaient seuls, enfin, pour la première fois.

Mont Kenya, Samburu, Nakuru, Masaï Mara, tous ces noms magiques désignaient les prochaines étapes d'un voyage savamment concocté par Isabelle Osby. Bien qu'il fût un peu agacé par la rigueur de ce programme, Lucien Laville était heureux. Il lui semblait n'avoir pas pris de vacances depuis des siècles. Des vraies, avec un pays à découvrir, une histoire, un décor et une faune inconnus.

D'un commun accord, Hellen et lui avaient banni de leurs conversations ce qui touchait à l'avenir. Ils voulaient ouvrir une parenthèse et profiter du temps présent. Le nez dans leur guide, ils cherchaient à différencier la gazelle de Grant de celle de Thomson, l'impala du generuk, et les multiples variétés d'hippotragues. Cette seule préoccupation leur suffisait.

Hellen était rayonnante. Cet homme qu'elle admirait, et qui lui avait tant appris, était devenu son élève docile et émerveillé. Elle savait que la vie qui allait s'ouvrir devant eux était pleine de promesses ; et cette perspective s'ajoutait au bonheur du moment.

Ils passèrent dix jours paradisiaques, alternant les randonnées sur les pistes, les pique-niques au bord des marigots, les feux de camp le soir et les nuits sous la tente.

Hellen n'avait jamais connu une telle atmosphère de tendresse paisible. Sa jeunesse amoureuse avait été marquée par de multiples aventures, pratiquement sans lendemain. De ces années d'adolescence, elle se rappelait surtout une espèce de course contre la montre qui la conduisait de bibliothèques en amphithéâtres, de stades en piscines, de fêtes en voyages, avec, pour toile de fond, d'interminables examens.

À vingt-sept ans, sa vie sentimentale se révélait à peu de chose près, inexistante. Elle avait cru être amoureuse de son sportif à l'université ; puis, durant des années, elle avait rangé son cœur au rang des accessoires inutiles. Ensuite, il y avait eu Charles. Premier grand amour. Première grande désillusion. L'énigmatique David était passé comme un météore platonique, laissant enfin la place à l'homme qui était devenu son mari. Elle n'en revenait pas d'être désormais une femme mariée. Elle se souvenait de ses camarades de classe pour qui ce statut était l'aboutissement naturel de l'adolescence. Le but suprême à atteindre. Elle ne participait jamais à ces conversations : fille d'une mère célibataire, elle n'avait aucune idée de ce que pouvait être la vie de « deux êtres unis par les liens du mariage » — comme avait dit le fonctionnaire pendant la cérémonie.

Le safari tirait à sa fin. Ils allaient rentrer à Nairobi, retrouver la ville et le monde du travail, découvrir une nouvelle vie et bâtir leur univers.

Nairobi est une capitale riche en contrastes. Juchée à 1800 mètres d'altitude, elle jouit d'un climat qui n'a rien de commun avec celui des autres villes équatoriales. Il y fait beau et frais en toute saison, et l'humidité nocturne explique la végétation luxuriante. Les bougainvillées poussent comme du chiendent et les jardins les moins entretenus baignent dans une féerie de couleurs. D'innombrables immeubles modernes voisinent avec des bidonvilles crasseux dans le grouillement d'une population multiethnique. Des petits cars, appelés « matatou », véhiculent des grappes humaines bigarrées dans un vacarme d'avertisseurs assourdissants, au milieu des étals multicolores de fruits et légumes.

Dès le premier jour, Isabelle Osby proposa à Lucien de lui faire visiter les locaux de l'AMREF (African Medical And Research Foundation) où elle avait son bureau. Pendant le trajet, empêtrée dans des embouteillages inextricables, elle eut tout loisir de lui expliquer les activités de cette fondation d'origine anglo-américaine qui, depuis les années cinquante, intervient au Kenya et dans les pays avoisinants de l'Est africain.

Ils arrivèrent enfin au siège de l'organisation situé dans des bâtiments modernes et jouxtant l'aéroport de Thomson où sont basés les avions des Flying Doctors. Ici régnait Isabelle

Osby. Vêtue d'un jean et d'une chemise bleu ciel marquée du badge représentant un caducée ailé sur fond d'Afrique, elle avait fière allure. Peu de gens savaient qu'elle allait bientôt souffler ses cinquante bougies. Sa crinière blonde cachée sous une casquette de base-ball, sûre de son charme et de son autorité, elle marchait à grands pas.

— Voici le docteur Laville, mon gendre. Il est chirurgien.

Lucien passait ainsi de « hello » en « hello » et d'un bureau à l'autre, serrant des mains de toutes nationalités. Hollandais, Anglais, Américains, Italiens s'activaient avec des Kenyans qui assuraient les principaux services : secrétariat, permanence radio, bibliothèque, imprimerie, laboratoires.

La seule française, Anne Spoerry, doyenne de l'équipe, était cachée dans un petit bureau au fond d'un couloir, à demi enfouie derrière une montagne de paperasses sédimentées depuis des lustres. Son visage bronzé autour d'un regard bleu lavande, sous des cheveux blancs coupés courts, s'illumina d'un sourire plissé pour saluer l'arrivée du compatriote qu'elle avait entrevu le jour du mariage.

— Bienvenue à l'AMREF, s'exclama-t-elle joyeusement. Nous vous attendions avec impatience. Je sais déjà que vous avez fait beaucoup d'humanitaire, et tout le monde ici espère que vous serez heureux avec nous. Ce sera une grande joie de retrouver notre petite Hellen. Vous pilotez, j'espère.

— Non.

Elle eut une seconde de déception.

— On apprend vite. J'avais plus de quarante ans quand je m'y suis mise.

La vieille dame l'entraîna devant un grand tableau où s'étalait l'organigramme de la fondation. Elle le lui détailla avec fierté.

— Vous avez là une représentation succincte de nos différents programmes : médecine de brousse, éducation sanitaire, formation des personnels infirmiers, nutrition, évacuations chirurgicales, campagnes de vaccination, lutte contre le paludisme... Et j'en passe.

Pour chaque rubrique, on lisait le nom du responsable, le budget prévu, la zone géographique concernée, les objectifs envisagés. Lucien s'imaginait les Flying Doctors comme une variété de missionnaires un peu illuminés qui surveillaient la brousse et intervenaient en cas de besoin. Des « Zorro » de la médecine, en quelque sorte. Il découvrait une organisation puissante, bien structurée à l'américaine, axée avant tout sur un programme de santé publique de haute qualité.

— Et le financement ?

— Des cotisations et des subventions internationales. Beaucoup d'argent. Mais il n'y en a jamais assez.

Tandis qu'ils discutaient, une jeune femme traversa le hall. Anne parut enchantée de la voir et l'arrêta au passage.

— Lucien, voici le docteur Elisabeth Webb, une brillante biologiste américaine de passage. Le docteur Laville est un chirurgien français nouveau venu. Elle ajouta : Dites-moi, Lisa, n'allez-vous pas faire une tournée dans le Nord, demain ?

— Oui. Je vais à Isiolo, puis à Akawé.

— Vous y allez seule ?

— Oui.

— Ne voudriez-vous pas emmener notre ami ? Il pourrait visiter deux hôpitaux et se faire déjà une petite idée de notre travail.

— Avec plaisir. J'espère qu'il est matinal. Nous décollerons vers sept heures, quand il fait encore un peu frais.

C'était une petite femme blonde, toute bouclée, avec un doux sourire et des yeux gris délavés. Habillée d'une longue jupe et d'un chemisier fleuri, elle avait l'air d'une de ces institutrices de western, perdues au cœur d'un monde cruel.

Lucien acquiesça, ravi. Ce séjour kenyan commençait à le passionner.

— Venez, interrompit Anne Spoerry, je vais vous montrer nos avions.

Ils franchirent les quelques dizaines de mètres qui séparent l'AMREF du plus grand aéroport privé du pays. Les hangars alignés comme à la parade portaient des noms variés : Club aérien de Nairobi, Croix-Rouge internationale, Médecins du monde, AMREF...

— Vous êtes ici sur l'un des points clés de l'aide humanitaire africaine, expliqua Anne. Dans ces pays de l'Est, il y a eu tant de famines, de guerres et de catastrophes en tous genres, que l'aide internationale est devenue une condition essentielle de survie pour des populations entières.

Devant les hangars, une vingtaine d'appareils de toutes tailles étaient sagement rangés.

Elle prit Lucien par le bras :

— Voici mon avion.

C'était un Cessna monomoteur portant les emblèmes de la fondation. Elle passa sa main sur le fuselage, comme on caresse un animal familier.

— Il est beau, n'est-ce pas ? Je vous emmènerai déjeuner dans ma ferme, vous verrez, c'est un magnifique endroit, à une heure de vol.

Craignant d'être en retard, et soucieux d'éviter les encombrements du matin, Lucien arriva à l'AMREF bien avant l'horaire prévu pour le décollage. Il était venu avec l'homme à tout faire de Cyprien, un jeune Kenyan dégourdi et volubile, qui servait de chauffeur et parlait l'anglais avec le pittoresque accent local.

À une pareille heure, Lucien s'attendait à se retrouver seul sur l'aérodrome. Quel ne fut pas son étonnement quand il découvrit, sur le parking, une accumulation incroyable de véhicules de toutes sortes. Voitures délabrées et camionnettes antiques étaient entourées d'une véritable foule de Kenyans affairés, courant en tous sens avec des brouettes, des voitures à bras et des diables surchargés. Ils se précipitaient vers les pistes d'envol où des dizaines de petits avions attendaient, coffre ouvert. En s'approchant un peu, Lucien découvrit que ce trafic intense concernait des sacs en jute, tous identiques.

— Que se passe-t-il ?

— Le « mirrah ». C'est tous les matins comme ça, répondit son chauffeur qui considérait le spectacle en souriant.

— C'est quoi, le « mirrah » ?

— De l'herbe qui fait rêver.

À ce moment, un employé de l'AMREF, auquel Lucien avait été présenté la veille, se dirigea vers eux.

— Vous êtes en avance.

— De peur d'être en retard, répondit Lucien en riant. Vous savez à quoi correspond ce remue-ménage ?

L'homme éclata de rire. Il expliqua que cette plante contenait une sorte d'amphétamine, un excitant consommé dans cette région d'Afrique depuis la nuit des temps. Le Kenya fournit la meilleure variété, et on l'exporte de façon plus ou moins clandestine vers les pays voisins : Soudan, Tanzanie, et surtout Somalie, où elle est particulièrement appréciée.

— Je croyais que le survol de ce pays était interdit, s'étonna le chirurgien.

— Le matin, tous les avions privés transportent du Mirrah, et il n'y a plus aucune interdiction qui tienne ! Partout, les gens attendent leur livraison et personne ne s'aviserait d'empêcher quoi que ce soit. D'ailleurs, il y a bien d'autres marchandises interdites qui profitent de l'aubaine.

— Vous voulez dire des armes ?

— Bien sûr. Excusez-moi, il faut que je retourne au bureau.

Lucien resta sur place, fasciné par le spectacle de tous ces avions qui roulaient maintenant les uns après les autres vers la piste d'envol, d'où ils décollaient à quelques secondes d'intervalle. Quand Elisabeth Webb arriva, personne n'aurait pu imaginer ce qui venait de s'y passer. Le terrain avait repris son calme absolu.

La jeune femme portait un pantalon, un blouson de toile légère, beige clair, et de grandes lunettes de soleil. Lucien vint l'accueillir et ils échangèrent quelques mots pendant qu'on enlevait les cales d'un Piper bimoteur.

Sur la carte, elle indiqua à Lucien la ville d'Isiolo, à deux cents kilomètres au nord de Nairobi, première étape de leur périple, puis ce fut le décollage.

Ils survolèrent bientôt un territoire où la végétation se raréfiait, témoignant de la situation privilégiée de la capitale. Ils passèrent à l'est du mont Kenya et la ville d'Isiolo apparut dans le lointain, comme une sorte d'oasis au milieu d'une terre, devenue désertique.

— Où est la piste ? cria Lucien.

La jeune pilote haussa les épaules pour faire comprendre qu'elle ne savait pas. Elle amorça un virage autour de la ville, et ils aperçurent enfin une bande de terre plus claire. L'avion s'aligna dans l'axe de la piste et atteignit bientôt les abords du sol. Lucien eut l'impression désagréable qu'ils allaient bien vite pour s'arrêter dans la courte distance qui leur restait. Les roues cognèrent le sol brutalement et l'appareil fit un bond qui le déporta vers la droite. Il toucha de nouveau, en bordure de piste, et le rebond fut encore plus impressionnant. Lucien n'avait jamais eu peur en avion, mais là, il se dit qu'ils allaient terminer leur course dans le décor. Il commençait à bien se caler dans son siège pour amortir le choc qu'il pressentait, quand il vit la jeune femme remettre les gaz à fond et tirer sur le palonnier. L'avion se redressa et, docile, reprit de la hauteur.

— Le vent est dans le mauvais sens, cria-t-elle en guise d'excuse.

Ils refirent un tour au-dessus de la ville, et abordèrent la piste de l'autre côté. Cette fois, l'atterrissage fut parfait. Ils s'immobilisèrent, tournèrent sur place et revinrent vers les maisons en cahotant sur les cailloux.

Une Jeep attendait. En descendit un Européen coiffé d'une casquette américaine, vêtu d'un jean et d'une chemisette. La cinquantaine sportive, il vint au-devant d'eux avec un grand sourire.

— Bienvenue ! Il faudra que je fasse poser une chaussette pour indiquer le sens du vent.

— Ce serait gentil, répondit la jeune femme de sa voix douce.

— Vous êtes le docteur Webb, je suppose.

— Oui, et voici le docteur Laville.

— Ravi de vous accueillir, je suis le père Gérard, de la mission évangélique. L'AMREF m'a annoncé votre arrivée, mais je n'ai pas bien compris le sens de votre mission.

— Je suis biologiste et chargée par l'UNICEF d'évaluer les besoins en matériel de laboratoire dans les hôpitaux du nord Kenya, afin de mettre sur pied un programme d'équipement.

Le prêtre éclata de rire.

— Ils feraient mieux de nous envoyer du riz et de la quinine.

— L'un n'empêche pas l'autre, répondit la jeune femme de sa voix toujours aussi douce. Vous me direz ce qui vous manque le plus, et je l'ajouterai à mon rapport. La situation sanitaire est-elle si mauvaise ?

Désarçonné par le ton paisible de son interlocutrice, le prêtre fronça les sourcils.

— Rien de dramatique. Seulement, nous avons tout de même perdu sept enfants la semaine dernière.

— De quoi sont-ils morts ? demanda Lucien.

Le père Gérard leva les bras en signe d'impuissance.

— Malaria, dénutrition, parasitose...

La voiture pénétra dans la ville. C'était une succession d'identiques maisons de pisé, bien rangées de chaque côté de la rue. Ils tournèrent sur une place écrasée de soleil autour d'un bouquet d'arbres squelettiques, passèrent sur un pont qui enjambait une maigre rivière nauséabonde et arrivèrent sur une autre place où s'ouvrait le portail de l'hôpital.

Ils descendirent de la Jeep et entrèrent à pied dans un jardin presque verdoyant. Par rapport au village, c'était une oasis de fraîcheur. Les bâtiments, d'un seul niveau, étaient disposés en carrés successifs, protégés de coursives abritées entourant des parterres de fleurs maigrelettes qui tentaient d'égayer le décor.

Le directeur, un noir bedonnant d'une quarantaine d'années, les attendait. Il les fit entrer dans un bureau où un climatiseur bruyant soufflait une brise tiède. Elisabeth Webb expliqua sa mission, pendant que le père Gérard proposait à Lucien d'aller visiter les installations chirurgicales.

Ils découvrirent une salle d'opération équipée, avec bloc de stérilisation attenant et local de radiographie. Le tout sommaire, mais suffisant. Le docteur Laville avait vu pire.

— Venez, je vais vous montrer quelque chose d'amusant, dit le prêtre.

Dans le jardin attenant, sur le mur situé en face des bancs où les consultants attendaient, ils découvrirent des fresques naïves aux couleurs vives.

— L'éducation par l'image est efficace pour les analphabètes.

Le peintre avait d'abord représenté, en plusieurs tableaux, l'histoire d'un enfant blessé qui subissait radiographie et plâtre. Un peu plus loin, une autre série de scènes évoquait le fait qu'il fallait écarter les chiens des fontaines quand on puisait de l'eau.

— L'hydatidose est un vrai fléau, expliqua le père Gérard. Il faut inlassablement leur répéter les mesures d'hygiène.

Lucien hochait la tête.

— Je n'ai pas vu de chirurgiens.

— Il n'y en a pas sur place. On appelle l'AMREF en cas de

nécessité, et ils peuvent opérer ici s'il le faut. Sinon, ils évacuent. Pour les gestes courants, nos médecins se débrouillent.

La visite terminée, ils remontèrent dans la Jeep et le père les ramena vers l'avion. En route, il continua de décrire le dur travail de son équipe.

— Les gens de cette région sont à un niveau de développement médiéval. Il faut tout leur apprendre. Les moyens d'agir sont horriblement difficiles à obtenir, et, quand une promesse est faite, la lenteur de sa réalisation épuise les meilleures volontés.

Une fois dans l'avion, la jeune femme montra à Lucien où se trouvait Akawé sur la carte. Ils s'envolèrent vers leur nouvelle étape, à deux heures de vol, en direction du nord-est, près de la frontière somalienne. Ils survolèrent une terre plus désolée encore, avec de rares maisons entourées d'une clôture circulaire. Lucien avait lu quelque part qu'il s'agissait là d'une forme d'habitat traditionnel. Le paysage était d'une monotonie impressionnante. On était loin des parcs nationaux...

Bien que la piste fût plus petite et caillouteuse que la précédente, l'atterrissage s'effectua sans encombre. L'avion s'immobilisa près d'un amas de cases et un groupe d'enfants dépenaillés courut à leur rencontre. Lucien commençait à être plein d'admiration pour ces médecins volants qui officiaient à longueur d'année dans des régions aussi rébarbatives. Apprendre à piloter ne l'inquiétait guère, mais, avant d'être capable d'atterrir sur de tels terrains, il lui faudrait sans doute beaucoup de persévérance.

Une vieille guimbarde arriva, qui avait dû, jadis, être une camionnette anglaise. Traversant un pauvre village, elle les conduisit en bringuebalant jusqu'à l'hôpital. Les bâtiments, construits en bordure d'une rivière asséchée, étaient assez modernes et de bonne qualité mais, cette fois, sans clôture ni jardin. On aurait dit que les constructeurs s'étaient interrompus avant la fin des travaux. Les abords étaient en friche et immondes. Des papiers gras, qui volaient au moindre souffle de vent, voisinaient avec des bouts de plastique ou de ferraille.

Sous des auvents, patientaient des groupes de Kenyans qui

devaient être des consultants ou des familles d'hospitalisés. Le souriant directeur, grand, maigre, avec une barbiche en pointe, leur fit les honneurs du lieu. Lucien, qui déjà avait connu les horreurs de plusieurs guerres africaines, découvrait avec stupeur l'une de ces populations victimes d'un dénuement extrême dont on voyait périodiquement les images insoutenables à la télévision : des femmes décharnées portant des nourrissons cadavériques accrochés à des seins flasques et vides ; des hommes dont la peau était si tendue sur les reliefs osseux du visage qu'on l'aurait crue prête à craquer ; des enfants innombrables, de tous les âges, vêtus de loques, se traînant dans la poussière avec les yeux chassieux couverts de mouches.

La plupart des adultes étaient assis, comme résignés, suivant d'un regard inexpressif ces Européens bien nourris qui passaient devant eux sans avoir l'air de les voir. Lucien avait du mal à les regarder. Il était venu avec un appareil photo et avait pris une série de clichés du haut du ciel et à Isiolo. Là, il n'osa même pas s'en servir.

Elisabeth commença l'interrogatoire du directeur. Marchant à côté d'elle, Lucien suivait la conversation et prenait conscience du désastre. Comment pouvait-on parler de laboratoire dans ces endroits où il semblait n'y avoir même pas d'eau en suffisance ?

L'état des lieux était affreux et les hospitalisés pitoyables. Dans une chambre, ils découvrirent un enfant dans le coma, veillé par sa mère qui l'éventait avec un vieux morceau de carton. Le petit malade était nu, à peine protégé par une moustiquaire déchirée. Cette femme était d'une telle maigreur, que ses côtes saillaient au travers du relief de ses seins nus.

— Malaria, prononça le directeur à voix basse.

— Il n'y a donc pas de médecins ? demanda Lucien.

— Pas aujourd'hui.

Dans la chambre suivante, une femme gémissait en toussant, entourée par deux vieilles.

— Il y a beaucoup de tuberculose, chuchota Elisabeth.

Partout, les lits étaient rouillés, et les matelas tachés. Derrière les fenêtres aux carreaux cassés, les volets pendaient sur leurs gonds descellés. Les deux médecins continuaient, vaguement écœurés.

Ils n'avaient pas encore vu le pire. Soudain, le directeur sembla avoir une idée.

— Il y a, dans la prochaine chambre, un malade en hémorragie. Le chirurgien pourrait-il nous donner un avis ?

Lucien accepta avec un sourire qui ressemblait à une grimace.

Ils poussèrent la porte et pénétrèrent dans une pièce sordide, occupée par un homme étendu par terre, sur un simple matelas sans drap. Il y avait pourtant, autour de lui, trois lits de fer en désordre. Pourquoi n'était-il pas sur l'un de ces lits ? Quand il vit que la perfusion était accrochée au robinet du lavabo, Lucien comprit. Un lavabo écaillé et sans tuyaux. Nulle part il n'y avait de pied à sérum.

Le malade paraissait très âgé. Allongé sur le côté, la tête appuyée sur son bras plié, il ne bougea pas quand les visiteurs entrèrent. Il était à peine recouvert d'une chemise crasseuse.

Le directeur demanda quelques explications à l'infirmier, puis traduisit : le patient avait été opéré de l'anus, il n'avait pas cicatrisé, et maintenant il saignait à flot. Que fallait-il faire ? Lucien s'accroupit. Le poignet du vieil homme était d'une maigreur extrême, avec une longue main décharnée. Le pouls était minuscule, le visage inerte, la conjonctive d'un blanc cireux, et la respiration à peine perceptible.

Un infirmier apporta un doigtier. Lucien écarta la chemise et entreprit d'examiner l'anus, mais il sursauta en dérangeant un essaim de mouches noires qui se mirent à bourdonner autour de lui, se posant à l'envi sur ses mains et sa figure. Il essaya de les chasser sans grand succès et se força à continuer son examen. La sueur lui ruisselait dans le dos.

L'anus n'était qu'une vaste plaie anfractueuse et suintante. Il entreprit de faire un toucher rectal et son doigt pénétra dans ce qui ressemblait à un insondable cloaque. Ce faisant, il libéra un sang noir et nauséabond. Au bord de la nausée, il se redressa, abandonnant le doigtier dans une bassine que lui tendait l'infirmier. Un flot noirâtre coulait par vagues sur le matelas. L'infirmier rabattit pudiquement la chemise.

La scène était difficilement soutenable. Impassibles, les spectateurs kenyans attendaient le verdict de Lucien qui ne savait que dire. Elisabeth, compatissante, le regardait avec une moue douloureuse. Elle semblait la seule à ressentir l'horreur de ce spectacle. C'est à elle que le chirurgien s'adressa.

— Cet homme est en train de mourir. Je ne vois pas ce qu'on pourrait faire pour lui, ici et maintenant. Il ne supporterait aucun transport.

— Mais ce saignement ? demanda le directeur.

— Il ne provient pas de l'anus. La plaie est dans un état affreux, c'est vrai, mais elle ne saigne pas. Le sang vient de plus haut. L'estomac, le côlon, c'est difficile à dire. Il faudrait... Il aurait fallu...

Lucien ne savait plus quoi dire. Pourquoi avait-on tant attendu ? Il existait des médicaments anti-ulcéreux efficaces. En possédaient-ils ? Il interrogea l'infirmier. Il y en avait dans la perfusion. Le directeur, satisfait, remercia Lucien comme s'il avait rendu le verdict optimiste que chacun attendait, puis il emmena ses visiteurs.

Le chirurgien français suivit, plus perturbé qu'il ne le paraissait. N'aurait-il pas dû exiger l'évacuation ? Mais comment ? Le malade était manifestement condamné à brève échéance. Était-ce une raison suffisante pour ne rien faire ? Pourquoi avait-il accepté de donner un avis ?

La chaleur était accablante.

Le directeur continuait à mener son petit groupe au pas de charge. Ils passèrent sans s'arrêter devant une porte marquée « Salle d'accouchement ». Lucien poussa la porte et découvrit une pièce qu'il pensa désaffectée. Des lits en désordre, des boîtes d'instruments ouvertes, le tout dans une poussière épaisse et un décor de toiles d'araignées centenaires. Sur une paillasse noire de crasse, un gros registre était encore ouvert. Lucien se pencha sur le livre. Le dernier accouchement datait de la veille.

Un peu plus loin, le directeur montra complaisamment une salle de soins où un infirmier préparait sa stérilisation : il rangeait avec soin, au fond d'une vieille Cocotte-Minute, des aiguilles à usage unique qui semblaient avoir déjà beaucoup servi.

À quelques pas de là, une sorte d'entrepôt était fermée à clef. Elisabeth Webb demanda ce qu'il y avait à l'intérieur. Le directeur essaya d'éluder, mais la jeune femme ne bougea plus. La douce obstination qu'elle manifestait depuis le début de la journée était à son comble. Le directeur comprit qu'il lui fallait faire ouvrir cette porte. Il envoya un infirmier chercher la clef.

La jeune femme fut récompensée de sa ténacité. À l'intérieur, elle découvrit un stérilisateur moderne tout neuf.

— La prise électrique ne correspond pas aux nôtres, s'excusa le directeur.

Des instruments enveloppés dans leur emballage d'origine, traînaient sur des rayonnages poussiéreux.

Ils firent un dernier arrêt devant des bâtiments modernes bizarrement démunis de toits. Le directeur expliqua que les tôles n'avaient pas été livrées et qu'il les attendait... depuis deux ans. Elisabeth Webb et Lucien se regardèrent en silence.

Ils remercièrent le directeur qui semblait ravi de leur visite et remontèrent dans leur guimbarde. Ils allaient sortir de la cour quand il virent arriver un groupe de femmes. Elles entouraient un homme qui portait dans ses bras une fillette de six ou sept ans dont le visage émacié grimaçait de douleur.

Lucien demanda au chauffeur d'arrêter son moteur et descendit de la voiture. Grâce à sa longue expérience, il avait eu le pressentiment que cette enfant était en danger grave. Le directeur, également, avait vu arriver le groupe. Il s'approcha, discuta un instant avec les femmes et leur fit signe d'aller vers le bâtiment des chambres.

Elisabeth rejoignit Lucien.

— Que se passe-t-il ?

Le Kenyan secoua négativement la tête.

— Ce sont des réfugiés somaliens. Laissez-les. Pour leur fille, il n'y a rien à faire. Nous nous en occuperons.

Lucien connaissait le défaitisme de ceux qui ne se sentent pas concernés et ne veulent surtout pas de complications. Sans hésiter, il suivit les Somaliennes dans la chambre où elles venaient de déposer la fillette. Il les écarta et se pencha sur la petite malade aux yeux rougis de fièvre. Elle l'examinait d'un air terrorisé, ses minuscules mains tenant sa robe tendue devant son ventre, comme si elle voulait le protéger.

Avec des gestes fermes et doux, prononçant des paroles apaisantes mais incompréhensibles pour elle, il dénoua les doigts crispés et releva la longue robe, découvrant un spectacle d'horreur. La gamine avait subi une excision rituelle et la plaie s'était surinfectée. Son bas-ventre n'était plus qu'un énorme phlegmon diffus, ulcéré et suintant. Devant son pubis, un cataplasme de végétaux souillé de pus répandait une odeur fétide.

Lucien se redressa et se retourna vers sa compagne américaine.

— Celle-ci, on peut la sauver. Il faut la ramener à Nairobi et l'inonder d'antibiotiques. Demain, ce sera trop tard.

Elisabeth secoua la tête.

— Les parents n'accepteront pas.

Le directeur avait un regard affolé. Lucien vint jusqu'à lui, et répéta son diagnostic. L'autre, furieux, se mit à vociférer, tandis que le chirurgien, sans plus s'occuper de tout ce monde, prenait l'enfant dans ses bras. Il s'empressa vers la voiture en maugréant :

— Il n'a qu'à leur expliquer. On ne va tout de même pas, aussi, l'abandonner.

Stupéfaits, les spectateurs de cette scène insolite n'osèrent pas bouger. Sans se retourner, suivi d'une Elisabeth silencieuse, Lucien monta dans la guimbarde qui démarra aussitôt.

Deux heures plus tard, l'avion se posa sur le terrain de Thomson. L'ambulance que l'Américaine avait demandée par radio les attendait. Lucien fut un peu déçu de ne pouvoir aller jusqu'à l'hôpital, mais Hellen lui expliqua qu'il fallait d'abord le présenter aux autorités de l'établissement.

— Ne t'inquiète pas, maman a prévenu le chirurgien qu'elle connaît. Ce sont des gens très compétents. De plus, ils sont habitués à cette pathologie. Ils sauront ce qu'il faut faire. Rentrons.

Arrivés dans leur chambre, ils découvrirent un télégramme qui venait d'y être déposé : « Olga Santeuil décédée ce 20 octobre 1986. »

Les larmes aux yeux, Lucien expliqua que cette femme avait été la dame de compagnie de sa mère, morte en 1979. Elles habitaient ensemble un pavillon à Aulnay-sous-Bois, dans la région parisienne, et il avait été entendu de longue date, entre la mère et le fils, qu'Olga Santeuil en garderait l'usufruit sa vie durant.

— Voilà, dit-il d'une voix un peu étranglée, dans cette

génération, je n'ai plus personne. C'est un peu comme si je perdais ma mère une seconde fois.

— Tu vas devoir aller à Paris, je suppose.

— Bien sûr. Il faut que j'aille voir le notaire pour régler le sort de cette maison.

Un long silence suivit.

Depuis leur arrivée au Kenya, ils s'étaient contentés de vivre sans évoquer le futur, mais, dans l'esprit d'Hellen, tout était clair. Elle en avait discrètement parlé avec sa mère, enchantée de récupérer sa fille. Anne Spoerry avait accepté de leur louer un petit cottage qu'elle possèdait en bordure de sa propriété, dans la banlieue chic de la ville. Ensuite, ils prendraient le temps de se choisir une demeure plus grande ou d'en faire construire une à leur goût. Ils s'intégreraient rapidement à l'équipe des chirurgiens de l'AMREF et apprendraient à piloter.

Maintenant, il fallait en parler. Hellen, la première, se jeta à l'eau.

— Voilà comment je vois l'avenir.

Elle lui décrivit la maison et fit le tableau de la vie qu'elle imaginait. Elle évoqua les tours de garde, le travail à l'hôpital, les missions... Sans oublier les voyages, la chasse, les week-ends au bord de la mer, à Lamu, le bateau, la pêche sous-marine.

Lucien demeurait silencieux. Elle le pressa de répondre et finit par comprendre qu'il ne partageait pas son enthousiasme. Trop bien élevé pour être franc, il tergiversa, multiplia les périphrases, et dit enfin son envie de rentrer travailler en France.

Sans qu'il l'ait vraiment exprimé, Hellen comprit la réticence de son mari à supporter l'omniprésence affectueuse mais abusive d'Isabelle Osby, qui se mêlait de tout, organisait tout, donnait des avis péremptoires et régentait leur vie.

— Je n'ai plus l'âge, tu comprends, murmura-t-il timidement.

Il avait aussi la nostalgie de la France. Sans l'avouer vraiment, il était fatigué de cette vie un peu artificielle des « expat », du petit monde fermé plein de cancans et de rivalités, des réceptions en circuit fermé, où tous les invités se connaissent, d'une vie culturelle atrophiée, où la lecture d'un magazine français vieux d'un mois est une fête.

Apprendre à piloter ne l'aurait pas rebuté, mais opérer sur des coins de table, être confronté, une fois de plus, à l'extrême misère du monde, c'était au-dessus de ses forces. Le vieil homme mourant et la petite fille excisée lui avaient sapé le moral.

Il rêvait de chirurgie traditionnelle dans une ambiance européenne. À son tour, Hellen resta longtemps silencieuse. Pour elle, l'installation à Nairobi allait dans l'ordre naturel des choses. Son mari n'avait plus de famille en France, et il s'était fait une spécialité de cette chirurgie d'urgence si fréquente dans ce pays. Où l'exercer plus agréablement qu'ici ?

Ils discutèrent tard dans la nuit, et elle réalisa qu'il avait pris une décision sur laquelle il ne reviendrait pas. Ce n'était pas la peine qu'elle essaye de lutter.

Quelle déception ! Non qu'elle refusât Paris. Son père, Agnès et tous les amis qu'elle s'y était faits représentaient un attrait puissant. Là n'était pas la question. Lucien ne comprenait pas qu'il ne trouverait jamais, ailleurs qu'ici, une telle facilité de vie. Sans parler du confort et du climat.

Elle n'avait pas d'autre solution que d'accepter son diktat. Elle était mariée et devait suivre son époux.

Après avoir pleuré en silence, elle choisit de voir le bon côté des choses. N'était-ce pas la seule solution ? L'idée de retrouver ses laboratoires et de reprendre cette pratique expérimentale qu'elle connaissait si bien la consola.

— Tu sais, mentit-elle le lendemain à sa mère, c'est le métier que j'ai appris. J'aurais du mal à en exercer un autre.

Comment avouer à cette éternelle féministe qu'elle cédait à son mari ? La matinée était tiède. Le jardin, resplendissant de fleurs, semblait avoir voulu mettre en jeu toute sa séduction pour aider Isabelle Osby à convaincre sa fille de rester. Hellen aurait tant aimé lui confier les vraies raisons de son refus.

— Un laboratoire de recherche... Ce n'était pas difficile de t'en faire attribuer un. À Paris, vous n'aurez jamais tout ce que j'aurais pu vous aider à obtenir ici. Sa voix se cassa : Je n'ai que toi. J'aurais tellement aimé élever mes petits-enfants.

N'était-ce pas ce que Lucien refusait ?

— Allons, maman, ne t'inquiète pas. Nous viendrons te

voir souvent, je te le promets. Ce pays restera notre paradis. Nous l'apprécierons d'autant mieux que nous n'y vivrons pas.

Isabelle détourna la tête. Elle n'avait pas l'habitude de se laisser aller et ne voulait pas montrer ses yeux mouillés de larmes.

Dans la chambre, Lucien, soulagé, décrivit à son épouse le pavillon d'Aulnay-sous-Bois, dissimulé derrière une grille et une haie de troènes. Une petite véranda dominait un jardin de poupée, avec des rosiers grimpants en guise de clôture.

La région était équipée de multiples établissements de santé, et ce serait bien le diable si l'un d'eux ne lui offrait pas une situation.

— Un chirurgien d'expérience comme toi ne devrait pas avoir de mal à se faire une clientèle, renchérit Hellen, sans y croire vraiment.

Elle eut du mal à s'endormir. Elle pensait à Anne Spoerry. Le vieux médecin ne comprendrait pas cette fuite. Pour elle, le Kenya était le plus beau pays du monde, et l'œuvre qui restait à y accomplir justifiait toutes les énergies. Elle avait choisi l'Afrique avec l'âme d'une missionnaire laïque, et elle accepterait mal qu'une jeune femme comme Hellen, née sur place, ne partageât pas son enthousiasme.

Comment Hellen aurait-elle pu lui expliquer que son mari en avait assez de cette vie d'aventure ? À cinquante ans, il souhaitait une activité paisible, loin de ces populations dont les coutumes compliquées s'opposent si souvent à la bonne marche d'une thérapeutique moderne.

Elle s'endormit mal apaisée, consciente de ne pas en avoir fini avec ses errances. Son sens du devoir reprit le dessus. Elle avait vingt-huit ans, un métier, et un mari qu'en bonne épouse elle devait suivre. Dans sa nouvelle maison, elle allait faire des enfants et devenir une dame, réalisant, à Paris, le rêve de ses amies de pension.

DEUXIÈME PARTIE

CHAPITRE XII

Guillaume de La Verle mourut d'un infarctus du myocarde le 21 mars 1987. Il avait cinquante-six ans.

Philomène, sa vieille bonne, était arrivée comme d'habitude vers sept heures pour lui préparer son petit déjeuner. Elle le trouva dans son lit, sans connaissance, et appela aussitôt l'hôpital. Françoise Gallier, l'anesthésiste, arriva avec son électrocardiographe. Le tracé fit le diagnostic : infarctus massif. Avant même qu'elle ait pu appeler l'ambulance, Guillaume avait cessé de vivre. C'est elle qui prévint Hellen et Lucien. Une heure plus tard, ils étaient là.

Une longue veillée commença dans la pure tradition des campagnes, avec les femmes du pays en prière et les hommes, dans la pièce voisine qui, toute la nuit, se relayèrent. Les yeux rougis, Philomène passait le café et des gâteaux secs en reniflant, tandis qu'Hellen accueillait les visiteurs.

Dès la première heure, le vieux Morand était venu saluer la dépouille de son confrère.

— Ce n'était pas à lui de partir le premier, bougonna-t-il. J'ai dix ans de plus que lui, c'était mon tour.

Il fit la connaissance de Lucien ; puis ensemble, ils sortirent dans le jardin. Longtemps, ils parlèrent à voix basse. Ils évoquèrent la carrière de Guillaume et leur goût commun pour cette difficile spécialité, la chirurgie générale. Tout allait si vite ! Autrefois, il fallait une trentaine d'années pour qu'une méthode opératoire se démode. Aujourd'hui, le capital de connaissances chirurgicales se renouvelait presque complètement en dix ans. Quel travail pour celui qui, par définition, était tenu de ne rien ignorer ! Ils convinrent que, pourtant, dans un établissement de santé, un chirurgien, au moins, se devait de jouer ce rôle.

Derrière une fenêtre, Hellen les regardait. Ils marchaient de long en large sous les tilleuls à peine en bourgeons. La soirée était fraîche, comme Guillaume les aimait. À leur manière, les deux hommes rendaient hommage au défunt en évoquant ces problèmes qui l'avaient intéressé sa vie durant. L'un fumait la pipe, l'autre la cigarette. De loin, ils se ressemblaient.

Elle n'avait pas encore de chagrin. Son père était condamné, tout le monde le savait. Depuis leur retour du Kenya, six mois auparavant, elle l'avait vu décliner doucement. Son courage pour survivre sans se plaindre avait été admirable, et elle s'attendait bien à ce qu'un jour il abandonnât le combat. Elle le savait parti en pleine sérénité et ressentait une grande fierté à recevoir en son nom les témoignages de respect. La peine viendrait après, quand elle en aurait fini des cérémonies et que le silence retomberait.

Lucien était à ses côtés et la soutenait de son mieux. Il connaissait mal Guillaume de La Verle, qui l'impressionnait. Dès leur arrivée en France, les jeunes mariés s'étaient installés à Aulnay. Lucien avait dû consacrer un certain temps aux multiples prises de contact avec les cliniques avoisinantes et les médecins de la région. De son côté, Hellen s'était remise au travail à Sainte-Marthe, et, contrairement à ce qu'elle attendait, sa réintégration dans l'équipe gynécologique lui avait coûté, également, beaucoup de temps et d'énergie.

Les obsèques eurent lieu deux jours plus tard. L'église était comble. Francis et Agnès avaient un visage ravagé de chagrin. Tous les amis d'autrefois et tous ceux de la petite bande des Parisiens étaient venus.

À la sortie de l'église, Hellen aperçut un personnage qu'elle ne s'attendait pas à trouver là, David.

— Je suis rentré du Cambodge hier soir, expliqua-t-il et j'ai trouvé ton faire-part. Quelle tristesse ! Tu m'avais dit que tu le croyais guéri...

Elle n'avait pas envie de parler de son père. Émue de revoir son vieil ami qui lui rappelait tant de souvenirs, elle le prit par le bras.

Les employés installaient le cercueil dans le corbillard et le curé s'approchait avec les enfants de chœur en aube noire.

— Comment va ta jambe ? demanda-t-elle à mi-voix.

— Mal ! Il faut absolument que je me fasse réopérer car ma cheville est restée raide et douloureuse. Je n'ai pas encore eu le temps. Et toi ? Toujours à Sainte-Marthe ?

— Oui. Je me suis intégrée à l'équipe de procréation médicalement assistée.

— Tu t'y plais ?

— Moins qu'au laboratoire de cœlioscopie.

— Et Lucien ?

— C'est la catastrophe. Il a visité sans succès toutes les cliniques de la région. Les places sont prises. Il n'est que toléré et il a dû ouvrir un cabinet en ville. Il n'a pas un client.

Elle se rendit compte que l'ordonnateur des pompes funèbres l'attendait. Elle vint se placer derrière le corbillard entre Lucien et David, et le cortège se mit en marche.

Toutes les classes sociales du pays étaient représentées, depuis les infirmières de l'hôpital mêlées à celles de la clinique, qui marchaient avec des anciens patients, jusqu'aux autorités de la ville, derrière le maire ceint de son écharpe. Chacun savait qu'on menait en terre le dernier descendant mâle de la plus ancienne famille du village.

Il serait inhumé dans la chapelle funéraire qui dominait le cimetière de sa silhouette désuète. Juste à côté, un autre tombeau, plus beau encore, disparaissait sous la végétation. C'était celui de la famille Malmort. De temps à autre, des mains anonymes y faisaient un peu de propreté.

Plusieurs gerbes entouraient le caveau ouvert. Une grande couronne provenait de Raphaële Bloch, la sœur de Guillaume. Elle vivait à Bâle, avec son mari Samuel et leurs enfants. Elle était malheureusement atteinte d'une maladie nerveuse qui la cloîtrait à son domicile.

Hellen constata avec tristesse qu'elle représentait à elle seule toute la famille de Guillaume. Elle l'éprouva plus encore quand on lui demanda si le moment était venu de descendre le cercueil. Cette fois, ce père qu'elle connaissait depuis si peu de temps l'abandonnait à jamais. Elle serra les bras de Lucien et David.

Ensuite, selon la coutume, guidée par l'employé des pompes funèbres, elle se posta avec Lucien à la porte du cimetière.

David les laissa.

— Ne t'en va pas, reste déjeuner avec nous.

Comme toujours dans ces provinces, un repas était préparé pour tous ceux qui venaient de loin.

Il la rassura d'un sourire et s'éloigna en boitant.

Le défilé des condoléances commença. L'épreuve dura une heure. Celui qui fermait la marche était un paysan d'une soixantaine d'années, avec un visage cuit par le grand air et le front blanc où se dessinait l'empreinte de la casquette. Négligeant Lucien qui s'écarta, il prit Hellen par le bras.

— Je suis Auguste. Auguste Vireux. Mon père et votre grand-père Florian étaient ensemble dans la Résistance. C'est dur que notre docteur Guillaume soit parti lui aussi. À présent, on ne reste plus nombreux de ce temps-là ! J'espère que vous demeurerez avec nous, docteur Hellen. Il y a une place libre à l'hôpital Aubin. Faut continuer la tradition.

Comme elle aurait aimé ! Le vieil homme ne savait pas que les procédures administratives sont plus pesantes que les évidences du cœur. Elle n'avait pas les titres français requis. Jamais elle ne pourrait devenir chirurgien de l'hôpital.

Elle le regarda s'éloigner en retenant ses larmes, puis sortit enfin du cimetière. Dans le vent frais, un soleil pâle annonçait le printemps et les marronniers de l'esplanade se teintaient de vert tendre. Partout, des petits groupes s'étaient formés et les gens discutaient à voix basse.

Soudain, il lui sembla que son cœur s'arrêtait de battre. Là-bas, Lucien et David bavardaient avec Charles Morand. D'où arrivait-il, et comment pouvaient-ils être tous les trois ensemble ? Très vite, elle se souvint. David, qui avait été opéré par Lucien au Pakistan connaissait aussi Charles depuis la faculté. Il les avait sûrement présentés l'un à l'autre.

Elle voyait ses trois hommes pour la première fois réunis, grâce à Guillaume. C'était l'ultime facétie du vieux chirurgien. Philomène vint jusqu'à elle pour la prévenir qu'elle partait la première. Tout était prêt pour le déjeuner.

Hellen la laissa aller.

Elle n'avait pas eu le temps de penser que Charles risquait d'être là. Elle ne parvenait pas à détacher son regard de sa tignasse noire en bataille et retenait une immense envie de courir vers lui.

Comme s'il avait perçu son regard, il se retourna. Alors qu'elle s'apprêtait à partir pour la maison, elle se figea. Il dit un mot aux deux autres et s'approcha.

— Hellen, je suis désolé pour ton père. Pourquoi cette fin si brusque ? Nous pensions tous qu'il était sauvé et qu'il resterait parmi nous de nombreuses années encore. Il était si heureux de t'avoir retrouvée. J'ai beaucoup de peine pour toi.

Il se produisit alors un phénomène incroyable. La jeune femme, qui avait montré jusque-là un visage triste mais serein, tout à coup fondit en larmes. Appuyée contre l'épaule de cet homme qu'elle avait tant aimé, elle se laissa aller. Le chagrin qu'elle réprimait depuis trois jours sembla jaillir sans contrôle possible. Incapable de se contenir, elle se mit à sangloter. Bouleversé, il l'étreignit.

Surpris de cette scène, Lucien et David s'approchèrent à leur tour.

— Ma pauvre chérie, dit Lucien en lui mettant la main sur l'épaule.

Elle se détacha de Charles pour se blottir contre son mari. Ensemble, ils s'écartèrent et se mirent à marcher vers le village, à pas lents, laissant les deux autres en arrière.

— Tu la connais bien ? s'étonna David.

— Oui, depuis qu'elle est arrivée. Son père et le mien étaient amis.

David hocha la tête.

— Alors, tu viens déjeuner aussi, j'imagine ?

— Non. Il faut que je rentre à Amiens. Je pars pour Lyon dans une heure. Nous aurons demain le résultat du procès Klaus Barbie. Il faut que j'y sois.

À Aulnay, Hellen s'écroula. Son père laissait un vide immense. Si elle n'avait pas été mariée, elle serait retournée à Nairobi. Elle y pensa un moment, mais la raison reprit vite le dessus. La fuite n'arrangerait rien. Elle devait rester et s'accrocher de toutes ses forces à sa vie nouvelle.

Sa rencontre imprévue avec Charles la perturbait aussi. Ces

quelques instants, elle les avait ressentis comme une brûlure profonde.

Elle fut assaillie de souvenirs qui peuplèrent ses jours et ses nuits. Elle ne savait plus comment recouvrer cette paix de l'esprit à laquelle elle tenait tant. « Si seulement, j'avais un enfant », se disait-elle souvent.

Mais le temps semblait jouer contre elle. Depuis son mariage, elle avait abandonné toute contraception, et la grossesse ne venait pas.

— C'est bien ma chance, se plaignit-elle à Agnès. Je passe ma vie à aider les autres femmes à faire des bébés, et moi, je n'y parviens pas. Je sais bien qu'on ne peut parler de stérilité avant deux années. Tout de même, je commence à m'angoisser.

Agnès se moqua de ses inquiétudes. Pour détendre l'atmosphère, les deux femmes échangèrent quelques plaisanteries salaces, dignes des salles de garde où elles avaient si longtemps vécu au temps de leurs études.

Pourtant, Hellen se mit à vérifier sa courbe thermique et à programmer les câlins en période de fécondité, mimant parfois un enthousiasme sexuel de façade. Quant à Lucien, il se pliait aux caprices de sa femme, même quand le cœur n'y était pas. La pauvreté persistante de son recrutement chirurgical ne l'incitait guère à l'euphorie. Alors les ébats amoureux...

Dans le même temps, Hellen faisait un blocage sur Saint-Yé. Elle se refusait à retourner dans la maison paternelle qu'elle adorait, sans s'avouer qu'en réalité, c'est Charles qu'elle fuyait. Elle s'en voulait tellement d'avoir craqué dans ses bras le jour de l'enterrement, qu'elle s'était juré de ne le revoir qu'avec une grossesse dans le ventre, preuve tangible de son bonheur conjugal.

Le sommet de la confusion fut atteint le matin où son mari l'appela :

— Chérie, viens écouter !

Il se rasait dans la salle de bain en suivant, à la radio, les nouvelles du jour.

— Que se passe-t-il ? demanda-t-elle en passant la tête.

— Tu n'entends pas ? C'est ton copain de Saint-Yé, le fils Morand.

Elle prêta l'oreille. C'était bien Charles qui commentait l'actualité internationale.

— Ah ! c'est drôle !, s'écria-t-elle d'une voix pincée.

En retournant vers sa cuisine, elle maugréa : « Il ne manquait plus que ça ! »

Lucien ignorait tout des liens qui avaient uni sa femme au journaliste. Elle n'avait jamais eu envie de lui raconter cet épisode de sa vie passée.

Chaque jour, tout en buvant leur café, ils écoutèrent désormais les chroniques de Charles Morand pendant le journal d'Europe 1. Si elle jouait les indifférentes, elle n'en tendait pas moins l'oreille et ne perdait pas un mot.

Une semaine après les obsèques, en rentrant de l'hôpital, Hellen trouva son mari dans un état inhabituel d'euphorie et d'excitation. Il proposa à sa femme de lui servir un apéritif car il avait, déclara-t-il, « une grande nouvelle à lui annoncer ».

— Assieds-toi, prends ton verre et écoute-moi bien. Tu ne devineras jamais qui m'a appelé au téléphone, il y a une heure à peine.

Épuisée par sa journée de travail à Sainte-Marthe, Hellen s'assit sans répondre. Lucien prit un air jovial qu'elle ne lui avait plus vu depuis des mois.

— Le père de ton copain Charles Morand, le vieux chirurgien. Il m'a demandé de venir reprendre sa clientèle à la clinique de Saint-Yé. Tu te rends compte, c'est inespéré.

Hellen était bouche bée. Son mari, ravi de son effet, continua.

— Il est fatigué et veut s'arrêter. Ces spécialistes qui se bouffent le nez entre eux l'insupportent, et il veut un successeur qui sache tout faire comme lui pour maintenir une tradition de chirurgie générale dans son établissement. Il restera P.-D.G. de la société, et me vendra sa clientèle pour un prix symbolique.

Hellen était sans ressort. Elle sentait confusément qu'elle devait s'opposer à ce projet, mais ne savait comment exprimer ses réticences.

— Tu vas te faire dévorer par les spécialistes.

— Alors là, fais-moi confiance, je suis un morceau coriace. Tu m'as vu à l'œuvre.

— Au Pakistan, tu n'avais guère de concurrence. Ici, ce sera moins simple. La chirurgie générale, tu sais, de nos jours ce n'est pas facile.

— Les gens en reviennent, des spécialistes.

Elle changea de tactique :

— Et moi ? Je ne vais pas aller tous les matins de Saint-Yé à Sainte-Marthe.

— Tu pourras monter une petite unité de PMA dans la clinique et, de toute façon, y faire de la gynécologie chirurgicale.

— N'y a-t-il pas déjà un gynéco ?

— Il est surtout accoucheur et complètement dépassé par les événements. Morand se fait fort de lui faire admettre ta venue. Il y a du travail pour deux.

Tout était donc prévu. Hellen se sentait à bout d'arguments. Lucien se leva pour se resservir un whisky. Elle avait le regard vague et suivait, sur l'écran silencieux de sa télévision, les images publicitaires qu'elle ne voyait pas. Elle ne se sentait pas la force de réagir. Le journal débuta tandis que Lucien, le dos au poste, recommençait à vanter les avantages de la solution qui venait de lui être proposée. Hellen se dit qu'il radotait un peu.

Le présentateur devait annoncer le commentateur politique du soir. Soudain, l'image de Charles se dessina sur l'écran. L'apparition de ce visage provoqua chez elle un sursaut d'énergie. Elle eut alors la certitude qu'elle ne pourrait pas vivre à proximité de lui. Ce serait insupportable.

Elle se contint un moment, mais sa décision était prise. Baissant les yeux sur les glaçons qui tournaient dans son verre, elle prononça une phrase dont le sens contrastait avec la douceur de la voix.

— Moi, je n'ai pas envie d'aller m'installer à Saint-Yé.

— Pourquoi ? Tu as une maison de rêve, et je ferai enfin le métier...

Elle le coupa brutalement :

— Je ne veux pas aller à Saint-Yé !

Cette fois, la voix avait claqué.

— Pourquoi ?

Elle examina son mari un moment, hésitant à répondre.

— Pourquoi ? répéta-t-il.

— Il y a, à Saint-Yé, un garçon que j'ai aimé, que j'ai beaucoup aimé, et que je ne veux pas revoir. En tout cas, je refuse d'aller vivre dans la même ville que lui. Tu entends, je refuse.

Lucien était suffoqué par la violence de cette réponse.

— Peut-on savoir qui ?

Elle le regardait sans répondre.

— Tu en as trop dit, Hellen, j'ai le droit de savoir.

Il y eut encore un silence de quelques secondes, puis elle se jeta à l'eau. Elle parla vite, les yeux fixés sur le tapis.

— Avant de partir pour l'Afghanistan, j'ai vécu six mois avec Charles Morand. Nous avons rompu parce qu'il a décidé qu'il ne pouvait pas quitter sa femme et ses enfants. Je n'ai aucune envie de risquer chaque jour de le croiser dans la rue.

Lucien resta pétrifié, le visage crispé.

— Ce n'est pas vrai, chuchota-t-il enfin.

Elle détourna les yeux. Il se leva, alla vers la fenêtre et resta là un long moment, à fixer la nuit.

Quand il se retourna, son visage s'était détendu. Il s'éclaircit la voix et prit un ton plus serein :

— Je te remercie de ta franchise et j'apprécie tes scrupules. Ils t'honorent mais me paraissent sans objet. Voilà un garçon qui n'a pas voulu rompre avec sa famille alors que tu étais célibataire et libre. Tu ne l'imagines pas, alors que tu es maintenant une femme mariée, venir te débaucher. Serait-il tenté d'ailleurs, que ton attitude actuelle prouve bien qu'il en serait pour ses frais.

Que pouvait-elle répondre ?

Lucien reprit son plaidoyer, en ressassant ses mêmes arguments. Elle le regardait avec attention mais ne l'écoutait plus.

Brusquement, elle se leva et lui coupa la parole.

— Notre bonheur est ici, Lucien, entre Paris et Aulnay. Tu n'as qu'à te bouger un peu, que diable ! Les malades ne manquent pas. J'aurai bientôt un bébé, je l'élèverai, et nous gagnerons notre vie comme tout le monde. Retourner à Saint-Yé, c'est revenir vers une vie passée et une époque révolue. Même mon père n'y est plus. Alors, à quoi bon ?

Les semaines qui suivirent allaient être déterminantes pour Hellen et son mari. D'un commun accord, ils faisaient comme si leur conversation sur l'éventualité d'une installation à Saint-Yé n'avait pas eu lieu.

Pourtant, Hellen savait que Lucien téléphonait chaque jour au père Morand. Il s'en cachait à peine. Un moment, elle fut tentée de se fâcher. Elle y renonça. D'autant plus facilement que ses idées commençaient à évoluer.

L'obstination de son mari lui apparut bientôt insurmontable. Devait-elle le menacer d'un divorce ?

Elle savait bien que son installation en région parisienne était un total échec. S'ils quittaient Aulnay, ils pourraient vendre la maison et reconstituer une utile réserve financière. À Saint-Yé, la vie n'était pas chère et la maison confortable. Quand le petit serait né, Philomène pourrait s'en occuper.

De son côté, elle devait avouer que son activité à Sainte-Marthe l'avait déçue. De retour du Pakistan, elle avait trouvé l'unité de recherche de l'INSERM enrichie de plusieurs éléments de valeur qui n'étaient pas prêts à laisser leur place. Agnès l'avait poussée vers la procréation assistée, mais, là aussi, les conditions de travail avaient changé. Au début, son adresse cœlioscopique en avait fait la reine de la « cueillette » : personne ne savait aussi bien qu'elle prélever les précieux ovules à la surface des ovaires. Mais voilà qu'un radiologue avait introduit dans l'équipe une nouvelle technique. Il réalisait les prélèvements sous contrôle échographique, et, par simple ponction, avec une aisance diabolique. Il n'était même plus nécessaire d'endormir les patientes. On ne les gardait que quelques heures à l'hôpital. Tout le monde y gagnait, sauf Hellen.

— Si tu travaillais à Saint-Yé, lui avait dit Lucien, tu ferais à nouveau de la cœlioscopie et, peut-être même, de la microchirurgie des trompes.

Il n'avait pas tort.

Tout un faisceau d'arguments nouveaux venaient plaider en faveur d'une installation à Saint-Yé. Quant à la présence de Charles, Hellen était bien placée pour savoir qu'elle ne serait guère encombrante. Il courait le monde plus que jamais. Elle serait bientôt enceinte et n'aurait que faire de ses émois d'antan. Certes, ce garçon continuerait à tenir une place de choix dans ses souvenirs, mais sa propre vie avait pris une autre tournure. Charles n'y jouait plus aucun rôle.

Il y avait en elle une telle réserve d'enthousiasme, que la situation finit, en quelques semaines, par s'inverser. Hellen ne voyait plus dans cette installation que l'accomplissement d'une sorte de destin favorable qui lui proposait un nouveau départ. Lucien se trouverait dans une position où ses talents de chirurgien pourraient enfin s'épanouir comme autrefois. Elle deviendrait la gynécologue moderne de Saint-Yé, au milieu d'une population qui connaissait ses ancêtres et saurait l'apprécier. Elle en finirait avec la vie hospitalière parisienne et ses compétitions incessantes, les embouteillages et les pots d'échappement.

Pourquoi n'y avaient-ils pas pensé plus tôt ? Quand elle fit part de ce revirement à son mari, il remercia le Ciel d'avoir enfin éclairé sa femme. Il la félicita et lui dit sa gratitude. Il ne se tenait plus de joie à l'idée de se retrouver dans une clinique où il aurait une juste place, au lieu de jouer les vagabonds d'un établissement à l'autre, et de mendier une salle d'opération pour ses trop rares patients. Son calvaire allait enfin se terminer.

Le dimanche suivant, ils décidèrent d'aller passer la journée à Saint-Yé. Philomène, qui gardait la maison, était enchantée d'avoir de la visite et de cuisiner un repas pour la nouvelle propriétaire. Elle ne savait pas encore que le couple projetait de venir s'y installer.

Ils arrivèrent en fin de matinée et pénétrèrent, la gorge serrée, dans ce qui avait été le domaine exclusif de Guillaume. Rien n'avait été changé, et l'on aurait dit qu'il allait apparaître d'une minute à l'autre. L'émotion ressentie par Hellen correspondait à ce qu'elle avait redouté. Une immense peine l'envahit avec une impression de perte irrémédiable.

Après le déjeuner, Lucien partit faire un tour dans le pays pendant qu'Hellen se reposait. Il en ramena une invitation à aller boire un verre chez le père Morand qu'il avait rencontré par hasard. Hellen se serait bien passée de cette fin d'après-midi. Mais son mari semblait si ravi qu'elle n'osa pas protester.

Le vieux chirurgien habitait, seul aussi, un belle maison en haut du village, au milieu d'un parc aux arbres centenaires. Il les reçut dans un salon confortable où il venait d'allumer un feu de bois. Les meubles étaient de style Napoléon III, lourds et cossus, mais l'ensemble avait un côté impersonnel qui frappa Hellen.

— Que c'est beau, chez vous ! s'écria-t-elle avec une admiration parfaitement feinte.

— J'ai payé le décorateur assez cher, répondit Morand avec un sourire satisfait. Vous savez, ajouta-t-il, à chacun son métier. Moi, je n'ai jamais fait que de la chirurgie et de la gestion de clinique. Le reste ne m'intéresse pas. Du vivant de ma pauvre épouse, la maison était à son image. Gentille, un peu folle, avec une incohérence charmante. Quand elle n'a plus été là pour faire vivre le décor qu'elle avait créé, c'est devenu insupportable. Alors j'ai appelé un architecte d'intérieur. Je lui ai dit d'arranger les choses pour que la maison corresponde à mon standing, et je suis parti en vacances. Quand je suis revenu, voilà ce qu'il avait fait. C'est ce que je voulais. Je n'ai plus jamais rien touché.

Il alluma une cigarette. Hellen resta interdite devant une telle froideur. L'homme était pourtant séduisant. Grand, l'œil bleu gris, des cheveux presque blancs encore abondants et une allure décidée où elle retrouvait les gestes de Charles. Jamais, elle ne s'était autant aperçue de la ressemblance entre les deux hommes. Seulement il y avait, chez le fils, une certaine vulnérabilité et une tendresse dans le regard qui manquaient au père pour le rendre vraiment sympathique. Lucien paraissait plus impressionné et séduit que son épouse.

— C'est donc vous qui avez créé la clinique de Saint-Yé ?

— Oui, dans les années cinquante. L'hôpital Aubin était nul. Pourtant, la vie se développait autour de ce qui n'était autrefois qu'un village. Un établissement de soins, moderne et de qualité, devenait nécessaire. J'ai racheté la carcasse de l'ancienne auberge du Cerf-à-Genoux et je l'ai transformée, en plusieurs étapes. Aujourd'hui, c'est l'une des meilleures cliniques de la région. L'une des meilleures.

Hellen remarqua qu'il avait la désagréable habitude de répéter ses fins de phrase. Tout en fumant, il continua à raconter les épisodes successifs de sa création, sans jamais évoquer sa filiation avec les Malmort. Charles avait prévenu Hellen que son père ne l'avouerait jamais. Lucien, sans pitié, posa la question que sa femme redoutait :

— Et votre fils ? Il n'a pas été tenté par la médecine ?

— Il a essayé. Je crois qu'il avait l'esprit trop brouillon pour ce métier. En plus, il était de ces gosses qui refusent systématiquement d'imaginer que leur père peut avoir raison.

— Dans ce type de conflit, le fils a-t-il tous les torts ? demanda Hellen d'une voix très douce.

Les yeux de Morand se rétrécirent, et sa voix se fit plus sèche.

— Écoutez. Quand on a la chance de pouvoir bénéficier de l'enseignement de son père et d'un tel héritage, avouez qu'il est stupide de ne pas en profiter. Stupide ! Il secouait la tête avec une moue désolée : Regardez sa carrière. Il court le monde pour faire des papiers que personne ne lit. Il dirige l'agence régionale d'un petit journal de province. Il dit des bêtises tous les matins à la radio. Le tout pour un salaire de misère. C'est lamentable. Enfin, ce n'est pas mon problème, c'est le sien ! C'est le sien !

— Il avait peut-être besoin de s'affirmer.

Morand haussa les épaules et se leva pour remplir les verres. Lucien s'amusait. Il ne détestait pas voir démolir l'image de celui qui aurait pu être un rival. Il bourrait sa pipe à gestes lents en suivant des yeux celui auquel il allait succéder.

— Ce qui est dommage, reprit-il, c'est que je n'ai pas d'héritier pour la clinique. Je pourrais la vendre, on m'en propose beaucoup d'argent. Mais pour quoi faire ? Pour laisser une fortune à mon fils ? Qu'en ferait-il ? Il vit comme un gitan. Surtout depuis qu'il ne s'entend plus avec sa femme. Il va finir par divorcer et on se demande ce qu'il fera ensuite.

Hellen ferma les yeux. Elle pressentait la suite. Lucien devint plus attentif.

— Il est déjà parti vivre à Paris l'année dernière, sous le prétexte d'un poste à l'AFP. Sa femme m'a dit qu'il habitait dans une chambre de bonne. Vous vous rendez compte ! A son âge, une chambre de bonne...

Lucien fixait Hellen qui tentait de regarder ailleurs. Elle concentra son attention sur un tableau au graphisme glacé représentant un château de la Loire. Morand suivit son regard et précisa avec fierté : Chenonceau. C'est un Bernard Buffet. Un vrai. Et il revint à son fils : Sa femme a beaucoup de courage. Elle est toujours seule avec les deux garçons, et ils ne sont pas à l'âge facile. Elle mène bien son école. C'est la meilleure du canton. Je ne sais pas ce qu'il lui reproche.

Hellen avait du mal à garder son calme. Elle haïssait son mari d'avoir mis la conversation sur Charles et se demandait comment changer de sujet. Elle essaya plusieurs fois sans succès. Le père Morand revenait sans cesse à ce qui semblait une obsession. Elle en apprit davantage, ce jour-là, sur Charles qu'il ne lui en avait raconté durant leurs mois de vie commune. Plus le père critiquait son fils, plus il le rendait sympathique aux yeux de la jeune femme, et plus Lucien buvait du petit lait.

Hellen parvint enfin à le faire parler de la clinique. Le sujet était riche également, tant la situation de ce genre d'établissement devenait difficile. La fiscalité dévorante, les contrôles incessants, les interventions tatillonnes de la Sécurité sociale et la lourdeur des investissements faisaient de la vie quotidienne du gestionnaire un combat permanent.

— Tout cela, en soi, n'est pas grave. J'ai les moyens financiers de faire face. Mais il y a les problèmes de personnel qui sont lancinants. Chaque jour une revendication nouvelle, une exigence supplémentaire. Il s'échauffait : Tenez, s'écria-t-il, écoutez la dernière. Elles refusent maintenant de porter une coiffe. Vous avez déjà vu des infirmières en cheveux ? Quelle honte ! Il va falloir que je cède. Les chirurgiens ne m'aident pas et ils vont encore rouspéter. Ceux-là aussi, ils sont toujours prêts à se plaindre. Ils ne voient que leur intérêt. Leurs honoraires. Le reste, ils s'en moquent. Ils s'en moquent complètement.

Hellen se leva.

— Excusez-nous, monsieur, mais il va falloir que nous rentrions à Paris. Avec les risques d'embouteillages, il ne faudrait pas que nous tardions trop.

— Vous ne voulez pas dîner avec moi ? Vous m'auriez fait tant plaisir.

Lucien n'était pas loin d'accepter. Hellen fut intraitable. Les deux hommes avaient l'air déçus.

— La prochaine fois alors. Vous allez être là souvent maintenant. Je vous garde à dîner la prochaine fois, promis ? Se retournant vers Lucien, il ajouta : Il faut que nous parlions travail, tous les deux. Venez me voir cette semaine.

— Entendu. Je vous téléphonerai.

CHAPITRE XIII

Ils s'installèrent à Saint-Yé un peu avant l'été. Hellen s'était arrangée avec Agnès pour réduire ses activités à l'hôpital et ne plus venir que deux jours par semaine. Il était entendu qu'elle attendrait la rentrée pour s'inscrire à l'Ordre des médecins de la Somme. Quant à Lucien, les démarches avaient été rapidement menées, et le père Morand s'était empressé de présenter son successeur aux spécialistes de la clinique et à ses principaux correspondants. Partout, il recevait un accueil aimable, et il s'en montrait ravi.

Hellen commença par s'occuper de sa maison en l'adaptant à leur nouvelle vie. Il y avait peu à faire car Guillaume l'avait voulue confortable et, grâce à l'irremplaçable Philomène, tout était resté en état. La jeune femme souhaitait ajouter une note personnelle et rajeunir une décoration qui datait déjà d'une dizaine d'années.

Suivant les conseils de Lucien, elle privilégia les artisans locaux qui furent enchantés d'intervenir dans la « Maison de Madeleine », comme on l'appelait dans le pays. L'épouse de Florian, son grand-père, avait laissé un souvenir inoubliable : les vieux du pays lui contaient souvent des épisodes pittoresques de la dernière guerre où le couple avait joué un rôle glorieux.

Un matin, alors qu'elle sortait de chez le tapissier, elle se trouva nez à nez avec Charles.

— Ah ! Tout de même, s'exclama-t-il. Le sort refusait de faire croiser nos chemins. Je finissais par ne plus croire à ma bonne étoile.

Elle sourit, plus émue encore qu'elle ne l'imaginait. L'œil toujours aussi rieur, les cheveux en bataille avec, peut-être, quelques reflets argentés du côté des tempes, il avait toujours cette allure à la fois dégingandée et puissante qu'elle aimait.

— Alors, tu embellis la maison de ton père, dit-on. C'était déjà la plus élégante du pays, tu vas en faire un palais.

Elle retrouva péniblement sa voix :

— Pas du tout. Je cherche simplement à la rendre moins austère. J'ai toujours adoré décorer les maisons.

Elle se rendit compte trop tard du sous-entendu que cette phrase contenait. Charles saisit la balle au bond :

— Je sais, dit-il d'un ton très doux. J'ai déjà eu l'occasion d'apprécier tes talents.

Malgré elle, le rouge lui monta au visage. Elle répondit très vite pour qu'il ne croie pas qu'elle avait la nostalgie de ce temps-là :

— Je viens de choisir le tissu de la chambre d'enfant. Il n'y a pas d'urgence, mais il vaut mieux ne pas perdre de temps.

Charles s'inclina.

— Félicitations. Un nouveau descendant mettra de l'animation dans la grande maison des La Verle.

Pas mécontente d'avoir laissé planer le doute, Hellen s'empressa d'abandonner le sujet.

— Et toi, que deviens-tu ?

— Je m'occupe presque exclusivement de politique internationale. Ce qui se passe derrière le rideau de fer est passionnant. Nous vivons l'une des plus extraordinaires périodes de ce siècle.

Comme elle aurait voulu le faire continuer et lui poser mille questions ! Mais il ne fallait pas. Elle lui fit alors un petit geste de la main pour terminer l'entretien.

— Bravo, je suis ravie pour toi, mais, excuse-moi, il faut que je rentre. J'ai un rendez-vous à la maison. À bientôt.

— À bientôt.

Elle s'éloigna très vite, et il resta planté sur le trottoir, à la regarder s'enfuir le long des boutiques de la rue principale sans chercher à masquer son admiration. Elle portait un jean et un pull du même ton sur une chemise d'homme. Il avait toujours aimé sa façon de marcher.

En chemin, elle fit une autre rencontre, Françoise Gallier,

l'ancienne collaboratrice de son père à l'hôpital de Saint-Yé. Les deux femmes n'avaient guère sympathisé le soir où Hellen avait testé pour la première fois son appareil à autotransfusion, mais, par la suite, l'anesthésiste avait fait amende honorable en reconnaissant l'efficacité de cette méthode. Elles ne s'étaient pas revues depuis l'enterrement de Guillaume.

— On m'avait appris votre retour, madame Laville, et je voulais vous dire combien nous sommes heureux de voir revivre la maison de votre père. Comme il nous manque.

Elle avait les larmes aux yeux. Émue à son tour, Hellen la prit par le bras.

— Marchons un peu, voulez-vous, sinon nous allons nous mettre à pleurer. Racontez-moi plutôt comment va l'hôpital.

Françoise Gallier retint ses larmes et entreprit de lui raconter les bouleversements survenus dans cet établissement où elle avait été si heureuse quand le patron était encore de ce monde. Rien n'était plus comme avant. Le nouveau chef de service en titre était l'ancien assistant de Guillaume. Il ne venait qu'à temps partiel, travaillant surtout à Amiens. Les internes du CHU avaient été remplacés par deux Mauritaniens charmants et dévoués, mais encore débutants.

La grande misère des petits hôpitaux se faisait sentir.

— C'est un cercle vicieux, poursuivit-elle. On fait moins de travail intéressant, alors les crédits diminuent et le personnel de qualité nous quitte. Les patients s'en rendent compte et désertent. On n'en sortira pas. À moins de recruter un nouveau chirurgien plein temps. Hélas ! Les émoluments sont peu attractifs, et les candidats ne se bousculent pas. Les pompiers continuent à venir avec les urgences, mais pour combien de temps encore ?

— Après ce qu'a été ce service, quelle tristesse...

— Justement, madame Laville, puisque nous abordons ce sujet, je dois vous dire que j'en ai un peu assez de cet hôpital. S'il y avait une petite place à la clinique, je ne demanderais pas mieux. Avec votre arrivée, l'activité chirurgicale va se développer, et vous allez avoir besoin de renfort.

— Je ne vais pas faire de chirurgie générale, ma pauvre amie. Je suis limitée à la gynécologie. Le conseil national de l'ordre ne m'a accordé que la qualification gynécologique. Mon ami, le professeur Francis Barbier, a remué ciel et terre.

En vain. Malgré la diversité et la qualité de ma formation à San Francisco, les nombreuses publications auxquelles j'ai participé et mon expérience pakistanaise, rien n'y a fait. Pour eux, je suis gynécologue, rien de plus. Il paraît même que c'est déjà bien d'avoir obtenu un tel résultat. Vous voyez, je me demande si, pour ces messieurs, la chirurgie n'est pas un domaine un peu réservé. La pédiatrie, la gynéco, à la rigueur, mais il ne faut pas demander plus.

— C'est la spécialité que vous aimez.

— C'est celle que je pratique le plus volontiers, évidemment, mais je me sens chirurgien dans l'âme, et c'est leur refus qui me vexe. Pas ses conséquences. La qualification qu'ils m'ont donnée autorise toutes les interventions qui me passionnent, mais j'ai toujours eu horreur des interdictions.

— L'important, c'est que vous fassiez du bon travail et, comme « bon sang ne peut mentir »....

Hellen la remercia de cette gentille pensée.

— Dès que je me mettrai au travail, après l'été, nous reparlerons de votre candidature. Je vous promets de ne pas vous oublier.

La clinique était une grande bâtisse construite dans les années cinquante, à partir de ce qu'avait été l'auberge du Cerf-à-Genoux. L'élégante façade du XVIIIe siècle avait été conservée, avec le porche d'entrée pour les voitures à chevaux, réservé aujourd'hui à l'accueil des ambulances. La cour intérieure, entourée par des constructions modernes qui ne se voyaient pas de la rue, était devenue le parking des médecins.

Les différents services et les locaux de consultations ouvraient sur ce vaste espace où régnait une perpétuelle activité. Tout au fond, un département de cancérologie bénéficiait d'une bombe au cobalt, construite en sous-sol selon les normes de sécurité. Au-delà, l'ancien jardin avait été transformé en parking public, et il était toujours difficile d'y trouver de la place.

— Il ne nous manque qu'un scanner, se plaignit Morand. La proximité d'Amiens et de ses équipements a justifié le refus des pouvoirs publics, mais je ne désespère pas de l'obtenir. Ce type d'appareil se généralisera obligatoirement dans les années à venir au détriment de la radiologie conventionnelle. On nous accuse de multiplier les examens complémentaires dont l'accumulation est coûteuse pour la collectivité. Il est exact que le système de tarification à l'acte pousse, parfois, les médecins à exagérer. Mais si les politiciens laissaient agir l'autorégulation d'une véritable économie de marché, ce problème disparaîtrait rapidement.

En visitant avec lui les installations chirurgicales et en écoutant ses explications, Lucien découvrait à quel point Pierre Morand était soulagé de ne plus avoir à opérer. Il semblait physiquement très fatigué. S'il avait tant insisté pour se faire remplacer par Lucien Laville, c'est qu'il ne se sentait plus la force de faire face à ses doubles obligations de chirurgien et de gestionnaire.

Fumeur invétéré depuis l'adolescence, il appartenait à une époque où l'image de l'homme d'action était liée à celle de la cigarette. Il prenait la première en se réveillant le matin, les allumait ensuite l'une avec l'autre et éteignait la dernière avant de s'endormir. Il ne s'interrompait que pour opérer. Même quand il se lavait les mains avant l'intervention, il conservait sa Camel aux lèvres. Son infirmière panseuse la lui enlevait au dernier moment, quand il fallait enfin lui nouer le masque sur la figure.

Cette permanente irritation bronchique, ajoutée au climat humide des brumes picardes, avait provoqué, à soixante-dix ans, une insuffisance respiratoire désormais irréversible. Cette toux du fumeur, qui faisait autrefois partie de son personnage, était devenue une infirmité grave, et il n'allait plus que de sa clinique à la maison où, d'ailleurs, il continuait de fumer.

— Des *lights*, disait-il en montrant les longues cigarettes à bout filtre. C'est à peine du tabac. Je fais semblant. Juste pour le geste.

Il se tuait à petit feu.

Son autre vrai plaisir était de recevoir ses amis, qui appréciaient le raffinement de sa table et l'excellence de ses vins. Il avait expliqué à son successeur qu'il était important, en province, pour consolider sa situation, de connaître les notabilités locales et de s'en faire des obligés. Il conviait régulièrement Hellen et Lucien à des dîners où ils rencontraient le député, le notaire, les industriels de la région, et, bien entendu, les médecins qui adressaient leurs patients à la clinique.

Chez Morand, on fréquentait tout ce qui comptait à Saint-Yé, sauf les praticiens de la clinique. Ce dont Hellen s'étonna.

— Ceux-là, je les ai assez vus pendant toute mon existence, grommela-t-il, je ne vais pas, en plus, les recevoir chez moi !

Il n'avouait pas qu'un sourd conflit l'opposait à ses confrères depuis de nombreuses années. Sous l'apparence d'une parfaite confraternité, couvait une opposition latente entre la direction qu'il incarnait et les autres praticiens de la clinique. Lucien l'avait rapidement constaté, en même temps qu'il découvrait la précarité financière de l'établissement.

— Tu comprends, expliqua-t-il à sa femme, les revenus principaux d'une clinique, c'est la somme des prix de journée. Elle équilibre son budget avec un taux de remplissage avoisinant quatre-vingt-dix pour cent. Or, à mon avis, nous sommes loin du compte. Et je sens bien que le père Morand ne sait pas comment faire pour améliorer ses rentrées.

— Raconte-moi qui sont ces chirurgiens de la clinique qu'il n'a pas l'air de porter dans son cœur.

Lucien ne se fit pas prier. Trois personnages principaux se partageaient la vedette. Blairiot, le gynécologue accoucheur, s'était installé là, trente ans plus tôt, et sa clientèle vieillissait en même temps que lui. Évidemment, le nombre des accouchements baissait.

Tardieu, l'orthopédiste, était d'un autre gabarit. À l'inverse du gynécologue, c'était un spécialiste pointu. Fort connu dans le domaine de la pathologie sportive, il recrutait sa clientèle parmi les vedettes du football qui venaient le consulter de loin. Il était malheureusement doté d'un caractère exécrable et privilégiait la clientèle de prestige aux dépens des patients de proximité. On le disait méprisant avec les petites gens, et ses honoraires étaient prohibitifs.

Quant au viscéraliste, Marceau Berguens, c'était le plus haut en couleur. Politicien chevronné, adjoint au maire et conseiller général, il était arrivé à la clinique en même temps que le gynécologue et se partageait entre la salle d'opération et les manifestations officielles. Il parlait politique en consultation et recrutait sa clientèle parmi les fidèles de son parti.

Chacun des trois hommes hospitalisait ses patients dans un

étage différent de la clinique. Les clients de Morand, ceux de Lucien désormais, ainsi que ceux des autres spécialistes (ORL, stomato, ophtalmologistes) étaient couchés dans les lits disponibles à n'importe quel étage. Malheureusement, à eux tous, ils ne parvenaient pas à réaliser le taux d'occupation qui aurait permis d'équilibrer les finances de l'établissement.

— Tu vois, expliquait Lucien, d'après Morand, la situation est insoluble. Chacun d'eux a signé un contrat d'exclusivité dans sa spécialité, à une époque où les cliniques marchaient à une telle cadence que personne ne songeait à réserver une clause concernant ce problème. Maintenant, il est dans l'impossibilité de leur imposer de faire mieux. Pour eux, la vie est plus facile avec des lits vides. Ils peuvent hospitaliser quand ils le souhaitent, et il y a toujours assez de chambres individuelles pour satisfaire la demande. Le pire, c'est que si l'un d'eux n'a plus de place à son étage, les autres n'acceptent pas qu'il déborde sur les étages voisins, même si des lits sont vides. « Chacun chez soi ! » N'est-ce pas absurde ?

Hellen se taisait. Elle savait aussi que le père Morand, de son temps, était le seul à faire de la chirurgie générale. Il avait une superbe clientèle. Lucien avait pris sa succession, mais les patients ne suivaient qu'à moitié. Il opérait moins que son prédécesseur, et les bonnes âmes ne manquaient pas de le faire remarquer.

Elle n'était pas loin de penser que le père Morand avait commis une erreur en choisissant Lucien pour lui succéder. Dans l'intérêt de son établissement, il aurait dû montrer l'exemple et recruter un jeune. Mais la question était de savoir s'il y avait encore de jeunes chirurgiens généralistes ? À moins qu'il n'ait eu l'arrière-pensée d'utiliser l'expérience professionnelle de Lucien pour le propulser prochainement à la direction médicale de la clinique ?

— Il n'y a qu'une solution, disait Morand. Les forcer à prendre chacun un coéquipier, associé ou non, diversifier les sources de recrutement et convaincre les médecins traitants du rajeunissement de l'équipe. Chaque nouvel arrivant apporterait une pratique plus moderne de notre métier.

Hellen lui donnait tout à fait raison.

— Ils n'accepteront jamais, pronostiquait Lucien.

— Tu crois que Blairiot refusera que je vienne travailler à ses côtés ?

— Je suis certain qu'il résistera. Avec l'aide de Morand, tu obtiendras peut-être gain de cause, mais ce ne sera pas facile. Certes, Blairiot est le plus sympathique des trois, mais rien n'est joué.

Aimé Blairiot n'avait pas loin de soixante ans. Grand, mince, élégant, son perpétuel sourire charmeur désarmait l'agressivité de ses clientes. Ses cheveux blancs argentés, parfaitement coiffés, lui donnaient un air aristocratique et rassurant. Son bureau de consultation était meublé à l'ancienne, avec une table d'examen cachée derrière un paravent de Coromandel.

— Cette table date des premières années du XIXe siècle, expliqua-t-il à Hellen. L'antiquaire a prétendu qu'elle avait appartenu à Baudelocque, mais je n'en jurerais pas.

Sur le mur étaient collées des centaines de photographies de nourrissons, qui témoignaient de son intense activité passée.

— Que puis-je pour vous ? demanda-t-il avec la plus grande civilité.

Hellen décida de montrer qu'il n'était pas seul à savoir jouer de son charme personnel. Elle enclencha son plus beau sourire et prit sa voix d'aéroport.

— J'ai l'intention de me remettre à la gynécologie chirurgicale à Saint-Yé. Je serais heureuse et honorée de pouvoir collaborer avec vous. Monsieur Morand me l'a proposé, sous réserve de votre accord, bien entendu. Il m'a dit de voir avec vous si cette éventualité vous conviendrait.

Il ne répondit pas tout de suite. Il se lança dans la contemplation attentive de ses ongles manucurés, puis murmura enfin, comme s'il allait faire une déclaration d'amour :

— La perspective de vous avoir près de moi est extrêmement séduisante. Soyez assurée que je ferai tout ce qui est en mon pouvoir pour concrétiser un tel projet. Il marqua une pause prudente, avant de continuer : Malheureusement, je ne pense pas que ce soit une si bonne idée. Je le regrette vivement, mais, à l'évidence, il n'y a pas de travail pour deux gynécologues dans cet établissement. Du moins pour le moment. Je ne vois pas...

Sans se laisser démonter, elle l'interrompit, toujours aussi suave :

— Si j'ai bien compris ce qu'on m'a dit, vous ne faites pratiquement pas de chirurgie pelvienne.

Mettant en évidence des dents impeccables qui trahissaient le bon prothésiste, il sourit.

— J'en fais un peu. Sans forcer sur les indications, contrairement à nombre de mes confrères. Cette retenue me vaut la confiance de mes patientes, et j'ai ainsi la plus importante clientèle obstétricale de la région.

Elle acquiesça avec un rien d'ironie.

— C'est une évidence, et je vous en félicite. Pourtant, si mes renseignements sont exacts, la maternité n'est remplie qu'à cinquante pour cent environ... les bons mois.

— Ce n'est pas de ma faute si la natalité est en baisse dans notre pays. Et voulant prouver qu'il n'était pas dénué d'humour, il ajouta : Personnellement, j'ai fait cinq enfants, je n'ai rien à me reprocher.

Cet homme savait-il user d'un autre ton que celui-là ? « Il me fait penser au jésuite qui nous confessait quand j'avais dix ans », pensa Hellen avec un sourire intérieur. Éduquée par les bonnes sœurs, elle était capable de tenir sa place à ce petit jeu, le temps qu'il faudrait. Sans faire de concession.

— D'après ce que j'ai entendu dire, une partie non négligeable des femmes de Saint-Yé vont accoucher ou se faire opérer à Amiens. Ce serait bon pour la clinique d'essayer d'inverser cette tendance.

— On ne peut pas empêcher les gens d'avoir des goûts différents, et nul ne plaît à tout le monde.

La conversation se poursuivit durant une heure, à fleurets mouchetés. L'homme ne lâchait pas prise, mais ses arguments commençaient à s'émousser. Hellen faisait monter la pression en essayant de lui faire comprendre qu'à ce train-là, l'établissement serait conduit, dans un avenir proche, à fermer ses portes, ce qui n'arrangerait personne.

Il changea alors de tactique en accablant ses deux collègues. Eux non plus ne remplissaient pas leurs lits, et leur responsabilité était bien plus grande que la sienne. Il n'osa rien dire sur

Lucien. Hellen le rassura. Le père Morand savait très exactement quelle était la responsabilité de chacun. Elle lui fit comprendre, sans ambiguïté, que les deux autres ne perdaient rien pour attendre.

Elle sentit que cette perspective le réjouissait et, d'un coup, elle le vit changer de position.

— Admettons que nous nous mettions d'accord. Comment verriez-vous notre « collaboration » ?

— Je partagerais, avec mon mari, l'ancien bureau de Morand. Puis j'ouvrirais une consultation médico-chirurgicale de gynécologie axée sur la stérilité. C'est un sujet que je connais particulièrement bien, et, sur ce terrain, je ne crains personne. Je me crois capable de concurrencer les meilleurs spécialistes de la région.

— Croyez-vous que la demande soit si considérable ?

— Certainement pas, mais je pratique aussi la cœlioscopie, et, avec l'aide de l'anesthésie moderne, on va vite savoir qu'ici l'exploration gynécologique est à la fois plus rapide et complète. En outre, les femmes entre elles se comprennent mieux et il y a des sujets qu'elles abordent plus aisément. Enfin, je fais mes propres échographies, ce qui facilite encore les relations avec la clientèle.

Hellen avait de l'autorité et une solide force de persuasion. Blairiot commençait à se dire qu'il allait peut-être bénéficier, à titre personnel, du recrutement de cette jeune femme qui semblait n'avoir pas froid aux yeux. Il capitula sans condition. Il restait le seul accoucheur de la maison, et, si cette femme était aussi efficace qu'elle le paraissait, le nombre des parturientes allait augmenter.

— Je suis sûre que nous nous entendrons bien, conclut Hellen qui avait le triomphe en apparence modeste. Le temps de me présenter aux médecins généralistes pour leur expliquer ce changement et j'ouvrirai ma consultation après l'été, à un horaire qui vous conviendra. Je bénéficierai sûrement de l'excellence de votre réputation.

Le vieux praticien s'inclina, rose de plaisir. Resté seul, il demeura assis un moment, le sourire aux lèvres. Il se réjouissait en pensant à la tête que feraient ses « chers confrères » quand la jeune femme viendrait leur tenir le même discours.

D'autant que la chirurgie gynécologique, Marceau Berguens ne dédaignait pas d'en faire...

Hellen revint triomphante à la maison. Lucien la félicita et ils appelèrent aussitôt le père Morand au téléphone. Il s'étonna d'un tel succès. Il avait rencontré le gynécologue à plusieurs reprises en lui laissant entendre qu'il devrait prendre un associé, et il s'était fait rembarrer poliment mais fermement.

— Il fallait une femme pour remporter une telle victoire en moins d'une heure, conclut-il avec humour.

— Vous ne savez pas tout, ajouta-t-elle avec fierté. J'ai décidé de prendre un échographe performant qui me permettra de faire des ponctions écho-guidées.

— Mais les radiologues ? Ils ont l'exclusivité de ce type d'examens. L'imagerie est leur domaine réservé.

— Vos radiologues, monsieur Morand, permettez-moi de vous dire qu'ils datent un peu. Leur appareillage est désuet, et ils ne connaissent rien aux techniques gynécologiques modernes. Je ne leur ai pas demandé leur avis, je les ai prévenus. En revanche, comme je suis bonne fille, je les autoriserai à se servir de temps en temps de ma machine. Ils paraissent enchantés.

Morand raccrocha et resta songeur. Il se demandait s'il ne serait pas judicieux de voir quels étaient les avocats spécialisés dans les problèmes entre médecins et cliniques.

— Comment vas-tu financer cet échographe ? demanda Lucien, inquiet.

— Je connais des gens chez Hitachi. Ils me mettront un appareil en démonstration, sous réserve que je leur fasse ensuite un papier vantant les mérites de leur technologie. Plus tard, je le leur achèterai. Il ne sera plus neuf, donc meilleur marché. Le prix des actes me permettra de le payer.

— Je ne te savais pas intéressée.

— Je ne le suis pas le moins du monde. Ils savent que si leur matériel ne valait rien, je le dirais aussi. Ce sont des appareils formidables, que les médecins connaissent mal. Nous les avons essayés à Sainte-Marthe, mais il est plus facile, pour les fabricants, d'avoir une étude menée par un seul praticien, pourvu qu'il soit compétent. Je vais les aider à diffuser l'information. Ils le savent, le marché est honnête.

Lucien découvrait un aspect du caractère de sa femme qu'il

n'imaginait pas. C'était l'efficacité américaine dans une enveloppe européenne.

Et il n'avait pas tout vu.

Marceau Berguens était un personnage comme on n'en rencontre qu'en province. Conseiller municipal de Saint-Yé et conseiller général du département, il attendait avec impatience que le vieux député socialiste dont il était le suppléant lui laisse enfin la place. Ancien interne des hôpitaux de Lille, il était né à quelques kilomètres de Saint-Yé et n'avait jamais quitté la Picardie.

On disait de lui qu'il était un homme rond. Il promenait d'un pas lent sa bedaine barrée d'une chaîne d'or à l'ancienne, aussi à l'aise dans une réception à la préfecture que sur un marché paysan. Doué d'une mémoire peu commune, il appelait ses administrés par leur nom et leur lançait, à chaque occasion, du « cher vieil ami Machin », en leur entourant les épaules d'un bras curviligne et protecteur.

Excellent chef de clinique dans les années cinquante, il n'avait guère évolué, mais sa clientèle ne le savait pas. Maniant volontiers la consultation gratuite et l'arrêt de travail complaisant, il était aussi populaire à la clinique que sous les préaux d'école.

Cependant, les médecins, qui se flattaient tous d'être de ses amis, envoyaient maintenant la plupart de leurs cas difficiles à Amiens. Il le savait et ne s'en plaignait jamais. Il ne manquait pas de laisser entendre qu'il n'avait nul besoin de la chirurgie pour vivre. Sa fortune personnelle lui suffisait, tandis que son statut de chirurgien confortait sa respectabilité et lui permettait de se distinguer des politiciens gagne-petit qui ne cherchent qu'à s'enrichir.

Son recrutement médical diminuait, tandis que sa réputation politique grandissait : ses scores électoraux n'avaient jamais atteint de tels niveaux. Ce succès ne faisait pas l'affaire de Morand dont le chiffre d'affaires souffrait. Berguens paradait, mais ses lits étaient vides.

Il faut dire aussi que l'évolution générale des mentalités ne facilitait pas l'occupation des lits de clinique. Autrefois, « une hernie » restait hospitalisée au moins une semaine. Maintenant, il était rare qu'on puisse « la » garder plus de quatre jours. Ne disait-on pas qu'en Amérique, les opérés sortaient le soir même de l'intervention ? Pour les cliniques, dans ces conditions et compte tenu du système de remboursement de la Sécurité sociale, il devenait vital d'augmenter le nombre des interventions.

Un jour qu'on fêtait, dans le réfectoire de la clinique, les vingt-cinq ans de maison du chef comptable, Marceau Berguens arriva, accompagné d'un jeune homme inconnu. Il se dirigea vers Pierre Morand et lança :

— Cher ami, je vous présente un garçon qui va m'aider et me remplacer avant de devenir mon associé quand il aura terminé son clinicat. Il s'inclina pour ajouter avec onctuosité : Si vous n'y voyez pas d'inconvénient, évidemment. Il s'appelle Henri, et c'est le fils de notre doyen, Antoine Saussure.

Il avait prononcé « Saussure » en allongeant les lèvres comme pour esquisser un baiser. Plusieurs fois, il le répéta, avec la même mimique gourmande. Il dégustait ce patronyme respecté entre tous. Il se pencha à l'oreille du P.-D.G. pour ajouter à mi-voix :

— Il faudra que nous parlions contrat, un de ces jours. Et se redressant, il ajouta : Ce n'est pas urgent.

Le jeune homme paraissait timide, avec des yeux pâles et globuleux derrière des lunettes de myope et un front immense où les cheveux blonds se faisaient déjà rares. Il se livra à une longue séance de serrements de mains, tandis qu'Hellen s'approchait du politicien.

— Dites-moi, monsieur le conseiller général, vous ne trouvez pas bizarre qu'un fils de doyen ne concoure pas et s'installe en privé ?

Pendant un bref instant, Marceau Berguens parut gêné. Il reprit vite toute sa superbe et répondit, sans que l'intéressé puisse l'entendre :

— Notre doyen a un fils aîné, très brillant, qui fera une

carrière universitaire remarquable, c'est sûr. Celui-là s'est marié jeune, il a déjà deux enfants et il souhaite s'installer vite. On le comprend.

Hellen hocha la tête, manifestement pas convaincue. Berguens la regardait avec un sourire moqueur. Il la prit par le bras et l'entraîna à l'écart, comme s'il avait voulu lui confier quelque secret.

— Dites-moi, madame Laville, mon petit doigt m'a annoncé que vous alliez travailler avec l'ami Blairiot. Quelle chance pour notre établissement. Vous lui avez un peu forcé la main, je vous félicite. Quel courage ! D'autant que, sans chirurgie, vous allez avoir du mal à vous faire une clientèle.

Elle le considéra sans comprendre. Voulait-il lui faire remarquer qu'elle devait se cantonner à la gynécologie ? Elle le savait mieux que lui.

Plissant les yeux, l'homme politique précisa sa pensée.

— Comme il est bien établi, dans mon contrat, que j'ai l'exclusivité de la chirurgie viscérale, c'est-à-dire gynécologique aussi, vous aurez peu à faire. On m'a dit que vous connaissiez bien la stérilité, bravo. Vous allez aider la France à se repeupler.

Hellen se sentit blêmir et comprit pourquoi ce faux jeton de Blairiot avait, l'autre jour, l'air si ironique. Il aurait pu la prévenir. Berguens, ravi de l'effet produit, enfonça le clou.

— J'ai bien compris que Morand allait derechef me pousser à prendre un associé. Je l'ai devancé. Le petit Saussure a fait beaucoup de chirurgie pelvienne durant son internat. Je compte en informer nos fidèles correspondants pour qu'ils nous envoient leurs patientes. Moi, je commence à être un vieux croûton. Ils trouveront du plaisir à travailler avec quelqu'un de plus jeune. Et il pensa achever son interlocutrice en ajoutant : L'important, c'est de faire plaisir à notre ami Morand et d'améliorer les performances de sa clinique, n'est-ce pas ? J'étais sûr qu'il serait heureux de mon initiative. Ce sang nouveau revigorera notre établissement.

Content de lui, il s'éloigna, l'air patelin, pour accueillir un médecin qui s'approchait. Hellen resta clouée sur place. Dans l'œil souriant du chirurgien, elle avait vu passer un éclair d'acier, et comprenait enfin quel homme il était. Sa froide détermination devait lui avoir souvent servi dans sa carrière politique.

Il ne savait pas à qui il s'attaquait. « À nous deux, mon gros », murmura-t-elle entre ses dents avec le doux regard d'un pugiliste avant le combat.

CHAPITRE XIV

Dès leur première rencontre, Francis Barbier avait trouvé Lucien Laville très sympathique. Il appréciait ce praticien traditionnel qui restait attaché aux valeurs solides de leur métier. Il lui avait proposé, quand il aurait organisé sa vie à Aulnay, de venir à Paris une fois par semaine, assister au staff de son service à Sainte-Marthe.

— Il faut entendre les plus jeunes discuter des nouveautés du moment et savoir à la fois susciter leur intérêt pour des sujets traditionnels et tempérer leurs ardeurs rénovatrices quand elles sont abusives.

Lorque le couple s'installa à Saint-Yé, Francis donna une petit fête rue de l'Entrepôt pour célébrer le retour aux sources de « son » Hellen et invita les habitués.

Valérie arriva tard. Le groupe d'avocats auquel elle appartenait était submergé de travail, et elle ne consacrait pas autant de temps qu'elle aurait voulu à son mari qui en souffrait un peu. N'en est-il pas toujours ainsi quand on épouse une femme vedette ?

Elle embrassa tout le monde. Hellen lui trouva l'air distant. Était-ce la fatigue ? Les deux femmes n'avaient jamais reparlé de la grossesse qui avait tant mobilisé les énergies l'année précédente et qui, malheureusement, s'était terminée par un avortement dramatique. Le silence était-il la meilleure façon de guérir ce deuil ?

Les Américains, Bob et July, s'étaient finalement fixés à Paris, et Capucine, la journaliste à la voix de crécelle, grinçait, comme d'habitude. Tout ce petit monde discutait de la vie politique parisienne que le renversement de majorité, quelques mois plus tôt, avait agitée.

La dernière arrivée fut Agnès Lemercier.

— En d'autres temps, j'aurais été accompagnée par Guillaume, chuchota-t-elle tristement à l'oreille d'Hellen en l'embrassant.

Elle était belle, avec ses cheveux courts qui grisonnaient et son long visage élégant. Elle portait toujours des tailleurs un peu stricts sur un chemisier clair ou un pull de cachemire.

Lucien Laville, comme à son ordinaire, occupa longuement le devant de la scène quand il fut question de médecine humanitaire, et deux clans se formèrent, selon que les participants étaient pour ou contre l'ingérence politique des organisations non gouvernementales dans les pays en état de guerre civile. Le savoir-faire et le faire-savoir s'opposaient. Les troubles qui avaient fait leur apparition en Europe centrale justifiaient que cette question fût inlassablement posée.

Puis la conversation dériva vers le sida et la mort d'artistes irremplaçables. Après avoir déploré la perte d'hommes qui avaient séduit la France entière, Valérie fit remarquer que la presse attribuait pudiquement ces fins tragiques à un cancer.

— Ce n'est pas fondamentalement faux, intervint Francis Barbier, puisque l'explosion cancéreuse finale signe souvent la disparition complète des défenses immunitaires du malade, mais il est intéressant de voir à quel point ce diagnostic a encore une connotation honteuse. Il est plus « convenable » de mourir d'un cancer que du sida.

— Aux USA, ce stade est dépassé, s'écria Bob, l'avocat américain. La notion de *cancer gay* des années 82-83 a disparu. La communauté homosexuelle, de la Californie à New York, s'est organisée pour endiguer le fléau. Les drogués, dit-on, commenceraient à réagir, et les jeunes parlent de *safe-sex*. Quant aux victimes du sang contaminé, transfusés ou hémophiles, ils s'organisent pour se faire indemniser.

— Il semble, coupa Capucine, que nous tenions un traitement efficace. Cet AZT a fait l'objet d'une étude en double aveugle qui a donné des résultats concrets fort intéressants.

— Quels résultats ? demanda Hellen. Nous avons été coupés du monde scientifique depuis si longtemps....

Elle sourit à Lucien, qui bourrait sa pipe avec une application méticuleuse comme si sa vie en dépendait. Capucine adorait les conférences promenades.

— Ce sont les laboratoires Welcome qui ont mis le produit au point. Ils ont appelé l'essai « Opération 53 ». En septembre, il y avait eu vingt morts parmi les malades traités. Un seul d'entre eux était sous AZT, les dix-neuf autres n'avaient eu que du placébo. Résultat évident ! Les responsables des organisations de malades ont exigé que l'essai soit stoppé là pour mettre le médicament sur le marché. C'est la première fois qu'il s'est produit une telle ingérence des patients dans les affaires pharmaceutiques. Il ne reste plus qu'à savoir si ce produit donne un sursis ou une guérison. Seul l'avenir pourra nous le dire.

Hellen intervint pour atténuer la portée de cette réflexion pessimiste. L'important, pour elle, c'était d'avoir un produit antiviral efficace. Cela prouvait que la maladie, comme toutes les autres, avait son côté vulnérable. Il était évident que le moment viendrait où l'on disposerait de drogues définitives. Et même du vaccin.

— Regardez la variole, continua-t-elle. Qui, à l'époque, aurait cru que la vaccination de Jenner permettrait d'éradiquer la maladie ? Ce fléau, le pire de tous les temps, a disparu de la planète. Avec les moyens que nous avons aujourd'hui, le sida ne devrait pas tenir bien longtemps.

— Vous allez toujours à l'hôpital ? demanda la journaliste.

Hellen sourit.

— Toujours. Je suis chez notre amie Agnès et je travaille dans son unité de PMA.

— PMA ? interrogea Lucien sur un ton ironique. Il savait pourtant ce que signifiaient ces trois lettres, mais il s'insurgeait contre la manie des jeunes générations, et de sa femme en particulier, qui ne s'exprimaient plus que par des sigles incompréhensibles pour le commun des mortels.

— Oui, il faudra t'y faire, mon chéri, on parle ainsi de nos jours, et personne n'y changera rien. À l'intention de Capucine, elle précisa : PMA signifie « procréation médicalement assistée ».

Satisfait de son intervention, Lucien se remit à bourrer sa pipe.

— En quoi cela consiste-t-il exactement ? insista la journaliste.

Hellen lança un coup d'œil-SOS à Agnès. Celle-ci lui fit signe de continuer avec un haussement de sourcils qui signifiait :« Au point où tu en es, il faut y aller ! »

Elle se lança :

— Nous recevons des couples en mal de progéniture, et si la cause de l'infertilité n'est pas connue, c'est à nous de mener l'enquête. Une fois l'origine bien mise en évidence, il faut faire en sorte, par un moyen ou par un autre, qu'ils repartent avec un enfant sous le bras.

Soudain, on devint très attentif. Sans enthousiasme, elle dut continuer :

— Si l'homme est responsable de la stérilité du couple à cause d'un sperme un peu déficient, l'IAC est indiquée. C'est l'« insémination avec le sperme du conjoint », après l'avoir enrichi. Si le sperme est inutilisable ou les spermatozoïdes inexistants, c'est l'IAD, « insémination avec donneur ». Quand l'anomalie se situe chez la femme, on fait une FIV. Vous savez, la « fivete » : la « fécondation in vitro ». Les ovocytes de l'épouse sont prélevés et mis en présence des spermatozoïdes du père. Le mariage a lieu dans l'éprouvette, et, quand l'œuf commence à se développer, il est mis en place, selon les cas, dans l'utérus ou la trompe de la dame. Cette dernière variante s'appelle le GIFT (Gamete Intra Fallopian Transfer). Si la femme n'a pas d'ovocyte, il faut utiliser des ovocytes pris sur une autre. À la limite, s'il n'y a ni ovocyte ni spermatozoïde dans le duo, il est possible d'implanter à l'épouse un embryon provenant d'un autre couple. Si c'est l'utérus qui manque, les gamètes du couple peuvent être implantés dans l'utérus d'une mère porteuse... Se retournant vers Lucien, elle ajouta avec une grimace : Monsieur a-t-il eu sa dose de sigles ?

Quelques jours plus tard, Hellen eut une surprise de taille.

En fin d'après-midi, sa consultation se terminait sur une nouvelle patiente, une certaine Mme Carole Pasquine. La secrétaire la fit entrer, et Hellen découvrit avec surprise une amie qu'elle rencontrait souvent : Capucine, la crécelle. Elles s'embrassèrent.

— Excuse-moi, je ne connaissais pas ton vrai nom.

— Personne ne le connaît.

— Tu viens m'interviewer ?

— J'aimerais. Non, j'ai besoin de toi. Elle hésita, gênée, et sembla se jeter à l'eau : Cette démarche, je n'aurais jamais osé l'accomplir si je ne t'avais pas connue. C'est toi qui m'en as donné l'idée. Tu nous as si bien parlé de ton métier, l'autre soir, que j'ai pris mon courage à deux mains. Sachant que tu es d'une discrétion à toute épreuve...

Hellen s'inclina, un peu surprise tout de même. Elle était habituée à tout voir et entendre, mais Capucine dans un centre de procréation assistée, ce n'était pas banal. Quel âge pouvait-elle avoir ?

La réponse vint spontanément. Elle avait quarante et un ans et raconta une stupéfiante histoire. Mariée très jeune à un coureur automobile de grand talent rencontré lors d'une enquête sur ce sport en plein essor, elle n'avait eu droit qu'à deux ans de bonheur. Accidenté lors d'un grand prix, son mari s'était retrouvé paralysé des quatre membres pour le restant de ses jours. Maintenu en survie grâce aux méthodes de *nursing* moderne, il avait pu quitter l'hôpital au bout de six mois et retourner chez lui.

— Une infirmière et un kiné viennent chaque jour lui faire ses soins. En plus, j'ai pris, pour s'en occuper en permanence, un couple de nord-africains adorables qui l'aiment comme s'il était leur frère.

Hellen imaginait ce que devait être la vie de cette femme brillante dont le métier consistait à parader dans le monde entier en laissant, chez elle, un homme dans un tel état d'infirmité. Autrefois, une pareille lésion de la moelle épinière était rapidement mortelle. L'infection à la fois urinaire et respiratoire associée aux escarres cutanées avait vite raison des plus résistants. De nos jours, on sait prévenir ou guérir ces complications et, à force de soins, maintenir en vie la plupart des blessés. Encore faut-il que la famille en ait les moyens et que l'intéressé fasse preuve d'un courage bien au-dessus de la moyenne.

Capucine, les larmes aux yeux, racontait le martyre qu'avait été sa vie des premières années. Jamais elle ne se serait crue capable de faire face à une pareille épreuve tout en continuant à travailler.

— À travailler ferme, précisait-elle, car tu imagines mon train de vie ! Quand je m'installe à mon bureau, chaque fin de mois, pour faire mes chèques, j'ai le vertige.

Sa voix baissa d'un ton. Elle expliqua que, depuis quelques mois, son mari lui semblait fatigué et près de renoncer à lutter. Il fallait qu'elle déploie des trésors de persuasion pour le forcer à manger, à s'intéresser au monde, en un mot, à survivre.

— J'ai cherché ce qui pourrait le stimuler et donner à sa vie un peu d'intérêt...

Hellen n'osait pas comprendre.

« Elle ne va tout de même pas me dire qu'ils ont pensé qu'un enfant pourrait jouer ce rôle ? » se dit-elle.

C'était bien leur idée.

— J'ai trois motivations pour justifier cette décision, continua la journaliste, intoxiquée par l'habitude de faire des synthèses pour des téléspectateurs réputés débiles. Premièrement, mon mari aurait adoré avoir un enfant. Pourquoi ne pas le lui offrir ? Mieux vaut tard... S'il pouvait retrouver ainsi quelques raisons de vivre, ce serait un succès. Deuxièmement, s'il lui arrivait quelque chose, au moins ne serais-je pas seule dans la vie. Enfin, c'est maintenant ou jamais. À mon âge, ce sera ma dernière chance. Avec du sperme de donneur, évidemment. Comment dis-tu ? IAD, je crois. Elle sembla réfléchir une seconde encore et ajouta : Il y a une quatrième raison, c'est toi. Tu es la seule en qui j'ai entière confiance, et tu sauras préserver mon secret.

Cette proposition laissait Hellen sceptique.

— Tu n'as pas essayé...

— De faire un enfant avec lui ? Si, au début. Il avait quelques érections, mais sans éjaculation. Maintenant, c'est fini. Elle regarda Hellen droit dans les yeux et continua : Tu penses bien que, depuis cet accident, j'ai eu des amants. Mais jamais de liaison durable. C'était ma façon à moi d'être fidèle. Chacun peut en penser ce qu'il veut. Je suis en paix avec ma conscience. J'aurais peut-être pu choisir un homme de passage pour me faire faire cet enfant. Mon mari m'en avait parlé le premier. Je n'étais pas moralement prête. Grâce à cette proposition, j'avais compris qu'il se doutait de mes frasques et qu'il ne m'en voulait pas. Il sait que je lui suis très attachée et qu'il ne risque pas de me voir partir.

Hellen suivait le discours de son amie avec fascination. Par moments, comme pour reprendre son souffle, l'autre s'arrêtait, tant son texte paraissait difficile à dire.

— En 1985, les informations sur le sida nous sont arrivées. J'ai compris immédiatement que j'avais trop attendu. Je n'oserais plus jamais avoir des rapports normaux avec aucun homme. Les préservatifs autorisent la fête, mais pas la procréation. Pour moi, c'était fini. Ensuite, tu es arrivée. Tu peux nous sauver.

Hellen avala difficilement sa salive, puis se mit à bredouiller des réflexions embarrassées qui lui firent gagner du temps. Elle se lança enfin dans les considérations techniques.

— Dans l'état actuel de la législation, on ne peut aider à procréer que des couples.

— Et alors ?

— Avec l'accord du mari.

— Il te le donnera quand tu voudras.

— Il faudra aussi te faire un bilan complet. On n'envisage pas une IAD sans être sûr que la femme est fertile.

— Quand je serai familiarisée avec votre jargon, je ferai une émission sur le sujet. Les auditrices seront passionnées par mes accents de vérité. « On jurerait qu'elle y est passée », dirontelles.

Elles rirent ensemble, nerveusement. Hellen se demanda un instant s'il n'y avait pas du vrai dans les propos de la journaliste. N'était-elle pas en train de faire une enquête ? « Elle n'oserait tout de même pas », pensa-t-elle.

Hellen aurait aimé parler de ce sujet avec son mari. Elle y renonça. Elle n'avait pas le droit de lever le secret. Lucien rencontrait souvent la journaliste et il ne l'aimait guère. Il ne la regarderait plus de la même manière s'il était au courant. Il était même susceptible d'exprimer une opinion masculine empreinte d'une certaine dose de machisme, qui avait peu sa place dans une telle discussion.

En revanche, elle pouvait faire des confidences à Agnès. Bien qu'il y eût, là encore, des relations extra-professionnelles entre les deux femmes, la gynécologue était chef du service où l'opération devrait avoir lieu. Elle était en droit de savoir et d'avoir une opinion.

Agnès écouta attentivement et resta un instant méditative.

— Cette histoire est étonnante. Jamais je ne me serais imaginé que cette femme pourrait avoir des désirs de maternité.

Hellen hocha la tête.

— Je suis allée boire un verre chez elle après la consultation, et, maintenant que je connais le couple, je suis plus perplexe encore.

— Raconte.

Elle décrivit un bel appartement moderne, au sixième étage d'un de ces immeubles construits dans les années cinquante, à Boulogne. Jolie vue sur la Seine, balcon fleuri, moquette partout. Mobilier fonctionnel sans objets superflus. Mais, dès la porte franchie, une forte odeur d'urine et d'eau de Javel.

L'homme avait dû être très beau. Un visage volontaire aux traits réguliers, des yeux bleus, des cheveux gris qui se raréfiaient. Sur le cou trop maigre, la pomme d'Adam saillait abusivement. La veste de pyjama laissait deviner des épaules larges mais osseuses avec des bras décharnés. Les mains inertes reposaient sur les accoudoirs d'un fauteuil à roulettes. Une couverture recouvrait les jambes.

Hellen avait essayé de bavarder avec lui, n'obtenant que des monosyllabes en guise de réponse. Oui, il était heureux d'avoir un enfant. Oui, il était d'accord pour que sa femme subisse une insémination artificielle. Non, il ne voyait aucun inconvénient à cette solution. Il fixait la jeune femme médecin avec un regard intense, les sourcils froncés, comme s'il avait voulu lire en elle. Ou faire passer un autre message.

Dans un angle du salon, la télévision était allumée, le son coupé. Il tournait parfois les yeux vers l'image, comme s'il regrettait de ne pouvoir suivre l'émission, un documentaire sur la faune de la montagne. Le couple de maghrébins était jeune. La femme, un peu trop maquillée, surveillait la maîtresse de maison en apportant les boissons.

— Elle voulait être infirmière, avait expliqué Capucine. Lui travaillait dans la restauration. Rien ne marche plus en Algérie.

Je les ai fait venir tous les deux. Autrefois, mes parents habitaient Constantine et connaissaient leur famille. Ils nous sont dévoués depuis toujours, et j'ai pleine confiance en eux.

La visite n'avait pas duré une demi-heure. À peine le temps de boire un verre. Capucine devait partir tôt pour assister à un gala à l'Opéra.

Passionnée, Agnès avait écouté son amie sans l'interrompre.

— Quelle est ton impression ? demanda-t-elle.

— Un malaise. Comme si chacun jouait la comédie. Tout était trop bien rangé. Trop propre. L'odeur d'urine témoignait d'une réalité peut-être différente.

— Alors ?

— On va avancer. Je lui ai expliqué ce qu'est un bilan de fertilité. Pour le donneur, je l'ai prévenue qu'il y a un an d'attente en ce moment. La pénurie.

— Elle est d'accord ?

Hellen sourit.

— Elle m'a dit : « Faisons le bilan. Quand tout sera prêt, les délais, j'en fais mon affaire. »

— Elle connaît sans doute assez de gens pour faire précipiter les choses.

— Probablement.

Agnès réfléchit un moment.

— Nous ne sommes pas là pour juger du bien-fondé d'un désir de grossesse. Mais, compte tenu de ce que nous savons, il est urgent de ne pas se presser. Fais-lui ses examens sans précipitation. Ma grand-mère disait : « Il faut parfois savoir pousser le temps avec le dos. »

Quand Hellen rentrait de Paris, généralement tard, Lucien l'attendait devant le plateau d'apéritif. Il paraissait heureux, même si son activité chirurgicale tardait à se développer. Sa nouvelle vie promettait d'être autrement agréable que celle qu'il avait eue à Aulnay. Il y pensait souvent.

Là-bas, durant six mois, son cabinet, ouvert dans un immeuble moderne où trois praticiens exerçaient déjà avec un secrétariat téléphonique commun, était resté parfois plusieurs jours d'affilée sans qu'un seul consultant en franchît la porte.

Tous les médecins du quartier auxquels il avait rendu une visite protocolaire, l'avaient accueilli avec une extrême politesse et une indifférence mal déguisée. Quand le salon d'attente était plein, le praticien l'expédiait avec de rapides vœux d'encouragement ; quand il était vide, Lucien devait se résigner à entendre débiter des fadaises sans aucun intérêt.

Un vieux médecin près de la retraite s'émut quand le nouveau venu parla du Biafra. C'était une ancien de la « coloniale ». Il avait fait ses études à Bordeaux, et se lança dans ses propres souvenirs d'Afrique avec une émotion chevrotante. Le lendemain, il adressait à Lucien une appendicite à opérer. Puis, plus rien.

Dans le groupe de cabinets, une jeune femme pédiatre l'avait précédé de quelques mois. Aucun chirurgien de la région ne se consacrait exclusivement à cette spécialité. Elle s'en plaignit à Lucien, qui se mit à lui raconter mille anecdotes chirurgicales dont des enfants étaient les héros. Il est malheureusement vrai, que, sur tous les continents, les gamins payant un lourd tribut à la guerre civile, il avait acquis ainsi une grande pratique pédiatrique. Séduite par l'homme ou son talent supposé, elle fit de Lucien son correspondant exclusif.

— Lorsqu'elle aura un peu plus de clientèle, plaisantait-il, elle nous fera vivre.

Tout de même, il opéra d'un kyste mal placé la femme qui faisait le ménage ; puis le fils de la secrétaire, qui s'était cassé la clavicule en faisant du patin à roulettes.

Dans l'ensemble, les journées paraissaient interminables pour un homme habitué à une intensive chirurgie de guerre. Comme il habitait à deux pas de son cabinet, il passait de longues heures chez lui, à lire ou à regarder le télévision. Il lui arrivait même de boire un verre de whisky à un moment de la journée où, jusqu'ici, il n'avait jamais consommé une goutte d'alcool. Parfois, lassé d'attendre, il allait décrocher le téléphone pour vérifier qu'il n'était pas en panne.

— Une installation n'est-elle pas toujours aussi laborieuse ? demandait Hellen.

— Je n'en sais rien. Les fois précédentes, j'avais eu l'avantage de m'intégrer d'emblée à des équipes déjà existantes et jamais je n'avais eu à espérer le client.

À Saint-Yé, la vie était douce. Hellen avait donné à la maison des couleurs gaies, le jardin resplendissait de fleurs, et Philomène était un cordon bleu. Une existence nouvelle, en quelque sorte, comme il en rêvait.

Pour Hellen, l'été 87 allait se terminer sans grossesse. Depuis le mariage, sa vie était ponctuée par les déceptions mensuellement répétées. Insatisfaite, elle devenait irritable et triste. Les succès thérapeutiques remportés dans le service semblaient la narguer, et elle se surprenait à envisager de donner à son problème une de ces solutions chirurgicales qu'elle appliquait aux autres, mais qu'elle aurait trouvées prématurées pour une consultante comme elle.

Obstinée, elle mettait au point sa stratégie afin de forcer la nature. Sans en parler à son mari, elle avait recouru aux examens habituels d'un bilan de stérilité et pris un traitement de stimulation ovarienne. En vain.

Jusque-là, elle n'avait pas osé suspecter Lucien, puisqu'il avait eu une fille lors de son précédent mariage. Aujourd'hui, il allait falloir qu'il se soumette, à son tour, aux explorations nécessaires. Peut-être était-il devenu stérile ? À l'occasion d'une infection génitale, ces choses arrivent. Il avait vécu dans des pays à risque. Elle devrait le lui expliquer. La conversation à venir ne la réjouissait pas.

— Nous nous absenterons quelques jours, autour du week-end du premier juillet, annonça-t-elle à Agnès, et là, je me déciderai. Je le déciderai.

À Honfleur, où Hellen et Lucien partirent se reposer, le temps était superbe et les plages noires de monde. Sans doute émoustillé par les minettes dénudées, Lucien fut dépité quand Hellen, désespérée une fois de plus, lui annonça qu'elle était indisponible. Le mari eut la maladresse de manifester sa déception et de plaisanter en disant à sa femme qu'elle s'y prenait mal.

— Pour une fois que nous sommes en vacances et que nous avons l'esprit libre...

Agacée, elle saisit la balle au bond.

— Eh bien, justement parlons-en. Voilà six mois que je surveille ma courbe thermique en cachette et que je t'oblige à montrer ta virilité en période de fécondabilité maximum avec le résultat que tu peux constater. Consciente du fait que tu avais déjà fait tes preuves avec une autre femme, j'ai endossé *a priori* la responsabilité de cet échec. Je me suis fait faire les examens que je demande habituellement aux femmes stériles et j'ai le plaisir de t'annoncer qu'apparemment toute ma machinerie est normale. Il faut donc passer maintenant au niveau supérieur et tester notre compatibilité. Vérifier tes spermatozoïdes et les mettre au contact de mes ovules pour voir comment ils se comportent entre eux. C'est la règle du jeu.

Elle avait parlé d'un trait et il la regardait, muet de surprise. Il éclata de rire.

— Tu m'imagines en train de me masturber dans un bureau à Sainte-Marthe. Je vais avoir l'air fin...

— Écoute, il faut savoir ce que nous voulons. Ce que tu veux. Souhaites-tu un enfant, oui ou non ?

Il sourit.

— Il est évident que j'aimerais avoir un enfant de toi.

Il avait failli ajouter : « Cela te fait tellement plaisir. » Il se tut. Elle le regardait d'un drôle d'air. Avait-elle deviné ? Il ne le saurait jamais.

Au retour de Normandie, elle décida de lui donner un sursis avant la séance de plaisir solitaire. Elle lui proposa de commencer les nouvelles investigations par un test post-coïtal.

— Il faudra vérifier le contenu vaginal trois heures après un rapport, lui expliqua-t-elle avec autorité. Ce prélèvement aura lieu avant ma séance opératoire qui débute à huit heures. Fais le calcul.

— Tu vas me réveiller au milieu de la nuit, pour...

— Tu préfères ne pas te coucher. Tu pourrais aller en boîte et rentrer au petit matin...

— Arrête, tu cherches à être drôle ?

Hellen ne riait pas.

— Il n'y a pas d'autre solution, Lucien.

Il essaya de négocier.

— Laissons passer le prochain cycle. Donnons-nous encore une chance de ne pas faire appel à ces procédés qui tuent l'amour sous prétexte d'en obtenir les fruits.

— La prochaine période de fécondité tombera dans la deuxième semaine de juillet, et il faudra en profiter. Sinon, ce sera août ou début septembre, le moment où je commencerai à travailler à la clinique. Il faut se débarrasser de cette corvée. On fera le test dès que possible.

Au fond, Lucien, sans le dire, voyait en la venue d'un enfant une sorte de consolidation de ses liens matrimoniaux à un moment où son épouse était retournée dans le fief de son ex-amant. La mise en route d'une grossesse le rassurait, mais les contraintes lui paraissaient lourdes.

Le passage à l'acte n'était pas si simple. L'obligation de programmer les rapports conjugaux dans les créneaux du calendrier, et ce, plusieurs mois de suite, avait déjà un peu atténué la spontanéité de ses élans. Réprimer ses pulsions du jeudi pour être plus sûrement efficace le vendredi était un comportement risqué et qui manquait d'érotisme.

Quand il sut qu'il devrait s'y ajouter des contraintes horaires, avec réveil en pleine nuit pour passer à l'acte vers quatre heures du matin, la situation frôla le ridicule. Il sentit naître une angoisse nouvelle : ne pas être à la hauteur de ce que sa femme attendait de lui.

Le jour (ou plutôt la nuit) fatidique arriva. À l'heure dite, il eut quelque difficulté à se réveiller, mais il finit par se montrer honorablement à son avantage. « Je reste jeune », pensa-t-il fièrement. Mais il corrigea avec réalisme : « Pourvu que cette épreuve ne se renouvelle pas trop souvent, je ne peux pas jurer que ça marchera chaque fois. »

— Alors ? demanda Agnès quand Hellen survint à l'hôpital, au petit matin.

— Tout s'est bien passé, allons-y !

Les deux femmes se rendirent dans la salle des prélèvements, déserte à cette heure. Le chef de service ne se livrait plus guère, elle-même, à ce type d'examen, mais, pour son amie, il était normal qu'elle payât de sa personne. L'infirmière principale, mise dans la confidence, les attendait. Tout était prêt.

Hellen grimpa sur la table gynécologique et se mit en position. Agnès, pour l'occasion, avait chaussé ses lunettes.

— Je ne peux plus m'en passer, grommelait-elle, l'air renfrogné.

Le spéculum venait à peine d'être mis en place que le téléphone sonna.

— Madame, dit l'infirmière la main sur le combiné, l'air terrorisé comme si elle venait de parler au diable, c'est monsieur le doyen.

— Merde ! jura Agnès. C'est pour les nominations. Je lui avais dit qu'il pouvait m'appeler à cette heure-ci. Hellen, tu ne bouges pas, je reviens.

Elle quitta la salle en trombe pour prendre la communication dans son bureau. On ne pouvait se livrer aux habituelles tractations souterraines devant le personnel.

Hellen, sans rien dire, passa dix minutes d'horreur, les pattes en l'air, le spéculum enfoncé jusqu'à la garde, certaine qu'il ne se passerait guère de temps avant que quelqu'un n'ouvre la porte. Compatissante, l'infirmière vint la recouvrir d'un drap. « Combien de fois ai-je fait subir ce supplice à mes patientes, se demandait-elle. Je n'aurais jamais cru qu'il me serait imposé un jour. »

Agnès revint, confuse.

— Ma pauvre chérie, excuse-moi, je ne pouvais pas faire autrement.

Hellen ne répondit rien. Elle attendit sans un mot que le prélèvement ait été fait et s'enfuit pour aller opérer. Le bloc restait son refuge préféré. Il lui fallait oublier ses propres problèmes pour régler ceux des autres.

Les deux amies se revirent le soir même. Les résultats étaient excellents. Rien, apparemment, n'empêchait une fécondation naturelle. Et pourtant...

— Il faut attendre encore quelques cycles, et si nous en sommes au même point, tu auras droit à une FIV.

Hellen soupira. Il fallait vite changer de conversation avant qu'elle ne se mette à pleurer.

— As-tu des nouvelles de Capucine ?

— Oui.

D'après Francis Barbier, toujours très au courant, elle avait pris un nouvel amant, candidat aux législatives et proche de Michel Rocard. Si, comme certains le pronostiquaient, la gauche remportait les élections, il deviendrait sûrement quelqu'un de très important.

— Et l'IAD ?

— On n'en parle plus.

— Cette histoire de procréation assistée n'avait donc été justifiée que par un vide sentimental transitoire, conclut Hellen. Je l'avais bien senti. Mais avais-je le droit de refuser la demande de ce couple ? Fallait-il que je m'érige en juge ? Pourquoi les magistrats, si prompts à s'offusquer de nos fautes, n'ont-ils pas le courage de se pencher sur ce type de problème. Éthique ! Tout le monde en parle, mais personne n'ose s'y avancer.

— À mon avis, grinça Agnès, nous ne sommes pas au bout de nos peines. Je pense même qu'il serait maladroit de faire légiférer sur ce sujet. Comment veux-tu que des hommes politiques incompétents aient plus d'idées que des médecins comme nous, confrontés quotidiennement à ce genre de problème !

CHAPITRE XV

En cette chaude soirée du 14 juillet, Hellen et Lucien étaient devant leur télévision, tandis que les journalistes commentaient le défilé des Champs-Élysées. Le soleil avait brillé durant une bonne partie de la journée, mais le temps s'était gâté sur le soir ; un orage local les avait chassés du jardin. À Paris, d'après les images, le ciel était magnifique.

Un éclair venait de zébrer le ciel quand le téléphone sonna. C'était l'infirmière de garde à la clinique.

— Ah ! Docteur Laville, vous êtes là ! Il vient de nous arriver une fracture ouverte du fémur adressée au docteur Tardieu. Il est absent, et je ne trouve pas son remplaçant.

— M. Tardieu n'est pas parti sans se faire remplacer, tout de même.

— Je ne sais pas ! Personne ne répond au numéro qu'il m'a donné.

— J'arrive.

Lucien reposa l'appareil avec un sourire amer.

— Notre Morand si énergique ne peut-il pas exiger que la garde soit assurée ?

Maintenant, il pleuvait à verse. Lucien mit son ciré, embrassa sa femme et courut jusqu'à la clinique.

Le blessé était un homme d'à peine trente ans. Son visage disparaissait sous un énorme pansement taché de sang et des boucles brunes baignaient dans une mare de caillots.

— D'après les pompiers, il est passé au travers d'une verrière, expliqua le brancardier.

— Un suicide ?

— Probablement.

Son état paraissait inquiétant. En attendant l'arrivée du médecin, l'infirmière anesthésiste l'avait « groupé » et mis sous perfusion, mais la tension restait basse. Les premières radios montrèrent une fracture de la diaphyse fémorale à grand déplacement. De nombreuses plaies avaient été provoquées par la verrière et l'une d'elles balafrait profondément l'abdomen.

Lucien retrouvait ses réflexes de chirurgien des urgences. Il avait soigné tant de blessés de ce type, avec des lésions multiples, qu'il exécutait par réflexe les gestes obligatoires.

— Vous allez faire une ostéosynthèse ? demanda l'infirmière panseuse d'un ton revêche.

C'était une petite femme au visage osseux et au regard perçant. Il la connaissait bien et la savait compétente, mais il n'avait aucune sympathie pour elle.

— Il faudra lui mettre une plaque vissée ou un clou centromédullaire, je ne sais pas encore. Mais on va commencer par le ventre.

— Le ventre ?

— Oui, Je pense qu'il s'agit d'une plaie pénétrante, dit-il en montrant l'estafilade anfractueuse qui sinuait au bord droit de l'ombilic.

— Vous ne voulez pas qu'on demande une échographie ?

Manifestement, elle venait d'entrevoir un moyen de surseoir au geste chirurgical et, peut-être même, une possibilité d'attendre le renfort de l'équipe de jour. Lucien mit un terme à ce rêve.

— De toute façon, il faut aller y voir. Ce n'est pas la peine de perdre du temps. Et, à l'intention du médecin anesthésiste qui arrivait, il conclut : On fait une laparotomie exploratrice, puis on visse le fémur, et on finit par les autres plaies. En avant.

Personne ne pipa mot, et l'équipe se mit au travail. Lucien admira la parfaite organisation d'un personnel infirmier rodé par une longue pratique et d'une équipe anesthésique silencieuse et rapide. Lui-même retrouvait cette sensation exaltante faite de trac et de concentration qui, depuis l'internat, lui serrait les tempes quand un grand chantier opératoire se préparait. Il aimait la chirurgie de nuit, avec cette impression de travailler hors du temps, sans être dérangé par le téléphone et le brouhaha des va-et-vient nécessité par les autres équipes opératoires. Il était seul, au centre du dispositif, et ceux qui l'entouraient n'étaient là que pour concourir au succès de l'opération.

La chef panseuse continuait à douter de la nécessité d'une laparotomie exploratrice.

— La plaie ne va sûrement pas jusqu'au ventre, répétait-elle à mi-voix.

Lucien lui prouva le contraire. Non seulement la paroi était perforée, mais le colon droit présentait une jolie brèche qui laissait s'écouler le liquide digestif. Si rien n'avait été fait immédiatement, la péritonite eût été évidente dès le lendemain. Et le traitement autrement difficile.

La suture digestive nécessita peu de temps. Les gestes de Lucien étaient rapides et efficaces, ses ordres brefs et précis. Il enleva même un gros morceau de vitre, acéré et tranchant.

Une fois la paroi abdominale refermée, le patient fut installé sur la table orthopédique. Les dégâts de la cuisse étaient considérables. Un fragment osseux traversait la peau au milieu d'une masse musculaire en charpie.

Lucien se remit au travail : badigeonnage, installation des champs, incision, parage cutané, parage musculaire... Les temps opératoires s'enchaînaient rapidement. L'os mis a nu, la fracture fut réduite par le système de traction que manipulait l'infirmière sous les directives du chirurgien. Vint le temps de la réparation. Il aurait préféré un enclouage, mais il connaissait mal le matériel de Tardieu. Une longue plaque vissée fit l'affaire. Il solidarisa les différents fragments, et l'os reprit sa solidité. La visserie d'acier brillait maintenant en bonne place, au fond d'une plaie propre qui ne saignait plus.

Reconstruction musculaire, toilettage, drainage, fermeture cutanée se succédèrent jusqu'au pansement.

Le jour se levait. Lucien, infatigable, passa à la réparation des autres plaies. Suture d'une longue estafilade de la main droite, exploration et suture d'une plaie de l'épaule, et, enfin, suture soigneuse d'une plaie du visage qui traversait le sourcil et la paupière supérieure avant de se terminer sur la pommette. Les points minuscules étaient conformes aux règles de la chirurgie esthétique. Les infirmières et l'anesthésiste suivaient sans un mot les progrès de la réparation.

Le blessé avait repris meilleure allure. Les pansements terminés, il eut bientôt l'air d'une momie. Lucien, satisfait, enleva ses gants, sa calotte et son masque. Il passa dans la salle des panseuses où un plateau de café attendait les opérateurs. Il se laissa tomber sur un tabouret, soudain épuisé.

— Bravo ! s'exclama l'anesthésiste en venant le rejoindre. De toute l'intervention, il n'avait dit mot. Il prit sa tasse de café : C'est tout de même beau, la chirurgie générale. Je ne crois pas qu'il y ait, dans cette maison, un seul de nos chirurgiens, à part le patron, votre prédécesseur, qui se serait senti capable de faire ça.

— Ils en sont capables, c'est certain, répondit Lucien modestement, mais ils en ont perdu l'habitude... et le goût.

La panseuse chef arracha son masque. Elle ne décolérait pas.

— Ce ne sont pas des malades pour des établissements comme les nôtres. Je ne comprends pas pourquoi ils ne l'ont pas conduit à l'hôpital.

Le brancardier, un Antillais d'une taille impressionnante, donna une réponse :

— Ils sont clients de la maison. Sa mère a été opérée de la cataracte ici, il y a quelques mois. Elle est morte. Je la connaissais bien.

— Tu connaissais aussi le fils ?

L'Antillais éclata de rire, découvrant des dents immenses.

— Bien sûr, je le connais, c'est un comédien. Il joue dans les boîtes de nuit.

— C'est vrai qu'il est beau, intervint la jeune instrumentiste qui triait déjà le matériel à nettoyer. Tu as vu ses cils, on dirait ceux d'une femme.

Personne ne dit plus rien. La fatigue venait de s'abattre sur les épaules. Il était huit heures et demie. Ils travaillaient depuis la veille et avaient passé dix heures autour de cette table d'opération. L'infirmière anesthésiste entra à son tour. Elle enleva son masque et son bonnet, découvrant un visage enfantin, avec de grands cernes sous les yeux.

— Augustin, on va pouvoir aller l'installer en réanimation. Les infirmières nous attendent.

Lucien se leva pour aller jeter un dernier coup d'œil à son patient. Son travail était terminé. Le blessé changeait de main. Il pouvait se retirer. L'anesthésiste, jovial, le salua.

— Bon dimanche !

— Merci, vous aussi.

Les deux praticiens, satisfaits du devoir accompli, se dirigèrent vers le vestiaire, laissant les infirmières terminer le nettoyage et tout remettre en état pour l'éventuelle intervention suivante.

— La surveillante paraît furieuse, remarqua Lucien.

L'anesthésiste eut un petit rire.

— Elle a un caractère de chien et elle râle tout le temps. Mais c'est une fille très compétente et qui fait bien marcher son personnel. Seulement nous sommes dimanche et elles ont encore du boulot jusqu'à midi, au moins. Elles auraient préféré un autre programme, c'est certain

Ils se quittèrent. Le ciel était déjà lumineux, lavé par la pluie de la veille. Lucien commençait à se sentir vraiment las.

Hellen venait de se lever. Le plateau du petit déjeuner était prêt, avec du café frais qui sentait bon. Elle embrassa son mari.

— Je fais le vœu que ce patient de la fête nationale soit le premier d'une clientèle qui ne cessera de croître. Elle le prit tendrement dans ses bras : Maintenant, tu vas venir te reposer.

Surpris par cette sollicitude, il fit un rapide calcul. Demain, 16 juillet, c'était le jour fatidique de la FIV. Voilà pourquoi Hellen tenait tant à ce qu'il aille s'étendre. Il ne dit rien et monta vers sa chambre.

Il n'osait pas lui dire que l'idée d'avoir de nouveau un enfant, dans la situation où il se trouvait, ne le réjouissait pas autant qu'elle. Pourtant, il sourit. Si elle le voulait, elle l'aurait.

Ce lundi, après le passage obligé à Sainte-Marthe, Lucien se rendit à la clinique. En arrivant dans le service de réanimation, il faillit avoir une attaque. Le lit de son opéré était vide.

— Il est mort ?

Il se précipita pour interroger l'infirmière. C'était une frêle jeune fille au regard étonné derrière de grosses lunettes de myope. Il ne l'avait encore jamais vue.

— Je ne suis pas au courant, répondit-elle ingénument, je viens de prendre mon service. Demandez à la surveillante.

— Où est-elle ?

— Chez monsieur le directeur. Il vient de l'appeler.

— Montrez-moi le cahier de transmissions.

— Le voilà.

Sous la rubrique « Bruno Pernet, lit n° 3 », Lucien lut ce simple mot : « transféré ». Suffoqué, il se précipita vers le rez-de-chaussée et entra sans frapper dans le bureau directorial. Le père Morand était là, une Camel au coin des lèvres, avec, en face de lui, la surveillante de « réa », grosse dame à la poitrine opulente, difficilement contenue par la blouse blanche.

— Que s'est-il passé ? aboya le chirurgien, sans autre préambule.

— Du calme, cher ami, asseyez-vous, nous allons tout vous expliquer.

Lucien se posa sur le bord du fauteuil. Son visage crispé était d'une blancheur cireuse.

— Votre opéré allait parfaitement bien ce matin, et je vous en félicite. Beau travail. Je n'aurais pas fait mieux. Mais son cas relevait davantage de l'hôpital public que d'un établissement comme le nôtre. Il a donc été transféré comme nous le faisons toujours dans ces cas-là, avec l'accord du directeur bien entendu. Vous comprenez, depuis la mort de notre ami La Verle, leurs lits sont vides. Ils ne protestent jamais.

— Vous auriez pu me demander mon avis.

— J'ai essayé de vous téléphoner ce matin sans succès. Je me suis dit que nous nous expliquerions dès votre arrivée, et que vous ne pourriez pas ne pas comprendre notre point de vue.

— Ah ! bon ! Et alors ?

Morand fit un sourire et tendit la main vers la surveillante.

— Madame Delmas va vous expliquer ce qu'il en est.

L'infirmière se rengorgea. L'autorité que lui conférait le directeur était un honneur dont elle appréciait l'importance. Elle tourna lentement la tête vers Lucien et déclara d'une voix pathétique :

— Cet homme a le sida !

Le chirurgien resta interdit un bref instant.

— Comment le savez-vous ?

— Il nous l'a dit ce matin.
— Il vous a dit quoi ?
— Qu'il était séropositif.
— Séropositif ne veut pas dire qu'il ait le sida.
Elle prit un air offusqué.
— Monsieur, je sais de quoi je parle. C'est un homme infecté et contagieux. Vous ne me direz pas le contraire.
— Et alors ? Je suppose qu'il n'a pas manifesté l'intention de coucher avec vous.
Morand prit un air amusé.
— Allons, cher ami, nous ne sommes pas en salle de garde. Madame Delmas a raison, notre maison n'est pas équipée pour traiter ce genre de patient. C'est tout simple.
— Ce genre de patient, comme vous dites, ne nécessite aucun soin particulier. Il suffit d'appliquer les règles élémentaires d'hygiène que toutes les infirmières respectent, je suppose, pour tous les malades. Rien de plus.
Morand sourit encore en levant les yeux au ciel.
— Le sida, excusez-moi, justifie d'autres mesures.
Lucien se fâcha et haussa le ton en se levant.
— Les infirmières doivent se conformer en toutes circonstances aux mesures d'hygiène fondamentales qui mettent leurs patients à l'abri d'une contagion qu'elles aussi peuvent leur transmettre. Elles ne sont pas immunisées de naissance, que je sache ! Et je doute que vous ayez fait faire un test de dépistage à chacune d'elles.
C'en était trop. Morand aussi changea de ton.
— Écoutez-moi bien, Laville ! Puisque vous le prenez ainsi, je vais vous mettre les points sur les « i ». Jamais, ici, nous ne soignerons de malades séropositifs. Les personnels m'ont fait savoir par la voix de leurs représentants, dont madame Delmas ici présente, que si on les y obligeait, ils démissionneraient. À une époque où on manque déjà d'infirmières qualifiées, vous imaginez ! Il reprit son souffle, alluma une cigarette au mégot de la précédente et, levant la main vers Lucien pour lui faire comprendre qu'il n'avait pas fini, il continua : D'autre part, ce patient n'a ni Sécurité sociale, ni ressource avouée.
— On m'a dit qu'il était comédien.
— Comédien ! Pensez-vous ! C'est un petit pédé qui joue les travelos dans une boîte malfamée de la Côte, et, s'il gagne

trois sous, c'est au noir. Nous avons eu sa mère ici, il y a quelques mois. Elle n'avait même pas de quoi payer ses suppléments. Elle nous les doit toujours. Il avala une longue bouffée de fumée avant d'affirmer : Croyez-moi ! Nous en serons pour nos frais et, en ce moment, ce n'est vraiment pas nécessaire. Vous, vous aurez travaillé toute une nuit pour rien. Pas ça, ajouta-t-il, en s'accrochant l'ongle du pouce aux dents de devant qu'il avait fort jaunes.

— Tant pis pour moi, répliqua Lucien du ton de celui qui ne travaille pas pour de l'argent.

L'autre bondit.

— Oui, mais moi, j'ai à payer tout le personnel qui a bossé de nuit en heures supplémentaires. Si vous aviez demandé au blessé sa carte de Sécurité sociale, on n'en serait pas là. C'est une question élémentaire, non ?

Chez Lucien, la colère fit place à la stupeur et à l'accablement. Il se laissa aller au fond de son fauteuil et resta coi. En plus, il avait tort. Pour un peu, il aurait dû rendre des comptes.

— Vous voulez peut-être que je vous avance un peu d'argent ? murmura-t-il sans rire.

Morand était au bord de l'attaque. Il écrasa avec rage sa cigarette et se pencha en avant, l'air mauvais.

— Vous pouvez plaisanter, mon cher Laville, mais votre numéro de chirurgien héroïque, je vais vous dire ce qu'il nous a rapporté. Tardieu est venu me raconter ce matin qu'il était joignable, hier soir. Sans doute est-il rentré juste après l'appel de l'infirmière. Il n'était sorti que quelques instants pour raccompagner des amis à leur voiture et les protéger de la pluie. Lui, il aurait demandé au blessé s'il était assuré : on peut lui faire confiance sur ce point. Quant à Berguens, il avait aussi laissé son numéro qui a été probablement dérangé par l'orage. Il suffisait de le rappeler quelques minutes plus tard. Pourquoi ne lui a-t-on pas laissé l'intervention abdominale ? Il en a l'exclusivité. Rien ne vous autorisait à opérer à sa place. Il haussa encore la voix pour conclure : Je vous l'ai dit quand nous avons signé votre contrat. Vous faites ce que vous voulez avec les patients qui vous sont adressés personnellement ou qui arrivent à la clinique sans destinataire prévu. Il se fit plus doucereux pour ajouter : En un soir, vous avez réussi à vous mettre à dos les infirmières, les confrères, et la comptabilité. Bravo ! Pour un début, c'est un joli coup.

À l'hôpital Aubin, Lucien se renseigna et trouva son patient dans une chambre particulière du service de chirurgie. À son chevet, une infirmière revêtue d'une blouse spéciale, masquée et gantée, réglait la perfusion.

— Mettez une blouse, ordonna-t-elle à Lucien sans ménagement.

— Merci, madame, je suis médecin et je sais ce que j'ai à faire.

Étonnée, elle le regarda sans répliquer. Sans plus s'occuper d'elle, Lucien s'approcha en souriant du blessé qui le considérait avec étonnement.

— Bonjour Bruno. Je suis le docteur Laville. C'est moi qui vous ai opéré l'autre nuit. Nous avons passé de durs moments ensemble, mais, somme toute, nous nous sommes séparés en bonne intelligence.

Le jeune homme ferma les yeux. Il était très beau, malgré la longue balafre qui lui traversait le visage et lui donnait un air un peu farouche. Comme l'avait remarqué l'instrumentiste, il avait de longs cils noirs et soyeux. De nouveau, il ouvrit les yeux et une grosse larme coula sur sa joue. Devant ce spectacle imprévu, l'infirmière s'éloigna, visiblement outrée. Lucien s'assit sur un tabouret qu'il attira près du lit, et il prit la main du jeune homme qui resta obstinément muet. Au bout d'un moment, le chirurgien essaya de poser une question :

— Comment vous sentez-vous ? Est-ce que tout va bien ? N'obtenant pas plus de réponse, il se leva : Je comprends votre silence. Je vais m'en aller. Je reviendrai vous voir une autre fois. Dites-vous que je ne suis pas à l'origine de ces transbordements qui ont dû vous fatiguer. Si vous voulez me joindre, je vais laisser mes coordonnées sur votre dossier. Je vous souhaite un prompt rétablissement.

Lucien, déçu, sortit de la chambre et se dirigea vers le bureau des infirmières. Un médecin était là qui l'attendait.

— Je suis le docteur Walter, chef intérimaire de ce service, et je suis ravi de faire votre connaissance. Vous êtes le gendre de feu monsieur de La Verle, si j'ai bien compris.

L'homme avait les sourcils froncés et le ton de sa voix était discrètement ironique. Lucien ne s'y trompa pas.

— Je suis vraiment désolé que ce patient ait été transféré sans qu'on me demande mon avis. Je dois vous avouer que je trouve ce procédé scandaleux, et je vous prie de m'en excuser. Personnellement, je n'y suis pour rien. J'ai appris qu'il avait été transporté ici en arrivant à la clinique ce matin.

Le médecin parut étonné et son visage se détendit.

— Nous n'avions pas imaginé que les choses aient pu se passer ainsi. Cette manière de procéder est inadmissible. Du temps du patron, jamais monsieur Morand ne se serait conduit de la sorte. Venez dans mon bureau, nous serons plus à l'aise pour bavarder.

Ils passèrent un long moment à se raconter leur vie et se trouvèrent de nombreux points communs. Le chirurgien intérimaire était un bon vivant, manifestement heureux d'exercer surtout en privé. Il avait été l'adjoint de Guillaume durant des années, mais l'hôpital ne l'intéressait nullement. Il laisserait volontiers la place au titulaire qui, espérait-il, serait bientôt nommé.

— Ici, nous n'avons pas d'équipements aussi performants que les vôtres, et on ne peut rien faire de sérieux. D'ailleurs, on se limite aux bricoles. Guillaume de La Verle parvenait à faire marcher le service parce qu'il avait de bons internes. Avec nos charmants Mauritaniens, on se limite aux points de suture.

Lucien s'étonna des précautions prises autour de son blessé. Le chef de service fit une réponse ambiguë :

— Les informations sur cette maladie sont si contradictoires qu'il n'est guère possible d'adopter une attitude rationnelle. Vous me dites qu'à la clinique, ce sont les infirmières qui ont réclamé le transfert de ce patient. Ici, mon personnel est tout aussi terrorisé, et c'est la surveillante qui a imposé les mesures de protection que vous avez vues. Je ne vais pas commencer à me battre avec les syndicats sur ce sujet à propos duquel je n'ai pas d'arguments officiels à opposer. Je suis là pour si peu de temps... L'homme voulut montrer qu'il se tenait au courant. Il continua : En 1985, on nous disait qu'à peine 10 % des séropositifs développeraient la maladie.

Aujourd'hui, on nous annonce qu'ils vont tous mourir. À mon avis, la vérité est probablement entre les deux. Dans l'état actuel de nos connaissances, je ne peux pas critiquer des mesures de protection qui, pour une fois, ne viennent pas de moi et n'ont que l'inconvénient d'être excessives. Il rit en ajoutant : Ce n'est pas si fréquent.

Lucien, lui, ne riait pas.

— Pour le malade, ce doit être terrible d'être considéré comme un pestiféré.

— Ce n'est pas de ma faute s'il est malade.

— Pensez-vous que ce soit de la sienne ?

L'autre prit un air salace.

— Probablement. Et, quoi qu'il en soit, nous n'en sommes qu'au début des mesures de défense contre cette maladie...

Lucien revint chez lui, écœuré. D'un côté, il y avait le regard et les larmes de ce garçon qui l'avaient bouleversé. De l'autre, l'attitude révoltante du personnel soignant, à la clinique ou à l'hôpital, qui laissait bien mal augurer de l'avenir.

Hellen rentra tard et trouva son mari devant la télévision, renfrogné, un verre de whisky à la main. Ce n'était manifestement pas le premier. Elle comprit ce qu'il en était quand il lui raconta les déboires de sa journée. Il paraissait effondré, comme désespéré. Fallait-il s'opposer énergiquement au père Morand, ou avaler la couleuvre et subir l'autorité abusive de ce potentat ?

La jeune femme ne savait que répondre. Elle n'avait devant elle qu'un homme vieilli, triste, inquiet, obligé de baisser la tête devant un vieillard despotique. Elle se retira sans un mot vers la cuisine.

Tout en remâchant ses incertitudes, Hellen prépara un appétissant plat de pâtes avec une sauce improvisée à base de tomates fraîches et d'herbes de Provence. Elle mit sur la table une bouteille de vin italien et appela son mari en chantant du Mozart :

— *Andiam, andiam, mio bene...*

Lucien se leva lourdement et prit sa femme dans ses bras.

— Excuse-moi. J'ai honte de me laisser aller ainsi devant toi, alors que j'ai tant insisté pour venir ici.

Elle lui coupa la parole en riant.

— Tais-toi ! J'ai confiance dans l'homme que j'ai choisi. Tu es le meilleur chirurgien que je connaisse. Sois patient. Il faut le temps pour se faire respecter.

Quelques jours plus tard, ils décidèrent d'aller ensemble à l'hôpital, rendre visite au jeune Bruno Pernet. Ils se dirigèrent tout droit vers sa chambre. Elle était vide.

— Encore, grommela Lucien entre ses dents. Où l'ont-ils mis cette fois ?

Ils se renseignèrent au bureau des infirmières. On l'avait changé de chambre.

— Vous devrez l'attendre, ajouta la préposée, il vient de partir à la radio. Ce ne sera pas long.

Une volumineuse femme d'une cinquantaine d'années, vêtue d'une blouse grise, avait surpris la conversation. Elle s'approcha de Lucien.

— Vous êtes de la famille ?

— Non, je suis le chirurgien qui l'a opéré à la clinique. Et voici mon épouse, chirurgien également.

— Enchantée de vous connaître, répondit-elle avec un bon sourire. Simone Blond. Je suis l'assistante sociale de l'hôpital. Le cas de ce garçon est une catastrophe. Vous êtes au courant peut-être ?

— Il ne va pas bien ?

Lucien était soudain affolé.

— Médicalement, je crois que tout va pour le mieux.

Elle lança un coup d'œil interrogatif à l'infirmière qui acquiesça.

— Il n'y a aucun problème. Il a repris son transit, pas de fièvre, et l'ostéosynthèse du fémur semble solide. On a enlevé le drain de Redon ce matin.

L'assistante sociale continua.

— Le vrai problème, c'est le cas social. On comprend qu'il se soit jeté par la fenêtre. Voilà un homme de vingt-cinq ans qui n'a pas de situation. Il vient de perdre sa mère, et l'ami, je veux dire... Elle hésitait, comme si elle devait prononcer une incongruité. Elle reprit son élan : Je veux dire, l'homme avec lequel il vivait, et qui, si j'ai bien compris, l'entretenait, est mort aussi. Elle baissa la voix pour ajouter en chuchotant : Du sida.

— Et alors ?

Lucien, lui, n'avait pas changé de ton.

La grosse femme se troubla.

— Il n'a pas un sou. Qu'est-ce qu'on va en faire ? Déjà, ils ont été obligés de le changer de chambre. Il n'aurait pas pu payer le supplément de chambre particulière.

Lucien fronça les sourcils, étonné.

— Ils l'ont mis dans une chambre avec d'autres ?

— Oh ! Non !

Elle avait pris un air scandalisé. Elle donna vite l'explication qui laissa Lucien et Hellen sans voix.

— Ils l'ont mis dans une chambre à deux, mais ils l'ont laissé seul, évidemment.

Hellen avait le sens des bonnes œuvres. Sa mère considérait les religieuses comme de bonnes éducatrices, mais à condition qu'elles ne parlent pas trop de religion. Elle lui avait inculqué des idées simples sur le thème de la charité : « On doit partager son bonheur et avoir toujours un prochain à aider. Mais il n'est pas pour autant nécessaire d'évoquer Dieu ou le Diable. »

Le jeune Pernet avait besoin d'aide, elle décida de s'en occuper. Surpris, il pensa que c'était le Ciel qui lui envoyait la belle dame chirurgien.

Avec son efficacité coutumière, Hellen eut tôt fait de connaître la vie de son protégé. Son parcours était d'une grande banalité. Issu d'une famille pauvre et orphelin de père, il avait interrompu ses études de bonne heure pour « travailler » avec des copains dans une troupe de théâtre amateur. Fascinés par le festival d'Avignon, tous rêvaient de succès foudroyants et ils obtinrent, effectivement, quelques bonnes critiques dans les journaux locaux. Pas suffisamment, toutefois, pour trouver des engagements.

Seul Bruno sortit du lot, grâce à une de ces rencontres qui

font basculer la vie des jeunes gens aux cils trop longs. Un architecte en renom, décorateur de théâtre à ses heures, lui offrit de le prendre comme assistant. Cet homme d'une cinquantaine d'années devint son maître à penser et l'initia dans maints domaines, au point de rendre son protégé complètement dépendant. Ce qui ne l'empêcha pas de continuer à chercher l'aventure partout dans le monde. Il revint de New York avec le virus du sida, contamina Bruno et succomba à la maladie. Ses neveux chassèrent le jeune homme de la maison où il habitait depuis plusieurs années. Il se retrouva sur le pavé, démuni de tout et désespéré.

Pour le moment, l'hospitalisation le mettait à l'abri du besoin, mais l'avenir lui paraissait si noir qu'il regrettait sincèrement l'intervention du chirurgien qui lui avait sauvé la vie. Hellen lui rendit visite fréquemment en lui apportant les petits objets qui facilitent la vie. Elle le mit en confiance, et il reprit courage.

Les infirmières, qui virent cette femme médecin venir si souvent s'occuper du pestiféré comme si de rien n'était, s'étonnèrent. Hellen leur expliqua la maladie et les risques de contagion. Venant d'elle, le message passa, et elles abandonnèrent les précautions ridicules qui traumatisaient le jeune garçon. Elles finirent par le traiter comme les autres malades, en le laissant seul, tout de même, dans sa chambre à deux lits.

Bruno comprit l'influence qu'Hellen avait eue sur le personnel soignant et se mit à croire qu'elle était vraiment la bonne fée qui lui manquait. Celle-ci, consciente de la place qu'elle tenait désormais dans la vie de ce pauvre garçon, commença à penser à l'avenir avec angoisse.

Comment l'aider durablement ? Un nom lui vint à l'esprit, David Robin. Elle ne l'avait pas revu depuis l'enterrement de Guillaume, et il ne savait pas qu'ils s'étaient installés à Saint-Yé.

Au siège de Médecine et Liberté, on lui répondit qu'il était en mission en Asie du Sud-Est. Elle laissa un message demandant qu'il la rappelle à Sainte-Marthe ou à Saint-Yé. Il ne tarderait sans doute pas à se manifester.

CHAPITRE XVI

David Robin avait été absent de France pendant la plus grande partie de l'année. Travaillant en Extrême-Orient, il avait tourné entre le Cambodge, le Vietnam, et la Thaïlande. L'activité dominante des Organisations non gouvernementales se situait là, dans des camps de réfugiés qui regroupaient des centaines de milliers d'individus dénués de tout, et, bien entendu, de soins médicaux.

Il vint dîner à Saint-Yé après l'été. Ses récits étaient parfois burlesques, souvent révoltants, toujours remplis d'épisodes émouvants. Ses hôtes eurent quelques bouffées de nostalgie en se souvenant de leurs actions passées.

À leur tour, Hellen et Lucien lui racontèrent l'histoire du jeune Pernet. N'y aurait-il pas une place pour lui dans l'organisation de Médecine et Liberté, alors en pleine expansion ? Sa fracture était en bonne voie de consolidation. Il serait capable de se mettre au travail, sans doute à partir de janvier prochain. David promit de s'en occuper.

Hellen était mal à l'aise en évoquant, devant David, l'homosexualité du jeune Bruno. Celui-ci ne fit aucun commentaire. Pas plus qu'il ne parut choqué par la séropositivité du blessé.

Il nota son nom sur un calepin et demanda à être tenu au courant de l'évolution de sa santé pour savoir quand il serait disponible pour un job éventuel. Il changea rapidement de sujet.

— Le laboratoire de cœlioscopie ne te manque-t-il pas trop ?

Elle n'était pas mécontente de parler d'autre chose.

— Un peu. Le pire, c'est qu'en procréation assistée, pour moi, la cœlioscopie a perdu de son intérêt. Elle expliqua comment un radiologue de Sainte-Marthe avait introduit la méthode échographique pour les prélèvements d'ovules : C'est plus rapide et moins onéreux pour la collectivité. Bref, l'horreur !

Ils éclatèrent de rire.

— Ma pauvre petite. Te voilà démonétisée.

— Pas pour longtemps. Je me donne trois mois pour montrer mes dons à Saint-Yé.

Ce projet lui tenait à cœur.

Ils restèrent un moment silencieux, dans la douceur du soir. Hellen avait extrait de la cave paternelle un vieil alcool de prune que les deux hommes sirotaient benoîtement. David reprit :

— Tout de même, ces radiologues de la nouvelle génération, ils se glissent partout.

Hellen renchérit :

— C'est une question de matériel. Le leur est si performant que la radiologie interventionnelle est devenue une véritable nouvelle spécialité. On ne peut plus se passer d'eux. Ils se mettent à pousser des ballonnets dans toutes les artères, et il n'est guère de disciplines où ils ne parviennent à résoudre des problèmes qui relevaient, jusqu'ici, du bistouri. Il y a peu, ils étaient des photographes qui ne développaient même plus leurs clichés. Maintenant, ce sont des opérateurs qui mettent les chirurgiens au chômage. Regarde pour la dilatation des coronaires. On se demande si le pontage sera encore justifié dans dix ans. En neurochirurgie, c'est pareil. La trépanation chère à nos ancêtres ne va-t-elle pas disparaître ?

— Ils ne sont pas les seuls à nous brouter la laine sur le dos, intervint Lucien. Nous n'opérons plus les ulcères de l'estomac, les médicaments sont plus efficaces que nous. Le cancer du colon va finir par disparaître grâce aux médecins gastro-entérologues qui se sont emparés des endoscopes modernes. Ils enlèvent tous les polypes, qui, autrefois, se cancérisaient.

C'était intéressant de voir ces descendants des Desault, Dupuytren, ou Péan se plaindre de ne plus rien avoir à opérer.

— Il n'y a pas si longtemps, continuait Lucien très en verve, un calcul dans le canal cholédoque, c'était une belle matinée opératoire en perspective. Aujourd'hui, le gastro-entérologue arrive avec son fibroscope, il le descend dans l'estomac, passe dans le duodenum, incise le canal et le calcul s'évacue par les voies naturelles. Un miracle.

— Avec mon bistouri, j'avais l'air d'un con, ma mère... chantonna David, parodiant Brassens.

Hellen se piquait au jeu :

— C'est comme les gynécologues. Ils videront bientôt le programme opératoire de ces pauvres chirurgiens viscéralistes. Finies les opérations sur les ovaires, les trompes, et, peut-être même, les utérus.

— Tu crois que les non-chirurgiens vont pouvoir réaliser ces interventions ? s'étonna David.

— C'est évident. Rien ne les en empêche. Seuls les chirurgiens peuvent réagir en reprenant en main des techniques qu'ils n'auraient jamais dû mépriser autant. Sentant vibrer sa fibre chirurgicale, Hellen continua : Je me suis laissée dire que certains commençaient à reconquérir le terrain perdu. À Amiens même, une équipe pratique l'endoscopie interventionnelle, comme l'ont toujours fait les urologues. Il semblerait étonnant que le fait d'enlever une prostate relève de deux spécialités différentes, selon qu'on ouvre le ventre ou qu'on passe par les voies naturelles.

— Pour les polypes du colon ou de l'estomac, c'est bien ce qui s'est produit.

— Il va falloir que ça change !

Hellen avait imité le ton d'un discours politique. Lucien, les yeux baissés sur sa blague à tabac, ne répondit rien. Il s'imaginait mal en train de regarder dans le tube digestif de ses patients avec ces optiques compliquées.

David s'amusait de voir se dessiner cette opposition entre deux générations d'opérateurs. Il prit un ton plus sérieux pour revenir sur un sujet qu'il connaissait bien.

— Heureusement qu'il y a partout des petits dictateurs paranos sans scrupules pour massacrer allégrement leurs contemporains. Ils sont passés de l'artisanat au génocide industriel, et il ne reste plus que nous, les ONG, pour réparer tant bien que mal les populations civiles dévastées. Il y aura du pain sur la planche pour les chirurgiens généralistes durant les décennies à venir.

— À moins que nous ne soyons obligés de créer une spécialité supplémentaire : des chirurgiens qui ne sauront opérer que dans le bruit du canon et le crépitement des kalachnikov. Pour les former, on les mettra sous des tentes avec des bandes-son guerrières enregistrées.

À quelques jours de là, un samedi matin, David vint à Sainte-Marthe faire ses adieux à Hellen. Il repartait pour la Thaïlande. Ensemble, ils évoquèrent un moment le rôle de ce petit pays aux côtés de ses voisins martyrs.

Tandis qu'Hellen enlevait sa blouse, David prit un air soucieux :

— Dis-moi, je n'ai pas trouvé ton mari très en forme. Est-ce que je me trompe ?

Hellen n'aimait pas se plaindre. Pourtant, elle était si en confiance avec David qu'elle se laissa aller.

— Il m'inquiète un peu. C'est vrai. Depuis l'histoire du jeune Pernet et l'algarade avec le père Morand, il est très abattu.

— Pour tout te dire, je suis venu dans le but de t'en parler. Qu'en est-il de son activité chirurgicale ?

— Nous attendions mieux. Le père Morand bénéficiait d'un prestige personnel qui ne s'est pas reporté sur Lucien. Au début, malgré tout, contrairement à ce qui s'était passé à Aulnay, il se montrait déterminé. Il essayait de mieux connaître les praticiens du pays, cherchait à assimiler de nouvelles techniques. Bref, il se mettait en valeur. Je sentais sa volonté de réussir dans cette région. Son enthousiasme semble s'émousser.

— Tu crois qu'il renonce ? qu'il ne réussira pas ?

— Je ne sais pas. Autrefois, il partait de la maison aussi tôt que moi pour aller à la clinique visiter ses malades hospitalisés. Il se montrait, cherchait à rencontrer les médecins traitants et à leur donner l'impression qu'il était occupé. Depuis l'épisode du petit Pernet, il reste le plus souvent à la maison, se lève tard, regarde la télévision, et c'est tout juste s'il s'habille convenablement pour m'accueillir le soir. Je suis sûre qu'il y a des jours où il ne met pas le nez dehors. Elle baissa la voix : Il m'a offert un magnétoscope. C'était très gentil de sa part. Mais il est le seul à s'en servir et j'ai même découvert qu'il loue des films en cachette. Il les regarde l'après-midi. Tu te rends compte !

— Tu ne peux pas l'intégrer à Sainte-Marthe ?

— Francis Barbier le lui avait proposé. Sans succès. Je ne m'inquiète pas trop. Il suffirait de quelques malades supplémentaires pour qu'il reprenne le goût d'aller à la clinique, mais, en ce moment, il ne cherche même plus. J'ai l'impression qu'il a peur de rencontrer le père Morand.

— Veux-tu que je lui trouve une mission ? En Thaïlande, un type comme lui aurait de quoi faire.

— D'abord, je n'ai plus très envie de vivre en célibataire, et il me serait difficile de partir aujourd'hui. Elle hésita un instant à lui parler de la procréation assistée et n'en eut pas le courage : Je crois que ce sont ces années de vie artificielle qui l'ont brisé. Là-bas, il était une sorte de héros qui faisait des miracles et ne se souciait pas des petites tâches pénibles de la vie domestique. Ici, dans la grisaille provinciale, les efforts au quotidien lui paraissent insurmontables.

— Tu penses qu'il ne veut plus en faire ?

— Je crains qu'il ne puisse plus.

Pensif, David enchaîna :

— J'ai eu cette impression au cours du dîner chez vous l'autre soir. Je souhaitais que nous en parlions tous les deux. Je repars pour Bangkok demain. Ne vaudrait-il pas mieux remettre Lucien dans le bain humanitaire plutôt que de le laisser végéter ici ? Dans quelque temps, il risque de n'être plus récupérable du tout.

Le ton de la discussion s'envenima. Hellen était plus nerveuse qu'à l'ordinaire et elle s'irrita de voir David se mêler ainsi de sa vie privée. Alors que la décision d'avoir un enfant avait été prise, ce n'était pas le moment d'envoyer son mari à l'autre bout du monde. Leurs problèmes de couple ne le concernaient en rien. Elle le lui fit sentir, en se refusant à en dire plus.

David non plus ne voulait pas tout dire. Il aurait eu besoin d'être secondé par un aide aussi efficace que le chirurgien qu'il avait connu au Pakistan. Au moins le temps qu'il se fasse opérer de sa jambe. Il n'avait pas imaginé que la conversation prendrait un tel tour.

Il avait prévu d'emmener Hellen pour déjeuner. Elle déclina l'invitation. Ils se séparèrent fraîchement.

Pas pour longtemps. À peine était-il parti qu'elle entendit un brouhaha dans les couloirs. Un infirmier fit irruption dans son bureau.

— Madame, votre ami vient de tomber dans l'escalier.

Elle se précipita. David était assis sur les marches et se tenait la cheville à deux mains avec une grimace douloureuse.

— Elle a lâché, se lamenta-t-il en voyant arriver son amie. Il y a eu un craquement, et ma jambe est devenue folle.

— Mon pauvre David ! C'est désolant, mais c'est un accident dont tu étais menacé depuis longtemps. À tout prendre, il vaut mieux que ce soit arrivé ici, plutôt que dans la rue ou à l'autre bout du monde. Tu vas enfin être obligé de te soigner.

Il secoua la tête.

— J'ai une réunion très importante dans deux jours à Bangkok. Je ne peux pas la manquer. Comment vais-je faire ?

L'interne en chirurgie arrivait avec une mallette d'attelles d'urgence. Il déploya une feuille de carton prévue pour cet usage et la plia en un tournemain. La jambe se trouva bientôt solidement immobilisée. Des infirmiers purent alors relever avec prudence le blessé et l'installer sur un brancard.

David avait un air désolé et furieux.

— Me voilà reparti pour un tour.

Hellen lui prit la main et l'accompagna jusqu'au service d'orthopédie.

— Je connais bien l'agrégé du service. Tu verras, c'est un type charmant, et son équipe est très forte en chirurgie réparatrice. Ils vont te remettre à neuf.

— Tu crois qu'ils m'opéreront aujourd'hui ?

— Je ne sais pas, mais le voilà, il va te renseigner.

C'était un petit homme rond et jovial d'une quarantaine d'années, avec un crâne complètement chauve. Il détacha les languettes de l'attelle et palpa la cheville, pendant que David résumait l'histoire de sa jambe. Le spécialiste hocha la tête.

— À mon avis, c'est une rupture du tendon d'Achille. Ce qui reste du muscle est scléreux et adhérent. Le tendon maintenait la cheville raide. Cette perte de souplesse rendait la rupture inéluctable. On va faire une radio pour voir l'état des os, puis une échographie qui, je pense, confirmera le diagnostic. On en saura plus dans un instant.

— Il faudra m'opérer ?

— Évidemment.

— Aujourd'hui ?

Il éclata de rire.

— Nous sommes samedi, et, vous en conviendrez, ce n'est pas vraiment une urgence.

— Il est très pressé, expliqua Hellen. Notre ami est médecin et il a de grosses responsabilités dans une importante organisation humanitaire.

L'orthopédiste inclina la tête pour montrer son admiration. Il prit un ton conciliant :

— Voilà ce que je vous propose : si la radio confirme mon impression clinique, on vous fait votre bilan sanguin tout de suite, on prépare votre peau, et lundi je vous opère à la première heure. O.K. ? Après, dès que vous aurez votre plâtre, on vous mettra dehors. On ne peut pas faire plus vite.

Il n'attendit pas la réponse, mit la main sur l'épaule de David, sourit à Hellen et s'éloigna rapidement.

— Il aurait pu me demander si ce programme me convenait, grommela le blessé, visiblement furieux.

Elle essaya de le calmer :

— On ne peut pas faire autrement, David, tu le sais. Tu seras bien ici, je viendrai te voir...

— Comme au Pakistan, répondit-il, presque hargneux. Il ajouta, avec un regard chargé de tristesse : Cette fois-ci, tu n'auras pas besoin de venir m'annoncer que tu pars avec Lucien. C'est déjà fait.

Avant de rentrer à Saint-Yé, Hellen décida de passer dans le service d'orthopédie pour remonter le moral de son ami.

Le samedi soir, les couloirs étaient déserts. Elle allait demander le numéro de la chambre de David, quand elle aperçut le chirurgien au crâne chauve qui venait dans sa direction. Il avait un visage bizarrement sévère.

— Ah ! Hellen. Tu tombes bien. Peux-tu venir un moment dans mon bureau, il faut que je te parle.

La pièce était petite, avec des murs surchargés de photos, de diplômes et de souvenirs divers. Il y avait même, derrière le bureau, une crosse de hockey sur glace et des fanions de clubs universitaires américains. Personne ne pouvait ignorer qu'il avait été formé aux États-Unis.

— Assieds-toi et regarde ça.

Il lui tendit une fiche de laboratoire où un seul résultat était inscrit : « HIV positif ». Elle le relut plusieurs fois, comme si elle ne comprenait pas. Elle vérifia le nom, la date. Il n'y avait pas d'erreur. David était séropositif. Il avait été contaminé par le virus du sida.

Elle ne pouvait plus bouger. Son ami, l'homme qui l'avait surveillée, nourrie, soutenue pendant leur semaine afghane, était frappé par cette maladie diabolique. C'était la première fois qu'elle s'y trouvait personnellement confrontée. Le sida, jusqu'à ce moment précis, avait été pour elle une sorte de spectre abstrait. Un sujet de conversation. Une tristesse pour des gens comme le jeune Bruno. Rien de vraiment palpable dans son monde à elle.

Et voilà que le virus entrait dans sa vie. Elle était touchée dans son cœur, presque dans sa chair. Passées les premières secondes de stupeur, un flot de questions l'assaillirent. Comment avait-il été contaminé ? Était-ce la conséquence de son homosexualité ? De quand datait cette contamination ? Était-ce récent ? L'était-il déjà en Afghanistan ? Était-il au courant ? Fallait-il en parler avec lui ? Se savait-il contagieux ?

Son confrère, le sourcil froncé, la regardait, respectant son silence. Hellen se secoua.

— Comment a-t-il réagi ?

— Que veux-tu dire ?

— Tu le lui as donné ce résultat, bien sûr ?

— Non.

— Comment ça, non ? Tu ne lui as pas dit ?

— Je ne pense pas que ce soit indispensable.

Hellen ne comprenait pas.

— On n'a pas le droit de vivre dans l'ignorance du fait qu'on porte en soi un danger mortel pour les autres.

— Peut-être. Je ne pense pas que ce soit à moi de le lui

annoncer. De toute façon, il est adulte et célibataire. À notre époque, tout le monde sait qu'on doit prendre des précautions avec tout le monde, seul moyen d'éviter les risques de contamination. Ce n'est pas en démolissant définitivement le psychisme d'un type qu'on améliorera les statistiques.

Elle se leva avec la sensation d'être écrasée soudain par une charge démesurée. N'était-ce pas à elle qu'il appartenait de prévenir David ? De sa vie, jamais une telle responsabilité n'avait pesé sur ses épaules.

Pourquoi ne pas demander l'avis de Lucien ? Il avait vécu davantage qu'elle et saurait la conseiller. Une autre pensée lui traversa aussitôt l'esprit. En parler à Lucien ? Elle n'en avait pas le droit. Aucune raison médicale imposait qu'elle levât le secret professionnel devant son mari. Entre David et lui, les relations n'étaient qu'amicales. Il n'avait pas à savoir.

L'orthopédiste se leva.

— Tu fais ce que tu veux avec ton patient, ou ton ami, je ne sais pas. Ce n'est pas mon affaire. Quand on l'opérera, je préviendrai mes infirmières pour qu'elles fassent spécialement attention, mais elles ne lui diront rien non plus.

— Quand on l'opérera, répéta-t-elle. Ce n'est pas lundi ?

— Tu n'es pas au courant ? Il n'a pas voulu rester. Il fallait absolument que, dans deux jours, il soit je ne sais où. Je lui ai fait un plâtre et il est parti. Il reviendra.

Hellen ne savait plus où elle en était. Une bouffée de larmes lui monta aux yeux. Elle se précipita vers son bureau en prenant garde de ne rencontrer personne. Là, elle s'effondra. Elle se laissa aller à pleurer tout son saoul. Comme elle n'avait plus pleuré depuis son enfance. Sur elle. Sur sa solitude. Sur son ami.

Dans son cabinet de toilette, elle se mouilla le visage. L'eau fraîche lui fit du bien. Elle resta un long moment au-dessus du lavabo à se baigner les yeux et à tenter d'effacer de son visage les marques de cette peine insoutenable.

Il fallait qu'elle rentre à Saint-Yé.

Elle dormit mal, ressassant durant tout le week-end sa découverte du samedi. Le lundi matin, un rendez-vous important l'attendait à la clinique, qui ajoutait encore à sa nervosité. Sans le savoir, elle allait passer un des moments les plus exaltants de sa carrière.

Le directeur commercial de Storz-France, une grande entreprise d'optique médicale, s'était déplacé et l'attendait à la clinique avec un nouveau matériel de vidéochirurgie qu'elle n'avait encore jamais utilisé. Un reporter du magazine *Picardie*, très lu dans la région, serait là aussi, pour rendre compte de l'événement.

Malheureusement, le journaliste prévu, spécialiste en la matière, se fit excuser. Il était souffrant. Ce fut une remplaçante, Virginie Zeller, qui arriva. Jeune et timide, elle était désolée, ne connaissait rien au sujet, n'avait pas eu le temps de se documenter, n'était au journal que depuis quelques semaines, etc. Amateurisme qu'Hellen détestait plus que tout.

Il fallut lui apprendre à mettre un pyjama chirurgical, des bottes, une charlotte et un masque. Lui recommander de sortir de la salle d'opération si elle se sentait mal, de ne toucher à rien, de ne pas parler tant que la patiente ne serait pas endormie. Elle paraissait si sotte et empruntée qu'Hellen avait envie d'en rire. Par solidarité féminine, elle n'en fit rien.

Elles pénétrèrent dans la salle où les gens de Storz attendaient. Hellen les salua et alla dire quelques mots rassurants à sa patiente. Puis, elle serra la main de l'anesthésiste qui était prêt à officier. Avec l'assentiment d'Hellen, il poussa la seringue et la malade s'endormit.

Son bloc-notes en main, Virginie ne quittait pas Hellen d'un pas. « C'est la chance de ma vie, pensait-elle, je ne veux pas perdre une miette du spectacle. »

— Excusez-moi, vous pouvez m'expliquer ce qu'elle a, demanda-t-elle pendant que la jeune femme chirurgien se lavait les mains.

Hellen, résignée, se dit qu'il fallait se montrer coopérante, si elle ne voulait pas voir paraître, le lendemain, un récit fantastique qui devrait tout à l'imagination de la jeune fille.

— Il s'agit d'une patiente de trente ans qui se plaint de douleurs inexpliquées dans le bas-ventre. Elle a été opérée de l'appendicite il y a trois ans et, depuis cette époque, elle souffre de plus en plus. Tous les examens sont négatifs. Je vais donc lui faire une cœlioscopie exploratrice.

— Une quoi ?

Il fallait vraiment reprendre les explications depuis la base. Hellen parvint à ne pas soupirer.

— Je vais lui faire une minime incision au-dessous du nombril et lui glisser un appareil d'optique qui me permettra de voir ce qui se passe à l'intérieur.

Ravie de comprendre, la jeune fille hocha la tête d'un air entendu.

— Si j'ai bien compris, cette technique est toute nouvelle.

— Mais non. On a commencé à regarder dans les ventres en 1901, à Dresde, en Allemagne. C'était sur le chien. Sur l'homme, ce fut en 1912, en Suède. Puis, aux États-Unis, quelques opérateurs s'y sont risqués, mais sans persévérer. Celui qui a codifié la méthode et qui en est devenu le vrai promoteur mondial, c'est un Français, Raoul Palmer, aux environs des années 1940. Il était chef du laboratoire de recherche de l'hôpital Broca, à Paris.

— Pas en Amérique ?

— Non, la France a innové dans ce domaine. Les Américains ont suivi, longtemps après.

— Qu'y a-t-il de particulier dans ce que vous faites aujourd'hui ?

— Le matériel nouveau que vous allez voir.

Le directeur commercial de Storz était un bel homme aux yeux bleus. De gros sourcils blonds émergeaient entre calotte et bavette, soulignant son sourire. Avec un acolyte, il avait installé, à droite de la patiente allongée, une sorte de console roulante à deux étages qui soutenait une télévision, un magnétoscope et d'autres appareils chargés de cadrans et de petits écrans verts.

Revêtue de sa casaque stérile, Hellen enfilait les gants que son assistante lui avait tendus. Elle s'approcha du côté gauche.

— Alors, demanda-t-elle, tout est prêt ?

L'homme sourit.

— Vos assistantes nous ont aidés à faire nos branchements. Elles sont charmantes. Vous allez pouvoir découvrir le résultat.

Une infirmière vint à son tour avec une grande boîte.

— Comme convenu, j'ai été chercher l'instrumentation nouvelle que vous aviez demandée.

Hellen était ravie.

— Quelle est la marque ? demanda Virginie.

— USSC. Les Américains s'orientent de plus en plus vers le matériel à usage unique.

— Oui, sauf pour les optiques, évidemment !

La panseuse ouvrit un premier sachet.

— Voici l'aiguille d'insufflation.

La journaliste tendit le cou. Hellen se souvint qu'il fallait continuer à parler. Elle s'excusa auprès du technicien et lui expliqua pourquoi elle allait être si bavarde.

— Pour y voir dans un ventre, il faut le gonfler d'air. Ou plutôt de gaz carbonique qui est mieux supporté. Jusqu'ici, on s'est toujours servi de l'aiguille inventée par Palmer. Elle était merveilleuse d'efficacité, mais difficile à nettoyer. Aujourd'hui, cette infirmière nous en a apporté un modèle identique, qui est à usage unique.

L'homme de Storz intervint pour bien montrer que sa science ne se cantonnait pas à l'optique médicale :

— C'est une aiguille munie, à l'intérieur, d'une sorte de doigt mousse monté sur un ressort. Quand madame de La Verle va piquer le ventre, ce doigt se rétractera. Dès que la pointe de l'aiguille entrera dans la cavité abdominale, le doigt va jaillir en avant pour écarter l'anse intestinale qui aurait eu la malencontreuse idée de se trouver là.

Hellen palpa avec soin la paroi abdominale de la patiente, puis, d'un geste vif, enfonça l'aiguille.

— Et comme on en prendra désormais une neuve chaque fois, reprit-elle, nous serons assurés d'un parfait fonctionnement, ce qui n'était pas le cas jusqu'à présent.

Toujours aussi souriant, le spécialiste continua :

— Maintenant, l'instrumentiste branche sur cette aiguille le petit tuyau qui va permettre d'insuffler du gaz. La surveillance est facilitée par ce manomètre électronique et l'insufflation se reproduira automatiquement pour maintenir la pression au niveau choisi.

— Ce système de tuyauteries a été mis au point par un gynécologue, précisa Hellen.

— C'est vrai. Nous avons, en France, de grands novateurs.

Le ventre gonflait lentement et Hellen tapotait pour vérifier que l'hypersonorité était bien répartie. Elle leva les yeux vers l'infirmière pour montrer qu'elle attendait la suite.

— Voici le trocart de 10 mm, pour l'optique.

Elle tendit un autre sachet. Hellen en tira une sorte de gros poinçon monté sur un embout de plastique blanc à plusieurs embouchures.

Avec un minuscule bistouri, elle fit une petite entaille dans la lèvre inférieure du nombril. Une goutte de sang apparut. Elle prit le trocart de la main droite et le poussa dans la plaie avec de légers mouvements oscillants d'une grande prudence. Soudain la pointe s'enfonça, immédiatement bloquée par la main gauche postée sur le ventre comme un butoir. Tenant l'instrument avec délicatesse, elle palpa l'intérieur du ventre et vérifia que la pointe était bien libre. Son regard interrogea le technicien.

Aimablement, l'homme aux gros sourcils s'ingéniait à donner les explications que la journaliste notait.

— L'instrumentiste de madame de La Verle va brancher sur les deux petits robinets du trocart, d'abord un tuyau qui apportera le sérum de lavage, ensuite un autre, qui permettra l'aspiration éventuelle des liquides. Elle va maintenant enfiler l'optique.

Tandis qu'il parlait, les gestes des deux femmes s'enchaînaient à la perfection. Ce premier instrument était une longue tige prolongée par un câble branché sur la télévision.

— L'optique est grossissante, elle est reliée par un faisceau de fibres de verre à une source lumineuse puissante, et à un camescope miniaturisé qui va nous donner l'image de ce que, jusqu'à présent, les chirurgiens regardaient directement, l'œil sur l'objectif...

— Courbés en deux, les reins douloureux, compléta Hellen, en évoquant les longues séances opératoires qui la laissaient brisée, la colonne lombaire complètement ankylosée.

Une infirmière disposa un tabouret derrière Hellen, qui put ainsi s'asseoir et regarder confortablement l'écran de télévision placé en face d'elle, de l'autre côté de la patiente. Comme par enchantement, on aperçut l'intérieur du ventre dans une émouvante lumière rosée. Manipulée avec lenteur, l'optique permettait d'observer les organes comme dans les pages d'un livre d'images.

— Voilà deux autres trocarts à usage unique pour votre instrumentation, continua l'infirmière.

Hellen repéra l'endroit où les enfoncer, à une dizaine de centimètres, de chaque côté du nombril, cette fois sous contrôle de la vue. Bien orientée, l'optique fit apparaître sur l'écran la paroi abdominale observée du dedans. On la vit ployer sous la poussée qu'Hellen lui faisait subir, puis céder en laissant passer l'acier brillant de la pointe acérée. Peu après, à la place de cette pointe, surgissait une minuscule pince préhensive. La même manœuvre se répéta sur le flanc gauche.

Le plus surprenant pour la journaliste, c'était la longueur de ces instruments enfilés dans les trocarts : quarante centimètres environ, avec, hors du ventre, une paire d'anneaux de ciseaux et, à l'intérieur, deux mors se déplaçant en tous sens. Son regard étonné allait des mains gantées jusqu'à l'écran où les instruments semblaient animés d'une vie propre. Elle finit par oublier ce qui se passait en surface pour laisser son regard se perdre, à travers l'image télévisée, dans les profondeurs de ce monde fascinant. Hellen commentait.

— Voilà l'utérus, parfaitement sain.

— Et maintenant le miracle, susurra le technicien, à la manière d'un illusionniste. Madame de La Verle, voulez-vous confier l'optique à votre aide qui va la tenir comme je le lui ai montré.

La jeune femme avança la main pour saisir l'instrument, tandis que l'homme poursuivait ses explications :

— Comme elle voit parfaitement ce que vous faites, elle est en mesure de suivre pas à pas votre cheminement dans le ventre. Ainsi pouvez-vous...

— ...travailler des deux mains. C'est fantastique. C'est vraiment la première fois. Regardez, comme c'est facile. Je n'avais pas imaginé cet apport de la vidéo.

L'homme de Storz était aux anges.

Hellen jeta un coup d'œil à la journaliste.

— À mon tour, je vais vous montrer un miracle, historique celui-là. Regardez-bien l'utérus. S'adressant à l'infirmière, elle commanda : Redressez-le.

La panseuse s'approcha prudemment de l'entrejambe de la patiente et saisit une canule, qui, juste avant l'intervention, avait été mise en place, par le vagin, dans le col utérin. D'un geste simple, elle poussa sur la poignée et l'on vit, sur l'écran, le corps utérin se redresser vers le haut, découvrant les organes qui se trouvent normalement derrière et sont ainsi inaccessibles à la vue.

Hellen était en verve.

— Savez-vous, monsieur le technicien, que cette manœuvre qui nous semble aujourd'hui élémentaire, a été imaginée — je le rappelle souvent — par Raoul Palmer en 1945 ? À l'époque, ce fut une véritable révolution qui a permis l'essor de la cœlioscopie.

La jeune femme retourna à son exploration :

— On voit très bien les deux trompes qui partent de l'angle utérin. À gauche, on descend facilement jusqu'à l'ovaire. Vous le voyez, blanc nacré, avec ses cicatrices habituelles. Tout est normal. En revanche, à droite, il n'en est plus de même. Regardez ces voiles qui vont du pavillon jusqu'à la paroi. Et ce cordon blanchâtre qui rejoint ce gros sac, là. C'est le caecum. L'appendice devait être ici. Vous voyez la cicatrice laissée par le chirurgien. Toutes ces formations qui relient entre eux ces organes sont pathologiques. Il ne devrait rien y avoir entre le caecum et la trompe. Voyez l'ovaire, enfoui dans un vrai cocon d'adhérences. On dit que, plus elles sont épaisses, plus elles génèrent de douleurs. Toutes ces anomalies sont très probablement les conséquences de l'appendicite opérée jadis. Hellen paraissait désormais tout à fait à l'aise : Nous allons pouvoir remplacer la pince de droite par les ciseaux de coagulation qui me permettront de libérer ce réseau adhérentiel.

L'infirmière tendit l'instrument sorti de son sachet. Le fil fut branché sur le bistouri électrique

— L'intensité d'abord au minimum... Très bien. On monte doucement... Parfait. C'est suffisant pour le moment. Les accidents qui surviennent dans des mains débutantes sont le plus souvent liés à des erreurs de réglage.

Hellen s'adaptait rapidement à tous ces perfectionnements. En réalité, elle avait déjà l'expérience des centaines de cœlioscopies faites avec les moyens traditionnels. Ces instruments, elle les connaissait, mais jamais elle n'en avait tenu deux à la fois, un dans chaque main.

Virginie ne se rendait pas compte que cette facilité apparente des gestes de la femme chirurgien était le fruit de son expérience pratique. De nombreux praticiens, dans les années à venir, commettraient la même erreur. Ils croiraient qu'il leur suffirait d'acheter un matériel de vidéo-chirurgie pour faire aussi bien que les pionniers de ces techniques. Ils déchanteraient vite.

Il faut avouer que la méthode était séduisante.

— Nous vous apporterons bientôt des images « haute définition », bien plus belles encore. J'ai vu les appareils à l'étude, c'est d'une netteté que vous ne pouvez pas imaginer.

Hellen trouvait déjà ce résultat magnifique. Les infirmières, fascinées comme la journaliste, suivaient ces instruments animés de mouvements magiques qu'elles regardaient évoluer pour la première fois. Jusqu'ici, elles devinaient l'action que seul l'opérateur voyait. Ce jour-là, tout le monde était au spectacle et Hellen officiait, actrice au grand jour pour la première fois aussi.

Elle sculpta les adhérences, libérant peu à peu l'intestin. La trompe se détacha. Les minuscules lames de ciseaux contournèrent l'ovaire et remontèrent jusqu'au caecum, rendant à chacun une mobilité normale. Comme cela paraissait simple. Il lui fallut tout de même une heure pour tout rendre propre, nettoyer chaque centimètre de paroi abdominale, aidée par les petits jets de sérum et la coagulation qui ne laissait pas le moindre vaisseau hémorragique. Chaque saignement était occulté avec une petite fumée qui authentifiait l'hémostase.

— Jamais je n'aurais cru que ce soit possible ! s'exclama la journaliste qu'on n'entendait plus depuis un moment.

— Madame de La Verle va peut-être jeter un petit coup d'œil vers le haut, suggéra l'homme de Storz.

— Si vous voulez.

Hellen bascula ses instruments vers la droite et commenta :

— Voilà le colon droit qui monte vers le foie. Ce rideau jaunâtre, c'est le grand épiploon, le pansement naturel des plaies abdominales. Voici le foie, avec son rebord bien net et tranchant. Je le soulève et vous voyez apparaître la vésicule biliaire facilement reconnaissable à sa couleur verdâtre. À droite encore, ici, c'est l'estomac avec tous ses vaisseaux de surface. Si nous passons à gauche, nous allons voir la rate et l'angle du colon gauche...

Elle aurait continué des heures. L'anesthésiste fit revenir tout son petit monde sur terre.

— Oh ! s'il vous plaît. Vous n'allez pas monter ainsi jusqu'au cerveau. La petite dame aimerait bien qu'on lui dégonfle le ventre et qu'on la remette dans son lit.

Hellen éclata de rire.

— Vous avez raison. C'est bien d'entendre la voix de la sagesse. On s'en va.

L'abdomen reprit sa taille normale. Les instruments furent retirés un à un, et une agrafe obstrua chaque mini-incision. Les spectateurs refluèrent à regret dans le hall.

— Comment s'appelle cette intervention ? demanda la journaliste en tirant sur son masque.

— Une adhésiolyse.

— Vous voulez bien m'épeler ?

L'homme de Storz arriva, son visage souriant, libéré.

— Bravo, madame de La Verle ! Superbe démonstration. Je vous laisse tout le matériel pendant un mois, gracieusement, bien entendu. Votre panseuse et votre instrumentiste ont compris comment faire l'installation. Je pense que vous n'aurez aucune difficulté. De toute façon, s'il le faut, j'arrive instantanément.

— Une adhésiolyse, répétait la journaliste, qui avait quelques difficultés avec l'orthographe.

L'homme repoussa gentiment la jeune fille qu'il devait commencer à trouver encombrante et lui chuchota à l'oreille :

— Dans adhésiolyse, la lettre « y » est à la fin.

À l'écart, il reprit sa conversation avec Hellen.

— Vous devriez essayer d'enlever des kystes de l'ovaire, des trompes, des fibromes. Vous êtes rodée à la méthode. Les gestes de l'exérèse vont venir très vite. Je connais un chirurgien qui enlève appendices et vésicules par ce moyen.

— Des vésicules ? Ce n'est pas possible. Qui est-ce ?

— Un Lyonnais : Philippe Hemme. Dans ses mains, c'est devenu un geste presque banal. Il a commencé par la gynécologie, comme vous. Mais c'est un chirurgien généraliste. Alors, un jour, il a tourné son optique vers le haut, en continuant à couper des adhérences pathologiques. C'était il y a quinze ans. Aujourd'hui, il en est aux vésicules. Qui sait où il s'arrêtera ?

Hellen avait du mal à le croire.

— Il fait des cholécystectomies par cœlioscopie ?

— Oui. La première a eu lieu au début de cette année. En mars, pour être précis. Aujourd'hui, il doit en être à une vingtaine. Grâce à ce matériel, il fait bien d'autres interventions. Allez le voir, il sera enchanté.

— Où opère-t-il ?

— Dans une clinique privée de la région lyonnaise. Le voyage vaut la peine, vous ne serez pas déçue. Je vous laisserai son adresse. Voilà aussi votre cassette. La patiente sera peut-être heureuse de voir ce que vous avez tenté pour elle.

Hellen n'y avait pas pensé. Le compte rendu de son intervention était là, dans cette petite boîte de plastique. Elle allait pouvoir se constituer des archives inimaginables.

La sonnerie du téléphone interrompit les conversations. Une infirmière décrocha et s'exclama :

— Le patron vient d'être hospitalisé en réa. Il est très mal.

Le patron, ici, c'était Pierre Morand. À la clinique, on l'avait toujours appelé ainsi. Comme Guillaume, à l'hôpital. Tandis que l'anesthésiste partait en courant, Hellen s'excusa d'un mot auprès des gens de Storz. Elle se retourna et buta sur la journaliste. Elle la prit par les deux épaules et lui dit très vite :

— Maintenant, je crois que vous devriez aller écrire votre article, car, ici, nous avons encore beaucoup de travail. Quand votre papier sera prêt, vous pourrez venir me le montrer et, s'il le faut, je vous donnerai quelques tuyaux supplémentaires. D'accord ? Vous me téléphonez. Allez vous changer au vestiaire.

La jeune fille resta figée sur place, un sourire béat sur les lèvres, avec, pour la femme chirurgien qui venait de la laisser, un regard illuminé d'admiration. Hellen se précipita dans le couloir. Un drame se jouait à quelques mètres de là.

CHAPITRE XVII

La salle de réanimation était une sorte de laboratoire vitré, qui contenait quatre lits branchés sur une batterie d'écrans de contrôle et cernés d'appareillages électroniques multiples. Le père Morand venait d'être installé et le diagnostic était aisé : c'était une crise asphyxique aiguë. Il étouffait. Tout y était, le teint violacé, les lèvres exsangues et les narines battantes au rythme d'une respiration désordonnée. En quelques instants, l'anesthésiste avait branché l'oxygène, puis une perfusion, et injectait les drogues appropriées.

La situation s'améliora rapidement, mais le cœur restait rapide et irrégulier. Cet état cardiaque ne laissait pas d'inquiéter, l'appareil circulatoire supportant mal de telles agressions. Hellen prit la main du vieillard.

— Monsieur Morand, comment vous sentez-vous ?

Il entrouvrit les yeux et hocha la tête. Il n'avait pas la force de parler.

L'anesthésiste, de grosses gouttes de sueur sur le front, chuchota :

— J'ai eu une de ces trouilles ! Quand je suis arrivé, j'ai vraiment cru que c'était fini. À quelques minutes près, il était foutu.

Hellen lui mit la main sur l'épaule :

— Vous êtes arrivé à temps. C'est l'essentiel.

Il secoua négativement la tête.

— On ne peut pas continuer ainsi. Je vais y laisser ma peau. Le cardiologue m'a dit de me méfier. Comment faire ?

Hellen saisit la balle au bond :

— Il faudrait que vous preniez un confrère pour vous aider.

— J'accepte tout de suite si vous me proposez quelqu'un de bien. J'ai cherché. Des anesthésistes, il n'y en a plus. Ils ne veulent plus de ce travail. Trop de risques. Personne n'a envie de se retrouver au tribunal. Regardez, aujourd'hui nous sommes passés à deux doigts de la catastrophe. Il montrait le père Morand dont l'état s'améliorait manifestement : Il serait arrivé une demi-heure plus tôt, quand le ventre de la dame, là-haut, était gonflé comme un ballon, qu'est-ce qu'on pouvait faire ? Lequel des deux laissait-on mourir ?

Hellen essaya de l'apaiser.

— Je crois que j'ai la personne qu'il vous faut. Nous en parlerons demain, au calme.

C'est alors qu'elle aperçut, derrière les vitres, la silhouette de Charles. Elle laissa l'anesthésiste à ses tuyaux et sortit de la salle.

— Comment va-t-il ?

Elle l'entraîna vers la salle d'attente.

— Ne t'inquiète pas, il est mieux qu'il y a dix minutes. Tu es venu vite. C'est bien. Tu le verras tout à l'heure, quand il aura récupéré ses esprits. Assieds-toi.

Il se laissa tomber lourdement sur une banquette en s'essuyant le front, tandis qu'elle lui expliquait ce qui s'était passé. Il parut soulagé.

— J'ai été prévenu par sa femme de ménage. Heureusement que je suis à deux pas...

— Tu n'habites plus à Amiens ?

— Non. J'ai divorcé. J'ai pris l'appartement qui se trouve au-dessus de l'agence du journal. Je suis brouillé avec mon père, mais, compte tenu de son état de santé, j'aime mieux rester à portée de lui. Au moins quand je suis en France.

Hellen ne répondit pas. Ces deux informations la laissaient sans voix. Il était divorcé. Il avait enfin franchi cette étape. Il avait fait tomber la barrière qui les avait séparés autrefois. Et il habitait à deux pas de chez elle.

Ils se levèrent pour marcher dans le couloir.

— Tu t'es installé là depuis longtemps ?

— Une quinzaine de jours. Je n'ai pas encore pendu la crémaillère, sans quoi...

— Tu m'aurais invitée, évidemment.

— Pourquoi pas ?

Il fit un pas en arrière et la considéra des pieds à la tête. Avec sa blouse blanche passée sur son pyjama opératoire, ses cheveux qu'elle venait de dénouer et son visage dépourvu de tout maquillage, elle était ravissante. Il ne put s'empêcher de le remarquer.

— Tu es toujours aussi belle, j'aurais été très honoré. Mais... Il fronça les sourcils, fixa son ventre un instant et sembla hésiter : Je te croyais enceinte.

— Tu vois, je ne le suis pas.

— Excuse-moi.

— De quoi ?

— Je me mêle de ce qui ne me regarde pas.

Elle sourit devant son air gêné. Il marqua encore une hésitation, avant de reprendre.

— Ne te formalise pas de ce que je vais te dire, Hellen. Mais je m'en voudrais de me taire éternellement. J'ai beaucoup d'informations sur la vie à Saint-Yé. C'est mon métier. Alors, je sais que ton mari a du mal avec la clinique. Succéder à mon père et continuer pourtant à travailler avec lui, ce ne doit pas être facile. Je sais aussi que tu fais de ton mieux pour apporter un esprit novateur dans cette vieille maison. Tu paies de ta personne en faisant de la gynéco de pointe. Mais je ne suis pas certain que tout ce travail te convienne vraiment. Telle que je t'ai connue, je t'imaginais vivre autrement. Alors, je voulais te dire... Il baissa la voix, lui posa la main sur l'avant-bras et conclut, en détachant bien ses mots : Si, un jour, tu en as assez de cette vie, de la clinique et de ton mari, sache que je suis là et que je t'attends.

Il n'avait pas l'air de plaisanter. Il s'écarta et retourna vers la salle de réanimation où son père revenait à la vie et s'étonnait de ne pas voir son fils près de lui.

Quand Hellen rentra à la maison, pour déjeuner, elle était éreintée. Elle avait mal dormi après la découverte de la séropositivité de David. La matinée avait été dure avec ce nouveau matériel qui n'était pas si facile à manipuler, quoi qu'on en dise ; ensuite, l'épisode du père Morand ; le fils, enfin, qui avait choisi ce moment-là pour sa stupide proposition. C'était trop d'un coup.

Lucien Laville était installé dans un fauteuil de jardin, les jambes allongées. Il bourrait sa pipe avec son habituelle minutie. Hellen se laissa tomber sur le siège voisin. Un plateau de boissons fraîches et des petites tomates cerises cueillies le matin même avaient été déposés par Philomène sur un guéridon. Comme d'habitude, elle leur avait préparé un repas froid et était partie se reposer. Ils étaient seuls dans ce jardin, décoré des couleurs de l'automne.

Ce couple silencieux, assis sous un tilleul odorant, dans un parc bien entretenu, devant une ravissante maison, aurait pu illustrer un article sur le bonheur conjugal. Qui aurait pu penser, devant ces visages sereins, qu'un drame se jouait ?

Hellen se reprit.

— Le père Morand a failli passer dans l'autre monde.

Lucien ouvrit de grands yeux.

— Qu'est-il arrivé ?

— Une crise d'insuffisance respiratoire aiguë.

— Et alors ?

— Il a été rattrapé de justesse.

— Ce n'aurait pas été une grosse perte.

— Arrête, Lucien. Ce sida perturbe tout le monde, et je reconnais que la façon dont Morand s'est conduit est inadmissible. Il a tout de même créé cette clinique et, que tu le veuilles ou non, c'est là qu'est maintenant notre vie.

— S'il était mort, que se passerait-il pour nous ?

— Nous avons des contrats. Ses successeurs devraient les honorer. Il faudra se renseigner.

Était-ce le moment de poser une telle question ? Elle se renversa en arrière sur son fauteuil, épuisée. Pour elle, c'était la débandade des pensées. La phrase de Charles bourdonnait dans sa tête. Elle se sentait déboussolée.

Charles était libre et il l'attendait. « Tu es bien présomptueux, lui aurait-elle répondu si elle avait eu la présence d'esprit nécessaire. J'aime mon mari, je suis parfaitement heureuse avec lui, et rien ne peut m'inciter à changer de vie. En d'autres temps, j'ai été totalement disponible pour toi. Je suis partie au bout du monde pour t'oublier. C'est fait. J'ai oublié.

Et je n'ai plus aucune envie de me souvenir. Je n'ai pas l'habitude de changer de direction comme une girouette. »

— Tu ne m'écoutes pas, se plaignit Lucien.

— Pardon, que disais-tu ?

— Je te demandais comment va le père Morand, maintenant.

— Bien. Il est sorti de sa crise. Évidemment, il récidivera.

— Son fils est venu le voir ?

Hellen sentit sa gorge se serrer. Pourquoi posait-il cette question ?

— Oui. Je les ai laissés ensemble. Jusqu'ici, ils ne se parlaient plus. Peut-être leurs relations vont-elles s'améliorer.

Lucien hocha la tête, d'un air dubitatif. Il entreprit de nettoyer sa pipe. Hellen changea de sujet et se mit à raconter l'expérience de vidéo-chirurgie du matin. Elle était enthousiasmée. Son mari le fut moins.

— Tu te rends compte de l'investissement que nécessiteraient ces acrobaties chirurgicales ?

— Pourquoi dis-tu « acrobaties chirurgicales » ? Je pratique la cœlioscopie depuis toujours, et les progrès du matériel vont me permettre d'opérer de plus en plus par cette voie. Où est le mal ? Les patientes seront ravies de s'en tirer avec un ventre sans balafre et de rester hospitalisées quelques jours seulement.

— Tu ne me feras pas croire qu'il n'y a pas là une part de gadget. Une petite incision horizontale dans les poils laisse une cicatrice invisible, et le chirurgien fait un travail autrement soigneux que ce que tu peux bricoler à tâtons dans un ventre fermé.

— Pourquoi affirmes-tu sans savoir ? Tu n'es pas venu ce matin et tu ne sais pas ce qu'on peut faire avec un tel outillage.

— Non, mais je l'imagine aisément.

— Comme tu es négatif. Je suppose qu'au XIXe siècle, tu aurais été de ceux qui trouvaient l'anesthésie superflue. On avait toujours opéré dans les hurlements, pourquoi changer ?

Lucien se leva, blanc de colère. Lui qui était d'une humeur si égale, il venait de craquer. Véhément, il reprocha à son épouse d'être toujours prête à enfourcher n'importe quel nouveau dada pourvu qu'on puisse dire qu'il s'agit d'un progrès, même si ce n'était qu'un trompe-l'œil. Elle était de ceux, lui reprocha-t-il, qui considéraient la chirurgie traditionnelle comme dépassée.

— Tu es ridicule ! conclut-il avec violence.

Il posa son verre, tourna les talons et s'enferma dans la maison.

Hellen le regarda partir sans répliquer. Entre David, Charles et Lucien, elle n'avait pas de chance. Ils se liguaient contre elle. Elle ne se laisserait pas abattre. Depuis toujours, elle se sentait d'autant plus combative qu'elle était plus attaquée.

Elle attendit un moment et rentra à son tour. Elle trouva son mari allongé sur l'un des divans du salon, les yeux fermés, le visage crispé. Elle l'embrassa sur le front et s'assit en face de lui.

— Lucien, je t'en prie, ne me fais pas la tête, alors que j'ai décidé de consacrer tous mes efforts pour essayer de refaire notre vie dans cette clinique. Elle haussa le ton : Si tu n'es plus d'accord, dis-le, c'est facile. Tu mets la clé sous la porte et nous retournons à Aulnay. La maison n'est pas encore vendue, que je sache. David aura bien une place pour toi dans quelque pays pourri, à l'autre bout du monde, et moi je retournerai à Sainte-Marthe travailler à plein temps. Ce n'est pas la peine de nous disputer. Ou tu continues et nous combattons ensemble, ou tu arrêtes et on s'en va. C'est à toi de choisir.

Touché, Lucien se redressa. Jamais sa femme ne lui avait parlé sur ce ton. Elle ne le laissa pas respirer.

— Si je m'intéresse tant à cette gynécologie par cœlioscopie, c'est pour créer un mouvement de clientèle nouveau. Marceau Berguens est venu m'avertir que, dans cette clinique, les gynécologues n'avaient pas le droit d'opérer. Tu ne le savais sans doute pas. L'accoucheur va jusqu'à la césarienne, mais pas plus loin. Quant à moi, je n'ai pas la qualification chirurgicale, et, fais-lui confiance, il le sait. Eh bien, je vais développer ma chirurgie à moi, sans ouvrir le ventre. Personne ne trouvera rien à y redire. Tu verras que les femmes feront la différence. Aucune n'a envie d'aller à la plage avec un ventre défiguré. Mes patientes n'auront pas de cicatrices, et ça se saura vite.

Elle marqua un temps d'arrêt. Jamais elle n'avait prononcé un tel discours. Elle était étonnée de sa propre audace.

— Cela dit, Lucien, tu n'es pas obligé d'accepter. Tu peux renoncer. C'est toi qui as pris la responsabilité de venir dans cette clinique. C'est toi qui y as acheté une clientèle. Tu décides.

Il la considérait avec un air de profond étonnement. Comme s'il s'était soudain rendu compte qu'il avait épousé une sorte de phénomène. Elle le regardait sans ciller. Finalement, elle ajouta avec autorité :

— Autre chose. Notre anesthésiste ne peut plus rester seul. Ce matin, si le père Morand était arrivé une demi-heure plus tôt, quand j'opérais, il n'aurait pas été possible de le ranimer. Je vais lui proposer de prendre Françoise Gallier, l'ancienne anesthésiste de mon père. Elle végète à l'hôpital, et c'est une fille formidable. Elle se leva et vint prendre son mari par les épaules : Allez, secoue-toi. Nous n'avons pas le droit de laisser tomber. Il faut se battre. Je suis convaincue que la chirurgie est à un tournant de son histoire. Ceux qui sauront résister à la tourmente en sortiront grandis.

Elle monta dans sa chambre et se laissa tomber sur le lit. Fallait-il donc toujours se battre ? Elle était profondément convaincue qu'au-delà de toute considération financière et mercantile, la cœliochirurgie gynécologique était un progrès pour les patientes. Les opérations qu'elle allait pouvoir réaliser seraient aussi efficaces qu'à ventre ouvert. C'était une certitude, et elle n'y renoncerait à aucun prix.

Pour revenir à un point de vue plus pratique, elle était certaine d'augmenter le recrutement dont la clinique avait besoin et de faciliter ainsi leur réinsertion dans le pays. N'était-ce pas le but qu'elle s'était fixé ? Elle comprenait mal que son mari fût aussi réticent. Il fallait être logique. Ils avaient choisi de vivre ici. Que deviendraient-ils si la clinique fermait ?

David appela Hellen. Il était de retour à l'hôpital.

— Me voilà revenu. Directement dans les mains de l'orthopédiste. Tu vois, tout arrive.

C'était son jour de travail à Sainte-Marthe. Elle répondit des banalités et annonça sa visite pour le soir même après ses consultations. Son après-midi fut pénible. Elle ne parvenait pas à se concentrer sur les doléances de ses patientes.

Elle trouva, dans sa chambre, un David inchangé. Joyeux,

passant d'un sujet à l'autre, parlant de tout et de rien. Elle l'écoutait, heureuse qu'il fût là, ne sachant comment aborder ce qu'elle avait à lui dire. Il plaisantait sur les élections présidentielles qui devaient avoir lieu à la fin du mois d'avril.

— Il serait extraordinaire, disait-il, que Mitterrand soit réélu. Mais, sait-on jamais, les gens de l'opposition sont si divisés qu'ils sont capables d'empêcher l'élection de Jacques Chirac.

Ils évoquèrent aussi l'Afghanistan, d'où les Russes parlaient de se retirer. Cette victoire annoncée de la guérilla était stupéfiante, même pour ceux qui avaient vu les rebelles à l'œuvre.

Au bout d'un moment, son ton devint moins joyeux, et une certaine amertume apparut dans son discours.

— Je suis déçu, avoua-t-il. Les ONG commencent à mal s'entendre et je trouve cette situation pénible. On a l'impression que certains dirigeants agissent plus en fonction de leur impact médiatique personnel que dans l'intérêt de ceux qu'ils sont censés vouloir aider. Il y a des masses d'argent qui circulent, et je ne suis pas convaincu qu'elles soient toujours utilisées à bon escient. Sans parler des bakchichs qu'il faut distribuer à tout bout de champ. Tu veux aider des gens qui se trouvent dans un état misérable, et tu dois arroser leurs propres représentants pour y parvenir. C'est un comble. Un expert m'a dit que dix pour cent seulement de l'argent collecté profite directement à ses destinataires. Il y a des jours où j'ai envie de tout plaquer.

Hellen cherchait le moyen de faire dévier la conversation dans la direction qu'elle s'était imposée.

— Comme je te comprends, il y a des moments où tu dois vraiment en avoir par-dessus la tête. Surtout que cette vie est épuisante. Je te trouve l'air fatigué, je me trompe ?

— Ces jours derniers ont été éprouvants, c'est vrai. Ma jambe me faisait souffrir, rien n'allait comme je l'aurais souhaité, et j'étais mal dans ma peau. Avec le décalage horaire, je ne sais plus où j'en suis.

— Quand dois-tu être opéré ?

— Après-demain. Ils m'ont enlevé le plâtre ce matin, et il faut vingt-quatre heures de plus pour préparer la peau.

— Le labo...

— Les résultats du mois dernier leur suffisent.

— À propos de ces résultats...

Hellen ne savait pas comment s'y prendre. Elle toussa et poursuivit.

— À propos de ces résultats, il faut que je te fasse un aveu.

Soudain, le visage de David se tendit.

— Je les ai regardés par hasard. J'ai fait une découverte qui...

Il l'interrompit brutalement et s'écria :

— J'ai compris. Tais-toi ! Je ne veux en parler à personne. Surtout pas à toi. Va-t'en !

Et comme elle restait assise là, sans faire un geste, se contentant de le regarder avec une infinie tristesse, il murmura :

— Excuse-moi, je me suis laissé emporter. Je ne veux surtout pas te faire de peine. Mais pourquoi a-t-il fallu que tu ailles fouiller dans mon dossier ? Tu n'avais pas le droit.

Il la regarda longuement en silence, puis ses yeux s'emplirent de larmes. Elle lui prit la main.

— Oh ! non, David, je t'en prie, pas ça. Ne pleure pas. Je t'aime tant, tu le sais. Rien ne changera entre nous. Je serai toujours ton amie. Je resterai près de toi. Parle-moi. Dis-moi comment c'est arrivé.

— Je fais partie du peloton de tête des contaminés, de ceux qui ne savaient pas qu'un tel fléau existait.

Il raconta qu'en 1982, il avait eu une liaison sérieuse avec une fille prénommée Claude. Il la décrivait passionnante et passionnée, enfant gâtée et capricieuse, artiste, intelligente et fantasque. Ils s'étaient séparés après une dispute stupide, et elle était partie pour San Francisco rejoindre un groupe de copains. Il y avait, parmi eux, un peintre fou, immergé dans l'underground californien, et qui s'était entiché d'elle. David n'avait pas supporté cette séparation. Elle non plus, semble-t-il. Quand il l'avait retrouvée, elle se droguait comme on se noie.

— J'ai failli la sauver. Elle avait accepté de revenir en France. La veille du jour prévu pour notre départ, elle a voulu s'offrir une dernière fête avec ses amis, sans moi, et sans me le dire. Elle est morte d'une overdose. J'ai failli tuer les pourris qui la tenaient et ne l'ont pas lâchée vivante.

Étranglé par l'émotion, il eut du mal à continuer.

Rentré à Paris, il s'était calmé. Il avait tout de même voulu retourner à San Francisco l'année suivante pour règler ses comptes, mais ce n'était plus la peine. Le désastre dont on commençait à parler en France faisait des ravages. Le sida avait surgi de nulle part et il éliminait les acteurs du drame qu'il avait vécu. D'abord les homosexuels, puis les drogués. Après, il en serait de même pour les transfusés et les hémophiles, mais on ne le savait pas encore.

— Quand j'ai compris, ma hargne est tombée, en même temps que je prenais peur pour moi. Je suis allé à Atlanta me faire tester. Ils s'y sont repris à trois fois. Personne n'y croyait. Il n'y avait pourtant aucun doute. J'étais marqué, comme les autres.

Depuis ce temps, il s'était immergé dans l'humanitaire en rêvant d'y mourir.

— Au Cambodge, j'ai circulé à toute vitesse sur des routes non déminées, en attendant l'explosion qui allait mettre le point final à mon calvaire. « La mort a une rigueur à nulle autre pareille... » Elle n'est pas venue. J'ai compris ce que voulait dire « rouler à tombeau ouvert ».

Hellen, fascinée par ce ton et cet humour noir, ferma les yeux, consciente de ce que devait être la vie de son ami. Elle se souvint de l'Afghanistan, quand il avait refusé qu'elle lui fît ses pansements. Il ne voulait pas risquer de la contaminer. Elle entendit aussi les paroles de Charles et ne put s'empêcher de rire.

— Quand je pense que tu passes pour un homo.

— Je sais. Cette réputation est partie de San Francisco. Quand j'y suis retourné, j'ai été bouleversé par le désespoir de tous ces types qui ne comprenaient pas ce qui leur arrivait. Je suis resté avec eux six mois. Tout le monde les fuyait, comme s'ils étaient pestiférés. Je les ai aidés. Il sourit tristement : Qu'on me prenne pour un homo, je m'en fous. Je les connais bien maintenant, et je sais qu'il y a parmi eux le même pourcentage de chics types et de salauds que partout ailleurs. Le vrai problème c'est la relation avec les autres. En dehors de la Californie, pour faire accepter sa différence, il faut être artiste, politicien ou richissime. Sinon, on te regarde de travers.

Hellen ne savait que répondre. David, enfin libéré, continuait :

— Partout, les « séropo » sont montrés du doigt, rejetés,

bannis. Si les gens le pouvaient, ils leur accrocheraient une clochette comme aux lépreux du Moyen Âge. Il baissa le ton pour ajouter : Tu comprends pourquoi je n'en parle pas. Et pourquoi il faut se taire.

Hellen le rassura.

— En ce qui me concerne, tu n'as rien à craindre.

— Je sais. C'est très important pour moi. J'ai trop à faire pour risquer de devoir subir un tel handicap. C'est déjà un diagnostic assez difficile à supporter. S'il fallait y ajouter le regard hostile des autres, ce serait odieux.

Ils parlèrent longtemps, et la nuit était tombée quand Hellen reprit le chemin de Saint-Yé. Elle avait appris tant de choses en un seul soir, qu'elle ne savait plus comment remettre ses idées en ordre.

Quand elle arriva à la maison, Lucien était endormi. Elle fit un minimum de bruit et entra dans le lit sans un mot.

— Une urgence ? grogna son mari.

— Oui, excuse-moi.

— Tu aurais pu me faire téléphoner...

Elle ne répondit rien. Elle venait de décider de ne pas faire état des confidences de David. Elle n'avait pas envie de partager son secret. Avec personne.

Lucien se rendormit. Elle resta dans le noir, les yeux grands ouverts sur l'horreur.

À Sainte-Marthe, les chefs de service, qui connaissaient les réticences de leur personnel, avaient donné des consignes rigoureuses pour qu'aucune discrimination n'apparût dans leur comportement. Après une période bien normale de doute et de panique, les infirmières avaient compris.

Chacun savait désormais que les risques de contamination au cours des soins n'étaient liés qu'à des fautes techniques. Ainsi était-il devenu rigoureusement interdit de recapuchonner les aiguilles après usage, pratique traditionnelle des infirmières méticuleuses. Désormais, des récipients de plastique réservés à cet effet avaient leur place dans les salles de soins.

En cas de blessure accidentelle, l'intéressée devait immédiatement en avertir l'administration et se faire faire un test qui serait renouvelé trois mois plus tard. Des cas de séroconversion avaient été publiés dans la littérature américaine. Ils étaient rares et toujours liés à un geste prohibé. En salle d'opération, également, la prudence était de rigueur, mais on ne pouvait empêcher certaines maladresses. La crainte était entrée dans les mœurs.

Les grands patrons, eux, s'étaient posé le problème de ces tests. Fallait-il les demander à l'insu du patient ?

— C'est indispensable, répondaient les chirurgiens. Il faut que nous sachions ce qu'il en est, au moins pour nous protéger.

Quelle conduite adopter en présence d'une séropositivité inconnue jusque-là ? Prévenir l'intéressé ou non ? Le consensus n'existait pas encore. Le respect de la personne humaine était-il opposable à la protection de la communauté ? Avait-on le droit de laisser un individu contaminer les autres sans le savoir ?

« Il faut demander au conseil de l'Ordre de statuer », criaient certains. « C'est un comité d'Éthique qu'il faut », répondaient les conseillers ordinaux, peu enthousiastes pour prendre, dans un conflit aussi complexe, une position susceptible de leur faire perdre la confiance d'une partie de leurs électeurs.

Elle sourit en se rappelant le visage de son ami quand il se passionnait. Ses traits prenaient une mobilité inhabituelle et ses yeux lançaient des éclairs. Qu'il était beau !

Tout de même, il lui avait raconté une étonnante histoire d'amour avec cette Claude qui lui avait tourné la tête. Mais était-ce vraiment « une » Claude ? Proust avait beaucoup écrit sur ses amours, mises au féminin pour ne pas choquer les lecteurs de son époque. David n'avait-il pas eu la même pudeur ?

Elle eut honte de se poser une telle question. Que lui importaient les goûts de son ami. Qu'il aimât les filles et/ou les garçons ne changeait rien aux sentiments qu'elle avait pour lui. Ni au drame qu'il vivait.

David et Hellen, liés désormais par le secret, parlèrent beaucoup durant les deux semaines qui suivirent l'intervention. L'opéré, condamné à la chambre par la seringue électrique qui lui distillait ses anticoagulants vingt-quatre heures sur vingt-quatre, attendait avec impatience les visites de son amie. Avec elle seule, il pouvait se libérer et philosopher sans retenue.

Elle se sentait investie d'une véritable mission d'assistance envers celui dont elle avait violé involontairement l'intimité. Consciente de son rôle, elle avait acquis un pouvoir d'écoute qu'elle ne se connaissait pas. Quant à David, il n'en finissait plus de se raconter. Comme si le silence imposé par le non-dit de sa maladie avait été si pesant qu'il lui fallait maintenant rattraper le temps perdu.

Leur relation devenait de plus en plus ambiguë. Imaginer le moindre lien charnel avec cet homme était impensable. Et pourtant, Hellen découvrait en elle une forme d'affectivité inédite. Cette situation originale, mais un peu trouble, lui rappelait ses cours de philo où elle apprenait que l'amour était le tronc commun d'un flot de sentiments qui ne semblaient différents qu'en apparence. C'est vrai, qu'à défaut d'autre chose, elle aimait David comme un frère, ou comme l'enfant qu'elle n'avait pas eu et qu'elle n'était pas sûre d'avoir un jour.

Avec lui, elle osa enfin s'entretenir de ses propres problèmes. De Lucien, de la PMA, de Saint-Yé et même de Charles. Elle omit seulement de dire à quel point elle avait été amoureuse du journaliste.

David ne s'y trompa pas.

— Tu l'aimes encore ? demanda-t-il d'une toute petite voix.

— Certainement pas. Il est très exactement le genre d'homme qui me hérisse.

— Pourquoi ?

— Instable, aventurier, coureur de jupons, j'ai horreur de cette variété d'individu.

— Coureur de jupons ?

— Je l'ai vu, l'autre jour, en photo dans la rubrique mondaine de je ne sais plus quel magazine, au bras d'une fille superbe. Il avait l'air ravi. C'est la vie qu'il lui faut. Je n'ai rien à voir avec un homme comme ça. Et, comme si la suite venait de soi, elle ajouta : La semaine prochaine nous ferons, Lucien et moi, notre première « fivete ». Je suis enchantée.

— Votre enfant naîtra à Saint-Yé. Tu renoues avec la tradition familiale.

— Oui. J'ai mis le temps, avoua-t-elle, pour accepter ce

changement de vie que je ne souhaitais pas. Maintenant que la décision a été prise, je me sens prête à affronter toutes les difficultés.

David hocha la tête.

— Refaire une maison, découvrir de nouveaux amis, assumer une grossesse, une naissance... C'est aussi l'aventure.

— Tu oublies que j'ai aussi un nouveau métier. Me voilà gynécologue installée en privé. Mes chers confrères me contestent le droit d'opérer comme eux. Ils ne s'attendent pas à ce qui va leur arriver.

David semblait ne pas comprendre.

— Ils n'ont pas vu mon nouveau matériel. La chirurgie, je la ferai malgré eux, sans ouvrir le ventre de mes malades.

Pour la première fois depuis longtemps, ils éclatèrent de rire ensemble. David lui prit la main et y posa ses lèvres.

— Comme c'est bon que tu sois mon amie. Ma seule amie.

CHAPITRE XVIII

Cette première tentative de procréation assistée fut un échec. Hellen se déplaçait sans cesse entre Paris et Saint-Yé. Elle venait de rentrer chez elle, après une journée fatigante à Sainte-Marthe, quand survint l'évacuation des embryons lors d'une hémorragie brutale. Elle se reprocha de ne s'être pas plus reposée. Au téléphone, Agnès essaya de la réconforter.

— Tu sais bien que nous avons 80 % d'échec à la première tentative. Nous recommencerons. La confiance est le meilleur atout pour réussir.

Sans répondre, Hellen raccrocha. Elle n'y croyait déjà plus. Seule dans sa maison, elle fondit en larmes. Quand Lucien rentra, il la trouva au lit, le visage défait. Il la voyait craquer pour la première fois et ne sut que dire. Elle, si forte, toujours prête à lui remonter le moral et à le pousser au combat, que lui arrivait-il ? Il la prit dans ses bras, lui caressa les cheveux et lui murmura qu'il l'aimait.

— Sois patiente, il ne faut pas renoncer si vite, ajouta-t-il presque à regret, sans essayer d'être convaincant.

Hellen essuya ses larmes et se redressa. Elle avait perçu cette réticence et se sentit blessée.

— Qui a dit que je renonçais ? Nous allons seulement laisser passer un cycle ou deux pour que je puisse me mettre vraiment au repos la prochaine fois. À moins que ce ne soit toi qui… ?

Lucien sourit. Selon son habitude, il éluda et changea de sujet. Il avait des choses importantes à lui raconter :

— Figure-toi que le père Morand m'a appelé ce matin dans

son bureau. Il a commencé par s'excuser pour la façon dont il s'était comporté dans l'affaire Pernet.

— Tu vois qu'il n'est pas si mauvais.

Il la regarda sévèrement, sans tenir compte de cette interruption.

— Il m'a fait une proposition vraiment imprévue : devenir directeur médical de la clinique. Le chef comptable deviendrait directeur administratif. Lui resterait directeur général, mais il ne viendrait plus qu'une ou deux fois par mois pour une espèce de conseil d'administration restreint. Si je le veux, je pourrai continuer à faire un peu de chirurgie, mais, à son avis, j'aurai suffisamment à m'occuper.

Hellen ne dit rien. Elle s'attendait à cette solution. Lucien était le seul, dans les circonstances présentes, à pouvoir tenir ce rôle, devenu trop lourd pour le père Morand. Son mari, flatté, continuait son monologue :

— Tu comprends, il veut quelqu'un qui coordonne le corps médical et apprécie l'opportunité des investissements sans perdre de vue les impératifs de gestion.

— Tu n'as pas une formation de gestionnaire.

— Non, mais je sais faire la différence entre ce qui coûte et ce qui rapporte dans un établissement comme celui-là. Les chirurgiens, je les connais. Ils sont tous pareils, ils ne s'occupent que de leur propre rentabilité, sans se demander si la clinique qui les fait travailler s'y retrouve. Il faut les reprendre en main. C'est tout.

Cette fois, elle admirait son optimisme. Allait-il récupérer son énergie ? Allait-il retrouver les qualités qu'elle lui avait connues ? Celles qui l'avaient poussée à l'épouser ? On verrait bien.

Pour le moment, il était trop passionné par son propre avenir pour s'intéresser aux problèmes de procréation de son épouse. À l'évidence, il considérait qu'il s'agissait d'un domaine exclusivement féminin. Il avait tort. Elle envisageait cet enfant à venir, avant tout comme une œuvre commune, et non comme un caprice de femme esseulée. Elle se tut, amère, déçue. Que Lucien devînt le directeur de la clinique, c'était important, certes, mais ses désirs de grossesse ne méritaient pas un tel désintérêt.

Selon son habitude, elle adopta une position réaliste. Leur

vie actuelle était trop compliquée pour qu'elle puisse tout mener de front. Dans l'immédiat, elle renoncerait à la procréation assistée.

Elle allait développer sa clientèle de chirurgie gynécologique, pendant que son mari affirmerait son autorité à la tête de la clinique. Là aussi, sans doute, elle aurait à l'aider.

Plus tard, on reparlerait d'enfant.

Pour Hellen, ce premier semestre 1988 fut passionnant. Comme elle l'avait espéré, sa clientèle se développa à une allure si impressionnante que des difficultés apparurent bientôt au bloc opératoire. Une réorganisation des horaires de chaque chirurgien devint indispensable, de même, en partie, que le renforcement de l'équipe anesthésique.

Lucien convoqua une réunion dans son bureau. C'était la première fois qu'il recevait ensemble Marceau Berguens et le petit Saussure, Tardieu, l'orthopédiste, toujours aussi froid et hautain, Blairiot, Hellen et l'anesthésiste. L'infirmière chef de bloc avait également été conviée. Son visage pointu s'éclairait enfin devant Lucien, qui était passé brutalement du rôle d'intrus à celui de patron. Une autre invitée arriva bientôt : Françoise Gallier. Hellen la présenta à l'ensemble de l'équipe. Tous la connaissaient de réputation et ils applaudirent.

Conforté par sa fonction directoriale, Lucien annonça, à titre de préambule, qu'il allait leur faire un cadeau. Ils le regardèrent d'un air sceptique. De quoi pouvait-il s'agir ? Il ferait poser, dans le hall du bloc, un grand tableau de verre où seraient inscrites, à l'avance, les interventions prévues. Des regards déçus s'échangèrent.

Les chirurgiens déchantèrent plus encore quand on évoqua les créneaux horaires de chacun. Le principe nouveau était qu'un seul anesthésiste devait être immobilisé au bloc, pendant que l'autre s'occuperait des consultations, de la visite aux opérés et assurerait éventuellement les urgences. En revanche, le programme opératoire s'étendrait sur la journée entière, au lieu d'être limité au matin.

Ce fut un tollé général. Personne ne voulait opérer l'après-midi, traditionnellement réservé aux consultations. Il fallut toute la persévérance de Lucien pour arriver à convaincre ses interlocuteurs qu'il n'y avait pas d'autres solutions.

— En outre, précisa-t-il, il faut affecter les débuts de matinées opératoires par priorité aux patients qui ne restent que la journée. Opérés le matin, sortis le soir, c'est un rythme nouveau qui va devenir fréquent. Dans toutes les spécialités.

— J'ai toujours entendu notre ami Morand pleurer pour que nos lits soient pleins, intervint Tardieu. Ce n'est pas avec cette méthode que vous allez y parvenir.

— Détrompez-vous. Le but est d'augmenter le recrutement général de l'établissement. Plus on saura que les malades restent peu hospitalisés, plus il en viendra. Et, parmi eux, beaucoup resteront un temps suffisamment long pour augmenter le pourcentage de lits occupés. Nous augmenterons notre rentabilité par l'accroissement du nombre des interventions. Je vous rappelle que la Sécurité sociale rétribue chaque intervention. Ces frais de salle d'opération contribuent à nos rentrées. Après un bref coup d'œil vers Hellen, il ajouta : Il faut évidemment qu'un geste ne coûte pas plus qu'il ne rapporte. Ceci est une autre histoire, qui fera l'objet de réunions ultérieures.

— Moi, en tout cas, je n'ai pas l'intention de changer mes habitudes, conclut l'orthopédiste. J'ai passé l'âge.

— Quand vous aurez un associé, vous verrez qu'il s'adaptera très bien à cette pratique.

Hellen était intervenue à la surprise générale. Tardieu la fusilla du regard, sans l'impressionner.

— Excusez-moi de prendre la parole dans cette conversation d'hommes, mais c'est moi qui ai le plus de mal à trouver un moment pour opérer mes patientes, et, comme mon recrutement va sans doute se développer, il y a intérêt à ce que je m'en occupe personnellement. D'autre part, je vous signale que M. Morand m'a demandé d'aider mon mari dans la réorganisation de cette maison, et j'ai bien l'intention de m'y consacrer avec énergie. La chirurgie, chez nous, c'est une affaire de famille.

Ils ne rirent pas, un lourd silence suivit cette sortie inattendue. Même Lucien regardait sa femme avec surprise. Il reprit la direction des débats et parvint enfin à fixer les plages opératoires de chacun. Ce résultat ne fut pas obtenu sans mal, mais, pour un premier acte de commandement, c'était un succès.

Après le départ des intervenants, Hellen félicita son mari qui ronronna de plaisir. Il avait tout de même été choqué.

— Je n'ai pas compris pourquoi tu as attaqué ce pauvre Tardieu qui ne t'avait rien fait.

— Il m'exaspère. Nous avons besoin d'un orthopédiste supplémentaire, tu le sais, et je vais aller le lui répéter, pas plus tard que ce soir.

— Pourquoi toi ?

— Parce que je te connais, tu n'iras jamais.

Il ne répliqua pas. Elle hésita un instant avant de continuer.

— D'ailleurs, Lucien, il faut que nous fassions sérieusement équipe, car nous n'avons pas les mêmes atouts, et la partie qui va se jouer doit mobiliser toutes nos forces. J'ai discuté, moi aussi, avec le père Morand. La situation financière de la clinique, il me l'a avoué sans détours, est catastrophique. C'est un cadeau empoisonné qu'il t'a fait. Il faut relever le défi, et nous ne serons pas trop de deux. Encore une fois, c'est un choix à faire. Si nous voulons rester à Saint-Yé, il faut que cette clinique marche et, dans ce but, j'ai l'intention de faire tout ce qui sera en mon pouvoir pour t'aider.

Le soir même, elle s'en prit à l'orthopédiste. Le personnage était d'une autre trempe que le gynécologue. D'abord, il refusa tout rendez-vous, prétextant un emploi du temps surchargé. Hellen prit les grands moyens. Elle téléphona aux deux derniers consultants du praticien pour décommander et reporter leur rendez-vous. Puis elle se posta dans la salle d'attente. Quand il la découvrit, il s'excusa de ne pouvoir la recevoir, à cause des deux malades qu'il devait voir encore.

— Justement, susurra-t-elle d'un ton angélique, j'ai appris qu'ils s'étaient décommandés. J'ai pensé que cela vous ferait plaisir de me consacrer ce temps libre imprévu.

Sans être dupe, l'homme s'inclina et la fit entrer. Il avait la cinquantaine, une allure athlétique et la voix cassante. Ses cheveux gris coupés en brosse complétaient un visage carré où les yeux gris brillaient derrière des lunettes cerclées d'or. On le disait animé d'idées politiques nationalistes, bien que personne n'eût à se flatter d'en avoir bavardé avec lui. Taciturne et distant, sa compétence au bloc opératoire suscitait l'admiration du personnel infirmier, mais il n'était guère aimé.

Son bureau était meublé de verre et d'acier, sans le moindre objet personnel, en dehors d'une pendulette de L'Épée qui trônait sur une étagère.

— N'est-ce pas le modèle que Napoléon avait fait faire pour que ses officiers ne soient pas en retard ? demanda Hellen pour détendre l'atmosphère.

Montrant qu'elle avait raison, il s'inclina et répondit d'une voix métallique :

— Je doute que vous ayez forcé ma porte pour me parler pendule.

Elle se le tint pour dit. Avec celui-là, il fallait aller droit au but :

— Monsieur, vous êtes un orthopédiste de renommée internationale et votre étage n'est rempli qu'à soixante pour cent environ, quand vous n'êtes pas en congrès à l'autre bout du monde. Encore un an de ce régime, et nous fermons la clinique.

Elle le regarda droit dans les yeux, pour le persuader qu'elle savait, elle aussi, jouer les duellistes. Il eut un sourire méprisant.

— Mon recrutement dépasse les frontières et je contribue à faire connaître notre établissement dans toute l'Europe, cela ne vous suffit pas ? Votre mari n'a qu'à faire un peu plus d'orthopédie. Il en a le droit. Peut-être même en a-t-il les capacités, je ne sais pas.

Hellen ne s'engagea pas sur ce terrain.

— Mon cher confrère, vous utilisez du matériel à usage unique, non remboursé, qui coûte une fortune à la clinique. Vos interventions sont épouvantablement onéreuses. Ce serait pardonnable si le remplissage était bon. Or nous sommes déficitaires en hospitalisation et au bloc. Autrement dit, si vous n'étiez pas là, nous perdrions moins d'argent.

— C'est une mise à la porte ?

— J'en parlais encore hier avec M. Morand. Si vous voulez partir, personne ne vous retiendra.

— J'ai un contrat en béton. Vous savez ce que cela va vous coûter.

— Si c'est vous qui partez de votre plein gré, cela ne nous coûtera rien.

— Je n'ai pas l'intention de partir.

— Une suspension par le conseil de l'Ordre pourrait vous y pousser...

Il commençait à perdre pied. La conversation prenait un tour imprévu. Ce petit bout de femme était en train de l'attaquer comme personne n'avait jamais osé le faire. Il sourit d'un air supérieur.

— Que me reprocheriez-vous pour porter plainte ?

— Non assistance à personne en danger. Vous ne prenez jamais vos gardes. Durant vos absences, si vous vous faites remplacer, ce qui n'est pas toujours le cas, c'est par des étudiants en médecine non qualifiés en orthopédie. Ils n'ont pour mission que d'évacuer vers les hôpitaux de la région des patients dont vous refusez de vous occuper.

— Je n'ai pas de temps à perdre avec des bougnoules sans un sou qui font le bonheur des internes hospitaliers. Ce genre de malade est rarement assuré et je vous fais faire des économies en vous en débarrassant. Il faut savoir sélectionner une clientèle. Les petits Pernet, moi, madame, je ne les opère pas.

Hellen n'aimait pas cet homme, et une telle réflexion ne lui inspira que du mépris. Elle ne laissa rien paraître de ses sentiments.

— Je ne vous suivrai pas sur ce terrain. Cela nous entraînerait trop loin. Voilà ce que je vous propose. Vous faites venir un chef de clinique qui s'installera ici, à côté, ou avec vous. Il prendra les gardes que vous négligez, et opérera le tout-venant traumatologique qui vous répugne tant. Il se fera une clientèle locale, sans vous gêner, puisque votre recrutement est différent.

— Qu'adviendra-t-il, si je refuse ? J'ai l'exclusivité, ne l'oubliez pas.

— C'est votre droit. Vous verrez ce qui se passera lors de votre prochaine garde.

— Dimanche prochain, je serai à un congrès à Genève.

— Vous avez intérêt à laisser un remplaçant qualifié.

Hellen avait un peu honte en racontant cette conversation à son mari. Si on lui avait demandé son avis sur de telles méthodes, elle aurait été scandalisée. Elle le reconnut. Dans le cas présent, l'homme avait été si odieux que tous les moyens étaient bons pour lui faire ravaler sa morgue.

Certes, il avait su être un pionnier de cette chirurgie arthroscopique qui permettait de régler la plupart des problèmes sans ouvrir l'articulation. Ce n'était pas elle qui aurait pu le lui reprocher. Son adresse, sa rigueur et les perfectionnements qu'il avait apportés à la méthode lui avaient valu une réputation enviable dans le monde des sportifs. Pour l'orthopédie au quotidien, c'était malheureusement autre chose. Or, on ne pouvait séparer la chirurgie de pointe de la traumatologie quotidienne. Sinon un déséquilibre financier insupportable se faisait jour.

Ses tarifs étaient prohibitifs et ajoutaient encore à sa réputation d'excellence dans certains milieux. Ce n'était pas une raison pour mépriser à ce point les autres patients et les problèmes économiques de l'établissement où il opérait.

— Il va s'en aller en prétendant que nos installations ne lui permettent plus de travailler comme il faut, conclut tristement Lucien, accablé.

— Penses-tu ! Il vient de terminer la construction de sa maison dans la colline, avec une vue imprenable sur la Somme, et il adore la chasse au gibier d'eau. La panseuse m'a dit à l'oreille que l'hiver, quand il prétend être en congrès, il passe son temps au gabion à tirer la sarcelle. Hellen prenait de l'assurance : Où trouvera-t-il, aussi près de chez lui, un équipement comme le nôtre ? Morand ne lui avait-il pas installé un appareil de stérilisation d'air ?

— Oui, mais on fait mieux actuellement. Il voudrait un flux laminaire.

— Quand nous serons riches, nous le lui offrirons... S'il est encore là. Tu sais, Lucien, des bons orthopédistes, il y en a beaucoup. Ce qui est difficile, c'est d'en trouver un qui ne se prenne pas pour le Michel-Ange du tournevis. Il en existe. S'il s'en va, Francis Barbier nous trouvera des jeunes de qualité. Les bonnes places ne sont pas si nombreuses.

— Nous n'avons aucun moyen de le forcer à prendre un associé.

— Erreur. Pourquoi ne se fait-il pas remplacer par des chefs de clinique qualifiés ? Parce qu'ils lui coûteraient trop cher. Un simple interne, c'est moins onéreux. Si tu le forces à choisir des gens capables d'opérer en garde, il va rapidement comprendre qu'il est plus rentable de prendre avec lui un chirurgien qui gagnera sa vie sur son propre recrutement.

Lucien était stupéfait de voir avec quelle rapidité sa femme s'était adaptée aux lois de l'exercice privé. « C'est à elle, que le père Morand aurait dû confier la direction de sa clinique », pensa-t-il avec amertume.

Il ne savait pas que le vieux chirurgien y avait songé, depuis longtemps déjà.

Le tableau opératoire que Lucien avait fait visser sur le mur du bloc devint le vivant témoignage des activités de chacun. Parmi les infirmières, un clan se forma pour soutenir la nouvelle gynécologue et Blairiot, à la surprise de tous, s'y rallia. Chantant les mérites de son « associée », il lui adressa ses clientes en grand nombre. Si bien que, contrairement à ses collègues, Hellen eut un programme d'interventions prévues qui s'allongeait de jour en jour. Elle eut, en particulier, la chance d'opérer deux grossesses extra-utérines de suite, avant tout accident, et sans mutilation.

Pour les médecins traitants, c'était une révolution. Certes, il y avait, à Amiens, des équipes compétentes qui opéraient avec le même sens du modernisme. Mais dans une aussi petite ville que Saint-Yé, jamais ils n'auraient pensé avoir un jour les mêmes facilités. Ce n'était plus la peine de faire des kilomètres. Les Picards, de nature casanière et méfiante, s'en réjouissaient. Pour les familles, l'hospitalisation de proximité représente un luxe appréciable.

Le progrès était venu sur place sous les traits d'une jeune femme charmante, presque native du pays, ce qui ne gâtait rien.

Enhardie par ses succès, Hellen progressait. Grâce à Agnès, elle mettait au point, à Sainte-Marthe, sur le pelvi-trainer de Semm, des interventions qu'elle n'aurait jamais pensé pouvoir réaliser auparavant. Elle commençait même à discuter avec les fabricants d'instruments pour perfectionner ses techniques.

Le fils du doyen Saussure, dont on prononçait le nom en avançant exagérément les lèvres, n'opérait que les patients confiés par monsieur le conseiller. Pour les infirmières, c'était encore trop. Il faisait l'unanimité sur son compte. Il était insupportable. Désagréable, suffisant et maladroit, il ajoutait à ses insuffisances techniques une agressivité puérile. La surveillante ne cachait pas ses sentiments à son égard :

— On pardonne facilement aux jeunes cette nervosité qui traduit leur angoisse naturelle. Nos relations peuvent être difficiles avec le chirurgien quand il opère. S'il continue à être odieux après l'intervention, la vie n'est plus possible.

Le fils du doyen n'avait rien compris à ce jeu relationnel élémentaire. Il n'était souriant et aimable qu'avec ses supérieurs. Quand il remplaçait Marceau, il ne manquait jamais d'aller saluer Lucien Laville avec une attitude respectueuse qui frisait l'obséquiosité. Il se méfiait plus d'Hellen. Les hommes faibles n'ont-ils pas peur des femmes fortes ?

— Que pensez-vous des nouvelles techniques de chirurgie cœlioscopique ? lui demanda-t-elle un jour.

— En gynécologie, c'est très bien. En orthopédie, peut-être aussi. Encore que, pour les ménisques, une petite incision n'a jamais fait de mal à personne. En digestif, je trouve que c'est franchement ridicule. Comme dit mon père, on enlève des vésicules depuis assez longtemps pour savoir que notre technique est bonne.

— Vous n'êtes pas tenté d'essayer ?

— Vraiment pas.

Et il avait ri de cette idée saugrenue. Elle n'en dit pas plus. Elle savait déjà que les médecins correspondants de la clinique n'appréciaient pas le remplaçant de Marceau et ne se cachaient pas pour se moquer de lui. Elle s'en ouvrit à Lucien.

— Je crains que l'arrivée de ce garçon ne soit nocive. Ce n'est pas lui qui va attirer la clientèle. Au contraire.

— Tu crois ? Moi, je le trouve assez sympathique. Et puis son père est un personnage important qui peut sans doute beaucoup pour nous.

— Tu imagines qu'il va pousser les médecins traitants à envoyer leurs malades à un chirurgien qui ne leur plaît pas ?

— Pourquoi pas ?

— Tu rêves. Moi, je pense qu'avec ce type, le recrutement en chirurgie digestive va baisser. Ceux qui enlèveront les vésicules et les appendices par cœlioscopie vont faire un malheur.

Lucien haussa les épaules. Lui non plus, ne croyait pas à ces nouveautés.

Le représentant de Storz revint à la charge.

— Vous devriez aller voir Hemme à Lyon. Il est très convaincant.

Hellen avait envie d'en savoir plus. En gynécologie, elle élargissait son champ d'action depuis qu'elle utilisait ses nouveaux instruments en vidéoscopie. Elle avait enlevé un fibrome du fond utérin sans aucune difficulté. Une autre fois elle avait opéré, en urgence, et sans ouvrir le ventre, une grossesse extra-utérine, rompue cette fois. L'opération avait été un succès complet. Après l'intervention, elle était allée donner les explications à sa malade en se souvenant que son père était passé près de graves problèmes, quelques années auparavant, pour avoir enlevé une trompe dans un cas semblable. Comme les choses évoluaient vite.

Virginie Zeller avait écrit, dans *Picardie*, un article dithyrambique sur la gynécologie sous contrôle vidéo. Après avoir soumis son texte à Hellen, elle y avait ajouté quelques commentaires personnels admiratifs qui ne furent pas du goût de tout le monde. Son papier avait eu un grand retentissement parmi les confrères, et le conseil départemental de l'Ordre avait été prévenu. L'un de ses représentants sermonna discrètement la jeune femme, la rappelant à plus de modération. Certes, on ne pouvait pas attaquer de front la fille de Guillaume de La Verle, mais il ne fallait pas qu'elle exagérât trop.

— Je suis désolée, avait répondu l'intéressée. Je ne pensais pas être ainsi nommément encensée. Il ne s'agissait, au départ, que d'informer la presse sur le procédé, pas sur l'opérateur. Je n'en avais même pas pris l'initiative.

Le représentant ordinal paraissait fâché. Hellen en rajouta un peu :

— Je vous comprends. Ces journalistes, ils sont impossibles à contrôler ! Quand je vois mon pauvre confrère Marceau Berguens, qui, chaque jour, a sa photo dans tous les journaux, je le plains. Comme il doit souffrir !

L'ordre des médecins ne se manifesta plus.

Amusée par cet incident, Virginie poussait à la roue pour qu'Hellen allât rendre visite au novateur lyonnais. Elle espérait même accompagner son idole. Elle eut finalement gain de cause, et les deux femmes décidèrent de s'y rendre ensemble.

Hellen téléphona à Philippe Hemme, qui l'accueillit chaleureusement. Ils convinrent d'un rendez-vous pour la semaine suivante. La journaliste obtint le soutien de son journal pour financer le voyage. Deux chambres furent réservées au Sofitel. Lucien s'abstint de toute réflexion, mais, à son air, Hellen comprit qu'il désapprouvait cette expédition.

S'il avait su ce qui allait se passer, il l'aurait sans doute interdite !

Philippe Hemme était un homme d'une cinquantaine d'années, grand, costaud avec des cheveux bruns plaqués sur le haut du crâne et des yeux vifs sans cesse en mouvement.

— Vous avez vu ses mains ? chuchota la journaliste à l'oreille d'Hellen.

Il avait de véritables battoirs, avec des doigts courts et épais d'une étonnante mobilité. Il convia les deux femmes à déjeuner dans sa ferme, à une dizaine de kilomètres du centre ville, fier de leur montrer ce beau bâtiment perdu au milieu des champs, et dont il avait réalisé lui-même les aménagements. La cour intérieure, avec ses amoncellements de fleurs aux couleurs de l'automne, donnait une note joyeuse à une façade austère qui ne manquait pas d'élégance.

Dans la cheminée, des braises rougeoyaient encore. Il les raviva, mit en place du petit bois et quelques bûches qui ne tardèrent pas à crépiter.

— En cette saison, le chauffage central n'est pas encore allumé et une bonne flambée est bienvenue, dit-il en se laissant tomber dans un grand fauteuil Voltaire qui gémit sous le poids.

Sans se faire prier, il raconta comment était née ce qu'il appelait sa « cœliomanie ». Il avait passé son enfance aux côtés d'un oncle chirurgien qu'il admirait et qui l'utilisa bientôt comme aide opératoire, alors qu'il n'était encore qu'un jeune étudiant. Si bien qu'il était déjà formé aux gestes élémentaires quand il fut nommé interne, et sa passion pour la chirurgie put s'épanouir rapidement.

Les deux femmes étaient fascinées par le tempérament de cet homme qui, à l'évidence, ne vivait que pour son métier. À l'aise, il continua son récit. C'est à des patrons gynécologues et disciples de Raoul Palmer qu'il devait d'avoir, très jeune, commencé à pratiquer la cœlioscopie. Devenu interne dans d'autres disciplines, il avait continué à utiliser cette technique jusque-là réservée aux spécialistes de l'appareil génital féminin. Ses maîtres successifs avaient toléré, chez leur élève, cet archaïsme un peu obsessionnel.

Le récit fut interrompu par l'arrivée de Christine, la jeune femme qui partageait sa vie. Elle était jolie, vive et gaie, avec une magnifique chevelure longue, noire et bouclée. À la voir, il apparut vite qu'elle jouait, dans la vie du chirurgien, un rôle qui dépassait largement le chapitre des sentiments. Elle était au courant de tout, gérait les rendez-vous, les voyages, les congrès et le côté matériel d'une vie hors du commun. Ils passèrent à table sans que Hemme, passionnant, cessât de parler.

Il raconta comment, un jour, il opéra ce qu'il croyait être une appendicite aiguë et ne trouva qu'un appendice normal. Intrigué, il aurait dû, normalement, faire une intervention plus large, cette laparotomie exploratrice qui, depuis toujours, a été le geste des chirurgiens confrontés à l'incapacité d'établir un diagnostic précis. Il eut une autre idée : il referma partiellement l'incision classique de Mac Burney et introduisit, par cet orifice, un cœlioscope qui lui permit une exploration complète.

— Quand était-ce ?

— En 1968, je crois. Pour moi, conclut-il, la laparotomie exploratrice, cette honte de la chirurgie, avait vécu. À partir de ce jour, il m'arriva fréquemment, en cas de doute, de faire une cœlioscopie préopératoire. Pour m'assurer que j'avais raison... Ou découvrir que j'avais tort. En particulier, dans les appendicites.

— Comment avez-vous décidé d'enlever le premier appendice ?

— Beaucoup de gens croient que je me suis réveillé un matin en disant : « Tiens, aujourd'hui, je vais enlever un appendice sous cœlio ! » Rien n'est plus faux. C'est venu de façon quasi imprévue. À force d'aller regarder les foyers appendiculaires de près, d'être obligé de sectionner des adhérences et de faire une dissection de plus en plus poussée, un jour je me suis aperçu qu'il ne me restait plus qu'à poser quelques clips pour emporter l'appendice malade en enlevant mon optique.

— Il en a été de même pour la vésicule ?

Il s'arrêta un instant pour avaler une bouchée de poulet avant de répondre :

— Exactement pareil. Avant d'opérer une vésicule par voie traditionnelle, il m'arrivait souvent d'aller vérifier d'abord, sous cœlio, la disposition des lieux. Pour bien voir, je disséquais un peu. Puis un peu plus. Un jour il ne me resta plus qu'à couper l'artère et le canal. Je l'ai fait. Sans avoir imaginé une seule seconde quel serait le retentissement médiatique d'un tel geste. Des copains m'ont imité, et tout le monde s'est mis à en parler. Je crois que j'aurais préféré attendre que la méthode soit mieux codifiée avant qu'on fasse tout ce tapage à mon propos.

Hellen comprenait qu'il s'agissait là du résultat d'une sorte d'engrenage. La dynamique naturelle d'une méthode opératoire créée par un gynécologue, quarante ans plus tôt. Si, du haut du ciel, Raoul Palmer voyait ça, comme il devait en rire ! Hemme, lancé, ne s'arrêtait plus.

— Je vais vous raconter une autre grande première que je n'avais pas prévue. Un jour de 1972, je reçois en urgence une occlusion aiguë. Aucune cause évidente. Je fais une cœlio et je vois une bride qui étrangle une anse grêle. Et rien d'autre. La tentation a été trop forte. Un coup de bistouri électrique, et l'obstacle était levé. Cette guérison m'a laissé rêveur. Depuis, je fais une cœlio pour toutes les occlusions vues tôt, et il m'arrive forcément de traiter parfois la cause du même geste.

— Pas toujours ?

Il regarda Hellen en plissant les yeux d'un air malin.

— Non, pas toujours. Quand elle se présente trop tardivement, on ne peut pas piquer le ventre sans danger. Ni même espérer une vision satisfaisante. L'intestin gonflé occupe tout l'espace. Il est sage de renoncer. En revanche, je crois que les occlusions intestinales prises au début méritent toutes d'être explorées par cœlio.

— Traitées ou explorées ?

— Explorées et traitées chaque fois que c'est possible.

L'homme était impressionnant de solidité raisonnée et de calme détermination.

Après le déjeuner, ils partirent tous les quatre pour la clinique où Hemme devait faire sa consultation. Tandis que Christine répertoriait les rendez-vous, il installa Hellen et Virginie dans une petite pièce devant un appareil de télévision et un magnétoscope, avec une pile de cassettes.

— Regardez tout ça, je viendrai vous voir entre deux patients et vous me direz ce que vous en pensez.

— C'est du cinéma parlant ? demanda la journaliste.

Hemme éclata de rire.

— Oh ! non ! Il n'y a pas de son. Les chirurgiens disent trop de bêtises en opérant. Mais madame de La Verle vous expliquera.

Les deux femmes passèrent un après-midi mémorable. Il y avait, dans ces films, l'intégralité de chaque intervention, et Hellen pouvait ainsi suivre en détail les gestes de l'opérateur et mieux comprendre sa stratégie. Cette dissection pas à pas, en coagulant les moindres vaisseaux, elle s'y était habituée. Mais l'opérateur était d'une habileté rare.

— Ce qui est merveilleux, expliquait Hellen, c'est de voir d'aussi près. Dans un ventre, les yeux sont à un mètre environ de l'organe sur lequel on opère. En vidéo, il paraît à quelques centimètres, et le geste est beaucoup plus précis.

— Tout de même, s'étonnait la jeune fille, vous travaillez avec des outils drôlement longs. Cette précision m'épate.

Hellen essaya de lui faire comprendre que ces instruments étaient calés sur la paroi et qu'il s'agissait d'une véritable rééducation des mouvements.

— Un autre avantage, tout nouveau celui-là, provient du fait qu'en vidéo-chirurgie, pinces et ciseaux convergent vers la zone opératoire à partir de portes d'entrée éloignées. Alors qu'en chirurgie à ventre ouvert, on n'a qu'une seule voie d'abord. Un seul axe pour travailler. Du temps de Palmer, il en a été longtemps de même. L'outil passait par le même trocart que l'optique. Comme en urologie.

Manifestement, la journaliste ne comprenait pas ces nuances stratégiques. « Ce n'est pas grave, pensa Hellen. Ces finesses ne la concernent pas vraiment. »

Là où Hemme avait été prodigieusement novateur, c'était en transposant les techniques des gynécologues en chirurgie digestive et en posant cette question révolutionnaire : pourquoi ouvrir le ventre ? Il semblait avoir trouvé ainsi des solutions originales à des problèmes techniques jusque-là insolubles.

— La chirurgie à ventre fermé. Quel beau titre, pour un livre, s'écria Virginie. Il va falloir que je l'écrive.

— Pourquoi pas ? Méfiez-vous tout de même. Vous ne vous ferez pas que des amis. Peut-être aussi pourriez-vous laisser la priorité à Hemme...

Elle était déjà partie dans une autre direction.

— On m'a dit que les Américains opéraient au laser. C'est vrai ?

— Le laser n'est rien d'autre qu'une sorte de bistouri électrique, et son véritable intérêt se limite à la destruction de certaines tumeurs. Ils ont cru innover en mettant cet appareil à toutes les sauces. Ils en reviennent. Ce sont les industriels qui les avaient poussés et ils auront eu, au moins, le mérite d'inciter les chirurgiens américains à faire de la cœlioscopie opératoire. Les patients y gagnent, c'est l'essentiel.

Sur les cassettes de Philippe Hemme, elles suivirent, ce jour-là, une ablation d'appendice, une vésicule et, surtout, des sections d'adhérences, son sujet préféré. Il leur parla longuement de cette chirurgie qu'il était seul à défendre, et qui lui paraissait essentielle dans de nombreux cas de douleurs abdominales inexpliquées.

— Ce sont mes milliers de cœlioscopies qui m'ont permis de découvrir cette pathologie à laquelle personne ne croit.

— Elle est courante en gynécologie.

— C'est vrai, ce qui prouve que les gynécologues sont plus intelligents que les autres. Quand les spécialistes de l'appareil digestif se seront décidés à aller regarder dans les ventres par le petit bout de la lorgnette, ils y viendront aussi. Ils guériront des malades qui se plaignent depuis des années, sans qu'on sache pourquoi. Certains d'entre eux, les pauvres, ont même été confiés aux psychiatres.

En fin de journée, il leur proposa de les ramener à la ferme.

— C'est idiot d'aller dormir à l'hôtel. Venez à la maison, il y a plusieurs de chambres. Demain, vous serez à pied d'œuvre pour venir assister aux opérations.

— Je vous remercie beaucoup, docteur, intervint la journaliste, mais, vous savez qu'il y a le congrès du RPR, à Lyon, aujourd'hui, et j'ai un tas de collègues qui seront dans le même hôtel que nous ce soir. Nous ne serons pas perdues.

Hellen la regarda avec surprise. Elle n'était pas au courant. Ce programme ne lui déplaisait pas.

La petite prit un air mutin pour ajouter :

— C'est le journal qui paie, alors...

Les deux femmes se retrouvèrent donc un peu plus tard dans le bel établissement des bords du Rhône. Elles se séparèrent pour aller se reposer un moment et prendre un bain en se donnant rendez-vous au bar, pour l'apéritif.

Arrivée dans sa chambre, Hellen téléphona à Lucien. Elle voulait lui raconter sa journée et lui faire part de son enthousiasme. Elle le trouva bougon.

— J'ai vu Marceau cet après-midi. Il dit que le petit Saussure se plaint d'être mal accueilli dans cette clinique, et en particulier par toi.

— Je ne vois pas ce qui motive une telle affirmation.

— Il paraît que tu l'aurais agressé parce qu'il ne veut pas faire de cette cœliochirurgie qui te plaît tant.

— Tu m'imagines en train d'agresser ce garçon ? C'est absolument faux. Et stupide.

— Tu ne te rends pas compte, mais tu as parfois un ton désobligeant avec les gens que tu n'aimes pas.

— Tu me fais une scène ?

Lucien ne répondit pas immédiatement.

— Lucien, je te parle.

Il se décida enfin :

— Mais non, je ne te fais pas de scène. Seulement, je constate que tu manques un peu de diplomatie. Ton engouement abusif pour ces extravagances chirurgicales — si on peut utiliser cet adjectif — me navre. C'est tout.

La conversation tourna court, et Hellen resta perplexe. Ce qu'elle avait vu ce jour-là allait tellement dans le sens de ses recherches personnelles qu'elle n'imaginait pas qu'on puisse parler d'extravagances. Elle se plongea dans une baignoire pleine de mousse onctueuse et essaya d'oublier la réaction de son mari. En vain.

Comme cet homme lui paraissait vieux tout d'un coup ! Et comme sa réflexion lui rappelait d'autres histoires navrantes du temps passé ! Guillaume lui avait raconté combien les progrès avaient eu du mal à pénétrer le monde chirurgical. C'est ainsi que vingt ans après ses premières réussites, Raoul Palmer, dans son laboratoire modeste, était toujours boudé par la majorité des gynécologues français. Même ceux de l'hôpital Broca n'y mettaient jamais les pieds, alors que les étrangers du monde entier s'y bousculaient pour assister à ses interventions.

Cette fois, il fallait le reconnaître, la cœliochirurgie allait poser de nouveaux problèmes à l'*establishment* hospitalier. L'immense majorité des patrons en activité n'avaient jamais mis l'œil sur un cœlioscope. Ces mandarins n'allaient pas pouvoir, du jour au lendemain, assimiler des techniques qui supposaient un long apprentissage. Ces instruments maniés à distance ne se laisseraient pas apprivoiser facilement.

Hemme avait montré à Hellen comment il aidait ses élèves à s'entraîner au maniement des pinces et ciseaux dans une boîte à chaussures fermée. Il avait également réalisé un film pédagogique où il enlevait un à un les pépins à l'intérieur d'un poivron.

Elle imaginait mal des patrons de la génération de Francis Barbier passant leurs soirées à faire des découpages au fond d'un carton à chaussures. Certains en auraient le courage. Ils ne seraient pas nombreux.

L'essor de la cœliochirurgie, s'il se confirmait, et il n'y avait aucune raison pour qu'il n'en fût pas ainsi, allait créer un schisme entre ceux qui la pratiqueraient et les autres. La clientèle ne s'y tromperait pas. Hellen l'avait bien vu dans son propre domaine : les femmes étaient prêtes à tout pour éviter un ventre balafré.

Ravie de vivre cette aventure, la jeune journaliste stimulait Hellen en la forçant à mettre au net ses propres raisonnements. Chacun sait qu'un des plus grands mérites de l'enseignement est de permettre aux enseignants — les bons — de clarifier leurs propres idées. *Doceo ut doceam*, disaient les Romains avec plus de concision.

Hellen était enchantée de participer à cette fête imprévue. Elle découvrait, par la même occasion, la morosité de sa vie à Saint-Yé. Elle portait une veste de shantoung sur une courte jupe et des collants noirs. Avec un châle indien négligemment jeté sur les épaules, elle attira les regards.

Il y avait foule au bar. Des gens de presse, des hommes politiques, des comédiens s'entassaient dans un assourdissant brouhaha de foire, où surnageaient à peine les sonorités aseptisées d'un lointain piano.

— Madame de La Verle !

Hellen se retourna et crut défaillir. Virginie était là, à quelques pas, avec Charles Morand. Elle resta pétrifiée, tandis qu'ils se frayaient un chemin vers elle. La jeune fille était épanouie de plaisir.

— Madame, permettez-moi de vous présenter quelqu'un que j'aime beaucoup et qui a été mon professeur à l'école de journalisme : monsieur Morand. Et, d'un geste large, elle désigna Hellen : madame le docteur de La Verle, chirurgien, mon idole.

Charles ne laissa pas à Hellen le temps de réagir.

— Chère madame, je suis enchanté de faire votre connaissance. Je sais que vous exercez à Paris et à Saint-Yé où se trouve une agence de mon journal, et c'est une grande joie de vous rencontrer à Lyon. Comme le monde est petit...

Il avait prononcé cette fadaise sur un ton si pénétré qu'Hellen faillit éclater de rire. Il fit une affreuse grimace pour essayer de rester sérieux et il s'enfuit vers le bar en promettant de rapporter à boire pour tout le monde.

— Vous allez voir, continua la petite, c'est un type formidable ! Il a fait des reportages sensationnels, et c'est un prof exceptionnel. Je l'adore.

Hellen ne savait quelle attitude prendre. Charles revint en portant acrobatiquement trois immenses verres décorés de bouquets de verdure et de fruits.

— Ils font ici un Pimm's comme nulle part ailleurs. Je n'ai pas résisté à l'envie de vous le faire goûter. Vous allez m'en dire des nouvelles.

Hellen et lui raffolaient de ce breuvage d'origine écossaise.

Ce clin d'œil à leur histoire ajoutait au côté insolite de la rencontre. Hellen fit l'étonnée en dégustant son verre avec des mines de jeune fille effarouchée. Ils jouèrent la comédie, en frôlant sans cesse le fou rire, jusqu'à ce que Virginie, happée par une bande de copains, les abandonnât enfin.

Charles contourna la table où ils étaient coincés par la foule, et vint s'asseoir contre Hellen. Ils se regardèrent un moment en silence et éclatèrent de rire. Comme ils le faisaient si souvent autrefois, quand une complicité joyeuse les unissait.

CHAPITRE XIX

Hellen et Virginie se retrouvèrent le lendemain matin dans le hall de l'hôtel avec des mines qui en disaient long sur leur manque de sommeil. Aucune des deux ne fit le moindre commentaire, et elles eurent juste le temps d'avaler un café avant de prendre le taxi convoqué pour six heures trente. Hemme opérait à sept heures, dans une lointaine banlieue.

Après le changement vestimentaire rituel dans le vestiaire des chirurgiens, elles arrivèrent en salle d'opération où le malade dormait déjà. C'était un gros homme, dont l'abdomen débordait des deux côtés de la table.

— Aujourd'hui, si Dieu le veut, vous allez assister à une première, annonça l'opérateur. C'est une minuscule éventration qui s'est transformée en véritable occlusion aiguë. Nous en parlions hier, aujourd'hui, ce sont les travaux pratiques. Lever l'obstacle et réparer la paroi sans l'ouvrir, voilà le projet. Je ne vous jure pas d'y parvenir.

Christine, déjà habillée, préparait le matériel. Il lui jeta un regard plein de gentillesse :

— Mon copilote mécanicien est prêt ?

— Oui, commandant.

Il tourna la tête vers Hellen :

— Avec ce genre de matériel, si on n'a pas quelqu'un pour s'occuper de la maintenance, c'est le bagne.

Il revint vers le ventre auquel il allait s'attaquer. Soudain son visage se tendit. De la main gauche, il se mit à palper longuement le flanc abdominal déformé, l'aiguille de Palmer dans sa main droite. On aurait dit qu'il cherchait, dans la graisse épaisse, de mystérieuses informations qu'il était seul à percevoir.

— Avec un peu d'habitude, confirma-t-il, on finit par sentir l'endroit où il n'y a pas d'anses intestinales collées. Toutefois, dans un cas comme celui-ci, il faut être particulièrement méfiant.

Hellen sourit en voyant cette énorme main manier avec autant de délicatesse la fine aiguille sur laquelle reposait le premier pas de l'opération. Elle sentit Virginie lui tirer la manche.

— S'il vous plaît, sainte Hellen, donnez-moi quelques explications. Par pitié. Je n'ai rien compris, moi.

Hellen se pencha vers elle.

— Cet homme a été opéré de je ne sais pas quoi, il y a longtemps. Dans les suites de son opération, la paroi a craqué.

— Quelle horreur !

— Mais non. Il n'y a pas eu une explosion. Juste quelques points qui ont lâché sous la peau. Chez l'obèse, c'est fréquent, et le diagnostic est difficile à faire. Il s'est formé une petite brèche au niveau de la paroi musculaire, et l'intestin s'y est coincé.

La jeune fille avait un regard terrorisé. Hellen la rassura :

— Ce genre d'incident n'est pas exceptionnel. Les causes sont diverses. Je vous expliquerai plus tard. Pour le moment, ce que vous devez comprendre c'est que, normalement, en chirurgie traditionnelle, on devrait ouvrir la peau en repassant par la même voie que le premier opérateur, décoller les anses intestinales qui adhèrent toujours à la cicatrice et reconstituer ensuite une paroi solide. Avec, par exemple, une sorte de filet synthétique, ou des points de nylon.

Pendant qu'elle chuchotait, Hemme avait gonflé le ventre, qui ressemblait maintenant à une sorte de montgolfière. Toujours aussi prudent, il enfila le premier trocart loin de la ligne médiane où se voyait nettement l'ancienne cicatrice opératoire. Il y glissa l'optique. Sur l'écran apparut un magma d'anses agglutinées les unes aux autres et collées à la paroi.

— Il va y avoir du travail pour mettre ce chantier au propre, grommela-t-il.

Il introduisit, tout aussi précautionneusement, ses deux autres trocarts, enfila ses instruments et commença sa dissection.

Hellen était moins étonnée que sa jeune amie par ce temps chirurgical classique. Elle connaissait ce travail fastidieux et indispensable quand on devait réopérer un malade. Seulement, grâce à la vidéo, un confort technique appréciable était donné, dont elle mesurait ici, une fois de plus, l'évident avantage. Ce panorama agrandi, lumineux, où il suffisait de savoir mener les instruments, représentait un indéniable progrès.

Hemme progressait avec la plus extrême prudence, dans sa dissection fastidieuse.

Hellen laissa son esprit s'envoler dans les souvenirs de la veille, et sa gorge se serra. Elle se revoyait avec Charles, quittant l'hôtel et la foule bruyante. En marchant vite contre un vent froid et humide, ils étaient arrivés dans un de ces bouchons lyonnais qui fleurent bon la cuisine traditionnelle. Ils avaient dîné en se rappelant mille anecdotes du temps passé. Combien de fois avaient-ils commencé leurs phrases par : « Et cette autre fois, tu te souviens... » Elle ne savait plus très bien ce qu'elle avait préféré, des quenelles ou des souvenirs. Ils avaient bu une bouteille entière de Saint-Amour (ce cru s'imposait) et la raison seule les empêchait d'en commander une seconde pour finir le repas, quand la patronne, une grosse Lyonnaise au poitrail abondant, était venue remplir leurs verres.

Hellen était un peu grise quand il avait fallu reprendre le chemin de l'hôtel, et elle n'aurait pas su raconter en détails ce qui s'était passé jusqu'au moment où elle s'était retrouvée dans le lit entre les bras de Charles. Cette évocation la fit frissonner. La voix de Hemme la ramena sur terre.

— Voilà, tout est presque libéré. Il ne reste plus que l'étranglement. Regardez, précisa-t-il à l'intention de la journaliste, voici l'intestin qui entre dans la déchirure musculaire. Il est dilaté. Là, il ressort de la brèche, il est vide et plat. Je vais décoller l'anse incarcérée, et tout va se remettre en mouvement.

Les minuscules ciseaux avançaient, millimètre par millimètre, dans une atmosphère lourde de suspens. À tout moment, l'intestin pouvait se déchirer et laisser le liquide digestif envahir la cavité péritonéale. L'occlusion se transformerait en une péritonite autrement plus grave.

Brusquement, l'anse se décrocha. L'anneau étranglé se

dilata, et les spectateurs virent distinctement le contenu, jusque-là bloqué, franchir l'obstacle en trombe et remplir les anses plates qui gonflèrent à vue d'œil. Des contractions apparurent instantanément, témoignant de la parfaite vitalité de l'intestin. C'était superbe. La journaliste tendait le cou avec une telle énergie qu'Hellen se demanda si elle n'allait pas tomber en avant.

— Il faut sectionner quelques adhérences encore, reprit Hemme, et nettoyer les bords de la brèche avant de la réparer. Excusez-moi, c'est un peu long, mais l'enjeu est de taille.

Hellen acquiesça distraitement. Au-delà de l'écran, elle revoyait un autre spectacle. La chambre de Charles. La pendulette marquait quatre heures du matin. Il était couché en travers du lit dévasté, à plat ventre, et dormait, écrasé de fatigue. Elle avait réussi à se dégager de son bras, et s'était rhabillée sans bruit, déchirée par l'obligation de se rendre à son rendez-vous. Elle l'avait laissé s'endormir, luttant elle-même contre le sommeil. Comme elle aimait ce grand corps abandonné qu'elle avait caressé durant des heures, et qu'elle avait tant envie de revoir ! Elle était sortie sur la pointe des pieds, à peine vêtue, et avait regagné sa chambre, priant pour ne rencontrer personne. Elle n'avait plus retrouvé le sommeil. Des images tournaient dans sa tête. Était-ce le mélange de Pimm's et de Beaujolais ou l'évidence de sa folie qui la maintenait éveillée ? Elle n'aurait su le dire.

— Voilà, tout est propre. Je vais traiter l'éventration de façon un peu inhabituelle. Regardez.

Combinant la vue directe extérieure et l'image vidéo intérieure, Hemme enfonça dans la peau une longue aiguille sertie sur un fil. Elle apparut dans le ventre exactement au bord de la brèche musculaire. Grâce à la pince intra-abdominale, il la saisit pour la conduire du côté opposé, vers l'autre bord de la brèche. Poussant par-dedans, il la fit entrer dans le muscle, puis apparaître bientôt sous la peau. Un dernier effort, et elle émergea. Christine la saisit et la sortit. Hemme la récupéra et lui fit refaire le chemin inverse, réalisant un vaste pont en forme de U. Il recommença avec deux autres fils.

Au bout d'une demi-heure, il avait passé trois points en U qu'il suffisait de nouer pour fermer la paroi musculaire abdominale sans avoir ouvert la peau. Le serrage des nœuds, comme les manœuvres précédentes, se faisait à l'extérieur, mais avec une parfaite vision intérieure, sous le contrôle de la caméra.

— Voilà qui est étonnant, s'exclama Hellen. C'est la première fois que je vois ce qui se passe dans le ventre, quand on noue des fils de paroi à l'extérieur.

— Grâce à cette méthode, je me suis rendu compte qu'on avait généralement tendance à serrer trop fort, par peur que ça lâche. Or c'est l'inverse qui se produit. Trop serré, un fil coupe ou écrase les tissus qu'il est chargé de maintenir. Dans les deux cas, l'éventration risque de survenir. Ici, on voit très bien qu'il faut serrer juste assez pour mettre les berges au contact, mais pas plus.

Les fils noués, Hemme les fit disparaître sous la peau par des mouchetures de bistouri.

— Intervention terminée, clama-t-il joyeusement.

Il avait le sourire épanoui d'un enfant qui a bien travaillé. Arrachant son masque, il prit Hellen par le bras et l'entraîna vers le vestiaire.

— Venez boire un café. Je crois qu'il doit y avoir aussi des croissants. Pendant ce temps, on va nous préparer le prochain patient.

Un moment plus tard, bien relaxé dans son fauteuil, il se mit à philosopher.

— Vous voyez, Hellen, si, un jour, on ne faisait plus que de la cœliochirurgie, les éventrations disparaîtraient. Les chirurgiens de ce siècle ont vécu des progrès bouleversants, mais ils n'ont jamais pris le temps de réfléchir aux dégâts provoqués dans les parois abdominales de leurs opérés. La maladie postopératoire, dont on nous a tant rebattu les oreilles, est causée essentiellement, par l'ouverture pariétale et la mise à l'air libre de l'intestin. Il engloutit un second croissant, tout en continuant : Cet opéré va réclamer sa sortie dès demain. Il ne comprendrait pas qu'on cherche à le garder plus longtemps. Pourtant, la fois précédente, il était resté hospitalisé quinze jours.

Hellen était convaincue.

— Quand j'ai lu les travaux de Palmer, ce que peu de gens font de nos jours, j'ai découvert que ce sont les laparotomies pour stérilité, au cours desquelles on découvrait que les trompes étaient inopérables, qui ont justifié les premières cœlio.

« Avant d'ouvrir le ventre, essayons de voir quelle est l'étendue des lésions, disait-il. Si elles sont trop graves, ce n'est pas la peine. »

Hemme hocha la tête.

— C'est vraiment notre maître à tous.

Valérie Zeller passa la tête dans l'entrebâillement de la porte.

— Entrez, mademoiselle, venez vous restaurer.

Hemme avait un sens évident de la convivialité, mais, derrière son sourire avenant, se cachaient des préoccupations sérieuses.

— Dites-moi, vous allez décrire ce que vous avez vu, n'est-ce pas ?

— Bien sûr, répondit la jeune fille en grignotant son croissant.

— Je souhaiterais que vous me soumettiez votre papier avant de l'envoyer au journal. D'abord, pour corriger une éventuelle inexactitude, et surtout pour veiller à gommer des réflexions qui vous auraient échappé et qui pourraient me gêner vis-à-vis de mes confrères.

Valérie le regardait, étonnée. Ce chirurgien refuserait-il la publicité ? Ce n'était pas l'idée qu'elle se faisait de la corporation. Certains chirurgiens esthétiques, pour ne citer qu'eux, ne se livraient-ils pas périodiquement à de véritables campagnes d'autopromotion ? Conscient de l'étonnement de la jeune femme, Hemme continua :

— Vous êtes là pour faire connaître une technique et rien de plus. Comprenez-moi bien. Même s'il est indéniable que j'ai été le premier à enlever une vésicule par cette voie, d'autres chirurgiens sont au moins aussi avancés que moi dans le développement de la cœliochirurgie digestive. Certains d'entre eux ont été pour beaucoup dans les perfectionnements et la diffusion de la méthode. Et je n'aimerais pas qu'ils me croient en train de me faire mousser par votre intermédiaire. Ce n'est pas mon genre.

Ils se levèrent pour retourner vers la salle d'opération et le chirurgien prit la journaliste par l'épaule.

— La vérité, lui chuchota-t-il à l'oreille, c'est que j'ai une clientèle ancienne et fidèle, et je serais désolé d'avoir soudain plus de malades à opérer. Vous avez vu tout ce qui reste à faire dans ma ferme. Quand aurais-je le temps, s'il me fallait opérer davantage ?

Lucien vint à Paris chercher Hellen à l'arrivée du TGV. Ils étaient invités à dîner chez Francis et Valérie Barbier. Il pleuvait. Le flot des voitures s'écoulait lentement sur les quais encombrés, et les époux Laville auraient eu le temps de parler s'ils en avaient eu envie. Lucien ne posa aucune question sur le séjour lyonnais de sa femme. Il ne se demanda pas non plus pourquoi elle était à ce point silencieuse. Il se borna à des réflexions banales sur les difficultés de la circulation, surtout par temps de pluie. Hellen restait plongée dans ses pensées. Elle avait dormi dans le train, réparant un peu le manque de sommeil de la nuit précédente, mais elle poursuivait son rêve.

Sagement installée dans la voiture, les mains croisées sur ses genoux, les yeux voguant au loin sur la cime des arbres, le visage calme et détendu, elle était l'image de la plus parfaite sérénité, alors qu'elle était en complète effervescence. Elle ne cessait de revivre les instants de cette soirée imprévisible et de la nuit qui avait suivi. Le souvenir de sensations grisantes lui revenait en vagues. Par moments, cependant, elle ne pouvait s'empêcher d'imaginer les difficultés que cette rencontre n'allait pas manquer d'occasionner.

Son sens du devoir la ramenait vers une question obsédante. De quoi demain serait-il fait ? À quel avenir compliqué devrait-elle faire face ?

Elle n'était pas femme à mener une double vie. Quand on évoquait devant elle les frasques de certaines amies, elle riait en se demandant comment elles pouvaient faire.

— L'existence est déjà assez compliquée, disait-elle, pourquoi chercher à l'embrouiller plus ?

Et voici qu'elle se trouvait à son tour plongée dans le vaudeville. D'un côté le mari aimant, sérieux et honnête. De l'autre, l'amant fougueux et séduisant, qu'elle adorait depuis toujours. Au milieu, le père de l'amant, qui travaillait avec le mari. Lequel de ces hommes allait-elle devoir sacrifier sur l'autel des convenances ? Pour le moment, elle n'avait pas de réponses à donner. Le silence de son mari ne l'aidait pas à en trouver.

Francis Barbier les accueillit avec son habituelle bonhomie. Depuis la mort de Guillaume, il avait tendance à considérer Hellen comme sa fille, et ce ton paternel lui allait bien. Par réaction, sans doute, Valérie prenait une position inverse. Avec un rien de jalousie, peut-être, elle lançait des regards glacés à celle qu'elle avait semblé considérer, jusque-là, comme une amie.

Hellen commençait à se persuader que l'avocate lui reprochait l'échec de sa grossesse, ou, du moins, ses espoirs déçus. Après une intervention aussi parfaite, si personne n'avait pu éviter l'avortement, Hellen n'y était pour rien. Valérie paraissait en avoir conservé une amertume teintée de rancune.

Dans les derniers mois de sa vie, Guillaume l'avait chargée des intérêts d'un jeune hémophile contaminé par le HIV à l'hôpital de Saint-Yé. Le garçonnet faisait partie de ce lot de malheureux enfants traités par des produits qu'on ne savait pas dangereux. À Paris, Valérie était devenue l'une des spécialistes de ce dossier lamentable.

Ce qui était nouveau, c'était son attitude vis-à-vis du « corps médical », entité dont la responsabilité, disait-elle à tout propos, était gravement engagée. Francis essayait de la calmer, sans succès. Il fallait se résigner à l'écouter.

Ce soir-là, elle changea de cible et s'attaqua directement à Lucien.

— Savez-vous, mon pauvre ami, lui dit-elle avec un air gourmand, que je suis chargée de déposer une plainte contre votre clinique ?

Lucien tombait des nues.

— Je ne suis pas au courant, balbutia-t-il d'une voix blanche.

— Le fait de m'occuper de ce pauvre petit hémophile que m'avait confié le professeur de La Verle, a conduit vers mon cabinet un habitant de Saint-Yé. Il prétend que vous lui avez facturé des actes fictifs.

Le visage de l'intéressé blêmit. Hellen vint à sa rescousse.

— Ce n'est pas possible, Valérie. Nous avons affaire à une médisance ou à une erreur. Toute clinique a ses défauts, mais la facturation abusive n'est pas le genre de la maison.

— C'est bien ce que je me suis dit, répliqua l'avocate, avec un sourire qui contredisait le sens de ses paroles. Ne gâchons pas notre dîner. Nous reverrons ce problème à tête reposée d'ici à quelques jours. Elle se tourna vers les autres invités : Si vous le voulez bien, passons à table.

Elle prit Lucien par le bras, et, l'entraînant vers la salle à manger, elle lui chuchota à l'oreille :

— Il faudra tout de même que vous vous choisissiez un avocat.

Hellen et Lucien ne firent guère honneur au repas. Quand on revint au salon pour le café, Agnès s'approcha d'Hellen et lui demanda pourquoi elle était aussi silencieuse.

— Ce n'est tout de même pas cette ridicule histoire de plainte qui te perturbe à ce point ?

Hellen hésita à lui dire la vérité. Elle se borna à raconter son escapade cœliochirurgicale et à déplorer la réaction de Lucien. D'autres vinrent se mêler à la conversation, et il apparut vite que ce sujet passionnait tout le monde.

— À efficacité égale, s'écria une femme de la quarantaine, il est évident que je préférerais n'avoir pas de cicatrice.

« C'est bizarre, pensa Hellen en se souvenant de sa conversation avec Hemme. Elles ne s'intéressent qu'à la cicatrice. Sans se rendre compte que la physiologie de la paroi abdominale est protégée par la cœliochirurgie, et c'est autrement important. » Elle n'avait pas le cœur à engager la polémique et elle se tut.

— Vous venez de bien poser le problème, plaida Valérie. « À efficacité égale » : tout est là. Il faudra faire des évaluations. En attendant, méfiance !

— J'en parlais hier encore avec des collègues de l'Académie de chirurgie, intervint Francis. Si cette tendance se maintient, nous allons devoir faire des comparaisons entre des séries d'interventions identiques pour voir si les résultats et les complications sont les mêmes, selon qu'on opère à ventre ouvert ou fermé.

Agacée, Hellen se décida à protester :

— Vous ne pourrez pas faire une telle étude de manière valable avant longtemps. Enlever une vésicule à ventre ouvert, c'est une intervention traditionnelle que de nombreuses équipes réalisent à la perfection depuis toujours. Quels sont les services hospitaliers où les chirurgiens sont capables de manier les instruments de cœliochirurgie ?

Francis ne s'attendait pas à une telle sortie. Il prit son air supérieur :

— Tout s'apprend.

— Comment comparer les performances cyclistes d'un homme qui fait du vélo depuis l'enfance à celles d'un concurrent, même sportif entraîné, qui ne monte sur une bicyclette que depuis quelques semaines ? Le paramètre « main » est, ici, encore plus fondamental qu'ailleurs.

Valérie se lança dans une période oratoire très professionnelle :

— Nous pensions tous que la chirurgie de ce temps dépendait plus des découvertes scientifiques que de l'adresse manuelle. Les greffes d'organe n'ont pris leur véritable essor que depuis l'avènement de la ciclosporine. Le succès des reconstructions articulaires est en grande partie lié à la qualité des prothèses modernes. Aujourd'hui, la pratique manuelle devient à nouveau essentielle pour cette chirurgie nouvelle. Je trouve ce retour aux sources fascinant. Et légitime. De plus, la responsabilité du chirurgien sera plus claire à établir en cas d'incident.

Elle avait accompagné cette dernière phrase d'un sourire jubilatoire.

Francis tenta de calmer son épouse. Il plaisanta sur les avocats toujours excessifs dans leurs prises de position. Puis, se tournant vers Hellen, il conclut d'un ton paternel :

— Tu vois, la cœliochirurgie va être victime, je dis bien victime, d'un engouement général. Le public va en réclamer, et, l'appât du gain aidant, des chirurgiens vont faire n'importe quoi. Les vieux comme moi bouderont un peu, les novateurs comme ce Hemme définiront les limites de la méthode, et cette technique prendra sa juste place dans l'arsenal de la chirurgie raisonnable.

Hellen ne répondit pas. Ce texte sentait trop le conservatisme institutionnel. Francis supportait mal d'être laissé sur le bord de la route où s'engageaient les plus jeunes. Il ne voulait pas l'avouer, mais cette évidence sautait aux yeux.

Lucien, lui, n'avait pas desserré les dents. Entre la plainte annoncée et la cœlioscopie, il n'avait pas été à la fête.

Des nouvelles de David attendaient Hellen à Saint-Yé. Il l'invitait, le week-end prochain, à venir participer à un séminaire sur les implications chirurgicales du sida.

— Intéressant, dit-elle en tendant la lettre à Lucien.

Il lut rapidement et fit la moue.

— Ici, nous ne sommes pas vraiment concernés.

Hellen le regarda avec stupeur.

— Nous sommes tous concernés, Lucien. Et nous le serons de plus en plus. Tu as oublié l'affaire Pernet. C'est essentiel d'aller voir ce qui se fait et ce que disent les spécialistes sur ce sujet. Tu ne crois pas ?

Amer, il répondit :

— Il n'y a qu'une chose essentielle, c'est le taux d'occupation des lits. J'en parlais encore ce matin avec le père Morand. Si on ne trouve pas de solutions sérieuses pour dépenser moins et gagner plus, l'année prochaine on fermera. Alors, tu comprends, ton sida et ta cœliochirurgie ne me paraissent pas « essentiels ». Vraiment pas.

Il sortit en claquant la porte.

Hellen avait du mal à le comprendre. Pourquoi cette hargne ? Il rabâchait toujours les même antiennes et semblait ne tenir aucun compte de l'augmentation spectaculaire du recrutement gynécologique. Quelle solution proposait-il ? Aucune.

Quant au sida, qu'on le veuille ou non, il avait bel et bien transformé leur exercice à tous. La Picardie profonde n'était heureusement pas en tête dans les statistiques de contamination, mais les chirurgiens de la clinique faisaient tester tous leurs malades, sans demander l'avis du comité d'éthique.

À la cafétéria, Hellen évoqua le séminaire en demandant si quelqu'un voulait l'accompagner.

— Je me moque de ce que pensent nos philosophes, déclara le jeune orthopédiste d'Amiens, qui, désormais, remplaçait Tardieu à chaque absence. Moi, je manie des instruments tranchants, des scies électriques, des forets qui tournent à dix mille tours. Une fausse manœuvre, et je meurs. Jamais nous n'avions travaillé avec une telle menace. Il faut comprendre que j'ai l'esprit plus libre quand j'opère un type dont le test est négatif.

Hellen essaya de tempérer le jeune chirurgien.

— Je te comprends, mais il est peut-être possible de considérer le problème autrement. Je te rappelle qu'un test négatif ne signifie pas que le patient est indemne. Il peut être tout aussi contagieux sans que tu le saches. De plus, je me demande si le fait de savoir qu'on opère un séropo n'induit pas une nervosité préjudiciable à la qualité de nos gestes. À mon avis, sans nous soucier de connaître le résultat des tests, nous devrions simplement travailler à mettre en place des procédures opératoires qui diminuent le risque d'incident. De telle sorte que, le jour où l'on sera en danger, le rite de protection existera déjà.

— Et tu proposes quoi ?

— Que chacun réforme et adapte sa pratique. Par exemple, j'ai lu quelque part que les orthopédistes californiens ont modifié la table des instrumentistes et leur façon de travailler. Elle ne mettent plus les instruments dans la main de l'opérateur. Fini ce geste qui plaisait tant aux cinéastes, tu sais, le chirurgien le nez dans le champ, qui criait : « Bistouri ! » et l'instrument lui claquait dans la main. Maintenant, ils ont créé une zone de sécurité où l'instrumentiste pose le bistouri. Le chirurgien vient le prendre. De même, au retour. On évite ainsi des rencontres fâcheuses. Ils ont aussi deux paires de gants. La première est faite d'un filet synthétique ultrarésistant et anticoupure.

L'orthopédiste éclata de rire.

— Va dire ça à ton mari. Il trouve déjà que nous consommons trop de matériel. Alors, s'il faut des gants spéciaux, tu vas l'entendre.

On en revenait toujours aux questions d'argent. Hellen avait des moments de désespoir. S'il en était ainsi à Saint-Yé, il était probable que les autres cliniques connaissaient les mêmes difficultés. Comment faisaient-elles pour survivre ? Qu'allaient-elles devenir ?

— Je vais aller à ce colloque samedi et je vous dirai ce que nous pouvons en tirer sur le plan pratique, mais je suis persuadée que ce n'est pas en paniquant devant un test positif que nous nous en tirerons.

— Tu penseras ce que tu voudras, conclut le jeune orthopédiste, mais moi je connais des confrères, dont certains me sont proches, qui se refusent purement et simplement à opérer ce genre de malades.

Tout le monde avait compris de qui il parlait. Hellen se leva, et, d'un ton paisible, déclara à haute voix :

— C'est vrai, j'en pense ce que je veux, mais je n'ai pas de secret. Ces confrères-là, tu peux leur dire de ma part, si tu en rencontres, qu'ils me dégoûtent. Je les méprise. Ils ne sont pas dignes de faire notre métier. Et je suis capable de répéter ce jugement, en face, à qui le veut.

Elle rentra dans son bureau avec un goût amer dans la bouche. Quel était donc ce monde où elle vivait ? Sur son bureau, la secrétaire avait laissé un message : « Monsieur Morand a demandé que vous le rappeliez. » Une bouffée de chaleur lui monta au visage et elle oublia, comme par magie, ce qui la perturbait tellement.

Elle fit le numéro du vieux chirurgien et écouta la sonnerie retentir en même temps qu'elle sentait son cœur battre la chamade. On décrocha.

— Allô ?

C'était la voix de Charles.

— Bonjour, c'est Hellen.

— Mon père va bien, ne t'inquiète pas, il dort. Ce n'est pas pour lui que je t'ai demandé d'appeler. Tu t'en doutes.

— Oui.

— J'aimerais te voir.

Elle laissa passer un bref instant, puis répondit d'un trait :

— Je vais passer le week-end à Paris, au Hilton-Montparnasse. Il y a un congrès sur le sida.

— J'y serai.

Quand elle eut raccroché, elle resta un long moment sans bouger, avec l'impression pénible d'avoir franchi un pas de plus vers l'irréparable. Elle n'avait réfléchi qu'une seconde avant de lui dire qu'elle se rendrait à Paris. Les mots étaient venus sans qu'elle les contrôlât. Elle s'était comportée comme si tout était prémédité, alors qu'elle n'avait, en fait, rien prévu de tel. Elle alla se laver les mains et, face à son image dans le miroir, elle se mit à marmonner : « À Lyon, ma vieille, tu as cédé à un vertige. Tu étais excusable. Cette fois, c'est de l'adultère caractérisé. Tu as un amant. Le sort en est jeté. Et ton mari ? Dans la situation où il est, tu ne vas pas lui dire : "Je m'en vais !" Tu vas donc le tromper. Tu as honte, n'est-ce pas. Mais tu iras. Tu t'en fous. »

Elle tira la langue à la femme infidèle qui la regardait dans la glace, prononça distinctement le mot « garce », et, d'un pas guilleret, partit faire sa consultation.

David l'attendait à l'entrée de la salle du congrès. Ils s'embrassèrent sans qu'elle osât lui demander comment il allait. Cette question devenait indiscrète. Elle s'empressa de lui parler d'elle, de Lucien, de Saint-Yé, de la cœliochirurgie. En même temps, elle détaillait son visage et se réjouissait de n'y trouver aucune altération inquiétante. Il était toujours aussi beau avec son profil aigu, ses yeux sombres et mobiles. Il s'était laissé pousser un centimètre de barbe comme le voulait la mode, et ce changement lui donnait un air un peu mauvais garçon.

— Et Bruno, demanda-t-elle, tu as des nouvelles ?

— Elles ne sont pas bonnes. Il s'est fait ramasser par les flics avec une bande de dealers. Ils l'ont gardé trois jours. Descente dans sa chambre, perquisition, tout le tremblement.

— Il se drogue ?

— Je ne pense pas. Mais ce sont ses anciens copains. Il a juré ses grands dieux qu'il ne savait rien. L'avocat pense le tirer de là mais son avenir m'inquiète. Ils n'ont pas voulu le reprendre à Médecine et Liberté. J'ai eu beau me battre, le président n'a rien voulu savoir.

— Par rancune ?

— Par peur pour les stocks de médicaments. Quand je pense qu'ils prétendent faire de l'humanitaire. J'ai claqué la porte.

— Que va-t-il devenir ?

— J'ai monté une petite association loi 1901 pour m'occuper des sidéens et je l'ai embauché. Il reste au bureau pour recevoir le courrier et les appels téléphoniques.

— C'est bien, tu as raison. On ne pouvait pas le laisser tomber.

En prononçant cette phrase, Hellen les imagina ensemble. Elle chassa l'image de son esprit et changea de sujet.

— Avec Médecine et Liberté, ce ne sera qu'une brouille passagère, j'espère. Tu ne vas pas les laisser. Eux aussi ont besoin de toi.

— Je ne les supporte plus. Je ne suis plus d'accord avec ce qui se passe.

— En France ?

— Partout. Rends-toi compte qu'à Phnom Penh, il y a aujourd'hui une centaine d'organisations comme la nôtre.

— Une centaine ?

— Au moins. Les uns s'occupent des ponts, les autres de la pharmacie ou de l'approvisionnement. Les Japonais distribuent des machines à calculer à tout le monde et occupent le terrain consciencieusement. On sent tellement qu'ils sont là pour préparer l'avenir et mettre en place leur petit commerce !

— Les Français sont tout de même différents, et ils ont été parmi les premiers.

— C'est vrai, et les gens de là-bas le reconnaissent. Certains dirigeants ont essayé de faire comprendre aux autres que ces pays de notre ancienne Indochine sont un peu chasse gardée. Ils ont bien rigolé. Tu n'imagines pas les compétitions d'intérêts qui apparaissent dès qu'on gratte un peu. Il se rendit compte qu'il exagérait et se récria : Attention, ne me fais pas dire ce que je ne dis pas. Il y a des gens formidables qui vont en brousse et risquent leur peau. Ils font un travail admirable et sont l'honneur de l'humanitaire. À côté d'eux, combien de patrons hospitaliers viennent en mission pour faire des rapports bidon que personne ne lira ! Combien de voyages ressemblent plus à du tourisme qu'à des œuvres utiles ! Combien d'ambitions viennent s'affronter là, dans l'espoir de pouvoir exploiter, après la guerre, quelque fromage lucratif !

— Tout le monde n'est pas Mère Teresa.

— C'est certain. Il n'empêche, je suis gêné de voir ceux qui n'agissent que par ambition personnelle. Ils se disent : Kouchner est devenu ministre. Pourquoi pas moi ?

Il éclata d'un rire amer.

— N'est pas Kouchner qui veut. Laissons ce sujet et allons voir ce qui se dit à l'intérieur. Ils vont commencer.

Les communications se succédèrent, évoquant tour à tour

l'état de la recherche, l'efficacité des antiviraux et des traitement prophylactiques, les comptes rendus des divers protocoles thérapeutiques essayés ici ou là. Les conférenciers essayaient tous de communiquer à l'auditoire un peu de leur enthousiasme. Ils véhiculaient de l'espoir malgré la médiocrité des résultats obtenus. Ils semblaient dire aux médecins qui les écoutaient dans un silence impressionnant : « On va y arriver. On progresse. Accrochez-vous. Battez-vous. Travaillez avec nous et tenez bon. Ce n'est qu'une question de temps. »

— Comment va ta jambe ? demanda Hellen en sortant de la salle.

— Très bien. C'est encore un peu raide, mais je sens un peu plus d'amélioration chaque jour.

Hellen restait préoccupée par l'histoire du jeune Pernet.

— À quoi va servir exactement ton association loi 1901 ?

— Depuis la naissance de AIDES en 1984, de nombreux organismes se sont montés sur le même modèle avec des variantes qui tiennent à la personnalité des créateurs. Tous cherchent, d'une manière ou d'une autre, à lutter contre la maladie et à aider les sidéens. Moi, je trouve qu'il est très difficile de traiter ces gens souvent seuls, marginaux et désespérés. La société et souvent même leur famille les rejettent. Les orateurs, tu les as vus, sont optimistes sur le résultat de leurs recherches. Personne, en revanche, ne parle de l'exclusion dont les malades sont victimes. C'est comme le racisme, on n'y peut rien. Cette nouvelle « bête immonde » leur gâche ce qu'il leur reste de vie.

Ils s'installèrent à une table, commandèrent des cafés, et David continua à développer son idée. Pour lui, la lutte contre le sida justifiait les travaux scientifiques, les traitements médicaux, à l'hôpital ou en ambulatoire. Il fallait également des mesures d'accompagnement, qui ne pouvaient être que des initiatives privées avec l'aide de la collectivité.

— C'est pour te parler de ce sujet que je voulais te voir, finit-il par avouer. J'ignore encore comment je vais procéder, mais je sais que je vais mettre sur pied un projet, et je tenais à te dire combien je compte sur toi. C'est tout.

— Merci de ta confiance. Seulement, tu sais aussi que j'habite loin de Paris, que j'ai un boulot, un mari qui a des difficultés avec sa clinique, et que je ne connais rien à ce problème.

Il écarta l'obstacle d'un revers de main.

— Je sais que tu viendras. C'est une question d'organisation. Il faut monter des réseaux d'entraide, et, à Saint-Yé, tu pourras être utile. On en reparlera le moment venu.

Elle sourit. Il avait toujours le même enthousiasme. Elle était déjà partie avec lui jusqu'en Afghanistan. Où allait-il l'emmener cette fois ? Soudain, elle le vit regarder derrière elle avec un air surpris.

— Tiens, voilà la presse ! s'exclama-t-il.

Elle n'osa pas se retourner. Elle avait compris. Charles s'assit à leur table.

— Alors, vous avez appris des choses importantes ?

Il se comportait comme s'il était normal qu'il fût là, comme s'ils s'étaient tous quittés la veille. Il ne s'embarrassait jamais de prémices compliquées et allait droit au but. Une fois de plus, il prouva qu'il connaissait bien le sujet, posant les questions qu'il fallait et formulant des réflexions intelligentes. Puis, il regarda sa montre.

— Je vous invite à dîner. Le maître d'hôtel de la Coupole est un copain, et nous aurons une table sans trop attendre. D'accord ? On va laisser Hellen se repoudrer le nez et on se retrouve ici, à huit heures.

Comme d'habitude, il régentait, organisait, décidait de tout, et les autres n'avaient plus qu'à suivre. David se leva en souriant et se contenta de répondre : « À tout à l'heure. » Les deux hommes disparurent. Hellen monta dans sa chambre, ravie d'avoir le temps de prendre un bain. Allait-elle appeler Lucien ? Elle resta un moment devant l'appareil et renonça.

À peine fut-elle enfouie dans l'eau mousseuse que la sonnerie du téléphone la força à se relever. C'était lui. Tout sucre et tout miel. Il se renseigna sur les communications de la journée et le programme du lendemain.

— Tu veux venir ? lui demanda-t-elle, hypocrite.

— Non, je suis fatigué. Que fais-tu ce soir ?

— David m'emmène dîner je ne sais où.

— Amuse-toi bien. Quand rentres-tu ?

— Demain, en fin d'après-midi, je pense.

— Très bien, je serai à la maison.

Elle retourna vers la baignoire. Cette fois, il n'y avait plus de doute possible. Elle mentait. Elle entrait dans l'adultère organisé. Elle s'immergea complètement en pensant : « Que c'est bon ! », sans se préciser s'il s'agissait de l'eau chaude ou de sa vie.

Le dîner fut délicieux. Dans l'atmosphère bruyante de la grande brasserie, ils se sentaient paradoxalement isolés, comme dans un cocon. Comme elle faisait cette constatation, Hellen pensa qu'elle commençait à devenir partiale et à perdre une objectivité à laquelle, jusque-là, elle tenait beaucoup.

David se leva le premier.

— Excusez-moi, je ne veux pas vous bousculer, mais je suis crevé, il faut que je rentre. Je vous laisse. On se revoit demain. Bonsoir !

Avait-il suspecté les relations qui unissaient désormais ses deux amis ? C'était difficile à dire. Mais Hellen n'était pas certaine d'avoir été capable de tromper sa sagacité. Elle le regarda partir et, sous la table, saisit la main de Charles qui traînait, par hasard, sur son genou. Longuement, leurs doigts s'étreignirent.

CHAPITRE XX

Cette deuxième nuit fut plus grisante encore que la précédente car, cette fois, Hellen ne fut pas obligée de se sauver à l'aube. Les nouveaux amants eurent droit à une grasse matinée, suprême gâterie des illégaux. Peu leur importait que des orateurs de tous pays fussent déjà au travail dans les salons du rez-de-chaussée. Ils passèrent ce début de matinée en peignoir de bain, devant un généreux plateau de petit déjeuner, à parler enfin.

Ils savaient, l'un comme l'autre, que ce retour à d'anciennes amours ne déboucherait pas sur une simple aventure. Si, d'un commun accord, ils se refusèrent à évoquer le futur, ils n'en abordèrent pas moins les problèmes qui allaient se poser à eux au jour le jour.

Comment allaient-ils vivre leur amour puisqu'il n'était pas question d'ajouter aux difficultés actuelles de Lucien le choc d'une rupture ? Charles eut une réponse qui laissait à penser qu'il envisageait déjà, mais sans le dire, l'avenir à long terme : il fallait à tout prix commencer par aider le chirurgien à sortir sa clinique du bourbier financier où elle s'enlisait et respecter, en attendant, une stricte clandestinité. Sans complice.

— Même pas David ? demanda Hellen.

— David, moins que tout autre. Ce garçon est amoureux de toi. Pour des raisons qui le regardent, il se tient à distance, mais il suffit de voir comment il te dévore des yeux pour deviner ce qu'il ressent. Je ne sais pas ce qui s'est passé entre vous, et je ne veux pas le savoir. Le fait est là. Il tolère ton mari, mais ne me supporterait pas. Donc, à mon avis, il faut rester, vis-à-vis de lui, d'une extrême prudence. Si nous devons craindre les excès de la jalousie, c'est de lui qu'il faut se méfier le plus.

Comme le secret professionnel était pesant... Hellen aurait tant aimé faire partager à l'homme qu'elle aimait le drame de ce garçon. Il l'aurait mieux compris. Peut-être même aurait-il pu l'aider. Alors qu'elle allait devoir laisser persister entre eux ce malencontreux sentiment de compétition malsaine qui ne présageait rien de bon. Fataliste, elle était bien obligée d'accepter cette situation en sachant que le temps, là aussi, ferait sans doute son œuvre.

Pour le moment, David allait tout de même jouer un grand rôle dans leur vie, puisqu'il voulait enrôler Hellen dans un programme de soins aux malades du sida. Elle devrait venir plus souvent à Paris. Les amoureux auraient ainsi l'occasion de s'y retrouver en paix.

À l'évidence, ils devaient s'interdire les rencontres à Saint-Yé où ils étaient tous deux trop connus pour éviter les ragots. Avec un air timide qui ne lui ressemblait pas, Charles lui apprit qu'il avait conservé leur ancienne cachette de la rue des Saints-Pères. Hellen n'en croyait pas ses oreilles.

— Pourquoi as-tu fait ça ?

— C'était le seul endroit où je pouvais essayer de croire que nous étions encore proches.

— Jamais, je n'aurais pu penser....

— Tu verras, rien n'a changé.

Elle était bouleversée.

— Tu m'aimais donc.

— Je n'ai jamais cessé de t'aimer. Souviens-toi, notre situation d'alors était invivable, et j'ai fini par penser qu'il valait mieux se séparer. Cette décision n'impliquait pas qu'il n'y eût plus d'amour entre nous. J'espérais seulement, qu'avec les années, ce sentiment s'atténuerait, et que nous referions, l'un et l'autre, notre vie différemment. J'ai bien cru avoir raison. Toutes mes tentatives pour changer de route ont échoué, et j'ai compris maintenant qu'il en était de même de ton côté.

— Là, tu exagères ! Si tu n'avais pas fait irruption de nouveau dans mon existence, qui te dit que je n'aurais pas continué à être heureuse avec Lucien ?

— Parce qu'il n'est pas l'homme qu'il te faut.

— Comme tu es présomptueux ! Et tu penses que toi, tu es cet homme-là ? Avec toutes ces femmes qui t'entourent, ces voyages qui te conduisent sans cesse aux quatre coins du monde, et ce métier de vedette où je n'ai pas ma place.

Il la laissait parler avec, sur les lèvres, un sourire amusé. Elle commençait à sentir monter la colère qui, autrefois, avait brisé leur couple.

— Je vais te dire, Charles. Moi, je n'ai jamais cessé de t'aimer, c'est certain, même si je me suis juré le contraire durant si longtemps. Cela dit, je ne suis pas décidée à répéter l'expérience passée, ni prête à jouer à cache-cache avec mon mari, à raser les murs en me demandant chaque fois que nous serons ensemble si on ne va pas voir surgir l'huissier pour un constat d'adultère.

— Veux-tu que nous en restions là ? Nous avons passé une bonne nuit. Salut, porte-toi bien. On se téléphone un de ces quatre.

Elle bondit pour se jeter dans ses bras.

— Tais-toi, je t'aime trop.

Il la serra contre lui, les yeux fermés, en murmurant :

— Moi aussi, je t'aime. Je sais maintenant que je n'aime que toi. Je ne veux plus te perdre.

Elle se rejeta en arrière.

— Alors, faisons un pacte. Plus de projet. Plus question ni de Lucien, ni de Saint-Yé, ni d'avenir, ni de passé. On se rencontre quand on peut. On ne se fait jamais de reproches.

— On goûte le bonheur qui passe. Entre nous, c'est la fête, rien que la fête, jamais plus que la fête. D'accord ?

— D'accord.

Elle sauta sur ses pieds et lui tendit la main.

— Topons là !

Il se prêta au jeu :

— Topons là !

Hellen arriva dans le hall de l'hôtel au moment de la pause-café. David était en discussion avec un représentant du ministère de la Santé qui ne semblait pas apprécier son projet pour les sidéens. Les deux hommes se séparèrent bientôt avec de grands sourires qui n'engageaient à rien.

— Dans ce pays, dès qu'on présente une idée nouvelle, on se heurte à des gens qui semblent spécialisés dans le scepticisme. On dirait que leur fonction consiste, essentiellement, à décourager les initiatives, et qu'ils sont payés pour ça.

Les séances reprenaient. Ils s'installèrent et la salle fut bientôt plongée dans le noir tandis qu'apparaissait la première diapositive. David, qui paraissait levé du mauvais pied, commença à maugréer.

— J'en ai par-dessus la tête de ces conférenciers qui ne parlent que sur des diapos dont ils sont les seuls bénéficiaires. À qui cela peut-il servir de voir projeter des titres, des tableaux, des courbes et des statistiques dont personne ne retiendra rien ? Ce sont des béquilles pour boiteux de la mémoire.

Hellen avait du mal à retenir son rire.

— C'est vrai, continua-t-il, tu ne crois pas que si ce type se donnait un peu de mal pour nous expliquer son histoire, en pleine lumière, il ferait mieux passer son message ? David pressa le bras de sa voisine : Regarde, là-bas, ce gros qui dort à poings fermés. Il a fait la bringue hier soir et il ne résiste pas à l'obscurité. Après le déjeuner, la moitié de la salle sera dans le même état.

Les voisins commençaient à s'amuser. Pourtant, le sujet traité était sévère. Il était question des complications chirurgicales du sida, et elles étaient légion. Les spécialistes exposèrent à tour de rôle leurs constatations.

Dans le noir, David suivait son idée :

— Il est indispensable, affirma-t-il à voix basse, que les structures d'accueil destinées aux malades soient en ville et proches d'un hôpital, afin que les médecins, les copains, éventuellement les familles puissent venir facilement les voir. J'aurais aimé trouver une espèce de château en pleine campagne, mais cela ne me paraît pas réaliste. Les gens ont déjà tendance à les abandonner ; si on les exile, ce sera pire encore.

— N'y a-t-il pas de problèmes de drogue avec eux ?

— Hélas ! Les médecins et les bénévoles qui s'en occupent sont tiraillés entre le « non » par principe, et le fait qu'il est difficile de refuser le bien-être, même artificiel, à quelqu'un qui va mourir...

— Les dealers doivent en profiter.

— Certains sont eux-mêmes malades... C'est la raison qui me poussait à chercher un lieu isolé.

Ils passèrent la journée à bavarder avec amertume de ce problème, sans que jamais David fît la moindre allusion à son propre état. Il suivait son idée, cherchant des formules de financement, évoquant les discussions avec la Sécurité sociale et l'Assistance publique, proposant des solutions à chaque obstacle. Hellen sentait qu'il avait raison et elle s'empressa de lui dire combien elle était désireuse de lui prêter main forte quand ce serait nécessaire.

À peine avait-elle prononcé cette phrase qu'elle se sentit rougir. Heureusement, ils étaient dans le noir et David ne pouvait pas s'apercevoir de son trouble. Dans son enthousiasme du moment, la possibilité de venir rencontrer Charles à Paris ne jouait-elle pas un rôle primordial ? Elle n'osa pas répondre à cette question, et se concentra sur l'orateur qui énumérait les règles de sécurité imposées au personnel hospitalier en présence des malades contaminés.

Dans la discussion qui suivit, on en revint à cette opposition désormais traditionnelle, chaque fois qu'il était question des tests : « Devons-nous en demander systématiquement et que faut-il dire aux positifs ? » Très vite le ton monta, et le conférencier dut faire taire les intervenants.

— Excusez-moi d'interrompre un débat qui, pour être passionnant, n'en est pas moins hors sujet à la minute présente. En ce qui concerne les relations entre le malade et l'hôpital, je vais vous donner mon sentiment. Bien que le comité d'éthique n'ait pas encore rendu son verdict sur ce point, il me paraît évident que le test VIH est une obligation. Pour, au moins, une raison : nous devons faire face à l'éventuelle accusation d'avoir contaminé nos patients. Un patient positif à l'entrée ne pourra pas nous reprocher de lui avoir donné la maladie. D'autre part, si l'une de nos infirmières se blesse, il est souhaitable de savoir quel est l'état sanguin du patient concerné. Pour le reste, je ne me permettrais pas d'imposer une opinion.

— Heureusement, s'écria David qui s'empara d'un micro. Vous n'avez en aucune manière le droit de prôner de telles méthodes. Qui vous permet de croire que jamais personne ne se servira du fichier de votre hôpital pour lister les séropo ?

Sa fureur était telle qu'il avait imposé le silence.

— Il n'y a qu'une règle, m'entendez-vous, demander à vos patients l'autorisation de les tester. Toute autre attitude, mon cher confrère, vous conduira au tribunal. Vous pouvez faire confiance aux associations de défense. Croyez-moi !

Il se rassit sans que personne d'autre osât prendre la parole. Hellen le regardait, médusée par une telle véhémence.

Dès le lundi matin, Hellen se retrouva plongée dans d'autres problèmes sérieux. Lucien lui tendit un papier concernant la plainte dont Valérie leur avait parlé. Il s'agissait, pour eux, d'un patient inconnu.

— Pourtant, dit Lucien, son nom me dit quelque chose.

Ils cherchèrent ensemble et finirent par découvrir de qui il s'agissait. C'était le fils d'une femme opérée d'un cancer du sein plusieurs années auparavant, par Pierre Morand. Elle avait consulté Lucien pour une récidive de sa tumeur découverte à la suite d'une fracture du bras, elle-même provoquée par une métastase osseuse. Le fils, ils s'en souvenaient parfaitement, était un personnage obtus, râleur et méfiant mais viscéralement attaché à sa mère. Agressif, il était venu se plaindre du traitement qu'elle avait subi autrefois. Il avait fallu toute la persuasion d'Hellen pour qu'il comprît enfin que Morand avait agi normalement, et que nul ne pouvait jamais savoir si la maladie ne récidiverait pas un jour.

Bref, l'homme était devenu un fidèle admirateur d'Hellen qui, à partir de ce moment-là, avait suivi la vieille dame en consultation. Finalement, la mère et le fils s'étaient montrés enchantés de l'opération et des soins d'Hellen. Or cet homme n'avait jamais été traité, à titre personnel, par le couple Laville. À quoi cette plainte pouvait-elle correspondre ?

Une secrétaire eut l'idée de rechercher dans les fichiers des autres médecins, et découvrit que le plaideur était suivi par le gastro-entérologue pour une histoire de douleurs abdominales. Une colonoscopie avait été pratiquée, qui n'avait rien montré d'anormal. Aucune autre anomalie n'avait été notée dans le dossier.

Hellen trouva le numéro de téléphone de l'intéressé et lui

demanda de venir la voir à la clinique. Ce qu'il fit dès le lendemain.

— Ah ! non, s'écria-t-il d'emblée, je ne suis pas content. Il ne s'agit pas de vous, docteur, ni de votre mari. Vous, vous êtes des gens honnêtes. Mais le gastro-entérologue, c'est un escroc, et ça ne se passera pas comme ça.

Hellen ne comprenait pas. Le médecin en question était peut-être un peu timide, mais, à coup sûr, sérieux, compétent et d'une honnêteté scrupuleuse.

À force d'interrogations, elle parvint à remonter la filière des événements. L'homme, débroussailleur de métier, se plaignait de douleurs abdominales lancinantes récemment apparues. Il était venu consulter le spécialiste qui lui avait proposé cet examen du côlon. D'après le compte rendu, la colonoscopie avait eu lieu en salle d'opération, sous une brève anesthésie générale donnée par Françoise Gallier.

— C'est faux, protesta le plaignant. On m'a monté au bloc opératoire, mais on ne m'a rien fait. J'ai attendu dans un couloir, puis on m'a ramené dans ma chambre. Le soir, la secrétaire m'a remis une ordonnance et une facture. Jamais, on ne m'a fait cet examen. Un copain m'avait prévenu qu'on m'enfilerait un tuyau dans le derrière et que j'aurais mal. Si on me l'avait fait, je m'en serais aperçu. Non, docteur Hellen, croyez-moi, on ne m'a rien fait. C'est du vol. Et, en plus, je souffre toujours autant.

Hellen eut du mal à garder son sérieux. Elle appela Françoise Gallier, qui précisa qu'elle endormait les colonoscopies au Diprivan : cet anesthésique moderne à action brève et à élimination rapide ne laissait aucun souvenir au malade.

Il fallut toute la patience d'Hellen pour faire comprendre à cet homme fruste qu'il avait subi l'examen contesté. Elle en profita pour le questionner longuement sur son métier, et elle apprit qu'il utilisait, pour nettoyer les puits, un nouveau détergent industriel extrêmement dangereux. Il aurait dû l'employer avec des gants et une bavette, toutes précautions qu'il jugeait superflues.

Elle téléphona devant lui au centre antipoison d'Amiens, et il lui fut répondu qu'une intoxication avec le produit en question entraînait des douleurs abdominales et des troubles du comportement. L'homme partit penaud.

Hellen s'empressa d'appeler Valérie pour lui raconter cette histoire, qui les fit bien rire toutes les deux. Elle crut cependant déceler une nuance de regrets dans la voix de l'avocate.

— Que devons-nous faire maintenant ?

— Si tu as convaincu ton patient, il va retirer sa plainte. Sinon...

— Sinon quoi ?

— L'affaire suivra son cours.

— La cassette vidéo de l'examen est aux archives. Tu peux la faire saisir, si tu le veux.

Valérie éluda et raccrocha, laissant Hellen songeuse. Elle venait de réaliser toute l'importance qu'allait prendre l'existence de ces enregistrements sur le plan médico-légal. Jusqu'ici, le seul témoin de l'intervention était le compte rendu opératoire, rédigé par l'opérateur lui-même, avec une objectivité évidemment sujette à caution. Désormais, un document vérifiable allait être archivé, véritable « boîte noire » de l'opération. Certes, des trucages seraient encore possibles, mais, avec les appareillages modernes, l'authentification ne serait sans doute pas très difficile.

Ce nouvel aspect de la vidéochirurgie n'allait-il pas devenir une pomme de discorde supplémentaire ? Les rigoureux brandiraient cette preuve indiscutable de leur action, tandis que d'autres redouteraient ce témoin indiscret de leurs maladresses.

Lucien était préoccupé par les analyses financières du commissaire aux comptes pour le bilan de l'année 1988 qui s'achevait.

— Le déficit est tel, depuis deux années, qu'une augmentation de capital sera nécessaire. L'actionnaire principal, c'est le père Morand. S'il refuse de payer, que va-t-on faire ?

Hellen n'avait rien à répondre. Elle était persuadée de l'amélioration de l'activité chirurgicale de la clinique, mais la répercussion comptable en était obligatoirement retardée. En feuilletant le bilan prévisionnel, elle tomba sur le résultat des différentes disciplines de la clinique. Le secteur gastro-entérologie continuait à être en baisse, comme elle l'avait prévu.

Monsieur le conseiller général, avec ou sans Saussure, devrait bientôt s'en expliquer. Lucien, selon son habitude, continuait à bougonner.

— Nos infirmières sont sur le point de réclamer une augmentation des effectifs pour être en accord avec celles qui manifestent à Paris. Où va-t-on ? Dans la capitale, quatre-vingt mille manifestantes font le siège du ministère de la Santé en criant : « Ni nonnes, ni bonnes, ni connes ! » S'il faut leur donner satisfaction, nous irons à la ruine.

— Sur le principe, elles n'ont peut-être pas tort...

— Défends-les si tu veux, mais regarde ce que représentent les salaires dans le montant des charges.

Cette clinique était un bel établissement avec des installations modernes, des médecins compétents et une clientèle globalement satisfaite. Comment pouvait-elle se trouver au bord de la faillite ? Et les autres cliniques, comment faisaient-elles ? Il est vrai que, d'après le journal syndical, les dépôts de bilan se multipliaient. Les cliniques à but lucratif (la formule ne manquait pas de sel) semblaient considérées par les pouvoirs publics comme une source de dépenses déjà abusives, et la Sécurité sociale n'était pas décidée à accepter l'augmentation des tarifs qui les aurait sauvées.

Il ne restait qu'une solution : la fuite en avant. Augmenter le nombre des interventions et des journées d'hospitalisation.

Hellen ne se laissait pas abattre facilement. Elle prit son téléphone et appela Philippe Hemme. Elle reconnut avec plaisir la voix joyeuse de Christine, qui lui passa le chirurgien.

— Ne connaîtriez-vous pas, dans notre région, un jeune chef de clinique fanatique de cœliochirurgie qui chercherait une place ? J'aurais peut-être une proposition à lui faire.

— Claude Milleret.

Trois jours plus tard, dans un bistrot d'Amiens, elle rencontrait discrètement un grand escogriffe taillé comme un joueur de rugby, mais doté d'une tête angélique aux cheveux blonds et bouclés. Il raconta qu'il avait espéré devenir gynécologue chirurgical hospitalier jusqu'au jour où il avait dû se résigner à constater l'absence de place disponible dans l'échéancier des candidatures. Il avait opté pour la chirurgie digestive. Un autre hasard, bénéfique celui-là, lui avait fait rencontrer Hemme et plonger dans la pratique « à ventre fermé ».

Il avait eu toutes les peines du monde à faire accepter cette méthode nouvelle à son patron et, finalement, il s'était retrouvé dans l'obligation de chercher une situation dans le privé. Pour le moment, il faisait des remplacements, en attendant de trouver la situation dont il rêvait.

Hellen lui expliqua ce qui se passait à la clinique et en vint au fils du doyen Saussure. L'autre eut du mal à s'empêcher de rire.

— Pourquoi cette gaieté ? demanda-t-elle, un peu pincée.

Claude Milleret raconta que ce pauvre garçon avait toujours été la risée de la Faculté. Le frère aîné lui-même, devenu agrégé, se moquait de son cadet dont la nomination à l'internat tenait du miracle. Ou de la prestidigitation.

Hellen n'en fut pas autrement étonnée. Elle garda pour elle ses commentaires, mais confirma que Saussure n'avait pas l'aval des praticiens de la clinique et qu'une place se libérerait sans doute prochainement. Ils discutèrent un long moment sur ce que pourraient être ses conditions d'entrée dans l'établissement, et ils tombèrent vite d'accord. Restait à convaincre monsieur le conseiller général. Il faudrait sans doute un peu de patience. Le jeune chirurgien partit ravi, et décidé à patienter.

Le mois de novembre fut sinistre. C'était habituel, mais pas plus facile à supporter pour autant. La Picardie s'était enveloppée d'un manteau de brume et une épidémie de grippe fit le bonheur des médecins.

À la clinique, en revanche, le taux de remplissage s'effondra. Tous les patients décommandaient leurs rendez-vous et les chirurgiens traînaient une mine sinistre. Hellen n'avait pas plus qu'eux le cœur à l'ouvrage. Charles était aux États-unis pour les élections présidentielles. Bush allait devenir le successeur de Reagan et personne n'attendait de grands changements politiques. Pourtant, les défavorisés commençaient à poser, là-bas aussi, des problèmes de plus en plus graves, et l'opinion américaine réclamait une augmentation des dépenses sociales.

David téléphonait souvent. Il ne parvenait pas à faire aboutir ses projets et en souffrait.

— Je vais venir te remonter le moral, lui annonça Hellen. Déjeunons ensemble lundi prochain.

— D'accord. Treize heures chez Lipp.

Elle prévint Lucien qu'elle passerait la journée à Paris pour faire des courses, et donna rendez-vous rue des Saints-Pères à Charles, enfin revenu. C'était sa première escapade délibérément organisée, et elle était excitée comme une gamine qui s'apprête à faire l'école buissonnière.

Au déjeuner, David lui parut dépressif, déçu, malheureux. Il s'était lancé dans le projet sida avec son enthousiasme habituel et rien n'avançait. Il fallut qu'Hellen déployât des trésors d'imagination pour le dérider.

— Je te trouve bien gaie, finit-il par remarquer.

Elle rougit.

— Je suis heureuse de te voir, c'est tout.

Il la regarda d'un air soupçonneux. Quand elle partit en courant alors qu'il n'était pas encore deux heures, il commença à s'interroger. « J'ai rendez-vous avec une copine, pour voir une exposition », avait-elle prétexté en regardant sa montre.

Elle n'avait pas repris souffle, quand elle grimpa quatre à quatre l'escalier du studio où son amant l'attendait. Elle tomba dans ses bras et oublia tous les ennuis de l'existence pour le restant de l'après-midi. Jamais elle n'aurait osé imaginer qu'il lui serait possible d'être aussi émue en présence d'un homme qu'elle connaissait pourtant depuis plusieurs années. Était-ce donc ça, l'amour ?

À peine eurent-ils le temps de se dire les choses tendres gardées en réserve depuis des semaines, qu'elle dût reprendre l'autoroute du Nord dans les embouteillages. Que lui importaient les petits inconvénients de ce voyage. Elle se sentait euphorique.

À la maison, elle trouva un mari revêche. C'était si fréquent qu'elle commençait à s'y habituer. Son air renfrogné la dispensait de faire des efforts pour animer la conversation. Chacun des deux se plongea dans sa lecture, et la soirée se passa en silence.

Elle aurait pourtant aimé discuter avec lui de la chirurgie digestive à la clinique, du conseiller général et de l'ineffable Saussure. Elle n'osa pas risquer une dispute. Il valait mieux dormir en paix et reporter au lendemain une conversation qui risquait d'être pénible.

Elle ne savait pas que le malheur du monde allait la jeter dans un véritable tourbillon d'événements qui apporteraient une solution imprévue à ses soucis.

Le lendemain, 8 décembre, un appel téléphonique de David la réveilla à l'aube.

— Il y a eu hier un tremblement de terre d'une importance dramatique en Arménie. Les copains de Médecine et Liberté viennent de m'appeler. Je pars avec eux. Tu ne veux pas venir ?

Hellen eut comme un vertige.

— Je ne peux pas quitter la clinique du jour au lendemain. J'ai des rendez-vous, un programme opératoire, des patientes à suivre... Dans quelques temps, peut-être, si vous avez toujours besoin de monde, mais pas en ce moment.

— Tu as raison. De toute façon, il y aura du travail pour toi sans quitter Saint-Yé. Des centaines de milliers de sans-abris campent à Erevan. La nuit, le thermomètre tombe à moins vingt, et ces gens n'ont plus rien. Collecte tout ce que tu peux : couvertures, lainages, conserves, médicaments. Fais des ballots et préviens la secrétaire de Médecine et Liberté. Elle enverra un camion prendre tout ça, et des avions partiront chaque jour. Si le cœur t'en dit, tu lui annonces ton intention de nous rejoindre. L'ambassade soviétique distribue les visas sur le champ. C'est la première fois que ces messieurs manifestent un tel libéralisme. Je te quitte, l'avion va s'envoler. À bientôt.

La première personne qu'elle rencontra en arrivant à la clinique fut le conseiller général. C'était un homme du matin, et il opérait tôt. Elle lui raconta l'appel de David.

— J'ai entendu l'information dans ma voiture en venant. C'est terrible.

— Il faut essayer de collecter des couvertures et des lainages. Tout ce qu'on pourra trouver.

— Je suis votre homme. Après mon programme opératoire, je me mets à votre service. Vous avez raison, il faut faire tout ce qui est en notre pouvoir pour aider ces pauvres gens.

Hellen était étonnée d'un tel discours. D'ordinaire, l'hostilité sourde de cet homme perçait sous les sourires convenus. Cette fois, il avait répondu sans hésitation. Avant même d'opérer, il téléphona à sa secrétaire pour lui donner ses directives.

À midi, les premières voitures, bourrées jusqu'au toit, arrivèrent à la clinique. La cafétéria avait été réquisitionnée pour l'occasion et tout le personnel participa à l'opération Arménie. Le soir venu, il fallut appeler les camions de Médecine et Liberté pour débarrasser les premiers stocks. Lucien, aidé de son économe, avait vidé les réserves de couvertures usagées qui dormaient dans les sous-sols. La pharmacienne révisait ses réserves de médicaments, pendant que la cuisinière sacrifiait quelques caisses de conserves. Les infirmières arrivèrent le lendemain avec des vêtements d'enfant, et les gens du pays, ameutés par le bouche à oreille, firent de même.

Charles appela de Roissy. Il partait aussi. Hellen hésita à le suivre. Elle lui promit de venir dès que possible. Mais la mécanique qu'elle avait mise en route justifiait une présence de tous les instants.

Le directeur de l'hôpital, vert de jalousie, décida de jouer le jeu. Il vint apporter son lot de couvertures et de lainages. Il avait fait confectionner plusieurs ballots soigneusement empaquetés dans du plastique. Sur d'énormes étiquettes, il avait fait écrire : « Don de l'hôpital de Saint-Yé, Picardie, France », fin que nul n'en ignorât la provenance.

Le résultat des collectes dépassa toutes les espérances. Les ballots de vêtements s'entassaient. Les camions de Médecine et Liberté suffisaient à peine.

Le lendemain matin, la secrétaire, l'air étonné, vint à la cafétéria pour demander si la clinique avait un « fax ». Hellen ne savait pas de quoi il s'agissait. Le comptable, plus au courant des nouveautés, lui décrivit ce moyen de transmettre le courrier par l'intermédiaire d'une ligne téléphonique et d'une imprimante. Quelques heures plus tard, un appareil tout neuf était installé, et ils recevaient le premier message de David. Il annonçait que la catastrophe dépassait tout ce qu'on pouvait imaginer. Des morts par milliers. Des blessés entassés dans des locaux de fortune où ils attendaient des soins. Beaucoup mouraient avant que les médecins aient le temps d'intervenir. Les familles partaient les enterrer là où c'était possible. Les chirurgiens travaillaient sans discontinuer. On avait fait venir des reins artificiels pour ceux qui avaient été écrasés sous les décombres. Un service de dialyse improvisé fonctionnait en continu.

Tous les employés de la clinique, mêlés aux volontaires du village, écoutaient religieusement la lecture de ce témoignage qui venait de si loin.

— Vous vous rendez compte, dit le comptable, pendant que nous lisons la première feuille, lui, il est là-bas et il regarde son appareil qui avale la deuxième.

Une vieille Picarde incrédule secoua la tête.

— Tout ça c'est des sornettes, murmura-t-elle à voix basse.

Le conseiller général avait fait preuve d'une efficacité qui laissa Hellen interdite. Aidé par le maire et les employés municipaux, il avait mis la région en coupe réglée et le fruit de la collecte avait été extraordinaire. À l'évidence, cet homme avait tous les gens de ce pays à ses ordres. Combien de services avait-il dû rendre pour être aussi écouté ! Tous les journaux publiaient des photos où il posait devant des montagnes de colis.

La France entière œuvrait à l'unisson. Charles Aznavour avait pris la direction du comité « Pour l'Arménie » et son appel avait eu un impact inespéré. Les plus petites gens, dans l'hiver débutant, imaginaient ce que pouvait être le drame de ces familles qui avaient tout perdu et se trouvaient sous la neige, dénuées de l'indispensable.

Le froid s'était abattu brutalement sur l'Europe et des plaques de verglas commençaient à rendre les routes dangereuses dans les régions les plus humides. Le conseiller général n'y prit pas garde. Il aimait conduire vite et ne laissait jamais le volant à son chauffeur ivoirien, qui vénérait son patron mais vivait terrorisé par ses excès de vitesse. Au petit matin, la R25 dérapa dans un virage et s'enroula autour d'un platane.

L'ambulance des sapeurs-pompiers prévint la clinique par radio. Le chauffeur était mort sur le coup, et le conseiller général en piteux état. Hellen et Lucien, aussitôt prévenus par la standardiste, furent sur place avant l'ambulance. Hellen avait même pris une mesure immédiate dont la promptitude aurait étonné son mari : elle téléphona à Claude Milleret pour qu'il vienne sans perdre un instant, en faisant attention au verglas.

Lucien ne comprit pas à qui elle téléphonait, mais il était trop inquiet pour avoir la présence d'esprit de poser une telle question.

Tardieu et Françoise Gallier habitaient à deux pas. Ils furent là tout de suite. Le radiologue de garde surgit peu après. Si bien qu'à l'arrivée de l'ambulance, toute la clinique était sur le pied de guerre. Le conseiller paraissait mal en point mais encore conscient. Lucien retrouva ses réflexes de praticien chevronné. Il fit un premier bilan rapide : fracture du fémur et de la jambe. Fracture de l'avant-bras. Traumatisme facial avec, probablement, fracture de l'orbite et du maxillaire supérieur. En plus, la contusion abdomino-thoracique ne faisait pas de doute. La tension était encore bonne, on avait le temps de prendre les clichés radiologiques pendant que l'anesthésiste posait ses cathéters, branchait monitoring, oxymètre et perfusion.

Toutes les manœuvres se déroulaient comme à la parade.

— Quel dommage qu'une équipe aussi bien rodée soit au bord du chômage, murmura Lucien en prenant le bras d'Hellen.

— Mais non, répondit-elle sur le même ton. On ne laissera pas faire ça, je te le promets.

Dans ces moments-là, ils avaient une complicité qui donnait des remords à la jeune femme. Elle chassa cette idée.

— Mme Berguens vient d'arriver, chuchota une infirmière.

La femme du conseiller était une solide Picarde dont l'efficacité discrète et la fortune terrienne avaient facilité la carrière de son mari. Depuis le tremblement de terre, elle avait passé le plus clair de son temps à la clinique, aidant le personnel à faire le tri et l'empaquetage des vêtements qui ne cessaient d'arriver.

Elle se jeta dans les bras d'Hellen accourue au-devant d'elle.

— Comment est-il ?

— Conscient. Très éprouvé avec des lésions multiples, mais aucune ne paraît dramatique. Le radiologue fait le bilan. Dès qu'on en saura un peu plus, on le mettra en salle d'opération pour réparer les dégâts. Ne vous inquiétez pas trop, toute l'équipe est là pour s'en occuper. Ça va aller bien.

Hellen avait l'art de rassurer. C'était, chez elle, un talent inné. Elle ne mentait jamais, évitant seulement, à l'occasion, de dire toute la vérité. Elle en dévoilait assez pour qu'on ne lui reprochât pas d'avoir menti, et s'arrangeait toujours pour apaiser l'inquiétude légitime des proches. Même au Pakistan, alors qu'elle ne parlait pas un mot d'urdu, elle avait été capable, par sa simple attitude et son sourire, de calmer les familles dont le chagrin tonitruant était une véritable calamité.

À Lucien qui la félicitait, elle avait répondu un jour : « J'ai toujours vu ma mère agir ainsi. Le silence gêné des médecins hautains que j'ai connus pendant mes études me paraissait scandaleux. »

Ce jour-là, le miracle s'accomplit encore. La femme du conseiller se laissa tomber sur un banc du hall en remerciant Hellen comme si elle venait de sauver son mari.

C'est à ce moment que Claude Milleret franchit la porte d'entrée. Il avait fait vite. Elle le présenta à Mme Berguens.

— Mon ami le docteur Milleret, spécialiste de traumatologie abdominale, qui va s'occuper de votre mari tout à l'heure. Je vous laisse là un petit moment, mais je reviendrai dès que possible.

Elle entraîna le rugbyman-chirurgien vers le service de radio en lui expliquant la situation.

— Un de nos collègues de la clinique vient d'être accidenté. C'est un personnage local important. Il est polyfracturé, avec sûrement du sang dans l'abdomen. J'aimerais que vous lui fassiez une cœlio exploratrice. Si ce problème pouvait être réglé sans lui ouvrir le ventre, on y gagnerait pour les suites. L'homme est obèse, hypertendu, pas jeune et cassé de partout.

— Il est certain qu'une laparotomie ne l'arrangera pas. Et le thorax ?

— On va en savoir plus dans une seconde.

Ils pénétrèrent dans la salle de radiologie où les praticiens étaient rassemblés autour du négatoscope. Les clichés sortaient de la développeuse et le bilan des lésions était lourd.

Lucien, qui avait repris son autorité naturelle, dirigeait la manœuvre.

— Je vous propose de lui mettre d'abord un drain thoracique. Il a au moins un litre de sang dans la plèvre. Si ça marche, nous n'aurons pas besoin de lui ouvrir le thorax. Ensuite, je lui fais sa laparotomie exploratrice, et, après, on le laisse à l'orthopédie.

Milleret regarda Hellen avec surprise. Qu'était-il venu faire là si le grand chauve était décidé à tout opérer lui-même ? La jeune femme lui posa la main sur l'avant-bras.

— Laissez-moi lui parler, chuchota-t-elle.

Lucien était déjà parti pour le bloc, tandis qu'on remettait le blessé sur le chariot avec mille précautions en raison des fractures qu'il fallait éviter de déplacer. Il était immobilisé dans un matelas à dépression et ressemblait à une momie tragique.

Hellen présenta Milleret aux orthopédistes sans plus de détails. Puis, toute la troupe se dirigea vers les vestiaires du bloc. Derrière la vitre, ils virent Lucien, rapide et efficace comme à son habitude, poser son drain entre deux côtes. Le bocal se teinta de rouge. L'anesthésiste suivait de près le résultat obtenu, et on la vit hocher la tête avec satisfaction.

— Bon, conclut Lucien, maintenant on l'installe sur le dos et je l'ouvre. Dépêchons-nous.

Il sortit pour se laver les mains. Hellen l'attendait.

— Lucien, j'ai une autre idée.

Il la regarda, comme si elle venait de proférer une incongruité. Elle ne se laissa pas démonter et, de sa voix la plus douce, continua :

— Il faut lui faire une cœlioscopie exploratrice. Si nous avons la chance de découvrir une lésion réparable de cette façon, nous gagnerons beaucoup de temps. C'est un obèse, moins nous serons agressifs, mieux ce sera.

Son mari resta un moment sans voix. Les infirmières, conscientes qu'il se passait un événement insolite, passaient sans bruit, tendant l'oreille.

— C'est toi qui vas faire ça ? articula-t-il enfin avec une intonation méprisante.

Elle ne releva pas et poursuivit avec une autorité cette fois sans réplique.

— J'ai appelé un chirurgien d'Amiens, il s'appelle Claude Milleret. C'est un élève de Hemme. Il va lui faire sa cœlioscopie. S'il est nécessaire d'ouvrir, il te laissera la place, bien entendu.

Lucien n'osa pas répliquer. Il n'était pas homme à faire une scène en public, et sa femme faisait preuve d'une détermination qui le laissait impuissant. Elle fit signe à Milleret de se laver les mains, puis demanda à la panseuse d'approcher le matériel de vidéo.

Les infirmières adoraient la cœliochirurgie gynécologique que pratiquait Hellen. Pas de nettoyage d'instruments, puisque tout ou presque partait à la poubelle après usage, pas de matériel compliqué. De plus, elles vivaient l'intervention comme au cinéma. En quelques instants, la haute console avec télévision et magnétoscope fut mise en place et l'instrumentiste commença à faire ses branchements, tandis que Claude Milleret passait une casaque.

— Quelle taille, les gants ? demanda la panseuse.

— Huit et demi ou neuf, si vous en avez.

— On n'a que du huit et demi.

— Tant pis, j'ai l'habitude de souffrir.

Il avait un ton et un sourire charmeurs qui firent effet sur l'infirmière. De son côté, Lucien se renfrognait à vue d'œil. Le nouveau venu évitait soigneusement de regarder dans sa direction. Hellen surveillait le choix de l'outillage à usage unique, tandis que l'opérateur préparait son insufflation. Les sourcils froncés, il palpa avec minutie la paroi, comme le lui avait appris Hemme, avant d'enfoncer l'aiguille de Palmer. Ensuite, tout alla très vite. L'aiguille fut mise en place du premier coup, et le ventre commença à gonfler.

— Assez ! commanda Milleret. S'il a une plaie du foie, il faut éviter une hyperpression qui risquerait d'envoyer une embolie pulmonaire dans les veines sus-hépatiques. Maintenant, les trocarts.

Il enfila celui de dix millimètres, puis l'optique. L'image apparut sur l'écran. Les anses grêles baignaient dans un épanchement sanguin que l'aspirateur commença à suçoter. Le palpateur, introduit par un autre trocart, entra en jeu, écartant les anses et l'épiploon. On arriva au foie où la plaie apparut, évidente. Estafilade irrégulière et saignante, au sommet d'un hématome sous-capsulaire. Traversait-elle l'organe de haut en bas ? Une sorte d'éventail dont les doigts s'ouvrirent fit office d'écarteur et vint prendre place sous la masse hépatique pour la soulever. La plaie ne semblait pas atteindre le pédicule.

Comme d'habitude, les spectateurs étaient médusés. Même Lucien suivait les manœuvres de son jeune confrère avec attention.

— On va lui faire une cholangiographie directe.

Lucien s'approcha. Faire une telle investigation dans ces conditions lui paraissait relever de la fiction. Le ton de l'opérateur, la vitesse et la sûreté de ses gestes étaient étonnants. Une aiguille fut piquée dans le canal, destinée à l'injection d'un liquide opaque dans les voies biliaires. Pendant ce temps, le radiologue mettait en place l'appareil de radio et l'amplificateur de brillance. Deux écrans voisinaient maintenant près du patient. Sur la télé couleur, on voyait l'aiguille piquée dans le pédicule hépatique et, à côté, l'image en noir et blanc des vaisseaux biliaires opacifiés par le liquide que le chirurgien injectait. L'image était d'une parfaite clarté.

— Tout va bien, conclut Milleret d'un ton joyeux. On va pouvoir se limiter à une simple suture. Enlevez la radio, s'il vous plaît, et passez-moi un fil.

L'aiguille, maniée au bout d'une pince en plein ventre, passa d'une berge à l'autre de la plaie hépatique, tandis qu'une autre pince faisait le nœud. L'aisance de l'opérateur tenait de l'exploit. Il recommença trois fois. Hellen, elle-même, qui maîtrisait cette technique en gynécologie, admirait la dextérité de Milleret, notamment pour la confection des nœuds, véritable petit prodige qu'elle appréciait en connaisseur.

— On va consolider les nœuds avec des clips. J'ai toujours peur qu'ils dérapent.

Lucien se pencha vers Hellen.

— Je dois avouer qu'il est très fort ! Cela dit, je ne suis pas encore vraiment convaincu que ce soit une pratique supérieure à la laparotomie traditionnelle.

Il faisait une grimace amère qu'Hellen fit mine de ne pas voir. Elle le tira à l'écart et, tout en surveillant la salle derrière la vitre, elle entreprit d'expliquer ses arrière-pensées.

— Je ne sais pas si tu as remarqué, mais personne n'a proposé d'appeler le petit Saussure.

Elle avait avancé la bouche de façon comique en prononçant ce nom qui l'exaspérait. Lucien se redressa.

— Évidemment, puisque j'étais là. Tout le monde sait que je suis capable de recoudre une plaie du foie. Et, entre parenthèses, je me permets de te faire remarquer qu'en l'absence de ton copain, j'aurais fait aussi bien.

— Ce n'est pas ce que je voulais dire. Ce qui me paraît

intéressant, c'est qu'après un épisode comme celui-ci, la réputation de Milleret est faite. Or Marceau sera dans l'incapacité d'opérer pendant plusieurs mois. Sera-t-il même capable de reprendre un jour ses activités ? Seul l'avenir nous le dira. Saussure n'a pas fini son clinicat et ne peut donc pas remplacer Marceau à temps plein dès demain. Milleret, lui, est disponible, et ce n'est pas notre cher conseiller général qui va le répudier. Si tout se passe comme je l'espère, la clientèle va se précipiter. Et je connais un directeur de clinique qui ne tardera pas à respirer plus librement.

Lucien s'écarta d'elle et la considéra de loin.

— Tu es machiavélique, conclut-il avec une moue un peu amère. Et je ne suis pas certain de t'apprécier sous ce jour. J'aimais mieux la jeune femme un peu timide que j'ai connue au Pakistan. Elle était modeste et attentive, parce qu'elle avait tout à apprendre.

Il tourna les talons sèchement et s'en fut.

CHAPITRE XXI

Cette première partie de l'année 1989 se déroula comme dans un rêve. On aurait dit que la roue de la chance avait soudain tourné d'un cran. Tout se conjuguait pour faciliter la vie d'Hellen et Lucien.

Marceau Berguens, le conseiller général, se rétablissait sans complications. Les ostéosynthèses étaient parfaites, la plaie du foie n'avait eu aucune suite fâcheuse, pas plus que la contusion thoracique. Sa présence dans l'établissement entretenait une atmosphère d'euphorie à mettre sur le compte du réel charisme de cet homme qui faisait, en permanence, preuve d'un art consommé de la convivialité. Il faut dire aussi que les élections municipales étaient prévues pour la mi-mars. À l'évidence, il ne pourrait pas, cette fois-ci, courir les préaux d'école. Sa campagne, il était bien décidé à la mener tambour battant du fond de son lit de clinique.

Une agitation pré-électorale entoura donc la chambre 226, au deuxième étage de l'établissement. Dès que le patient se sentit en forme, un garde basé au rez-de-chaussée et muni d'un talkie-walkie fit monter les visiteurs par petites vagues, selon les directives de celui qui se tenait devant la porte de « Monsieur le conseiller ». Les personnalités étaient reçues, plus ou moins longtemps, selon leur rang, avec un tour de faveur pour les journalistes. Chaque matin, dans les journaux locaux, et même certains jours, dans les quotidiens nationaux, paraissait le bulletin de santé de la vedette, accompagné, parfois d'une photographie.

Lucien était aux anges. Le nom de la clinique de Saint-Yé

bénéficiait d'une publicité gratuite et inespérée. Même le directeur de l'hôpital était obligé de venir faire sa cour pour mendier les subventions du Conseil général, sans lesquelles son établissement n'aurait pu survivre. En cette époque de disette, l'équilibre budgétaire des hôpitaux de canton comme le sien, ne tenait qu'à un fil. Monsieur le conseiller jouait un rôle essentiel dans la distribution de ces mannes célestes.

Comme l'avait prévu Hellen, la vedette de l'aventure fut Claude Milleret. Quand Marceau fut en état, il visionna sa propre cassette et reçut un choc. La vue de son foie fendu, et le travail de la petite aiguille qui l'avait réparé le fascinaient. Il se fit repasser le film plus de dix fois.

— Jamais, je n'aurais cru qu'il était possible de travailler ainsi, ne cessait-il de répéter.

Et, avec cette emphase qui allait bien au personnage, il s'écria un jour :

— Mon cher Milleret, vous êtes un héros de notre époque, et vous verrez que je ne suis pas un ingrat. Mme de La Verle m'a dit que vous cherchiez une situation. Voulez-vous être mon associé ?

Le petit Saussure disparut des conversations. Personne ne prononçait plus son nom devant Marceau Berguens, qui semblait l'avoir complètement oublié.

Quant à Hellen, elle avait droit chaque jour à de grandes démonstrations de gratitude.

— Je connais trop mon métier, ma petite fille, pour ne pas savoir qu'une laparotomie, ajoutée au reste, aurait bien pu m'être fatale. Pour les chirurgiens, il faut reconnaître que je ne suis pas un cadeau...

Il avait un sens aigu de l'autodérision, et, sur fond de faconde paysanne, il gardait une dose d'humour imprévisible. Sa fréquentation quotidienne ne donna pas à Hellen le goût de la politique, mais elle comprit que la réussite, dans ce métier, tenait plus à des facteurs personnels qu'à la solidité des convictions.

Lucien se frottait les mains. La publicité faite autour de l'opération de Milleret avait rempli le carnet de rendez-vous du jeune chirurgien pour les semaines à venir. Encore docile, il se pliait volontiers aux souhaits du directeur en ne faisant pas sortir ses malades trop vite. Cette occupation inespérée des lits, dans une période traditionnellement creuse, était une bénédiction pour les finances. Si bien que la présentation du triste bilan 88 au conseil d'administration s'effectua dans une atmosphère d'euphorie qui incita le père Morand à accepter l'intégration de ses comptes courants dans le capital de la société anonyme, la sauvant de la faillite.

— J'espère que l'année prochaine, vous m'annoncerez des bénéfices, conclut-il avec un léger sourire. Continuez cette année comme vous l'avez commencée.

Lucien ferma les yeux. Le miracle s'était accompli. Il ne se demanda pas pour autant quelle était la part d'Hellen dans ce succès.

Le 15 février, David débarqua à Saint-Yé. Il sonna chez les Laville avant l'heure du dîner, une bouteille de champagne dans chaque bras.

— C'est fini, vous avez entendu les nouvelles, l'Afghanistan est libre ! Les Russes ont rapatrié toutes leurs troupes.

Hellen lui sauta au cou. Cette guerre les avait réunis tous trois dans des conditions dramatiques qu'ils n'étaient pas prêts d'oublier. Leur vie entière en serait à jamais marquée. Ils levèrent leur verre à l'avenir de ce pauvre pays que l'invasion laissait dans un état de détresse absolue. Les factions qui avaient combattu côte à côte se disputaient maintenant le pouvoir. Les populations décimées n'avaient plus de villages. Les terres cultivables n'étaient plus que des champs de mines, et les centaines de milliers d'armes qui traînaient dans toutes les mains allaient se retourner contre les frères de combat.

— Je crois, conclut David, que l'humanitaire a joué un rôle non négligeable dans la libération de ce pays. N'allons pas chercher plus loin, mais gageons que, dans l'avenir, tous les envahisseurs, d'où qu'ils viennent, sauront qu'il faut compter avec les French Doctors. Nous représentons une force qui pèsera désormais de tout son poids dans la balance. Personne ne pourra l'oublier.

Il leur raconta ce qu'il avait vu et fait en Arménie, et ils passèrent la soirée entière à deviser sur le rôle des ONG dans le monde.

Le lendemain, Hellen devait assister à un colloque sur la procréation médicalement assistée organisé à Sainte-Marthe. Quand David fut parti, elle prévint son mari.

— Je terminerai tard et j'irai dormir chez Agnès.

Il resta le nez dans son journal en prononçant un « Bien sûr, ma chérie », à peine intelligible.

Ce manque d'attention était fâcheux et allait lui coûter cher. Il avait oublié que son épouse avait trente ans ce jour-là. Pour Hellen ce changement de dizaine représentait une étape importante. C'en était fini des années de jeunesse, d'études, et de fêtes. Elle avait l'impression d'entrer dans la maturité, mot dont la consonance la faisait frémir. Elle acceptait d'autant plus mal le désintérêt croissant de son mari.

En d'autres temps, elle aurait fait en sorte qu'il s'en souvînt. Cette fois, elle était restée muette, et l'oubli de cette date avait pris soudain, dans son esprit, une haute valeur symbolique.

C'était d'autant plus grave pour Lucien, que Charles, lui, n'avait pas oublié. Il avait prévu un vrai dîner de gala rue des Saints-Pères. Le champagne était déjà au frais.

Il fallut mettre Agnès dans la confidence. Hellen savait qu'elle pouvait compter sur son amie. Cet adultère avoué rappelait à l'ancienne maîtresse de Guillaume des temps heureux, à jamais disparus. Elle eut même une larme au coin de l'œil quand elle entendit la jeune femme raconter les péripéties récentes de son histoire restée secrète jusqu'à présent.

Agnès connaissait bien Charles, car, aux premiers temps de leurs amours, Hellen et lui étaient venus souvent dîner rue de l'entrepôt, chez les Barbier. Puis, il y avait eu l'aventure afghane et le mariage à Nairobi. La gynécologue n'avait pas posé de questions. Comme tout le monde, elle voyait Charles à la télévision, mais elle s'était abstenue de tout commentaire.

Ce jour-là, elle ne put s'empêcher d'exprimer son admiration pour le journaliste. Sur Lucien, elle ne dit pas un mot. Elle se borna à conclure, en s'excusant presque :

— Comme j'ai regretté de ne pas m'être laissée aller à vivre au grand jour avec ton père. J'ai voulu éviter le scandale, et nous en avons été tous les deux meurtris. Pourtant, Dieu sait que je l'aimais et que j'étais heureuse avec lui.

Agnès n'ajouta pas de conseil à cette confidence, mais Hellen la comprit à demi-mot. Elle commençait à se rendre compte que, partout où elle était allée avec Charles, il s'était trouvé à l'aise, séduisant et charmeur. Il s'intéressait aux gens, posant des questions, ne manquant jamais une occasion d'en savoir plus sur les autres. Alors que Lucien restait sur son quant-à-soi et participait peu aux conversations. Ce qu'elle avait pris pour de la discrétion, au début, lui paraissait maintenant relever d'une sorte de mépris pour ce qui ne touchait pas à son métier. Au cours des dîners à Paris, il donnait l'impression de s'ennuyer ou d'être prêt à s'endormir. Quand il sortait de sa torpeur, il avait tendance à raconter sans cesse les mêmes histoires un peu grivoises, et elle le supportait de plus en plus mal.

Elle gardait ces réflexions pour elle, mais la remarque d'Agnès allait faire son œuvre en silence.

La soirée d'anniversaire fut une réussite. Charles avait apporté des brassées de fleurs, commandé un dîner russe chez Pétrossian et dressé sur un guéridon une montagne de cadeaux. Hellen poussa des cris de joie en découvrant des disques, du parfum, et un somptueux déshabillé de Sabbia Rosa.

Alors qu'elle paraissait rayonner de bonheur, elle se mit à fondre en larmes dans ses bras. Il se borna à lui murmurer à l'oreille les mots d'amour qu'elle attendait et il ajouta :

— Il faut être patiente, mon ange. Je te promets que le temps n'est pas loin où personne ne s'interposera plus entre nous.

Elle s'écarta et essuya ses larmes.

— Que veux-tu dire ?

Il hésita à répondre. Puis, il se décida :

— Je ne peux pas imaginer qu'un tel amour ne devienne pas, un jour ou l'autre, évident aux yeux du monde. De tout le monde. Devant son air inquiet, il corrigea : Ne t'inquiète pas, je n'ai pas l'intention de faire un scandale. Je suis convaincu que les choses iront d'elles-mêmes dans la bonne voie.

Ils n'en parlèrent plus. Ils firent la fête, burent et dansèrent jusqu'à une heure avancée de la nuit.

Le lendemain matin, il partit tôt pour se rendre à son rendez-vous quotidien dans les studios d'*Europe 1*, la laissant encore à son rêve d'une union pour la vie.

Hellen passa la matinée à Sainte-Marthe, avec des

industriels, pour étudier un nouvel outillage miniaturisé. Agnès vint l'embrasser. Elle lui prit le visage entre les mains.

— Comme j'envie le bonheur qui rayonne de tes yeux ! Tu n'as jamais été aussi belle. Profite bien de l'existence, ma chérie, elle distribue ses joies avec une telle avarice qu'il ne faut jamais rien laisser passer.

Hellen s'installa dans sa double vie avec ordre et méthode. Elle ne se serait jamais crue capable d'une telle duplicité. Le mardi et le vendredi, elle passait la journée à Sainte-Marthe où sa complice l'avait très officiellement réclamée. Elle opérait le matin, consultait l'après-midi, et, comme elle l'avait expliqué à Lucien, elle participait souvent, le soir, à des réunions de travail importantes. Ces séances vespérales étaient censées avoir lieu à la faculté des sciences où, comme chacun sait, il est difficile d'être joint... Elle était souvent obligée de dormir à Paris, chez Agnès, évidemment.

Prudente dans la composition de ses emplois du temps fictifs, elle s'aperçut rapidement que ses craintes étaient superflues. Lucien semblait ne pas se poser la moindre question. S'intéressait-il seulement à ce que faisait sa femme ? Il ne l'écoutait que par politesse. Elle était passionnée par l'atelier qu'Agnès consacrait désormais aux développements de la chirurgie cœlioscopique. L'équipe de Sainte-Marthe travaillait sur la dissection des ganglions sous-péritonéaux et s'orientait ainsi vers la chirurgie des cancers gynécologiques. Le jour où une tumeur utérine pourrait être enlevée en toute sécurité sans ouvrir le ventre, un indiscutable progrès serait accompli.

Lucien détournait la conversation. Ce sujet l'agaçait. Le succès de Claude Milleret à la clinique avait confirmé les pronostics d'Hellen. Lui, le maître chirurgien, se trouvait complètement marginalisé. Le pédagogue d'autrefois n'osait même pas avouer sa frustration.

Quand il avait pris la suite du père Morand, il s'était trouvé des excuses pour n'avoir pas réussi à maintenir le même niveau d'activité chirurgicale que son prédécesseur. Nouveau dans le pays, il ne pouvait bénéficier de cette aura de sympathie qui maintient une clientèle fidèle durant plusieurs décennies. Il n'avait pas non plus apporté de savoir-faire particulier, susceptible d'attirer l'attention des médecins traitants. Son sérieux, l'étendue de ses connaissances, et la solidité de sa pratique, étaient des atouts indéniables. Encore fallait-il que les médecins lui adressent des patients pour qu'il pût faire ses preuves.

Rien ne se passait comme il l'avait prévu. Il s'était fait piéger, sans y prendre garde, par des méthodes dont il n'avait pas su apprécier l'impact sur la clientèle. Enlever un appendice de façon traditionnelle, avec une incision d'un centimètre, ou par le nombril, il ne voyait pas la différence. Cela justifiait-il qu'une mère confiât son enfant à un chirurgien plutôt qu'à un autre ?

À sa grande surprise, il constatait qu'entre la cœliochirurgie d'un jeune et la solidité de son expérience passée, les patients n'hésitaient pas. Il était entré dans la catégorie des chirurgiens d'ancien régime et il le ressentait douloureusement. Comme une déchéance prématurée.

Francis Barbier avait fait la même constatation. Il s'en tirait avec humour.

— Heureusement, disait-il, que j'ai moins à opérer, car je suis assailli de tâches administratives, universitaires, ordinales, syndicales et autres. À chacun sa fonction. Dans l'armée, ils ont compris depuis longtemps. Un chirurgien nommé colonel n'opère pratiquement plus. Il gère un hôpital. À chaque âge, ses compétences.

Il s'était souvent surpris à sourire en pensant à ses collègues qui n'avaient jamais imaginé cesser leur activité chirurgicale avant les soixante-cinq ans fatidiques, et qui se trouvaient dans l'obligation de choisir entre une demi-retraite forcée ou la rééducation professionnelle. Dure remise en question de la vieille garde ! Francis, sans gêne aucune, organisait la promotion de ces nouvelles techniques auprès de ses internes qu'il envoyait se former à l'étage d'Agnès.

D'autres chirurgiens de sa génération s'inventaient des passions, littéraires ou historiques. Certains plongeaient dans le monde politique ou humanitaire. Ceux qui ne se résignaient pas à l'abandon des combats d'arrière-garde s'enlisaient dans l'amère critique de ces folies chirurgicales dérangeantes.

Lucien ne se résignait pas. Il plaisantait sur ce qu'il appelait les « lubies chirurgicales » de l'époque et se comportait comme si ces facéties n'existaient pas. Hellen se décida à n'en plus parler, ce qui lui permit, le jour venu, de laisser dans l'ombre un grand pan de sa vie personnelle.

Elle ne s'en plaignit pas, mais souffrit de ce désintérêt. Charles, à qui elle faisait cette réflexion un soir, l'incita à profiter du bonheur dont un sort propice les autorisait à profiter, sans attirer l'attention.

— Remercie Dieu et tais-toi, sinon tu vas nous attirer la poisse.

En fait, lui aussi rêvait parfois d'un bon petit scandale qui aurait définitivement écarté la femme qu'il aimait d'un mari encombrant. Le bonheur réduit à un rythme bihebdomadaire le frustrait, d'autant qu'il passait de nombreux week-ends en solitaire. Comme il continuait à voyager, les périodes de séparation devenaient parfois un peu longues et difficiles à supporter. En avril, il accompagna Bernard Kouchner à Beyrouth, au milieu de la tornade médiatique qui environna cette opération de sauvetage sous les bombes. Il fit partie des journalistes que les Chinois remirent brutalement dans l'avion après les événements de la place Tienanmen. En juin, ce fut la Nouvelle-Calédonie aux côtés de Michel Rocard pour les obsèques de Jean-Marie Tjibaou.

Hellen vivait comme ces acteurs qui jouent deux pièces en même temps. Elle alternait ses deux rôles avec une aisance surprenante que l'habitude améliorait encore. À Paris, c'était la fête avec un compagnon amoureux et passionné. Partout où ils allaient, on commentait l'actualité politique internationale, et on vivait intensément l'instant présent. À Saint-Yé, elle cohabitait avec un vieux garçon bougon qui se refermait progressivement sur lui-même. La clinique allait mieux, mais il vivait très mal ses problèmes quotidiens.

Les infirmières, mécontentes par habitude, se plaignaient de leurs émoluments et des conditions de travail. Tardieu s'était associé à un jeune orthopédiste, spécialiste de la main, qui réclamait du matériel plus performant. Ensemble, ils refusaient que l'esthéticien travaille dans leur salle. Milleret reprochait à l'urologue, nouveau venu également, de terminer ses programmes en retard et à l'obstétricien de ne pas mieux prévoir ses césariennes. Ils ne tombaient tous d'accord que pour reprocher aux anesthésistes leur refus d'accepter un troisième associé. Ceux-ci protestaient. Ils se jugeaient capables de prendre en charge tous les opérés, pourvu que les chirurgiens acceptent de ne pas opérer tous en même temps. Chacun passait déposer quotidiennement ses récriminations sur le bureau du directeur.

Ces plaintes avaient pour cause commune le développement de l'activité. Cet élan tant attendu sécrétait ses effets pervers, et Lucien fut vite dépassé par les événements. Il ne voulait pas avouer que la cœliochirugie était pour beaucoup dans la croissance récente de la clientèle.

Grâce aux analyses de son comptable, il reprit l'offensive. Ils découvrirent ensemble que cette méthode était plus onéreuse que prévue. Ils prouvèrent à Milleret, chiffres en main, que sa dernière vésicule avait coûté cinq cents francs de plus qu'elle n'avait rapporté.

— Tu comprends, triompha Lucien, si tu continues, ce sera la catastrophe. Par voie traditionnelle, l'intervention aurait coûté moitié moins cher.

Milleret protesta.

— C'est un cas particulier. Nous avons utilisé plus de matériel jetable qu'à l'ordinaire, et la patiente s'est sentie si bien qu'elle est sortie le lendemain. Ce n'est pas la règle. D'habitude, nous sommes plus économes.

Lucien sentit alors qu'il occupait une position tactiquement meilleure. Il s'en prit à Hellen sur le ton paternel :

— Tu as des excuses, ma chérie. Tu confonds le train de vie d'un laboratoire largement subventionné, et qui se moque des notions de rentabilité, avec l'économie rigoureuse d'un établissement de santé qui doit, avant tout, équilibrer son budget.

Hellen n'aimait pas le voir prendre ces allures professorales un tantinet méprisantes.

Lucien avait préparé son argumentation. Il développa adroitement sa démonstration.

— Ces industriels, qui se disent tes amis et te prêtent gracieusement leurs appareils, ils se comportent en fait comme des dealers. Ils te font cadeau de tes premières doses pour t'appâter, et te vendent les suivantes au prix fort.

Fier de sa comparaison, il attendait la réponse de pied ferme. Hellen n'était pas prête à se laisser faire. Elle lui prouva que cette cœliochirurgie avait des avantages indéniables pour les malades : moins de fatigue, pas de paralysie digestive ni de douleurs postopératoires, complications inexistantes, reprise immédiate des activités, pas de convalescence... La pression de la clientèle serait telle qu'on ne reviendrait pas en arrière.

— Tu es le patron, tu dois te comporter en patron. Ton rôle ne doit pas être négatif. Le freinage systématique n'est pas un bon moyen d'avancer. Tu dois regarder le problème en face et trouver des solutions. Les chirurgiens consomment trop de matériel jetable. Peut-être y a-t-il un moyen terme à trouver entre les instruments réutilisables et les autres. Tu peux aussi mettre les fabricants en concurrence. Wolf, Autosuture, Éthicon, ce sont des industriels qui doivent survivre, eux aussi. Ils savent ce que signifie la compétition commerciale. J'avoue ne m'être pas vraiment intéressée à ces questions. À chacun son boulot. Ton activité chirurgicale te laisse du temps libre. Profites-en pour faire de la gestion intelligente.

Cette dernière remarque fit à Lucien l'effet d'une brûlure. Au lieu d'apprécier la logique de sa femme, il se promit de lui faire payer cette leçon d'économie.

C'est le moment que Marceau Berguens choisit pour montrer sa vraie nature. Il avait quitté la clinique en mars, à l'occasion des élections municipales. Ce fut un triomphe, et il se retrouva dans le fauteuil de maire. L'accident était devenu le symbole de la lutte du héros pour les sinistrés d'Erevan. Ses béquilles témoignaient de son combat, et la mort du chauffeur fut oubliée.

Il invita Hellen et Lucien, avec tous les médecins de la clinique, au vin d'honneur qui célébrait l'arrivée de la nouvelle équipe à la mairie.

Prenant la jeune femme à part, il la félicita d'un ton suave sur ses succès cœlioscopiques.

— Je n'aurais jamais cru qu'on puisse hystérectomiser une femme ainsi. On m'a dit que vous faites toutes les ligatures hautes par cœlio et que vous sortez l'utérus par en bas. C'est fantastique. Il baissa le ton pour ajouter : Vous avez bien déjoué l'interdiction de faire de la chirurgie gynécologique. Bravo !

Hellen ne s'étonna qu'un instant. Elle avait vu passer, dans l'œil de l'homme politique, un éclat métallique qu'elle connaissait déjà et s'attendait à quelque manœuvre perfide. Elle allait être comblée.

— À propos, ajouta-t-il, comme s'il allait oublier : je dois vous faire part d'une décision que je viens de prendre à regret. Avec mes nouvelles responsabilités municipales, il faut que j'arrête la chirurgie. Vous ne me verrez plus dans cette jolie clinique où j'ai passé tant d'années heureuses.

Hellen souriait, certaine que le plus dur restait à venir. Elle ne s'était pas trompée.

— Claude Milleret est un garçon remarquable, et je me félicite chaque jour de lui avoir vendu la moitié de ma clientèle. Il reprit son souffle pour confier : L'autre moitié, je l'ai vendue au petit Saussure.

Lucien s'avançait. Il entendit Berguens conclure en s'adressant à lui.

— Mon cher ami, vous vouliez développer votre équipe, je suis sûr que je dépasse vos espérances.

Il s'écarta, pendula entre ses béquilles et laissa Hellen muette. Ce coup de force était un chef-d'œuvre. Elle hésitait entre le mépris et l'admiration.

Lucien considérait son épouse avec une nuance de satisfaction dans le regard. Elle comprit alors qu'il devait être au courant.

— Tu le savais ?

— Oh ! juste depuis quelques jours. Excuse-moi, j'avais oublié de t'en parler. Je pense que cette diversité dans la chirurgie digestive sera bénéfique à la clinique. Tardieu est d'ailleurs de mon avis.

Hellen tombait de haut. Force lui était de reconnaître que son mari l'avait trahie en tenant la nouvelle secrète, afin qu'elle ne s'oppose pas, par avance, à un tel projet. Quant à Tardieu, il la haïssait et avait dû appuyer cette décision qui allait à l'encontre de tout ce qu'elle souhaitait. Il devait triompher.

Désabusée, elle considéra Lucien avec tristesse. Comme il avait dû souffrir pour en être là ! Voir développer cette chirurgie qui le reléguait au statut d'antiquité, le poussait à se conduire lamentablement. Elle sourit sans rien ajouter. Fallait-il le traiter en ennemi ou le prendre en pitié ?

Plutôt que d'envenimer leur relation, elle appliqua une politique identique à la sienne : elle se tut. Ainsi n'eurent-ils bientôt plus rien à se dire. Ils prirent l'habitude de s'installer, le soir, devant la télévision sans même consulter un programme. Lucien s'endormait au bout d'un quart d'heure. Hellen pensait à Charles. Le temps passait. Ils étaient tombés dans un piège dont les couples ne se remettent jamais : le silence.

Au début de l'été, la commémoration du bicentenaire de la Révolution française occupa tous les esprits. Le spectacle imaginé par Jean-Paul Goude promettait d'être grandiose.

— C'est devant notre écran de télévision que nous serons le mieux, décréta Lucien avec autorité. Je plains les gens qui vont étouffer au milieu de cette foule.

— Essaie de venir, avait proposé Charles, nous sommes invités dans la tribune de presse, aux premières loges.

Hellen n'avait pas réussi à trouver un alibi pour quitter Saint-Yé. Au milieu de la soirée, elle sentit monter des sanglots et courut se réfugier dans sa chambre sans donner d'explications. Lucien essaya de l'interroger, et elle faillit lui dire la vérité. Il avait l'air si penaud, si balourd, qu'elle renonça. Elle n'avait pas le courage de se lancer dans des aveux, ni de répondre aux innombrables questions que son mari ne pourrait pas s'empêcher de poser.

Elle voyait trop comment il se comportait dès qu'une difficulté apparaissait à la clinique. Combien de fois lui avait-elle conseillé de prendre du recul, de laisser passer un moment, de rechercher des solutions à froid, de dépassionner les positions de chacun et d'en discuter tranquillement ! Sans succès.

Alors, comment lui dire qu'elle en avait assez de cette vie et qu'elle aimait un autre homme ?

Cependant, une chose était certaine, sa décision de rompre fut prise ce soir-là. Peut-être avait-elle trop entendu les commentateurs du spectacle prononcer ce mot de « liberté ». Elle sourit un moment, quand elle se rendit compte que la fin de l'Ancien Régime, qui revenait sans cesse dans le discours des journalistes, évoquait pour elle le naufrage de son régime... matrimonial.

Hellen et Lucien passèrent l'été à Saint-Yé dans une bonne

entente apparente chargée d'une dose explosive de non-dits. Charles fit un long voyage aux États-Unis avec ses deux fils, qui étaient inscrits dans un collège de Boston en attendant d'entrer à l'université.

Le premier septembre, les deux amants se retrouvèrent rue des Saints-Pères. Ils se jetèrent dans les bras l'un de l'autre, comme s'ils avaient été séparés durant des lustres. Il leur fallut longtemps pour parvenir à se parler. Il lui raconta l'Amérique, et surtout commenta les réactions de l'opinion américaine devant les nouvelles qui venaient de l'Est où le communisme chancelait.

Elle n'avait rien à raconter. Elle l'écouta.

— Te rends-tu compte, expliquait-il avec enthousiasme, les Polonais, les Hongrois, les Tchécoslovaques, les Yougoslaves secouent leur joug. Le monde est en train de changer, Hellen.

« Et moi, pensait-elle, vais-je changer aussi ? »

Il est probable que cette atmosphère de déstructuration générale joua un certain rôle dans son état d'esprit. Elle était trop jeune pour accepter de finir sa vie dans l'ombre d'un homme qui semblait ne plus croire à l'avenir, alors qu'elle sentait en elle tant d'aspirations et de désirs.

Au cours du mois de septembre, la détérioration politique et sociale de l'Allemagne de l'Est s'accéléra encore. La Hongrie entrouvrit ses frontières avec l'Autriche. Les habitants de la RDA contournèrent, enfin, le mur de Berlin sans danger. Le temps où les chars soviétiques venaient mater les populations des républiques sœurs était révolu.

— Le rideau de fer va s'effondrer, pronostiqua Charles.

Hellen n'entendait pas le même son de cloche à Saint-Yé :

— Penses-tu, disait Lucien, Gorbatchev essaie de nous endormir. Ses armées sont sur le pied de guerre. S'il le décide, ses chars seront à Paris dans huit jours.

Le mercredi 8 novembre, à midi, Hellen sortait du bloc opératoire de la clinique, quand la panseuse lui annonça un appel téléphonique.

— Passez-le moi dans mon bureau, répondit-elle en arrachant son masque et sa coiffe.

Elle s'assit, décrocha le téléphone, et son cœur se serra, comme chaque fois qu'elle reconnaissait la voix de Charles.

— Hellen, il ne faut pas manquer ça. La direction du parti communiste de la RDA vient de démissionner. Toute la structure de l'État est en train de disparaître. Ils vont ouvrir la frontière. Un avion de journalistes et d'hommes politiques décolle du Bourget à dix-sept heures pour Berlin. J'ai retenu deux places. Tu es accréditée comme photographe. Il faut que tu viennes. Si les choses se passent comme prévu, demain sera le jour le plus important de ce siècle.

La jeune femme était devenue muette.

— Hellen, tu m'entends ?

— Oui.

— Tu viens ?

— Oui.

— Au Bourget, il y a un portail avec un garde. J'y serai à seize heures. N'oublie pas tes papiers d'identité et ton passeport. Il baissa la voix pour ajouter : Je serai obligé d'entrer à 16 heures 20... au plus tard.

— J'y serai.

Comment avait-elle pu faire une telle réponse ? Il lui était impossible de partir ainsi. C'était évident. Elle rangea lentement les papiers qui traînaient sur son bureau et appela la secrétaire. Elle lui donna des directives pour les réponses qu'il fallait faire aux différents courriers.

Puis elle demanda l'hôpital Sainte-Marthe.

— Agnès, je viens de prendre une décision grave. Je quitte Lucien.

— Mon Dieu, ce n'est pas vrai ! Tu le lui as dit ?

— Pas encore. Je pars pour Berlin avec Charles, ce soir. Je vais le lui annoncer dans un moment. J'ai besoin que tu m'aides pour ma clientèle. Ici et à l'hôpital.

Elles savaient toutes les deux qu'une jeune femme interne à Sainte-Marthe recherchait des remplacements pour arrondir ses fins de mois. Elle serait ravie. Agnès acquiesça. Hellen écourta la conversation.

— Je t'appellerai dès que possible.

Elle vérifia que tout était en ordre et quitta la clinique. À la maison, Lucien n'était pas encore là. Il était prévu qu'il rentrerait déjeuner. Philomène avait mis le couvert et, comme d'habitude, s'était retirée dans sa chambre. Les Laville n'étant jamais sûrs de leurs horaires, ils prenaient un repas froid et se servaient eux-mêmes.

Hellen monta directement dans la chambre à coucher et prépara un sac de voyage. Elle avait dans la tête une sorte de grand vide et elle essayait de ne penser qu'à ce qu'elle était en train de faire. Trouver son passeport, prendre de l'argent, remplir sa trousse de toilette, ne pas oublier son parfum, choisir une robe de chambre et des déshabillés...

La porte d'entrée claqua. Hellen ferma son sac, prit son manteau de fourrure, un châle, jeta un dernier coup d'œil derrière elle, comme si elle ne devait plus jamais revenir, et sortit. Elle dévalait l'escalier au moment précis où Lucien traversa le vestibule. Il la regarda avec étonnement.

— Je ne savais pas que tu partais.

— Moi non plus.

Sa voix avait eu une bizarre sonorité métallique. Lucien sourit.

— Ah ! bon ! Où vas-tu ?

— Je m'en vais, Lucien. Je te quitte.

Il se mit à rire.

— Je vois bien, mais jusqu'à quand ?

Elle atteignit la porte d'entrée, l'ouvrit et lui fit face.

— Je te quitte, Lucien. Je vais retrouver Charles Morand. Je suis sa maîtresse depuis un an, et je vais vivre avec lui. Aujourd'hui, je m'absente pour quelques jours seulement. Je reviendrai prendre ma place à la clinique. Nous aurons le temps de parler. Elle s'avança sur le seuil et ajouta : Excuse-moi, j'ai très peu de temps. Une jeune femme de Sainte-Marthe viendra me remplacer. Agnès s'en occupe. Appelle-la. Au revoir.

Elle descendit les marches du perron et se dirigea vers sa voiture d'un pas aussi naturel que possible. Elle se retenait pour ne pas forcer son allure. Elle ne voulait pas non plus se retourner. Elle gardait à l'esprit le visage de son mari, pétrifié, ébahi, défait, incapable de réagir. Il allait se réveiller, courir après elle, crier, la retenir... Elle jeta son manteau et son sac sur la banquette arrière, s'assit et mit le moteur en marche.

Elle fit sa manœuvre sans jeter un regard vers la porte laissée ouverte. Elle franchit la grille d'entrée et accéléra. Surveillant la maison dans son rétroviseur, elle roula jusqu'au carrefour et prit la route de Paris. Il ne l'avait pas suivie. Il n'avait pas dit un mot. Elle était libre.

CHAPITRE XXII

Mêlés aux innombrables Berlinois qui, depuis le jeudi soir, s'impatientaient au voisinage du mur, Hellen et Charles passaient ensemble leur premier jour de vie commune. Accrochés l'un à l'autre, bousculés, isolés par le barrage de la langue, ils déambulaient, silencieux et souriants, dans le brouhaha joyeux d'une foule en délire.

En pantalon de velours, emmitouflée dans le blouson d'aviateur que Charles lui avait prêté, Hellen avait l'air d'une touriste frigorifiée, malgré ses bottes, ses gants et son bonnet fourrés. Lui, engoncé dans une parka matelassée, entortillé dans son éternelle écharpe en poil de chameau, avec un chapeau de feutre acheté pour l'occasion, ressemblait à un bandit d'opérette. Un bandit hilare.

Ce vendredi 10 novembre 1989 s'inscrirait à jamais dans leur mémoire. Lorsque minuit sonna, une immense clameur s'éleva, et l'on vit s'ouvrir les grilles de fer qui tenaient enfermée la moitié du peuple allemand depuis près d'un demi-siècle. Par la brèche, commença à s'écouler, autour d'une colonne ininterrompue de voitures hoquetantes, une multitude de fantômes grisâtres qui se précipitèrent vers ceux d'en face, les bras levés en signe de victoire. Ils furent absorbés, digérés, engloutis par la marée humaine qui stagnait là. Embrassades, pleurs, vociférations de joie ne cessèrent plus durant les premières heures de cette journée que le monde entier qualifierait d'historique.

Pris dans le tourbillon, zigzaguant au milieu des bruyantes Traban qui exhalaient des nuages nauséabonds, Hellen et

Charles serrèrent dans leurs bras des inconnus qui les embrassaient comme des frères. Ils burent de la bière et trinquèrent avec des hommes qu'ils ne reverraient jamais. Puis ils rentrèrent à l'hôtel à l'aube, éreintés, les oreilles saturées de musique et de hurlements. Ils s'endormirent enlacés, conscients, eux aussi, d'entrer dans une nouvelle vie.

La fête dura une semaine. Charles emmena Hellen visiter les deux parties de cette ville de grande culture martyrisée par la bêtise humaine. Ils franchirent la fameuse porte de Brandebourg et côtoyèrent ce peuple que l'Histoire avait écrasé sous le poids d'une idéologie délirante et infernale. Les soirs qui suivirent, les jeunes Allemands des deux camps s'attaquèrent au symbole de l'époque qui agonisait sous leurs yeux et se mirent à démolir ce mur où tant d'insoumis avaient laissé leur vie. Ils virent les Vopos, ces policiers jusque-là intraitables et soupçonneux, parfois sanguinaires, laisser passer la foule avec bonhomie, comme s'ils n'avaient toujours été que de braves pandores.

Les deux amoureux firent provision de notes, d'images et de souvenirs. Leur vie débutait sur les cendres encore chaudes d'une chimère qui avait fait des millions de morts.

À la fin de cette semaine inoubliable, ils se résignèrent à rentrer. À regret. La veille du départ, alors qu'ils prenaient leurs places au bureau de la Lufthansa, Charles eut soudain un sursaut de révolte.

— Partons ailleurs, pour de longues vacances. Sans guerre et sans politique, avec le soleil et la mer, rien que pour nous. Il s'empara d'un catalogue et lut en tournant vite les pages : Tahiti, les Seychelles, l'île Maurice... Tu ne veux pas ? C'est l'été là-bas.

Hellen hésita un moment. Elle se reprit et choisit d'être raisonnable.

— Nous avons la vie devant nous, mon amour. Nous irons une autre fois, je te le promets. Maintenant, il faut rentrer. J'ai mes malades, l'hôpital, la clinique... C'est déjà une chance fantastique d'avoir pu vivre cette aventure ensemble. N'abusons pas du bonheur, il faut savoir le déguster. Désormais, ce ne sont pas les occasions qui nous manqueront.

Quand Hellen arriva à la clinique, la première personne qu'elle rencontra fut Françoise Gallier. L'anesthésiste, qui lui était attachée et lui vouait une admiration quasi maternelle, la prit par le bras et l'entraîna vers son bureau. Comme tout le monde dans la maison, elle savait que l'installation imposée du petit Saussure avait été un vrai coup de force et que le départ d'Hellen était peut-être en partie lié à cette décision.

— Venez, il faut que je vous raconte des choses, chuchota-t-elle, mystérieuse. En votre absence, il s'en est passé de belles !

Son récit, en effet, ne manquait pas de surprendre. Un soir que le petit Saussure était de garde, il avait décidé d'opérer un abcès vésiculaire par cœliochirurgie. « Ils nous fatiguent tous avec cette technique qui n'a rien de sorcier », avait-il proclamé.

Il n'était pas allé loin. Mal familiarisé avec l'outillage, il n'avait pas tardé à provoquer une hémorragie incoercible. Il avait dû vite reprendre la voie normale pour aveugler le vaisseau qui saignait à flot. Sans y parvenir. Au bout d'une heure de cafouillage, le jeune chirurgien avait déclaré forfait, obligé de laisser un champ tassé dans la zone hémorragique. Épuisé, paniqué, il avait demandé qu'on appelle Lucien à son secours.

— Par chance, votre mari a pu arriver très vite, continua Françoise Gallier. Je n'avais plus un seul flacon de sang. Il a fait ce qu'il fallait et l'intervention s'est terminée en douceur. Nous l'avons échappé belle. Heureusement qu'il était là ! Seulement, il n'a pas le triomphe modeste. Depuis, il va partout en disant que la cœliochirurgie est une méthode désastreuse, à prohiber. Je voulais vous prévenir.

Hellen était soulagée de savoir qu'un accident grave avait pu être évité, mais la réaction de son mari l'attristait.

Lucien était dans son bureau. Elle entra, hésitant un instant, et s'assit. Il la regarda sans rien dire. Il retira ses lunettes et se mit à les essuyer nerveusement avec un petit chiffon spécial qu'il replia ensuite avec minutie. Il les remit sur son nez en poussant un profond soupir et se décida à parler après s'être raclé la gorge :

— Alors ? Tu es revenue.

— Je reprends ma place à la clinique, oui. En attendant que tu n'aies plus besoin de moi.

Il eut un rictus amer.

— Comment pourrais-je ne plus avoir besoin de toi ?

Elle fit comme si elle ne comprenait pas.

— La chirurgie que j'exerce à Saint-Yé, tu le sais, n'est pas celle qui me plaît, ni celle à laquelle je souhaite consacrer ma vie. Je suis venue ici, avec toi, pour t'aider à te refaire une situation. Empêcher la clinique de sombrer était une priorité. Nous sommes parvenus à lui donner l'élan nouveau dont elle avait besoin. Aujourd'hui, elle est en bonne voie de redressement. Une (ou un) gynécologue faisant le même métier que moi ne sera pas difficile à trouver. Je t'y aiderai. Moi, je veux faire de la recherche, et je retournerai à Sainte-Marthe, dès que possible.

— Retrouver ton amie Agnès, ta complice. Vous vous êtes bien moquées de moi, toutes les deux, hein !

— Laisse Agnès en dehors de nos problèmes, s'il te plaît. Nous parlons de la clinique.

Il négligea cette réflexion et poursuivit sur sa lancée :

— Bien sûr ! Il faudrait peut-être que je la remercie d'avoir abrité tes amours avec ce type.

— Lucien, je t'en prie, ne commençons pas sur ce registre, ou je m'en vais immédiatement.

— Oh ! tu peux partir. Au point où nous en sommes, je me demande même pourquoi tu es revenue.

— Je te l'ai dit. Parce que j'ai des patientes, et que je respecte cet établissement dont tu as besoin pour vivre. Je veux d'abord trouver quelqu'un pour me succéder. Mais, si tu le souhaites, c'est vrai, je peux m'en aller tout de suite.

— Ne me menace pas, s'il te plaît. Il ne faudrait tout de même pas inverser les rôles.

Le ton était donné. Hellen réalisa qu'elle allait devoir vivre des temps difficiles.

Ce fut encore pire qu'elle ne le craignait.

Lucien n'avait jamais eu le moindre doute sur la fidélité de sa femme avant qu'elle s'en aille. Il ne s'était jamais demandé si elle était heureuse, si la vie qu'il lui offrait convenait à sa nature et à ses aspirations, si le fait de ne pas avoir d'enfant était grave pour elle. Il n'était pas homme à se poser de telles questions.

Il avait été un prétendant attentif jusqu'au mariage. Depuis, il n'était plus qu'un mari satisfait. Il se bornait à vivre. Les difficultés professionnelles auxquelles il devait faire face lui suffisaient. Il n'allait pas chercher plus loin. Elle était son épouse et ne se plaignait de rien. Pourquoi se serait-il inquiété ?

Le fait qu'il ait été obligé de divorcer une fois déjà ne lui avait rien appris. Ni sur lui, ni sur les femmes.

Hellen avait bien compris ce qu'il en était, elle s'attendait à ce qu'il n'accepte pas facilement la rupture. Mais jamais elle n'aurait imaginé que la vie allait devenir un enfer.

Du jour où elle revint, Lucien mit en place une politique de harcèlement permanent sans négliger aucune arme. La colère, le chagrin, les supplications, le mépris, les menaces se relayèrent tour à tour, successivement ou simultanément, selon les jours et les moments. Le tout dominé par l'affirmation sans cesse répétée d'un amour indestructible. D'une manière progressive, un thème se fit jour :

— Reviens et j'oublie tout. Je ne peux pas me passer de toi.

— Bien sûr, répliqua-t-elle, tu oublieras tout. Nous reviendrons à l'état antérieur. Je reprendrai ma fonction d'accompagnatrice auprès d'un vieux garçon uniquement préoccupé par sa clinique, ses problèmes, sa vie, sa pipe, ses vêtements et son fauteuil. J'oubliais sa télévision. Et qui méprise le progrès.

Il sursauta.

— Je ne méprise pas le progrès. Reconnais tout de même que si je n'avais pas été là...

— Je sais, s'exclama-t-elle, ne se contrôlant plus. Tu as encore joué les héros. Maintenant tu fais le fier-à-bras, sans vouloir comprendre que c'est Saussure, le danger public. Je me tue à le crier sur tous les toits depuis son arrivée. Tu ne veux pas me croire. Tu préfères accuser une méthode qui, soit dit en passant, a de plus en plus d'adeptes, au lieu d'accepter l'idée qu'elle n'est dangereuse que dans les mains de ceux qui ne la maîtrisent pas. C'est tout. Tu veux que je te dise, cette chirurgie-là, tu es incapable de la pratiquer, alors, tu crèves de jalousie !

— Pourquoi me parles-tu sur ce ton ?

Le visage dans ses mains, il se mit à pleurer. Comme il fallait s'y attendre, elle s'apitoya. Il en prit acte et recommença le lendemain. Dans le même temps, il entreprit de dénigrer Charles. Tous les qualificatifs y passèrent : arriviste, coureur, menteur, buveur, noceur, fêtard, débauché, cynique, amoral... Chaque jour, il en inventait un nouveau.

Le soir, Hellen n'avait plus qu'une hâte, rentrer à Paris. Elle se réfugiait dans les bras de Charles pour se détendre enfin.

Ils célébrèrent l'avènement de 1990, en tête-à-tête, tristement. Ils n'avaient pas le cœur à festoyer, tant leur situation était inconfortable.

— Arrête, lui répétait-il, laisse-le tomber, lui et sa clinique. N'y va plus. Il passera une annonce, il trouvera un gynéco, il se débrouillera. Regarde ta mine, tu n'es plus la même. Tu ne vas tout de même pas te ruiner la santé pour cet homme que tu n'aimes plus.

Ne l'aimait-elle plus ? Certes, mais elle lui gardait une profonde reconnaissance pour les bons moments passés. Elle ne pouvait oublier le Pakistan, les journées opératoires, les promenades dans sa Jeep, le voyage au Kenya. Elle avait pour lui une certaine tendresse, maintenant qu'elle le connaissait bien. Elle savait combien il était fragile et vulnérable sous ses aspects de vieux dur « qui-en-a-vu-d'autres ».

Dans son for intérieur, elle était flattée qu'il paraisse si attaché à elle et ne veuille pas la laisser partir. Elle avait conscience de s'être mise dans une situation de culpabilité irréparable. Même si elle avait des circonstances atténuantes, c'était bien elle qui avait rompu le contrat, l'avait trompé, était partie. L'éducation des bonnes sœurs refaisait surface. Elle avait fauté, elle devait payer. Elle le supporterait donc et reviendrait à la clinique chaque jour, jusqu'à ce que la situation se clarifie et qu'Agnès lui trouve une remplaçante.

Elle paierait le prix de sa faute.

Quand elle revenait à Paris, elle avait l'impression de retrouver de l'oxygène. Durant la journée, elle se noyait ; le soir, elle surnageait. Épuisée, elle atteignait la rue des Saints-Pères comme on reprend pied.

Charles était, hélas !, souvent absent. En février, il était allé au Soudan où deux envoyés de Médecins sans frontières avaient été enlevés. En mars, il avait couvert le congrès de

Rennes où les socialistes s'étaient entre-déchirés. Puis, il était retourné à Berlin assister au triomphe du plébiscite sur la réunification allemande.

Un soir, elle avait appelé David pour lui raconter les bouleversements de sa vie. Il n'avait fait aucun commentaire, s'était branché immédiatement sur son projet pour les sidéens en phase terminale. Ils s'étaient retrouvés dans un bistrot et il n'avait pas cessé de parler. Comme s'il ne voulait pas prendre partie entre Lucien et Charles. Il n'avait pas sa place dans cette compétition destinée à gagner le cœur d'une femme qui lui était si chère. Qu'on ne lui demande pas, en plus, de jouer les arbitres.

Au bout de quelques semaines, Lucien commença à penser qu'il ne parviendrait pas à reconquérir son épouse s'il n'accentuait pas sa pression. Elle avait adopté une attitude de sérénité, certes feinte, mais sur laquelle ses assauts restaient inefficaces. Les reproches glissaient sur un visage devenu impassible. Renonçant à toute dignité, il changea de tactique. Il ne l'agressa plus et se fit une figure humble et triste, presque résignée. Il continua à travailler, marchant dans les couloirs, le dos rond, les épaules basses, comme écrasé par son désespoir.

En revanche, il se mit à se plaindre auprès de tout le monde. Comment éviter à sa pauvre épouse, la malheureuse, de sombrer dans les bras de ce voyou qui la laisserait choir quand il n'en voudrait plus ? Que deviendrait-elle alors ? Évidemment, personne ne pouvait rien à son malheur.

Hellen ne prit pas conscience de ce nouveau danger. Seul, Marceau Berguens lui mit la puce à l'oreille. Bien remis de ses fractures, monsieur le maire de la commune la rencontra un jour qu'il venait passer des radios de contrôle. Il l'interpella dans le hall de la clinique.

Elle avait mal digéré l'histoire du petit Saussure, et elle le considéra avec circonspection. Qu'allait-il encore inventer ? Il s'approcha et la regarda intensément.

— Ma petite fille, j'avais peur que vous ne nous abandonniez, déclara-t-il d'un ton sentencieux.

— Monsieur le maire, je n'ai jamais cessé de travailler ici.

— Continuez. La clinique et votre mari ont besoin de vous, et, si j'osais, j'ajouterais que vous avez besoin d'eux, vous aussi.

Sans lui laisser le temps de réagir, il se dirigea en clopinant sur ses cannes anglaises vers l'ascenseur dont un ambulancier tenait la porte ouverte. Hellen resta interdite. Qu'avait-il voulu dire ? À quoi correspondaient ces phrases venimeuses ?

Le lendemain, Milleret vint bavarder dans son bureau.

— Alors, c'est la merde dans ton ménage, dit-il avec sa délicatesse de sportif.

— Comment le sais-tu ?

— Ton mari raconte partout que tu t'es fait enlever par un maffieux.

— Un maffieux ?

— Il ne précise pas, mais c'est ce qu'il semble vouloir dire.

Elle pensa en apprendre plus avec le père Morand qui lui fit demander de passer le voir. Elle savait que l'aventure qu'elle vivait avec son fils ne pouvait lui être inconnue. Il fallait bien qu'elle s'en explique un jour ou l'autre.

Elle le trouva très affaibli. Il respirait mal. Il reprenait souffle tous les cinq ou six mots. Pourtant, il ne fumait plus. De sa voix erraillée, il l'accueillit en souriant.

— Asseyez-vous et écoutez-moi. Sans m'interrompre. J'ai assez de mal à parler comme ça. Si on me coupe la parole, je ne sais plus où j'en suis. Il lui montra une bouteille de whisky et deux verres préparés sur un guéridon : Servez-nous un verre. Je ne fume plus. Je bois !

Elle éclata de rire en obtempérant.

— Vous avez raison. La greffe de foie marche mieux que la transplantation pulmonaire.

Il plissa les yeux de son air toujours aussi malicieux, avala une gorgée et prit son élan.

— Vous êtes partie avec mon fils, ce voyou. Ma pauvre femme l'a très mal élevé. Comme elle, il a bon goût. J'aurais aimé être plus jeune. Il ne précisa pas pourquoi : Votre mari est gentil garçon. Pas plus. Il ne vous mérite pas. Mon fils, non plus. Il vous aurait fallu un homme plus mûr.

Elle hocha la tête, amusée.

— J'espère que vous serez heureuse avec lui. Ce sera difficile. Il ne vaut pas grand-chose. Il leva la main pour l'empêcher de parler : Ne me dites pas le contraire. Je sais de quoi je parle. Il n'a pas voulu être chirurgien. J'aurais fait sa carrière. Tant pis pour lui. Qu'il se débrouille. N'abandonnez pas votre métier. Vous êtes très forte. Qui sait comment la vie peut tourner ?

Il avait de plus en plus de mal à s'exprimer.

— Méfiez-vous. Laville va partout. Il dit du mal. De Charles. Il ne l'a pas volé. De vous aussi. C'est plus grave. Il a été voir Jeanne. Ma belle-fille. Mon ex-belle-fille. Il lui a raconté qu'entre Charles et vous... ça durait depuis votre arrivée... en 1985. Elle n'en savait rien. Elle est furieuse. Vous l'imaginez. Elle me l'a raconté. Elle vous juge mal. Il faut la comprendre.

Il s'interrompit pour boire une gorgée et reprendre souffle. Il eut encore ce regard matois pour ajouter :

— Quand même, il vous a séduite en 1985. Il n'a pas perdu de temps.

— Que voulez-vous dire ?

— L'auberge en baie de Somme. La patronne est une de mes patientes. Depuis vingt ans.

— Elle vous a raconté ?

— Le premier jour. Trop contente.

— Vous n'avez rien dit.

Il leva les sourcils.

— À quoi bon ? Qu'aurais-je pu faire ?

— Pourquoi nous avoir fait venir à Saint-Yé, Lucien et moi ?

Il la regardait en plissant les yeux, sans répondre. Puis, il se décida :

— J'aurais voulu vous garder. Un Malmort chirurgien... qui donne une clinique... à une La Verle chirurgien... C'était pas beau ? Pourquoi tout gâcher... avec mon fils ?

Elle revint à la clinique à grands pas, furibonde.

— Ce que tu as fait là, Lucien, est inadmissible, s'écria-t-elle en entrant brutalement dans son bureau. Tu te comportes comme un médiocre. Si tu veux la guerre ouverte, tu vas l'avoir. Moi aussi, je peux raconter que tu es incapable de faire marcher cette clinique et que ta vie n'a été qu'une succession d'échecs. C'est facile, tu sais.

Il resta la tête basse, laissant passer l'orage. Quand il se redressa, il prit cet air abattu qu'il savait émouvant.

— Tu as raison. Je n'aurais jamais dû. Tu n'imagines pas ce que je souffre. Je ne me remettrai de ton départ. Il sembla avoir pris une grande décision : Je veux bien accepter que tu vives avec ce type. À condition que tu restes à la clinique et que je puisse continuer à te voir. Je ne te ferai plus aucun reproche, je te le promets.

— Tout de même, qu'es-tu allé raconter à l'ex-épouse de Charles ?

— Rien. Je ne la connais pas.

— Tu n'es pas allé la voir ?

— Jamais. Je te le jure !

— Et le père Morand ?

— C'est lui qui m'a appelé. Il savait déjà tout.

— Que j'avais été la maîtresse de Charles en 85 ?

Il baissa la tête, comme un gamin pris en faute.

— Non, ça, c'est moi qui le lui ai dit.

— L'auberge en baie de Somme aussi ?

— Oui. C'est une patiente qui me l'a raconté, la semaine dernière.

— La patronne de l'auberge. Et tu as aussi pleuré dans son giron.

— J'avais trop de chagrin, Hellen. Il faut me comprendre.

Elle ne sut que dire. Lequel des deux hommes mentait le plus ? Sa colère était tombée. Elle quitta le bureau sans un mot pour aller faire sa consultation.

Le soir, elle fit à Charles le compte rendu de la visite à son père. Il s'esclaffa.

— Le vieux filou, quelle technique ! Pour un peu, il demandait ta main.

Elle ne voulait pas envenimer la situation, mais Charles persévérait, rancunier :

— Jusqu'à sa dernière heure, il cherchera à me nuire.

— Je t'assure qu'il a été plutôt gentil en parlant de toi. Certes, il ne peut pas s'empêcher d'envoyer quelques vannes, mais cette fois, il avait dans la voix une émotion sincère.

— Penses-tu ! Ce n'est pas de l'émotion, c'est de l'emphysème.

— Une question reste tout de même posée. Ton ex-femme est-elle au courant que notre liaison a débuté en 1985 ? Et si oui, lequel des deux l'a informée ? Lucien ou ton père ?

Il fit une grimace amère.

— C'est moi qui le lui ai avoué.

Hellen était stupéfaite.

— Je n'aimerais pas qu'elle croie que j'ai été la cause de votre séparation. Si j'ai bien compris ce que tu me disais à cette époque, votre couple ne tenait plus guère. Pourtant, c'est bien pour ne pas la quitter que tu m'as jetée, et que je suis partie au bout du monde. Qu'au moins ce sacrifice n'ait pas été fait en vain.

Charles était mal à l'aise.

— Je le lui ai expliqué.

— On dirait que tu la regrettes.

Il avait l'air penaud, comme le jour où ils avaient rompu. Avant l'Afghanistan.

— Non. Ce que je regrette, c'est que nous n'ayons pas été capables d'avoir une vie commune durable. C'est vrai.

Il regarda Hellen avec tendresse. Comme s'il sortait d'un mauvais rêve.

— Je ne peux regretter l'épouse que j'avais, quand je sais que c'est avec toi que je vais refaire ma vie.

Il la prit dans ses bras sans voir le regard désabusé de la jeune femme. Jusqu'où était-il sincère ? Ressemblait-il à son père ?

Depuis ce jour-là, sans qu'elle y prenne garde, les certitudes d'Hellen se trouvèrent ébranlées. Or, depuis Berlin, sa décision de quitter Lucien était prise. Voilà que les scrupules de Charles remettaient tout en question. Jusqu'alors, il lui semblait n'avoir jamais dominé son propre destin. Un manuscrit l'avait menée à Saint-Yé, avec Charles à Paris et David en Afghanistan. Lucien l'avait gardée au Pakistan. Maintenant, Charles et lui se la disputaient. Il allait bien falloir qu'un jour, elle choisisse sa voie en fonction d'éléments objectifs, sans tenir compte de ces élans du cœur dont elle n'avait pas appris à se méfier.

Ne pourrait-elle dissocier sa vie sentimentale de sa vie professionnelle ? La clinique afficherait enfin un bilan équilibré pour l'exercice 1989. Lucien était donc tiré d'affaire. Elle pourrait reprendre ses recherches à Sainte-Marthe. Un département de thérapie génique venait de s'ouvrir. Elle irait s'y instruire en voisine. Ces possibilités nouvelles la fascinaient. Peut-être trouverait-elle des applications dans le domaine qui était le sien ?

Pour changer d'air, elle partirait en mission avec les équipes de Médecine et Liberté. Elle travaillerait aux côtés de David, elle se sentait si bien avec lui. Devait-elle nécessairement détruire son couple pour autant ?

Était-elle vraiment obligée de quitter Lucien, pour un être volage, instable, et sans doute impossible à fixer ? De briser le cœur d'un homme qui s'était toujours montré fidèle et bon à son égard ?

Ce flot de questions sans réponses la submergeait.

Elle était restée impressionnée par sa dernière conversation avec le père Morand, qui semblait vouloir réparer les fautes de la famille Malmort en léguant sa clinique à la dernière descendante des La Verle. Si elle quittait Lucien, n'allait-elle pas dans un sens contraire à celui de l'histoire ? Son destin n'était-il pas à Saint-Yé, dans l'ombre de son père ? Les religieuses de son enfance ne lui auraient-elles pas conseillé la résignation et le respect des engagements ? Elle eut aussi une pensée pour ces bonnes sœurs dont son père avait trouvé les écrits dans sa malle aux souvenirs*. « Sœur Lucie, Sœur Clotilde, Sœur Bénédicte, vous qui avez vécu sur cette colline, que me conseilleriez-vous ? »

Les rumeurs annonçaient la fermeture prochaine de l'hôpital dont la trésorerie était en chute libre. Ne devait-elle pas rester pour assurer cette permanence familiale qui durait depuis deux siècles ?

* Voir *Les Princes du sang.*

Charles dut accompagner une commission d'enquête parlementaire sur les problèmes du Moyen-Orient. L'Irak menaçait Israël, le Liban se déchirait entre Michel Aoun, Samir Geagea et le président Hraoui. Les Islamistes troublaient l'ordre en Égypte. Il s'envola pour un long voyage.

Le lendemain de son départ, Lucien attrapa une mauvaise grippe compliquée d'une infection pulmonaire sévère. La vieille Philomène vint supplier Hellen de ne pas le laisser seul, alors qu'il refusait de se soigner. Il n'acceptait pas non plus de se faire hospitaliser. Elle dut céder et revenir à la maison pour prendre la situation en main. En quelques jours d'antibiotiques à fortes doses, elle fit tomber la fièvre et le força à sortir du lit. Épuisé, amaigri et l'air triste, il se traîna jusqu'à son fauteuil.

Elle n'était pas dupe. Il forçait le trait. Elle voyait bien, tout de même, que cette comédie se jouait sur un fond de désespérance sincère. Elle ne pouvait s'empêcher d'être émue par cet homme qu'elle avait vu si fort et qui, par sa faute, ressemblait à une épave.

Le sentiment de culpabilité issu de son éducation religieuse revenait au galop. Philomène lui avait installé une chambre au deuxième étage et, le matin, lui apportait un superbe plateau de petit déjeuner. Avec du pain frais qu'elle allait chercher à l'ouverture de la boulangerie, le beurre de la ferme voisine et des confitures préparées durant l'été.

L'opération de charme battait son plein. À la clinique également, elle dut remplacer son mari pour expédier les affaires courantes et le comptable lui tint un long discours sur l'importance de sa présence. Elle était si diplomate, si amicale avec tout le monde, si simple, si accessible...

Un remords insidieux faisait son chemin. Elle n'avait pas le droit d'abandonner tous ces gens. Ni Lucien, ni Philomène, ni les infirmières, ni Claude Milleret qui vint lui proposer de préparer ensemble une publication pour les prochaines assises de chirurgie endoscopique.

Elle passa, à Saint-Yé, son premier dimanche depuis longtemps. Le soleil s'était mis de la partie et les forsythias du jardin explosaient en touffes dorées, célébrant à leur manière le retour du printemps et de la maîtresse des lieux. David téléphona pour s'inviter à déjeuner. Pour un peu, elle aurait dressé la table dans le jardin. Mais il faisait encore frais, surtout pour Lucien qui se remettait à peine. Il se limitèrent à prendre l'apéritif au soleil.

Après le repas, quand Lucien fut monté se reposer, David proposa une promenade dans la colline. Ils marchèrent un moment en silence, heureux d'admirer le paysage dégagé de la brume. Du haut du château, ils voyaient presque jusqu'à la mer.

— Tu ne devineras jamais, s'exclama David, qui j'ai rencontré à Beyrouth ? Charles !

— Que faisais-tu là-bas ?

— Moi ? J'étais avec une mission de l'OMS pour envisager la façon de reconstruire le potentiel hospitalier de la ville quand les combats auront cessé. Michel Aoun ne va pas tenir longtemps face aux Syriens, et il faudra bien que la paix revienne. Les Libanais sont trop pragmatiques pour ne pas accepter la cessation des combats, fût-ce sous la surveillance d'Hassad. Leur activité commerciale pourra reprendre de plus belle. Ils auront de nouveau besoin d'un équipement sanitaire moderne.

Hellen avait hâte qu'il cesse de lui faire un cours sur ce Liban dont, à la minute présente, elle se souciait fort peu.

— Et Charles, comment allait-il ?

— Bien ! Il était à son affaire dans un tel bourbier, tu penses. Ce genre de situation pourrie, c'est tout ce qu'il aime. Il va d'un groupe à l'autre, il confesse les gens, il leur tire les vers du nez comme personne. Il a dû faire des papiers formidables. J'ai même eu l'impression qu'il n'avait pas très envie de rentrer en France. Il m'a dit qu'il avait l'intention d'aller faire un tour au Kurdistān. Pour voir ce qui reste des villages que Saddam Hussein a détruits. Celui-là, c'est une véritable menace pour le reste de la région. Je suis sûr qu'il rêve de conquérir le monde.

Hellen ne l'écoutait plus. Elle imaginait Charles, parcourant les champs de bataille. Elle l'avait vu à l'œuvre durant les folles journées de Berlin. En somme, c'était là tout ce qui lui plaisait. Avait-elle le droit de l'enfermer dans une conjugalité qu'il supporterait sûrement mal ?

Le soir, une fois Lucien soigné et bordé, elle rentra dans sa chambre et prit un bloc de papier. Sans trop savoir où elle allait en venir, elle se mit à écrire. Elle s'adressait à Charles pour lui faire part des réflexions que lui avait suggérées ce séjour forcé à Saint-Yé. Devait-elle se résoudre à tout briser pour suivre une pulsion manifestement déraisonnable ? Elle n'imaginait pas que l'avenir, dans ces conditions, puisse leur être favorable. Ne valait-il pas mieux garder intact le souvenir des moments merveilleux passés ensemble, et ne pas construire leur vie sur les chagrins que provoquerait leur départ ?

Il était très tard quand elle posa la plume. Elle relut ces feuillets écrits d'une traite et les rangea dans une enveloppe qu'elle cacheta avec soin.

Épuisée, elle se coucha. Pour la première fois depuis des mois, elle avait l'âme en paix. Elle se sentait en règle avec sa conscience.

Au petit matin, Philomène vint la secouer. Hellen n'avait pas entendu la sonnerie du téléphone. Le père Morand était mort dans la nuit.

Il était allongé dans son lit, le visage apaisé, les traits détendus. L'extracteur d'oxygène qui lui avait permis de survivre était dans un coin de la chambre, bien rangé, désormais inutile. Dans un cendrier, près du lit, une cigarette avait été à demi fumée. Il n'avait pas résisté à la tentation, une dernière fois.

— Avez-vous pu prévenir son fils ? demanda-t-elle à la vieille servante qu'elle connaissait bien et qui devait être une lointaine cousine de Philomène.

— Non. J'ai appelé un numéro qu'il m'avait donné, à Paris, mais il n'y avait personne.

— Il faut appeler l'agence France-Presse. Il était avec un groupe de journalistes. Ils vont le retrouver.

— Quelle agence ?

Elle sourit.

— Laissez, je vais m'en occuper.

Une fois encore, elle monta la dure route caillouteuse du cimetière, au milieu d'une foule recueillie où pleuraient les infirmières de la clinique. Derrière le cercueil, marchaient les deux petits-fils arrivés d'Amérique à l'aube. Ils entouraient leur mère en grand deuil, dont le visage était voilé de noir. Charles n'était pas là.

Lucien avait beaucoup hésité avant d'accepter de venir aux obsèques. Hellen lui fit remarquer que les gens de Saint-Yé ne comprendraient pas. Dans une si petite ville, leur absence était impensable. Ils se devaient d'y être. David, arrivé sur ces entrefaites, tint le même langage. De mauvaise grâce, Lucien finit par s'incliner. Il craignait surtout qu'Hellen y aille seule. David proposa de les accompagner.

Le cortège franchit la grande grille de fer forgé et obliqua dans une allée latérale vers le caveau où l'épouse du chirurgien attendait son mari depuis vingt ans. Hellen, qui était sans doute seule à connaître les origines familiales du vieillard, tourna les yeux vers le fond du cimetière où se dressaient orgueilleusement les monuments funéraires voisins des familles Malmort et La Verle, aux liens si enchevêtrés par l'histoire.

Hellen marchait entre Lucien, raide dans son grand manteau noir, comme s'il allait au supplice, et David, intrigué plus que triste. Ils la tenaient chacun par un bras. « Pour ne pas me perdre », se dit-elle avec une note de fierté.

Soudain, le vrombissement d'un hélicoptère vint rompre le silence. Toutes les têtes se tournèrent vers l'appareil qui perdit lentement de l'altitude et se posa sur l'esplanade, devant la grille d'entrée. Une silhouette penchée sauta à terre et courut vers l'attroupement qui entourait le caveau ouvert. C'était Charles.

« Toujours aussi imprévisible », pensa Hellen en souriant intérieurement.

Le journaliste traversa le cimetière à grands pas et arriva jusqu'à ses enfants, qui l'embrassèrent. Ils demeurèrent ainsi un long moment enlacés devant la fosse ouverte au-dessus de laquelle le cercueil attendait. Il se redressa. Son visage était mangé d'une barbe de deux jours où roulaient des larmes. Il portait son fameux blouson d'aviateur qui avait déguisé Hellen à Berlin, et sa même écharpe en poil de chameau. Son ex-femme vint aussi l'embrasser, et ils s'étreignirent tous les quatre, tandis que des hommes prenaient les cordes pour descendre le cercueil.

Puis ils s'écartèrent et suivirent l'ordonnateur des pompes

funèbres qui les conduisit devant le portail, ce lieu traditionnel des condoléances.

Lentement, la foule se mit à défiler. Chacun jetait une fleur dans le tombeau, puis se dirigeait vers la famille.

Hellen hésitait. Elle s'était arrangée pour qu'ils soient parmi les derniers. Lucien se pencha vers elle.

— Nous ne sommes pas obligés d'y aller, tu sais.

— Il faut bien sortir du cimetière. Nous n'allons tout de même pas rester cachés derrière les tombes.

Ils s'approchèrent. Hellen s'inclina devant les enfants, et, plus brièvement, devant leur mère, qui répondit d'un sec mouvement de tête. Arrivée à la hauteur de Charles, elle s'arrêta. Sans la moindre hésitation, il la serra dans ses bras, et ils restèrent ainsi un court laps de temps qui dut paraître long à ceux qui les regardaient.

Elle s'écarta et allait s'éloigner, quand il la retint.

— Il faut que je te parle, murmura-t-il.

Lucien se trouvait en arrière avec David. Hellen se retourna vers lui :

— Excuse-moi, un instant.

Elle fit quelques pas avec Charles.

— Moi aussi, j'ai à te parler.

Il l'examina, étonné. Elle baissa les yeux pour avouer.

— On ne peut pas continuer ainsi. Lucien a trop besoin de moi. Quand elle le regarda de nouveau, elle vit, sur son visage, une crispation douloureuse. Elle reprit : Je t'ai écrit une longue lettre, la nuit où ton père est mort.

— Moi aussi, un soir, au Kurdistān, j'étais sous une tente, il faisait un froid polaire, et j'ai eu la même envie. La lettre a été postée je ne sais plus où, ni quand. Tu ne l'as pas reçue ?

Intriguée, elle s'avança pour parler plus bas encore. Elle posa les deux mains sur le col de son blouson dans un geste presque tendre et le fixa droit dans les yeux.

— Que disais-tu, dans cette lettre ?

— Que notre situation est intenable. Il n'est plus possible que ta vie soit partagée entre deux hommes.

— Ce qui signifie... ?

Il se tut. Ses yeux semblaient fouiller l'esprit de la jeune femme qui haletait devant lui, comme si elle allait se trouver mal. Il esquiva son regard et prit conscience de leur situation incongrue. La plupart des gens se tenaient par petits groupes, silencieux et immobiles, les yeux rivés sur eux.

Il se tourna de l'autre côté. Ses deux enfants et leur mère les considéraient d'un air critique. Lucien les fusillait du regard. Ils étaient cernés par un cercle de visages qui lui parurent menaçants et odieux.

Hellen avait appuyé la tête sur son blouson et répétait :

— Charles, que voulais-tu dire ? Que voulais-tu me dire ?...

Elle se mit à sangloter doucement. Alors, il lui souleva le menton et supplia :

— Ne pleure pas, mon amour, je ne supporte pas de te voir pleurer.

Il observa de nouveau le cimetière.

Lucien était blême, le visage déformé par la haine, le buste tendu, les poings crispés.

— Je vais aller lui casser la gueule, grinça-t-il, sans desserrer les dents.

David le saisit par la manche :

— Allons, Lucien, sois raisonnable. Tu vois bien qu'ils parlent. Tu ne comprends pas ? Elle lui explique que c'est fini entre eux. Elle me l'a dit.

Incapable d'entendre, comme halluciné par la rage, Lucien ne se contrôlait plus. Le regard fou, il allait s'élancer, quand David s'interposa.

— Non, Lucien, cria-t-il, arrête !

Hellen et Charles sursautèrent et se retournèrent vers le portail. Ces cinq personnages irradiaient une hostilité féroce. David même avait le visage décomposé.

Charles pressa Hellen plus fort contre lui. Elle tremblait.

— N'aies pas peur, mon amour. Ils ne peuvent rien contre nous.

Il lui prit le visage à deux mains.

— Veux-tu que nous partions ? Ils sont trop cons. Tu es ma femme, Hellen, tu entends, ma femme !

Les yeux mouillés de larmes, il prit sa décision.

— Allons-nous en d'ici. Qu'importe ce qui arrivera.

Cette fois, elle cria presque :

— Tu as raison, mon chéri, emmène-moi loin, je t'en supplie, emmène-moi...

Elle l'entendit répondre un seul mot :

— Viens !

Ils partirent en courant, traversant la foule effarée. Ils entendirent Lucien hurler :

— Hellen !

Le pilote de l'hélicoptère, voyant revenir son passager, remit le moteur en marche, et on n'entendit plus que ce bruit assourdissant. À peine eurent-ils grimpés, qu'il décolla.

Le village entier les regarda s'envoler.

ÉPILOGUE

Virginie Zeller entra dans le bureau où Françoise Gallier emballait ses affaires personnelles.

À maintes reprises, la journaliste était venue à la clinique de Saint-Yé et elle connaissait bien l'anesthésiste qui cachait, sous un visage faussement revêche, une extrême sensibilité et une parfaite gentillesse.

— Je suis désolée de n'avoir pu me libérer hier pour venir à votre pot d'adieu, mais, en ce moment, avec toutes ces cérémonies des vœux, on ne sait plus où donner de la tête.

— Pourtant, j'ai cru que le photographe qui était là travaillait pour votre journal.

— Vous avez raison, et il a fait de bons clichés. Seulement, c'est moi qui dois écrire l'article qui paraîtra demain. Je suis donc venue interviewer la vedette.

François Gallier eut un petit rire triste.

— Drôle de vedette...

— N'êtes-vous pas un peu jeune pour partir en retraite ?

— Jeune ? Merci pour votre gentillesse. J'ai soufflé mes soixante bougies le mois dernier. Imaginez-vous que je suis entrée pour la première fois dans une salle d'opération, il y a plus de quarante ans. Ce jour-là, l'anesthésie était donnée par un étudiant en médecine avec un simple masque d'Ombredanne qui n'était guère différent du modèle créé au siècle dernier.

— Quand on voit ce qui vous est nécessaire maintenant pour endormir vos malades...

— Les techniques ont évolué, heureusement, mais ce n'est

pas ce qui m'a le plus gêné au cours de ma carrière. Les changements matériels, il est naturel de s'y adapter.

La journaliste ouvrit son carnet. L'anesthésiste s'était assise et, les yeux vers le ciel, revoyait défiler ses années de sacerdoce. Car elle exerçait son métier avec l'impression d'accomplir une fonction quasi religieuse. Restée célibataire, elle avait vécu pour, et par ses malades, sans jamais se plaindre.

— Je souhaiterais vous poser une question personnelle. Ce métier vous a-t-il rendue heureuse ?

Françoise eut un regard très doux.

— À certaines époques, je l'ai été. Autrefois, les chirurgiens étaient pénibles. Ils donnaient de la voix à tout propos. Pour se rassurer, sans doute. Et, aussi, parce qu'ils avaient une très haute idée de leur fonction. Ils officiaient comme un évêque dans sa cathédrale. Je me souviens d'un patron qui avait commencé à inciser la peau avant que la patiente fût complètement endormie. Elle avait poussé un grand cri. Alors il s'était fâché : « Madame, je vous en prie, laissez-moi opérer tranquille. »

Virginie fit une grimace. Françoise, un peu honteuse de replonger dans ses vieux souvenirs, revint à la question posée.

— Avec monsieur de La Verle, c'était le paradis. Il était poli, aimable, calme... Il faut dire qu'il faisait partie de cette génération de chirurgiens qui avaient perdu tout contrôle sur l'anesthésiologie. La spécialité était devenue trop complexe pour qu'il pût donner un avis. Il voulait que son malade dorme. Le reste lui importait peu. Elle réfléchit un instant, comme si elle hésitait : Aujourd'hui, deux choses m'ont poussé à m'arrêter. D'abord le risque. La sécurité des malades n'est pas respectée comme la loi l'impose.

La journaliste prit un air scandalisé. Françoise précisa sa pensée.

— Je ne suis pas en train de proférer des accusations injustifiées. Depuis longtemps, les journaux professionnels se sont faits l'écho de ce problème. Ne croyez pas que ce soit du laxisme. La raison est financière. Les établissements de santé, publics ou privés, ne parviennent pas à consacrer le budget qu'il faudrait à la mise en conformité de leurs locaux. Sans parler du personnel réglementairement nécessaire. Seuls les hôpitaux de haut niveau y parviennent, et encore, il ne faudrait pas y regarder de trop près. Elle se pencha en avant vers la jeune fille pour mieux se faire entendre : Comprenez-moi bien Virginie, je ne veux pas faire le procès de qui que ce soit. Seulement, moi, je ne veux plus vivre dans la crainte permanente de me retrouver au tribunal.

Elle se redressa.

— Une deuxième raison me pousse à partir, reprit-elle. J'ai perdu le bonheur de travailler dans l'atmosphère que j'aimais.

— Puis-je vous demander pourquoi ?

— J'ai connu l'époque où il existait une vraie complicité entre le chirurgien et son anesthésiste. Aujourd'hui, l'opérateur, parfois, ne sait même pas qui est à la tête du malade, derrière les appareils. Il n'en était pas ainsi avec Mme de La Verle. Elle était merveilleuse, comme son père. Elle me demandait des nouvelles de ma santé. Elle m'interrogeait sur le malade. Elle était paisible, même quand l'opération était difficile, patiente quand un problème technique nous retardait, toujours prête à excuser les erreurs ou les oublis s'ils n'avaient pas de conséquences graves. C'était un vrai plaisir de travailler avec elle. Avec les nouveaux, c'est autre chose.

Elle se leva pour aller décrocher un cadre et le poser dans un carton.

— Qu'ont-ils de si différent ?

La journaliste dégustait à l'avance les confidences qu'elle suscitait. Elle en fut pour ses frais. Françoise secoua la tête en souriant.

— N'écrivez pas ce que je vais vous dire, je le démentirais. Plus sérieusement, elle précisa : Ils sont jeunes. Ils se détestent et se jalousent les uns les autres. Ils ne se mettent d'accord que pour critiquer la clinique. Je ne vous en dirai pas plus.

— Que vais-je pouvoir écrire ?

— Rien. Dites que je m'en vais pour laisser la place aux jeunes.

— Vous savez qui vous remplace ?

— Oui. Deux excellents spécialistes : un anesthésiste et un réanimateur.

— Deux pour vous toute seule ! Ils étaient là hier, pour la fête ?

— Oui.

— Vous voulez bien me les montrer ?

Elle sortit un grand cliché et le posa sur le bureau. Les deux femmes se penchèrent sur la photo qui avait été prise dans la cafétéria. Au centre, trônait le maire, Marceau Berguens, tenant l'anesthésiste par les épaules d'un geste qui lui était familier. Sûr de lui, il souriait à l'opérateur alors que Françoise, minuscule sous son bras, avait le regard un peu perdu.

— Vous n'aviez pas l'air très gaie.

— Un départ à la retraite, ce n'est jamais très gai.

— Vos successeurs, où sont-ils ?

— Là. Le brun à moustache et le chauve avec les lunettes.

— Il y avait beaucoup de monde.

— Forcément, chaque fois qu'un médecin part, on en met deux à sa place. Elle prit un air ironique pour ajouter : Malheureusement, pour les infirmières, c'est l'inverse.

La journaliste mit le doigt sur l'image d'Hellen.

— Elle est belle, n'est-ce pas ? Elle a toujours de jolis tailleurs. J'aime bien son mari, M. Morand. Vous savez, c'est moi qui les ai présentés. C'était à Lyon, un soir... Elle baissa la voix : Le coup de foudre ! Je les ai laissés ensemble, et, depuis ce jour-là...

Elle n'en dit pas plus, mais Françoise sentit qu'il n'aurait pas fallu insister beaucoup pour en savoir davantage. Elle ne chercha pas à détromper la jeune fille, et ne lui dit pas non plus qu'elle connaissait la vérité.

La journaliste continuait à scruter les visages.

— Et celui-là, qui est-ce ?

— Le professeur Francis Barbier, l'ancien assistant de monsieur de La Verle quand il était à Paris. Il venait souvent à Saint-Yé autrefois. Je l'aime bien.

— Sa femme, n'est-ce pas l'avocate qui défend les hémophiles ?

— Oui, mais ils sont divorcés.

— Je comprends. Elle disait tant de mal des médecins. Il n'a pas dû pouvoir supporter. Et cette belle dame ?

— Le professeur Agnès Lemercier. Une grande gynécologue. À son tour, Françoise baissa la voix : On prétend qu'elle et le professeur Barbier... Vous voyez ce que je veux dire.

— C'est un beau couple. Et cette femme, à côté du docteur Laville ?

— L'ex-madame Morand.

— La directrice de l'Institut Saint-Elme ?

— Oui. Il paraît qu'elle va se marier avec lui.

— Ah bon !

— Pour renflouer la clinique, le vieux docteur Pierre Morand avait laissé une partie de son héritage à ses petits-enfants. Elle en a discuté avec le docteur Laville, ils se sont plu, et voilà...

— C'est une belle histoire. Et celui-là ?

— David Robin. Il est le président de Médecine et Liberté, une organisation humanitaire qui vient de créer une association d'aide aux malades du sida.

— Sur le modèle de AIDES ?

— Avec des ambitions plus limitées. Leur but principal est de créer, un peu partout en France, et peut-être à l'étranger, des lieux pour accueillir des malades graves sous surveillance médicale. En somme des petites structures discrètes, presque familiales.

— C'est une excellente idée.

— Oui, mais ils ont besoin de bénévoles...

— Voilà de quoi occuper votre retraite.

Françoise rougit.

— Vous avez deviné, c'est bien mon intention.

Rêveuse, la journaliste posa son stylo.

— Qui aurait pu penser que tant de choses allaient changer en si peu de temps. Regardez la chirurgie. Lorsque je suis allée à Lyon avec Mme de La Verle, — j'ai l'impression que c'était hier —, personne ne savait opérer à ventre fermé. Maintenant, tout le monde en parle. La chirurgie, c'est une aventure incroyable !

— C'est vrai. Et vous pouvez être certaine que ce n'est pas fini. Vous verrez tout ce qui va se passer dans les années à venir. Il y en aura des livres à écrire.

Convaincue, Virginie hocha la tête. Comme elle parcourait distraitement la photographie, elle fit une découverte :

— Et ces deux petites filles ? Qui sont-elles ?

— Vous ne saviez pas ? Justine et Louise, les filles d'Hellen et Charles. Des jumelles.

— Elle y est parvenue ! s'exclama Virginie. Comme elle doit être heureuse ! Je croyais bien que, pour elle, c'était terminé... Elle prit un ton sentencieux pour ajouter : Décidément, avec Hellen de La Verle, rien n'est jamais fini...

Remerciements

Mes remerciements vont à ceux qui m'ont aidé à écrire ce livre, avec une gratitude particulière pour le docteur Anne Spoerry et l'équipe des Flyings Doctors, le docteur Philippe Mouret, qui m'a consacré beaucoup de son temps, et le docteur Elisabeth Palmer.

LES PRINCES DU SANG
(généalogie)

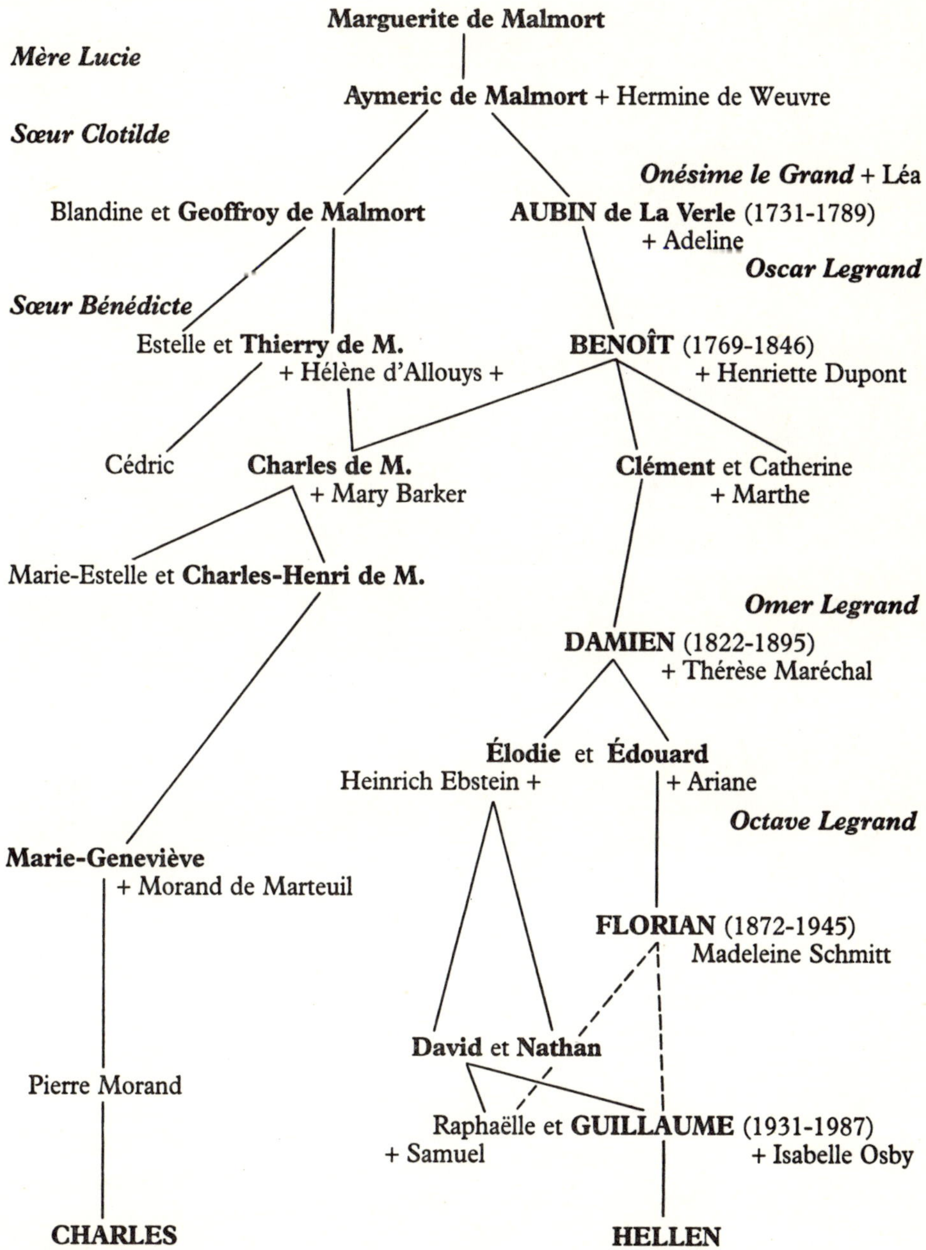

Table

Composition réalisée
par S.C.C.M., Paris XIVe

Impression réalisée sur CAMERON par
BRODARD ET TAUPIN
La Flèche

pour le compte des Éditions Fayard
en avril 1994

Imprimé en France
Dépôt légal : mai 1994
N° d'édition : 284 – N° d'impression : 1626 J-5

ISBN : 2-213-59265-9
35-33-9265-01/6